中國夢戲研究

廖藤葉著

學思出版社

杜牧之詩酒揚州夢

珍傲宋版印

傲劉埠筆

圖一：《元曲選·杜牧之詩酒揚州夢》

圖二：明萬曆間刻本《南柯夢》

圖三：暖紅室彙刻《春燈謎》

圖四:張深之先生正北西廂祕本五卷〈驚夢〉

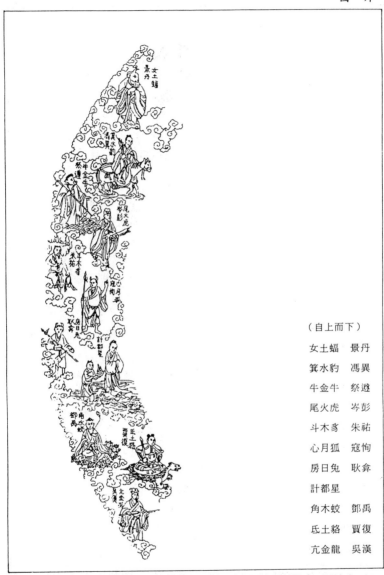

（自上而下）

女土蝠　景丹

箕水豹　馮異

牛金牛　祭遵

尾火虎　岑彭

斗木豸　朱祐

心月狐　寇恂

房日兔　耿弇

計都星

角木蛟　鄧禹

氐土貉　賈復

亢金龍　吳漢

圖五：福建省莆田市天后宮星圖星象人物圖描本，引自
《中國古星圖》，遼寧出版社。

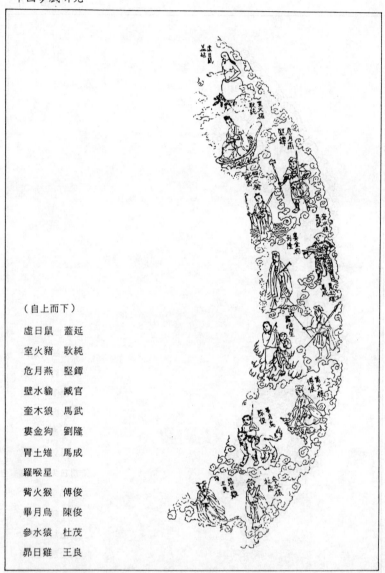

（自上而下）

虛日鼠　蓋延

室火豬　耿純

危月燕　堅鐔

壁水貐　臧官

奎木狼　馬武

婁金狗　劉隆

胃土雉　馬成

羅喉星

觜火猴　傅俊

畢月烏　陳俊

參水猿　杜茂

昴日雞　王良

圖六：福建省莆田市天后宮星圖星象人物圖描本，引自
《中國古星圖》，遼寧出版社。

圖七：山西省洪趙縣廣勝寺明應王殿元雜劇壁畫，引自《中國古代
　　　服飾研究》。

花神

圖八：花神，引自王孝廉《花與花神》，學苑出版社。

圖九：明繼志齋刊本《黃粱夢境記》〈蝶舞〉

圖十：楊柳青版畫遊園驚夢

中國夢戲研究

目　錄

第一章　中國夢戲劇作家 的夢境觀

　　「日有所思，夜有所夢」的俗諺，替夢找到了成因之一。原始人類一向將夢視爲靈魂出遊，認爲夢是溝通人神，獲得神靈啓示，預見未來的重要途徑。因夢而卜筮見神諭，占吉凶，發展出一套占夢、圓夢、釋夢的方法，逐漸形成與夢有關的文化現象。這種文化現象又表現在當時各種典籍之中，或有條理，有意識的圓占敘說，或是原本無夢，但爲了某種目的編派出一些假夢。眞夢、假夢摻雜，交織成爲「以夢爲內容、特色或在夢的土壤中生長，積殿起來的文化現象」的夢文化❶。夢能將現實社會轉換成非現實社會，將正常現象轉換成非正常現象，將邏輯性轉換成非邏輯性。能張冠李戴，移花接木，東拼西湊，斬頭去尾，將不同特點的事物分化，組

---

❶　此傅正谷的夢文化定義轉引自門巋〈也談夢與夢文化的幾個問題——與傅正谷先生商榷〉一文，門巋先生爲夢文化下了廣義與狹義的定義：「到底什麼是夢文化呢？我以爲從廣義而言，即人類以夢（包括眞夢、假夢）爲基礎所創造出來的一切物質文明和精神文明；從狹義而言則指人類關於夢的社會意識形態以及與之相關的社會建構與知識。」收錄於《傅正谷夢文化研究討論會暨首屆中國夢文化研討會論文集》書，頁 64-67。天津古籍出版社，1995 年 7 月。

成一個具有新特點的夢世界。夢世界原本就是具有怪誕、變化與虛
幻特色❷。將夢的內容與特色運用於文學創作中，是獨立且具生命
力的創作方法，交匯成豐富的夢幻主義文學。夢幻主義文學所指係
自覺或不自覺，直接或間接運用夢幻主義的創作方法寫夢，或與寫
夢有關而又表現出虛幻色彩，或不是寫夢而寫幻覺、幻想、夢想又
表現出一定的夢幻色彩，都可視爲夢幻主義文學。❸

　　詩詞文賦等各類文學形式都曾湧現出不少傑出的夢文學。這些
夢文學作品大多爲敘夢記夢，或借夢抒發作者某種感受，和某種情
緒。內容多單一，以眞實的夢爲作品基架，而且大都爲案頭閱讀的
書面之作。元雜劇誕生之後，使夢文學和音樂、舞蹈和繪畫等藝術
緊密結合，用活生生的表演，使人的夢境得到發展，把書面作品搬
到舞臺上。這些夢大多爲劇作家刻意編造的「假夢」，在戲曲創作
中，假夢成爲夢文學主流。因此可以說元雜劇爲夢文學開闢新的領
域，新的里程碑❹。元雜劇之前的戲文，所留存少數作品中，《張
協狀元》有夢境的描繪與圓夢者的釋夢，但這段夢境是用口敘，與
後來元雜劇舞臺搬演夢境內容不同，因此還是以元雜劇作爲開創夢
文學新天地的標記。

---

❷　傅正谷〈夢賦：中國最早專門寫夢的名作──略論夢賦的寫作特色及其理
　　論價值〉，齊魯學刊 1992 年第 5 期，頁 122-123。

❸　傅正谷《中國夢文學史──先秦兩漢部分》，頁 33-61，光明日報出版
　　社，1993 年 5 月。

❹　門巋〈論元劇在中國夢文學史上的地位〉，《傅正谷夢文化研究討論會暨
　　首屆中國夢文化研討會論文集》頁 117-118。天津古籍出版社，1995 年 7
　　月。

第一節　劇作家喜好摹寫夢境原因

　　劇作家把握了夢的特性，將之有意識地融入戲曲情節中，甚至以夢字作為劇作題目，在戲曲中掇拾犖犖大者：元雜劇有《蝴蝶夢》《黃粱夢》《東坡夢》《揚州夢》《西蜀夢》《緋衣夢》《昇仙夢》《雲窗夢》；明傳奇則有《南柯夢》《黃粱夢境記》《蝴蝶夢》《邯鄲夢》《夢磊傳奇》；明清雜劇則有《維揚夢》《苧羅夢》《昭君夢》《虞兮夢》《臨川夢》《高唐夢》；清代劇作有不少取材自《紅樓夢》故事，也都以夢為名。各種夢戲夢情節，構成了戲曲史上紛陳雜列的夢文化主題。就中國劇作家喜好摹寫夢境的情形，論述原因如下三點，一是反映現實人生的夢心理，二是植基於中國的寫夢傳統，三是源於人生如夢的民族性人生觀。

壹、現實人生夢心理的反映

　　翻開中國典籍，其中記載了一些夢境，非常忠實地顯現出是個有意義的夢。第一部詩歌總集《詩經·小雅斯干篇》的：「乃寢乃興，乃占我夢。吉夢維何？維熊維羆，維虺維蛇。大人占之，維熊維羆。男子之祥。維虺維蛇，女子之祥。」與〈無羊〉篇的「牧人乃夢，眾維魚矣，旐維旟矣。大人占之，眾維魚矣，實維豐年。旐維旟矣，室家溱溱。」這兩個夢俱是吉夢。本是虛幻的夢，一旦被記錄下來，也就成為有意義的夢了。由此可見，人們相信夢與人生具一定的關聯，至少古人是如此相信的。《楚辭》也有記夢文字，卷六〈招魂〉掌夢之言。另一辭賦大家宋玉，一般相信他寫有〈高

唐賦〉和〈神女賦〉兩篇與有關夢的作品。可見人們是多麼講究夢，並將夢用文字記載下來，成爲篇篇談夢記夢的浪漫文學。

《左傳》所保存有關夢的文獻，共有二十九則，先秦典籍中記夢文字就內容與數量而言，可說無出其右者。張高評與陳熾彬分別將《左傳》夢分爲十類：張高評的分類，旨在彰顯夢的形成背景與夢所造成的結果；陳熾彬的分類，則旨在強調夢兆的占驗結果❺。以《左傳》豐富的夢史料，依熊道麟的研究分析結果，知夢與鬼神之間並無瓜葛存在，眞正影響人生，改變政局的力量，是來自時人對解夢的態度。如城濮之戰前，子犯解釋晉文公遭楚成王伏在身上喫食腦髓的夢，並非直接取決於夢象，而是權衡時勢，選擇自己所希望的結果來解釋：「吉！我得天，楚伏其罪，吾且柔之矣。」可見子犯對夢的看法，已脫離「神論」的思考範圍，比較具有理性成份。《左傳》另有晉侯夢大厲的最後，有小臣於早晨夢見背負景公升天。到了日中時刻，恰巧由他將死於廁所的景公背出。因爲這層關係，小臣遭到了殉葬的命運。與其說景公的遺臣穿鑿解釋了小臣的夢象，作爲殉葬的理由，不如說是小臣自言夢境招禍。此例再次說明春秋時人認爲夢兆是不可違抗的神意❻。前一個夢顯現晉文公焦慮的夢，後一個夢大厲是爲病態夢。以《左傳》如此嚴肅的歷史著作，大記王侯將相的夢，並備述靈驗，可見夢文化心理：夢與政

---

❺ 熊道麟〈左傳城濮之戰前兩個夢的解析〉壹與註釋一的說明。《興大中文學報》第 7 期，1994 年 1 月出刊。

❻ 熊道麟前揭文釋城濮之戰的夢境，與〈左傳中與晉景公有關的三個夢解析〉一文，《興大中文學報》第 8 期，1995 年 1 月。

治、家國興亡密切相關，溝通了人類社會與神鬼世界，並以神話式的思維方式表達某種預示❼。不容否認《左傳》夢境描寫較《詩經》大大進了一步，已進行自覺的文學加工。王立曾就《左傳》夢境作了現代心理分析，謙言不是所分析均為事實，但至少《左傳》讓讀者看到了作者運筆合乎情理，有現實生活基礎作依據，絕非可一概指斥為「左氏浮誇」，胡亂編造。只是史官巫史不分，使夢這一人類正常心理活動背後潛藏著一種決定力量，自然力被人格化、神祕化了❽。

　　由一些記載夢的書籍，如東漢王符著《潛夫論》有〈夢列〉篇，明人陳士元有《夢占逸旨》書，敦煌本有《新集周公解夢書》，更可印證古人對夢境的重視，並因之衍生了占夢術，或是祈夢的相關行為。認為遵夢而行是理所應然。如李白之所以名之為白，是因為母親生他時夢見了長庚星，因此以此為命名❾；東周時晉成公的名字為黑臀，是因母親夢見神明特別在臀部作了黑色記號，並且約定日後此子能成為一國之君❿；驪姬陷殺太子申生時，是告訴申生：「君夢齊姜，必速祭之。」驪姬能以此方法讓申生祭

---

❼　王鍾陵〈精怪世界與夢文化〉，齊魯學刊 1992 年第 6 期。

❽　王立〈先秦文學中的夢境描寫及其歷史地位初探〉，內蒙古師大學報 1987 年第 2 期。

❾　《新唐書》卷 202〈文藝列傳.李白本傳〉：「白之生，母夢長庚星，因以命之。」

❿　《國語》卷三〈周語〉：「且吾聞成公之生也，其母夢神規其臀以墨，曰：使有晉國，三而畀驩之孫，故名之曰黑臀。」臺灣商務印書館。

祀母親齊姜後，歸胙於獻公，驪姬再下毒於胙肉使申生罹罪⑪，即可見當時人對於夢境的重視：夢見已死的長輩，須舉行祭祀儀式。

《宋史》卷一〇四〈禮志七〉載大中祥符元年五月宋真宗夢見神人將於六月賜天書，於是煞有其事地派人迎導天書，安放於含芳園的正殿；五年十月又夢神人宣示即將降臨凡間旨諭。對此神諭，真宗當然相信不疑，在延恩殿設道場恭迎神人降臨。我們無法知悉因何真宗特別受神明的寵眷而於夢中多受指示，但至少這樣的例子正可作為一般人重視夢境的證據。更有甚者是因夢而死，如《呂氏春秋·離俗》篇載賓卑聚夜間夢見一名「白縞之冠，丹績之絢，東布之衣，新素履，墨劍室」的壯士，無緣無故叱責他，並吐了口水在他臉上，此時賓卑聚驚醒過來。夢中受辱情景宛然在目，他不甘臨老受辱，於是每日在街道上等待夢中令他受辱的身影出現。但等了三天依然不見夢中人，羞愧之餘便自殺結束生命。在夢中受辱而必報，報而不得可以身殉的例子，又再次證明了夢境對人的影響。

在文藝創作思維活動中，儘管作家的才思泉湧，感情澎湃橫溢，創作思緒汪洋恣肆，如天馬行空般，但他的思維方向與意圖，往往受到一定人類群體民俗心理結構的潛在牽聯與限定⑫。戲曲產生於市井，吸收了許多民間宗教習俗，反映百姓對夢重視的民俗心

---

⑪　《左傳·僖公四年》：「姬謂大子曰：君夢齊姜，必速祭之。大子祭于曲沃，歸胙於公。公田，姬寘諸宮六日。公至，毒而獻之。公祭之地，地墳；與犬，犬斃；與小臣，小臣亦斃。姬泣曰：賊由大子。大子奔新城。」

⑫　李遠強〈戲曲寫夢與野性思維〉，《戲劇戲曲研究》1994 年 5 月，頁53。

理，《西游記》雜劇第三齣老僧夢見伽藍相報：有西天毘盧伽尊者
至寺院，因此吩咐知客侍者撞鐘焚香迎接，附會了漁人所拾獲的孤
兒即爲尊者化身而加以收養。《五侯宴》李嗣源夜夢虎生雙翅，問
了周總管後，知是可得一員大將的預兆，並因此出外狩獵。《范張
雞黍》范巨卿夢張伯元死訊即千里命駕奔喪，雖然是取材於《後漢
書》卷八十一〈獨行傳〉❸，但由相信夢境一事，可作爲篤信夢中
啓示的實例。《神奴兒》劇中老院公夢見神奴兒敘述遭叔叔嬸子殺
死，即與神奴兒母親到叔叔嬸子家問罪並告到官府，與范式夢張劭
死訊即穿喪服奔喪是相同的，即：相信夢中所給予的訊息。《生金
閣》郭成因爲作了個惡夢，於是找賣卦先生來占夢，知道一百日內
有血光之災，除非遠離家中千里外才能避災，於是郭成出外避禍。
《精忠記》岳飛妻子夜夢不祥，卜卦先生占斷事屬凶兆，請數名道
士前來解禳惡夢。由惡夢而占卦，再遵行卦象指示而外出，或舉行
禳祭宗教儀式，印證了遵夢指示而行的民俗心理。

　　夢戲透過劇中人自述，命名如李白名字是依夢境而來，考之戲
曲，《牡丹亭》柳夢梅因夢而改名爲夢梅；《西樓記》于叔夜的名
字是因夢鵑而生，因此取名爲鵑；《萬事足》傳奇二十五折的「臨
產之朝，夢有人持鳳毛一根相惠，五色燦然，意欲即以鳳毛爲

---

❸　《後漢書》卷 81〈獨行傳〉：「范式，字巨卿，山陽金鄉人也，一名氾
少，游太學爲諸生，與汝南張劭爲友，劭字元伯……式忽夢見元伯，玄冕
垂纓屐履而呼曰：巨卿，吾以某日死，當以時葬，永歸黃泉，子未我忘，
豈能相及。式怳然覺寤，悲歎泣下，具告太守，請往奔喪。太守雖心不
信，而重違其情，許之，式便服朋友之服，投其葬日馳往赴之。」

名。」《三社記》第六齣的「我正午睡，夢見卿雲一朵，飛駐門庭，忽報產得二孫，驚醒了。老夫之意，雲非章不彩，章無雲不生，故長日雲，次日章。」這些因夢而命名的例子，俱是重視夢境的體現。《荊釵記》王十朋夢見已死妻子錢玉蓮，因此與母親準備了祭品祭祀亡妻，這又與申生祭祀出現於夢中的已死母親具有相同意義。

《鳴鳳記》仙遊祈夢，福建仙遊的神明靈應萬分的聲名遠播，不論是富貴功名或未來之事，皆能預報先機；《黃孝子尋親記》中的主人翁亦是前往仙遊祈夢。可見仙遊此地向來即是祈夢者趨之若鶩的聖地。據說目前仙遊縣的祈夢風俗依然存在❹。足見劇作家創作夢戲所運用的材料是日常生活所見所聞，具有濃郁親和力。劇作家會以夢為材料，並將它大量運用於劇作之中，可見得民間對於夢境的理解與看法，是如何相信這虛幻的夢境，將之視為人生活的一部分。

貳、植基於中國寫夢傳統

自卜辭、《詩經》與諸子時代的散文算起，中國文學是現實主義下的產物，並不那麼講究虛幻作品。雖是現實，也不能因此否認了散佈在現實作品中的寫夢作品：《詩經》中有夢熊夢羆，夢虺夢蛇；偉大的孔子有夢周公與預示將亡的坐奠於兩楹之間的夢❺；莊

---

❹　參卓松盛著《中國夢文化》一書第四章之「夢的信仰活動在中國」部分，頁239，三環出版社，1991年11月第一版第一刷。

❺　《禮記·檀弓上第三之二》：「夫子曰：賜，爾來何遲也？夏后氏殯於兩

周有哲理式夢蝶的千古名作，〈齊物論〉：

> 昔者莊周夢爲胡蝶，栩栩然胡蝶也，自喻適志與，不知周
> 也。俄然覺，則蘧蘧然周也。不知周之夢爲胡蝶與？胡蝶之
> 夢爲周與？周與胡蝶，則必有分矣。此之謂物化。

莊周夢蝶爲劇作家所採擇衍爲戲曲，雖則含義經作者刻劃已有不同
蘊涵，但可印證夢蝶的千古名事，爲人所津津樂道。其它諸子散文
敘夢雖不如莊周夢蝶引人注意，但多多少少也表達了對夢境的看
法，《荀子·解蔽》篇：「心臥則夢，偷則自行，使之則謀，故心
未嘗不動也，然而有所謂靜，不以夢劇亂知謂之靜。」《韓非子》
卷十六〈難四〉篇有侏儒用夢見灶來代表見君，以勸告衛靈公遠避
小人雍鉏、彌子瑕，因此有「侏儒善假於夢」的評論❶；《淮南
子》卷二〈俶眞訓〉對於夢境有一概括性的言論：「譬若夢爲鳥而
飛於天，夢爲魚而沒於淵，方其夢也，不知其夢也，覺而後知其夢

楹之間，則與賓主夾之也，周人殯於西階之上，則猶賓之也，而丘也殷人
也，予疇昔之夜，夢坐奠於兩楹之間，夫明王不興，而天下其孰能宗予，
予殆將死也。」《論語·述而》篇：「子曰：甚矣，吾衰也，久矣，吾不
復夢見周公。」

❶ 原文如下：「衛靈公之時，彌子瑕有寵於衛國，侏儒有見公者曰：臣之夢
踐矣。公曰：奚夢？夢見灶者，爲見公也，公怒曰：吾聞見人主者夢見
日，奚爲見寡人而夢見灶乎？侏儒曰：夫日兼照天下，一物不能當也。人
君兼照一國，一人不能壅也，故將見人主而夢日也。夫灶，一人煬焉，則
後人無從見也。或者一人煬君邪？則臣雖夢灶，不亦可乎？公曰：善。遂
去雍鉏，退彌子瑕，而用司空狗。」世界書局印行。

也，今將有大覺，然後知今此之爲大夢也。」與莊子齊一生死，夢醒不分的哲理省思相較，《淮南子》言論無疑是站在人世現實對夢的理解根基上。

宋玉〈高唐〉、〈神女〉是寫賦名篇，爲人所傳誦不已；東漢題署蔡邕作品〈飲馬長城窟行〉中的寫夢名句：「遠道不可思，夙昔夢見之。夢見在我傍，忽覺在他鄉。」李白有〈夢游天姥吟留別〉詩，是一首記夢詩，也是一首游仙詩。意境雄偉，變化惝恍莫測，繽紛多采的藝術形象，新奇的表現手法，構成浪漫主義華贍情調，向來爲人傳誦❶。此詩帶有消極色彩，可能是李白不得意時的寄意作品，陳沆評：「太白被放以後，回首蓬萊宮殿，有若夢遊，故託天姥以寄意。首言求仙難必，遇主或易。故我欲因之夢吳越，一夜飛度鏡湖月，言欲乘風而至君門也。」❶杜甫有〈夢李白〉，李賀有〈夢天〉詩，因夢而作詩，或用夢寄託己意，爲文人創作方式之一。有時還會看到夢中得句的傳奇故事：元順帝至正四年的秋天，八月十六日夜裡，楊維楨夢中與貫雲石同登廬山，各自爲詩，醒後楊維楨一字不漏的記下夢中詩句，且將夢中貫雲石的詩作也一併記下來。因此不論是楊維楨的〈廬山瀑布謠〉，或是貫雲石所作富於滑稽謔浪、灑脫不羈的〈彭郎詞〉，二詩的著作權應該是歸楊維楨所有。此事所以爲人所樂道，是因爲夢中作了兩首長詩，醒來

---

❶　見《唐詩鑑賞辭典》喬象鍾對此詩的分析。上海辭書出版社，頁 296-298。

❶　參許文雨《唐詩集解》上冊註釋一的文字。頁 168，正中書局印行，1977年臺四版。

又能一字不漏地默下來，就不簡單了，更何況兩首詩又是如此湊趣，特別完整而有條理⑲。唐傳奇名作〈南柯太守傳〉與〈枕中記〉，是記夢名篇，題材亦爲戲曲所吸收改編成雜劇或是傳奇演出。「南柯一夢」和「黃粱一夢」俱成爲俗語或成語爲人們所運用，以喻富貴人生的無常，人世一切終歸虛幻，或指欲望破滅。由成語運用，足見兩篇傳奇小說的影響深遠。寫夢的作品良多，實在可以編寫成一部浩瀚的夢文學史⑳。

　　經過前面考察，中國歷史載籍有豐富的夢資料，不論是記夢，或占夢，或別有用心以夢來行規勸，反映夢主題的重要性。羅錦堂對元雜劇所作統計㉑，歷史劇即佔了三十五本；社會劇佔了二十四本，其中《龐涓夜走馬陵道》也是取材自歷史；水滸戲曲也是有所本的；戀愛劇則佔了二十本，取材自唐傳奇有《西廂記》與《曲江池》；八本風情劇中的《溫太眞玉鏡臺》是採自《世說新語、假譎篇》的戲曲，明人朱鼎並因此改寫爲《玉鏡臺記》傳奇，雖則三者間稍有點染不同之處，但故事源頭卻是一致㉒；二十一本仕隱劇有歷史人物張良、伊尹、蘇秦、蕭何、韓信與鍾離春、王粲、朱買

---

⑲　參李夢生《蕭瑟金元調》之「夢中作詩」部分，頁 195-199，漢欣文化公司，1990 年 11 月臺灣初版。

⑳　現有傅正谷著《中國夢文學史——先秦兩漢部分》一書，光明日報出版社發行，1993 年 5 月一版一刷。

㉑　羅錦堂著《錦堂論曲》的〈元人雜劇之分類〉一文，頁 72-98，聯經出版事業出版，1979 年 11 月第二次印行。

㉒　世說新語溫嶠娶妻事與元雜劇《溫太眞玉鏡臺》、明傳奇《玉鏡臺記》的不同請參拙文〈古代騙婚記——溫嶠娶婦〉，1992 年 4 月 21 日中央日報長河版。

臣、李白、東坡和嚴子陵、陳摶等人事；道釋劇和神仙劇又常以傳說信仰中的神鬼仙佛爲對象。戲曲取材常有所本，將故事源頭所記的夢境轉換爲夢戲舞臺，也是合情合理，毋怪乎戲曲內容有諸多夢情節。

文人記錄了因夢而創作的作品，與夢中得句事蹟，使講究現實主義的文學增添了不少浪漫篇章。戲曲鋪陳了因夢作詩的情節，如《破窰記》呂蒙正夢一旗幟書寫「窮」字而詠詩，豈料詩未完而夢醒，醒後惦記未完作品而擬將它續完；文人夢中得句，有《冬青記》傳奇三十五齣：「小弟有二首，亦是夢中得句：一抔自築珠丘土，雙匣親傳竺國經。只有春風知此意，年年杜宇哭冬青。珠鳧玉雁又成埃，斑竹臨江首重回。猶憶年時寒食節，天家一騎奉香來。」夢中得句，與前述楊維楨事蹟是相似的，足見文人重視夢境，甚至有了夢中作詩之事傳出，顯示夢的迷離與神奇。作爲反映市井生活部分的戲曲，將此夢中得句運用入戲也是很正常的。因此劇作家在創作時，除了忠實記錄下民眾對夢的認知與夢文化外，傳統的夢文學也應對劇作家產生一定的影響，使得他們運用原本即有夢境記載的史料或民間傳說時，也一併將其中的夢境作保留，甚至再詳加鋪寫，使原本即是光怪陸離，斑斕無比的夢境更能呈現多彩多姿的面貌，從而吸引觀眾注意，達到劇作家要表達的意涵目的。

參、人生如夢的民族性人生觀

在各類文體中，文人們不時慨歎人生如夢。以戲曲作家而言，也不能跳脫出這股歷史洪流，於是在創作戲曲時，紛紛藉著曲詞與科白表達出人生如夢的思想。《小尉遲》第一折：「你這般對壘交

鋒，到頭都總南柯夢，說甚軍功？可冗的與你身兒上元無用。」
《斷緣夢》自序：「古今皆夢境也，普天下皆夢中人也。達者于所歷之悲歡離合，盡作夢觀。人在夢中，不知是夢。」雖則此處言只有達者才能將人世之間的悲歡離合，視之為夢，但是一般提及人生如夢思想時，總認為帶有著消極的色彩。沈際飛在〈題邯鄲夢〉文章開頭即揭示了「人生如夢，惟悲歡離合，夢有吉凶爾。」的宗旨；蘭畹居士在〈異夢記序〉中也有「人世，一夢也。蟻柯、蕉鹿、黃粱、櫻桃，昔人已往往勘破。渭塘異夢，友人何猶認夢為非夢也？」更有將夢與戲等同視之如趙士麟〈江花樂府序〉的文字：「夢之為言，幻也；劇之為言，戲也，即幻也。夢與戲有二乎哉？……不以戲為戲，而以為天下事為戲為最真；不以夢為夢，而以為天下事惟夢為至實。故能識夢也戲也幻也，能形諸詠歌也。」❷❸這種視人生如夢，人生如戲的說法，補充了夢與戲皆具備「幻」的特質。

　　既然大多數的編劇家皆有著人生如夢想法，這種想法亦是普遍文人的想法，形之於劇作，也表現出人生如夢觀。《金蓮記》第三十齣五戒禪師出現於蘇轍、秦觀、黃庭堅三人夢中所說的上場詞：「人生如大夢，卻笑何時覺。至人本無夢，知覺亦非覺。」《劉漢卿白蛇記》第九齣劉漢卿上場詩：「夢裡長如夢，來朝竟不知，人生都是夢，且說夢中詩。」可說是中國對人生如夢觀的最佳註解。

---

❷❸　以上〈斷緣夢自序〉〈題邯鄲夢〉〈異夢記序〉與〈江花樂府序〉文字俱見張毅編著《中國古典戲曲序跋彙編》一書，齊魯書社，1989 年 10 月出版。

車任遠《蕉鹿夢》山神基於「如今世人好財，何異獸之逐食？」正巧檢束所轄山產，有一鹿正將被樵人所殺，於是決定以此爲由，稍示幻化能力。命令鬼使手下引鹿至山前採樵之處，被樵人擊死後，將它藏在隍中，使他心迷眼眩，尋覓不得，錯以爲是夢。而後此鹿被漁人拾去，再讓樵夫在夢中省悟，前往尋討，使樵漁二人兩相爭論，「以警世人貪戀財貨，尙氣角力者，皆是夢中一般。」現實之間的恩怨財氣，皆視爲夢中景致，以勘破爭執是非，這是如夢人生觀所致。

明傳奇的體制於第一齣向來由副末開場，而開場時大多數是唱曲兩隻，以表達劇作觀以及簡介本傳奇戲曲的故事綱要。由這些開場詞，也可看出劇作家的戲劇觀究竟如何❷，其中某些開場詞，表現了劇作家的人生如夢觀，經常以此勸諫世人勿太過於汲汲營營，不妨以一種輕鬆心情來看世間，尤其是對歷史興亡盛衰與人世浮沈有感慨時，如記楚國伍子胥、申包胥滅楚復楚的《二胥記》在蝶戀花的開場詞：「曉山青青暮山紫，千古興亡轉眼皆如此：王謝堂前春燕子，雙雙說向斜陽裡。　數朵殘花半張紙，撚斷吟髭，了卻餘生矣。楚復楚亡閒底事，空教淚滴湘江水。」《目連救母勸善戲文》的畫堂春曲：「魏國山河安在，漢家事業如何？」正因爲千古興亡事轉眼皆成空，即使如漢唐盛世，多少名將英雄也成後人所憑弔事蹟，難怪戲文此曲會勸告世俗：「逢場作戲且歡歌，休恁蹉跎。」以又熱情又傷感的眼光看待歷史陳蹟，歸結了好景不常的結

---

❷　拙作〈由傳奇開場看明代劇作家的戲劇觀〉一文，1993 年 6 月國立臺中商專學報第 25 期，頁 285-304。

論，最後則是歸入了應及時作樂，得開懷且開懷的人生態度。

勸世人早些看開世事浮沈，《異夢記》開宗的如夢令曲子：「世上百年長夜，一熟黃粱堪詫。甕底醉來眠，知道誰窮誰達？醒罷！醒罷！蕉鹿聚蟻皆假。」與《續西廂昇仙記》的「休言事跡荒唐，浮生世態，一夢熟黃粱。」俱是引用了夢境的名典故為詞來看待世情，但又無法完全看開，因此有了喚醒世人，勿再溺惑於夢的假象之中。以真為假，將無作有，盼看官早些認清百態，早尋英雄退路，也正因為要早尋退路，難怪要責怪此種故作豁達看開，實則消極不前的心理。但可悲的是當時的劇作家除了勸人早些看開外，並無法提供一條更為積極進取的道路，或許這是時代思想局限使然，不能苛責他們。梅鼎祚撰寫《玉合記》的開場：「眼前英雄誰更有，試歌垂柳覓章臺，昔日青青今在否？」既與歷史人物虛無興亡相印證，又點出百年事業的難期難料，甚至連歡娛之日亦少得屈指可數，《韓夫人題紅記》的「青史紅塵都一夢」，最後皆不約而可的歸入莫問夜長何如，應及時行樂，以免辜負大好時光的結論。

對人生如夢解析清楚透徹的，大概是任誕軒所編的《櫻桃夢》傳奇，開宗明揭了此主題，還詳加解說何謂夢中人？何謂夢中景？夢中遭？夢中夢？在作者心目中，由販夫走卒以及王公貴族將相，皆同屬夢中人；而山川大地和樓閣亭臺，則是夢中景致；貧窮貴賤的變化與吉凶禍福可視之為夢中遭遇；這些遭遇突然而來的逢迎諂媚或毀謗，可痛哭歡笑的事情，只能當作夢中突然間毫無憑據，陡然降臨的遭遇。不論是責罵嘲弄他人事跡用「春夢」來稱呼，或是他人也能用「春夢」來責罵我，大家同時生存於夢中，又何暇以「春夢」彼此互相譏誚？對事物因外感而中動、豔羨、有憤激妄想

與動，全是夢中之夢。最後引用莊周夢蝶典故以明「在夢不知夢，出夢知夢」的情形，得到了「夢，顛倒也」的結語。千萬年滄海桑田的際遇，由天地混沌至開闢，再由開闢以至混沌，可視爲一場大夢。對於人生如夢似幻的解析大概少有如《櫻桃夢》開宗揭露如斯清楚者。

　　既然人生如夢萬般皆假，那麼該以何態度來面對現實社會？這些劇作家也提供了一些管道，如建議及時行樂，除《目連救母》、《題紅記》表達這種想法外，尚有沈受先《三元記》：「玉津金谷無陳跡，漢寢唐陵失故坵。對酒當歌須慷慨，逢場作樂任優遊。」和陸華甫《齊鳴記》㉕。既要及時行樂，戲劇娛人功能也因此而更加彰顯。或是提供了富貴且隨它，將竹籬茅舍與玉堂金馬等同視之，以免爲人生的起落浮沈而傷心感喟不已，像張四維《雙烈記》：「伊周事業何須數，不學淵明便歸去，坎止流行隨所寓，玉堂金馬，竹籬茅舍，總是無心處。」隨處而安又何須計較歸隱或出仕？亦有將人生出路歸入於道藏修行之路者，如屠隆《曇花記》用玉女搖仙珮曲作本傳開宗：「身在清虛府，須不是當日雕龍繡虎。試娓娓光明慧月，廉纖法雨，涅盤甘露，人應悟，別開一種金函部。」同是人生如夢的觀點，然而各劇作家提供的解惑因應之道卻不同，或許因作者個人差異而有不同所致。

㉕　《新刻出相雙鳳齊鳴記》開場錦纏道道詞：「富貴貧窮，分定不由人算，任貪圖何時如願，塵迷井等鑽窗障，打透機關，拭拂鐵牛汗。得開懷且開，人生虛幻趁芳年，好嚐濃豔況帝江，傳妙梨園急唧杯，歡笑莫讓周郎眼。」

　　人生如夢已是中國文人普遍存在的人生觀，以豁達而又帶著不知如何積極是好的眼光來看社會，劇作家於創作戲曲之際，肯定戲曲娛樂功能，也於有意或無形中將此人生觀寫入劇本，進而達到解除觀眾困惑，或為觀眾提供一種人生道路的目的。具有藝術氣息的劇作家，將能充分掌握到浪漫、新奇與怪誕，可創新不同耳目享受的夢境虛幻情節融入戲中，而這些也是人生如夢觀念支配下的點染功力。

第二節　劇作家的夢觀念

　　劇作家有意識編造許多假夢，更能充分發揮無窮創造力，不再局限於真夢，也因此，夢戲才能做到反映社會生活更廣闊深刻的境地。但是，任何文學皆不能摒棄整個民俗社會的思維積累，於是夢戲舞臺呈現時，也為前人與當時人的觀念作了陳述與總結，並將自己見解披露而出。因此，只要查看歸納戲曲資料，以及評論家對夢戲的批語、序文，不難了解劇作家對夢的成因如何解釋？夢的種類有那些？這些全是劇作家的夢觀念。

壹、夢是冥冥主宰預示的現象

　　關漢卿的《三勘蝴蝶夢》包公做了救蝴蝶的夢之後，審理弟兄三人打死平民案件，猛然驚覺夢的啟示：「適間老夫晝寐，夢見一個蝴蝶墜在蛛網中，一個大蝴蝶來救出，次者亦然，後來一小蝴蝶亦墜網中，大蝴蝶雖見不救，飛騰而去。老夫心存惻隱，救這小蝴蝶出離羅網，天使老夫預知先兆之事，救這小的之命。」此處只言

天預示先兆，彷彿冥冥中自有安排，藉夢境傳達先機。

　　大部分的劇作，尤其明傳奇，經常用夢境鋪陳故事，其中不乏鬼神仙佛或有道的方外人物用夢來主導情節。若就劇中人而言，則是透過夢境預知未來。不論夢的內容是明示，或者要在日後才能洞悉夢所給予的啓示，就觀眾眼中看來，夢是人神溝通的管道，也是仙佛鬼神干預人事的溝通之道。如《看錢奴》雜劇第一折，原本賈仁在神人安排下是得接受凍餒而死命運，但於賈仁苦苦哀求下，靈派侯以「天不生無祿之人，地不長無名之草，吾等體上帝好生之德，權且與他些福力咱。」為理由，使賈仁成為富甲一方的守財奴，等二十年後再雙手奉還原主產業。可證得賈仁的夢境已是明顯透露了神靈與人之間唯有在夢中可互通訊息，也成為鬼神干預主宰人事的管道。人對天道命運不滿也可如賈仁在夢中和神道據理力爭，以改變目前人事命運的安排。

　　元雜劇諸多度脫情節，用夢度脫具有慧根或靈性人物，使走向佛法或仙家路途，如《劉行首》《度柳翠》《竹葉舟》《翫江亭》《昇仙夢》等劇；《降桑椹》因蔡順孝順母親，於是增福神傳上帝旨意在寒冬天氣特降桑椹子以救蔡母。《種玉記》霍仲孺因三星夢中贈玉縧環、玉拂塵、紫玉杖而展開故事；《焚香記》海神告知陰陽兩隔無法為活人審案，於是桂英自盡訴冤；《玉玦記》癸靈神救助秦慶娘，終使夫妻團圓；《荊釵記》神人囑付錢安撫撈救投江節婦錢玉蓮；《尋親記》金山大王救助周羽，使免於解差張文的殺害，此事在張文是屬於夢境；《八義記》趙盾全家有夢，詳夢後劇情發展果真是依夢境發展而來，雖未如前數劇有神人明顯干預，但冥冥中似有天數的安排一般；《紅藥記》神人交待古遺民在表弟鄭

文甫得紅牋之後的次日不可開船。

　　這些事例無不顯示出劇作家認爲人事常受鬼神仙佛的安排，亦即善惡福禍的因果報應觀念普遍存在，天地間的災異與人事之間的禍福吉凶，存著天命規律的數與勢，成爲一切死生善惡與是非運行的原動力，在紛紜多端的事象背後，規劃出天命天數一定的秩序，於是展現了無可抵抗的超越力量❷⑥。普遍存在的善惡有報觀念，自有其存在的社會心理原因，人們希望好心有好報，看到殘酷剝削和醜陋行爲的人們受到懲罰，雖然未必要透過虛妄的鬼神因素，但這種觀念像空氣一樣瀰漫於整個社會❷⑦，不妨以《紅藥記》第十四齣龍王言語爲說明：

　　　　一月前，東岳帝君，發下天符，說今月今日，該有數十人在這湖中淹死，近日又有文牒來，說其中有幾人，或發了善心，或行了善事，已都除下了。吾神看來，大凡死生有命，雖然是無可奈何，禍福無門，也由得平時感召。人若能諸惡莫作，眾善奉行，天自與起死爲生，因禍致福，他日死後，必然生（當作升）天，休言小聖見了低頭，便是閻羅也須拱手，這是上等的人了。有一等無善無惡的，若數該死於非命，也自難逃，只是死後，不受地獄之苦；若有一等濟惡不

---

❷⑥　參鄭志明〈關漢卿雜劇的宗教意識〉，收錄於《文學與社會》一書，學生書局印行，1990 年 8 月出版。
❷⑦　有關中國善惡報應習俗產生與發展、盛行原因，以及分類內涵分析請參劉道超著《中國善惡報應習俗》一書，文津出版社，1992 年 1 月初版。

才的，料天必奪其餘年，以彰顯戮，無量劫內，常爲阿鼻之
囚。

充分展現了世俗的深刻想法，亦即是善惡報應，昭彰有應的心理。
劇作家於寫作之際自然也是無形中反映了百姓願望，但是安排劇情
進展有時又無法力挽狂瀾，使好人免於受厄，只好安排鬼神的出場
以收拾無法遵循善惡報應的窘境，將人事全歸之於冥冥中的鬼神，
對劇作家而言，不失爲一方便之門。

貳、夢是人的魂魄離開軀體

在中國，夢與魂二字經常相提並論，有「夢魂」一詞。《望湖
亭》三十四齣有：「先著魁星下界，暗助錢生夢魂到此朝天，授其
制策。」所謂「作夢」是指夢者的魂魄離開軀體而遊，只要看戲曲
作品中劇作家所作的文字說明，即可考知此點：《墨憨齋灑雪堂傳
奇》三十四折「生作離魂介」。劇作家認爲出現於夢中的人物並非
眞實的人生，它是靈魂的狀態，因此主人翁作夢時有如上述《灑雪
堂》的離魂，另《清忠譜》的「生魂出走介」與《楚江情》的「小
生扮生魂上」；《二奇緣傳奇》第六齣小旦扮天曹司楊威侯劉猛將
賜夢時命令鬼判：「你速將二人香魂攝起，縱放三尺粧成夢界，使
他悲歡離合，敷演一番，以驗後來凶吉。」又如《長命縷》十七出
觀音命氤氳使者：「你可到樂營中，引那楊玉的夢魂來此會勝寺見
我，自有分曉。」而後則是引導的情節：「且急行上，一轉，氤氳
大使暗隨，即先下」由旦所唱詞南步步嬌：「風颯颯吹開了芙蓉
帳，閃去平康巷，雲寒護月黃，只見紺宇紅墻半懸金榜。」其中

「風颯颯」與「閃去」等詞語正可顯示魂的虛無縹緲步伐與行進情形。再由下場時劇作指示：「氤氳大使暗上，內急鳴鑼，旦速走一轉下。」由氤氳大使引來夢魂，也由他帶走夢魂，旦的「速走」又再次證實了劇作家心目中的魂靈是虛無迅捷的。《一種情》五出與十二出的相互印證，則見夢中景象係靈魂離開身體，雖然也是由仙官道者所致：「急取慶娘香魂，并帶箜篌到來，不得有違。」而在慶娘本身，則是屬於夢一場。

　　夢是靈魂離開身體所見的景象，至於夢中出現的他人又是如何呢？劇作家也認為是屬於靈魂的狀態，如《靈犀錦》十八齣「小旦夢魂上」；《花筵賺》十六齣有「小生魂上」「生魂上」，可見得劇作家認為夢中非真實的人物概括以「魂」來稱呼它。人和人之間可藉由魂互通情境，《西樓楚江情》于叔夜日思夜想想見穆素徽一面：「素徽，我與你縱是緣慳分淺，難道夢裡的緣分也沒有了，今夜天色如水，河影如練，想幽夢可通，芳魂不隔，多應趁此月明來也，只怕夢中去路茫茫，我夢來尋你，你夢又來尋我，又不能夠相值了。」而此提出了一個問題，夢中的人物，是否本身也夢見作夢者？否則焉有「我夢來尋你，你夢又來尋我」的言語？此處表現于叔夜的癡情妄想，對於無法與穆素徽相見互夢提出了一廂情願的解釋，卻也顯示一般人認為人雖相隔，能藉夢魂互訴情懷的看法。《相思譜》雜劇風月仙姑命令氤氳使者遣相思鬼將周郎王女「引他兩人夢魂相會片時」，也用夢魂之名。

　　夢中若出現了已死人物的身影，是否也是魂呢？劇作家將之視為魂的一種，只是名之為「陰魂」罷了。如《挂笏齋藏版蝴蝶夢》第八齣得道真人長桑公子命令骷髏在夢中啟發莊周思索生死一事

時：「骷髏，你陰魂何在？」《一笠菴新編永團圓》十齣的夢境有老旦扮江納亡妻出現於女兒夢中時：「魂逐浮雲已數秋，飄然不解喜和憂。只因兒女關心切，又到人間夢裡遊。老身是江納亡妻石氏陰魂，爲因我夫將長女蘭芳，悔卻前姻，我女立志不移，故此特來寬慰一番。」離去之際的下場詞是：「音容人鬼隔，來去夢魂中。」京劇《李陵碑》的楊七郎，《請宋靈》的趙匡胤，《九龍山》楊景等人出場時自稱爲「陰魂」。除了稱爲「陰魂」外，更多是自稱「鬼魂」。京劇《羅成托夢》的羅成，《行路哭靈》的張義，明雜劇《櫻桃園》張玉華，《弔琵琶》第三折的王昭君，皆名爲鬼魂。以「陰魂」稱睡夢中的魂，除了京劇《洪羊洞》外，他處未見❷。各劇本的托夢情節，一再揭示溝通人鬼的途徑是夢，也指出了夢中的人物爲魂，以陰魂或鬼魂以示過世者的靈魂。生人出現於夢，也是屬於生人的魂魄入夢使然。

　　另外鬼卒勾人魂魄以證冥冥中自有因果福報的戲曲內容，以被勾魂魄人物而言，則是經歷了一場逼眞的夢境，如《明月環傳奇》〈魂斷〉〈倩媒〉可相互印證，淨扮荊棘有：「話頭有些難措口，罷！罷！只索將夢魂之事，說與他知，方見得是鬼神所使。」《獅吼記》《續西廂昇仙記》有地獄變相的描寫，依然是勾人魂魄以見地獄情境，雖未言明是夢，但被勾魂魄者是失魂般病臥纏綿床笫，直到魂魄回身方繼甦醒。失魂所見與夢境所見是相同的景致，足見得夢是溝通神人的管道，同時也是神人干涉人事的管道，但是溝通不能與人作直接接觸，只有藉助靈魂才行，這也就是中國認爲夢乃

---

❷　《洪羊洞》楊令公鬼魂托夢與兒子六郎：「叫鬼卒，將他的陰魂推醒。」

是靈魂出遊的基本認知所在。

戲曲刻本有時附有夢圖，這些夢圖也很能夠顯現出中國對夢境的看法。首先，夢圖有四個共同性：一是做夢人與夢境內容共存於畫面中；二是夢境和實境之間有一條神秘的分界線；三是對夢境範圍進行的有限化處理，這條分隔實境與夢境的分界線一端是收束或會合于人腦，指明做夢者是誰，以及夢境呈現的處所是做夢人的頭腦；四是對夢境範圍所進行的無限化處理，即雲霧狀分界線的一端繫於人腦，另一頭卻是開放的，形狀像隻口袋，開放處爲口，收束處爲底，這似乎是爲了表現出夢境的超越日常現實的性質，表現出人在夢中與無限的接觸。❷這些夢圖指出了夢者是誰，夢境內容繪刻出現於畫面上，（見圖一～圖四）又在在顯示出中國認爲夢即是靈魂的活動。

《楚辭·招魂》巫陽有「掌夢」的應對之語，王逸注：「巫陽對天帝言，招魂者，本掌夢之官所主職也。」玩索巫陽對上帝的言語，似當時相信，以生魂別於死魂，招徠各有專司，不容越俎代庖。掌夢者可以招魂，當是緣於將夢視爲魂的活動之一。倘若不比尋常的夢魂出遊，則不是掌夢者所能奏功成效，於是才有上帝要求巫陽從事招魂工作。〈抽思〉：「惟郢路之遼遠兮，魂一夕而九逝……願徑逝而未得兮，魂識路之營營。」〈哀郢〉：「羌靈魂之欲歸兮，何須臾而忘反。」王逸注爲：「精神夢遊，還故居也。」都是說明生人的魂於睡夢中離體外遊。臺灣阿美族認爲夢是人的靈

---

❷　參〈對中國古代畫夢形式的考察〉一文，收錄於卓松盛《中國夢文化》一書，頁510-528。

魂出遊，若不回來，人就死了。出遊時所見所聞是另外祖靈世界的
事情。❸杜甫〈歸夢〉詩：「夢魂歸未得，不用楚辭招。」則是將
生魂等同於夢魂。❸中國夢魂之說由來已久，戲曲安排夢情節，是
站在肯定人有靈魂或魂魄的立場創作，肯定鬼神存在的前提下進行
創作，披露了民間一般對夢與靈魂學說的認知。

參、夢是心頭想的產物

　　平日思想可能反應在夜間的夢境上，亦即夢是人心理的反應和
表徵。《范張雞黍》第二折第五倫寬慰范式夢見張劭吐露已死事：
「賢士差矣，你平日間思想你兄弟，所以做這等夢。俗話說：夢是
心頭想。此事真假未辨，敢是甚麼邪神外鬼問你討祭祀來麼？」須
要對夢中出現的神鬼加以祭祀，已成為根深柢固的想法，雖然只是
寬慰言語，卻知夢形成原因，反射了平日思想所致。《雙珠記》第
三十四齣貼旦言語：「奴家自從前日縫紉縷衣，偶題一詩在內，託
物寓意，不知著在那一個有緣軍士身上，一向朝思暮想，此心若有
所感，形於夢寐之間，每日排遣不下，如何是好？」正因為經常的
想念，因此心有所感，也就形之於夢寐，才有象徵婚姻的雙鳳和鳴
交舞，兩兩騰空而出的美夢。

　　另於《四賢記》〈夢警〉，在做一惡夢下，自忖度：「吉凶兩
字難憑據，自古道：夢由心作。只是我未嘗想到這個地位。卻緣何

---

❸　引自阮昌銳〈占卜的類別〉，見《歷史月刊》第 126 期，1998 年 7 月。

❸　參錢鍾書《管錐編》中冊之〈楚辭洪興祖補註——招魂〉文，頁 633，香
　　港太平書屋印行，1980 年 2 月初版。

如斯夢奇？」《世說新語·文學篇》十四則記錄了衛玠和樂令有關於夢的言論：

> 衛玠總角時問樂令「夢」，樂云是「想」。衛曰：「形神所不接而夢，豈是想邪？」樂云：「因也。未嘗夢乘車入鼠穴，擣虀噉鐵杵；皆無想無因故也。」衛思「因」經月不得，遂成病。樂聞，故命駕爲剖析之；衛病即小差。樂歎曰：「此兒胸中，當必無膏肓之疾。」

於心中的情欲、憶念，可概括用「想」來稱呼它，而體中的感覺受觸，可稱爲「因」❸❷，明代葉子奇《草木子》卷二〈鉤玄篇〉有：「夢之大端二，想也，因也。想以目見，因以類感。……蓋目之所見，則爲心之所想，所以形於夢也。」南戲《張協狀元》第四出有「南人不夢駝，北人不夢象。若論夜間底夢，皆從自己心生。」夢由心作，此心可是有意識的內心思法，是潛意識的表徵，也可視爲身體狀況的反應。

　　《運甓記》圓夢者所說：「大抵人之夢寐通乎天地，達乎物類，憑乎喜怒，應乎節氣，故饑則夢取，飽則夢與，虛則夢飛，實則夢溺，陰盛夢水，陽盛夢火。枕帶而寢則夢蛇，飛鳥銜髮則夢舉。將陰夢火，將疾夢食。夢棺得官，夢糞得才，夢飲酒者旦而有憂，夢歌舞者旦而哭泣。」所舉例是占夢者將夢視爲身體狀況的反

---

❸❷　錢鍾書前揭書中冊〈周穆王〉條，頁 488-490。

應：體內陰氣盛時夢見水，陽氣盛則夢見火，而身體即將轉成陰氣盛時也是夢見火，代表此時狀況仍是陽氣爲主。夢，也是內心欲望的展現，如饑餓時夢見取食，吃飽時夢見將食物與人。夢，是對外界刺激下產生的錯覺，如睡覺時如果背部壓住一衣服的束帶，可能會夢到蛇，這是夢中錯覺成份。對夢的成因以此點較具有科學觀察的精神，亦即外界或肉體刺激可能會被編排入夢中，成爲夢的材料❸。

又如《全像胭脂記》二十四齣，郭華夜夢不祥，不禁十分憂煩：「憂恚能成夢，邪思便作魘。神魂不怕遠，一枕返家園。」前二句說明了夢的成因，係因白日精神心思狀況使然；後二句則是夢的內容。《鳴鳳記》十八齣林潤夢見虎狼異族入侵，俘擄了許多中國婦女，面對身憂家國的丈夫，林妻是如此勸說：「畫之所爲，夜之所夢，相公連日飲酒，神思不寧，致成此夢。」林潤想要祈禳清平郊野，所以妻子更加確認此夢是「有此誠心，故有此奇夢」。這種「畫之所爲」，也就是「夜間所夢」的題材。《黃孝子傳奇》二十三折黃孝子母親在母子團圓前夢見「一個漢子，扯住我的衣袂，叫我是娘，醒來卻是一夢。」與《出像金貂記》薛丁山夢神人贈劍與他；《清忠譜》第八折周順昌對作了殺魏忠賢的夢是作：「我想畫之所思，夜之所夢，只因我一心要殺魏賊，故此夢中幻出許多光景」的解釋。這些全是以夢是白日思想所致作爲戲曲編寫夢境的依據。

---

❸　王溢嘉編譯《夢的世界》〈夢的材料與來源〉部分，頁 34-45，野鵝出版社印行，1986 年 11 月三版。

　　《情郵傳奇》第三十齣夢因提出了世人的夢有二類：「凡世人的夢有兩般，一生於想，想已極而境呈；一起於因，因未來而端現。」與葉子奇論夢的二端有「想」「因」相互見義。此處所以出現夢神是為讓三人的婚姻得協，相互思慕則為夢形成的原因：「那劉乾初、王慧娘、賈紫簫三人因詩相慕，這原是個想。恰好王慧娘、賈紫簫都該歸於劉乾初，那慧娘、紫簫又該先為主僕後作妻妾，那主僕妻妾又先該顛倒，後來歸正。這都是夙世前因。」將「想」與「因」的差別作了詳細說明，大概鮮有劇作家如此區別「想」與「因」的致夢，而吳炳此處則是將想與因合而為夢，使因能夠透過夢預先指示出一個景象，成為後日的應驗。這對於夢境形成之因倒是有獨特的看法。

肆、夢的分類

　　一般有六夢之說。《四賢記》二十四齣夢警有：「我聞人有六夢，變幻至微，且如夢死得生，夢穢得物，或者是個佳兆。」《運甓記》二十三齣說：「吾想覺有八徵，夢有六候：一曰正夢，二曰噩夢，三曰思夢，四曰寤夢，五曰喜夢，六曰懼夢。」這裡所提及的八徵與六夢由來已久，明人陳士元《夢占逸旨·六夢》篇提及了六夢八覺之說：

> 六夢神所交，八覺形所接。六夢：一曰正夢，二曰噩夢，三
> 曰覺夢，四曰寤夢，五曰喜夢，六曰懼夢。此六者，夢之候
> 也。八覺：一曰故覺，二曰為覺，三曰得覺，四曰喪覺，五
> 曰哀覺，六曰樂覺，七曰生覺，八曰死覺。此八者，覺之徵

也。㉞

　　此也就是《運甓記》所說六候八徵的由來，只是其中的覺夢被改爲思夢而已。

　　六夢最早出處是《周禮》卷二十五的〈占夢〉篇，分爲正夢、噩夢、思夢、寤夢、喜夢與懼夢。《運甓記》的分類直承《周禮》說法。依鄭玄注文可見得正夢指的是「無所感動，平安自夢」的無所至自夢，這類夢的特點是並無外界對精神的重大刺激而自然有夢。噩夢是指「驚愕而夢」，思夢是「覺時所思念之而夢」，寤夢則是「覺時道之而夢」，喜夢指「喜悅而夢」，指未睡時心中喜悅，睡而作夢，懼夢指「恐懼而夢」。六夢中除正夢是正常的夢外，其他五夢均爲非常情況下夢，亦即是精神上、心理上受到刺激引起巨變之後所產生的夢。這六夢有相近如思夢與寤夢，都是在平時對某種事物思慮過度，念念不忘所造成；噩夢與懼夢都是由于某種事物引起驚懼、恐懼的心理而入于夢境。也有相反如喜夢與懼夢，心理狀況是相反的，因而夢境也完全不同㉟。

　　夢的分類到東漢王符著《潛夫論·夢列》時則是將它分爲十類，可說分得更加精細了：

　　　凡夢：有直，有象，有精，有想，有人，有感，有時，有反，有病，有性。

㉞　此明人陳士元《夢占逸旨》係採用《占夢術注評》一書文句。

㉟　參《周禮》注文與傅正谷《中國夢文學史》第一編第三章，頁42。

這裡，「直」是指直夢，即直應之夢；「象」指象夢，是象兆之夢；「精」指精夢，即意精之夢；「想」指想夢，即記想之夢；「人」指人夢，即人位之夢；「感」指感夢，即感氣之夢；「時」指時夢，即應時之夢；「反」指反夢，即極反之夢；「病」指病夢，即病氣之夢；「性」指性夢，即性情之夢❸。王符認為占夢就是根據這十類夢來進行占夢的，因此，十夢的劃分實際上就概括了當時整個社會對夢內容的看法。之後王符還詳加說明何謂十夢，其中不乏舉前人夢例以作解釋。也有研究者是就夢在中國文化影響最大在於「象徵暗示功能」，以此為基準替夢作分類，如分為個人的象徵、集體的象徵和逆反的象徵等三類。李白母親的「長庚入夢」是個人的象徵；詩經的夢熊夢羆則為集體象徵；逆反的象徵通常是凶夢吉釋或吉夢凶釋，如夢屍得官，與夢穢得財之類，通常任由占夢家隨意引申、闡發，比較缺少公眾認同的一般定性與規律，從這個側面來看，又接近於個人的象徵❸。

　　戲曲除《運甓記》有說明夢的種類之外，其它劇作中未見。而且本劇也未說明何謂寤夢？何謂喜夢？噩夢？也未詳舉例子作說明，或許只是沿襲成說寫入劇作之中，並不表示劇作家對於夢的分類有超越古人見解之處，畢竟劇作家只是安排夢境的演出，而不是研究夢的專家。襲成說而於劇作中表現出來，前引《四賢記》夢死

---

❸　參《占夢術注評》之二《潛夫論・夢列簡介》，頁 167，雲龍出版社，1994 年初版。

❸　俞兆平〈夢在中國文化之中〉，《聯合文學》第 8 卷第 3 期，1992 年 1 月。

得生，夢穢得物的說法可於《世說新語·文學》四九則見到，文字如下：

> 人有問殷中軍：「何以將得位而夢棺器，將得財而夢屎穢？」殷曰：「官本是臭腐，所以將得而夢棺屍；財本是糞土，所以將得而夢穢汙。」時人以爲名通。

此處姑且不論魏晉名士的清談的品味，只就問題來說，可見得一般對夢見官器與屎穢的象徵意義是爲大家所熟悉，具有固定的象徵意義。

第三節　中國夢戲所反映的占夢文化與祈夢禳夢

戲曲占夢文化，可由《虎符記》二十二折的詳夢先生所述歷史、傳說或小說上的有名夢例，一窺中國如何重視夢境，以及釋夢的巧心所在：

> 巫陽有掌夢之對，明堂有占夢之所。黃帝夢華胥，我知他有鼎湖之仙；高宗夢良弼，我詳他得傅巖之相；光武乘龍之夢，決他必定中興；和熹捫天之夢，我許他定生聖嗣；巫山之夢，我詳那楚王有荐枕之歡；鈞天之夢，我詳那秦王有定霸之應；南柯之夢，曾斷淳于；西堂之夢，曾知靈運；夢推上天，我便說文帝有黃頭之寵；夢灶上樹，我便知霍顯有赤族之危；太姒之夢，就知周王受命長；長庚之夢，我就知李

白將生；宋元夢豫且，我勸殺龜以卜；漢武夢昆明，我勸他
放魚得珠；夢九鶴集庭，我就知九齡當降；夢玉燕入懷，就
知張說封燕；竇禹鈞夢名掛天曹，我道他陰德之報；馬裔孫
夢神授二筆，我許他入相之機；三刀之夢，說有得州之榮；
半臂之夢，我說有平章之拜；夢看碑文，我斷那杜鴻漸宰
相；夢登塔，我斷那孫夢得探花；夢松生腹上，我知丁固位
至三公；夢菜與殿齊，我知蔡齊必當及第；又如羅浮山之
夢，香雪侵肌，芙蓉城之夢，錦雲滿眼，皆能先明吉凶，預
報災祥。

值得注意的是，在中國的占夢史上，有許多是惡夢吉釋，以祈能夠
奉承、阿諛夢者，正如《運甓記》派去請占夢者的家人言語：「夢
寐之事，甚是渺茫，你到那裡，只奉承他幾句便了。」知占夢是充
滿著奉承與虛假的行為。《虎符記》的夢例，是為了帝王與富貴人
物的出生、成就功名霸業、出將入相與婚姻所寫的占夢簡史。

壹、為統治階級作宣揚的占夢

占夢，也就是後人所說的圓夢、解夢或釋夢。術士根據人們夢
中所歷所見，預卜做夢人和與之有關的人事吉凶休咎。占夢歷史由
來已久，歷朝歷代不乏著名占夢事例流傳下來❸。早在西周時期即
有占夢官的設置，《詩經·小雅正月》：「召彼故老，訊之占夢」

---

❸　占夢史略參洪丕謨《夢與生活》卷下〈中國占夢史略〉一文，頁 227-
253，中國文聯出版公司，1993 年 6 月一版一刷。

的詩句，《周禮・春官大卜》的職責：「掌三夢之法，一曰致夢，二曰觭夢，三曰咸陟。」兩漢時期，隨著中醫理論的發展和陰陽五行說的流行，人們對夢的認識和理解由表象而漸入其裡，《黃帝內經・靈樞經》以正邪二氣所在人體部位來確定所夢物象方法，雖有將夢這一複雜的生理、心理現象簡單化的傾向，但它畢竟還是比較客觀看待夢的產生與所夢物象，對人們認識夢有一定的幫助，爲診治多夢及其它夢症提供了一定的理論依據。但術士圓夢釋夢時，卻很少用《黃帝內經》的夢理論來釋夢，他們占夢通常是視要求占夢人們的需要，藉助某種占卜的理論❸。

戲曲有關占夢的情節不少，提出占夢有所謂的三不圓：「記的頭，忘了尾，一不圓。記的尾，忘了頭，二不圓。記的中間，忘了頭尾，三不圓。」（《存孝打虎》第二折）由於戲曲是劇作家有意識地運用夢來鋪陳情節，因此不可能有忘了頭尾或中間部分夢情境產生，占夢者即能進行占夢。

需要透過專業占夢者或算命者來解釋的夢境大部分都是荒誕不經、迂迴或具有象徵意義，平常人無法直接了解夢內容而來。占夢者相對於夢者地位而言，是較低的，不論是夢者的親戚、友朋或屬下，占夢大多數要迎合夢者的期待與心理，是可想見的。中國諸多具象徵意義的夢被採擷入戲曲，成爲君王體系或讀書科舉做官的象徵宣傳品，大部分是預言夢，亦即有帝王夢、求賢夢與科舉官職夢，與君王士人的婚姻夢。

---

❸　參〈尋夢原是夢中人〉一文，錄於《中國古代占卜術》一書，衛紹生著，谷風出版社，1993年6月出版。

　　其一是帝王夢。有帝王的發跡夢境，如《風雲會》《雲臺記》，前者為象徵趙匡胤即將得天下，另一是劉秀未來將成為皇帝；或是有關於國君婚姻，如《智勇定齊》晏嬰占齊公子會遇得淑女並娶為夫人。《酣戰太史慈》孫策夢漢光武帝前來相招，自占為創業之際的吉兆。

　　其二是國事夢。此又與前項息息相關，如關係及國運興衰的夢，有《浣紗記》《舉鼎記》，是國家將亡或有臣屬將侵吞社稷的預警；也有君臣遇合的夢境，此遇合夢，又與國事相關，有《飛刀對箭》《存孝打虎》《衣珠記》《廣成子》《破天陣》《麒麟閣》《白袍記》《進蠻詩》，皆因夢而占解，預指將得一員大將或賢臣輔助自己，而且果然也都應夢。

　　其三是士人的婚姻前程。有志於功名的讀書人或是武將，經常在尚未得到功名之前有夢兆預示未來前程事，如《女丈夫》李靖卜問是否能得天下成為天子，因而有夢預卜前程；《鳴鳳記》《修文記》《二奇緣》的夢是對夢者一生事業的概括；《萬事足》象徵著主人必然科考高中的夢；《虎符記》對於家人未來平安與否的提示；對婚姻的預示夢境則有《夢磊傳奇》《灑雪堂》。尚有更多的夢境不是曲折需要解釋，而是直接以神道說明某人未來會成為秀才，如《四美記》的滿江舟子皆夢「來日有船過渡，俱該溺死，只有蔡狀元在船可救那些生命。」或某對才子佳人終必成為夫妻，只是目前未遇。這種種皆可見得夢境的神道於有功名者也謙讓幾分，為他們冥冥註定的婚姻而奔走。

　　上述三項是戲曲中常出現為夢所作的解釋，其中隱藏著占夢者的思想、感情、需要、信念和世界觀。身為統治階級，包括讀書人

想要企求功名的意志強加於夢，曲折迂迴地讓自己的意志在夢的解釋中表露出來。而占夢者對夢的占釋，基本上是迎合統治階級的需要和心願。占夢就消極社會作用來看，約有三項：一是宣傳者受命於天，能與神靈相通；二是宣揚夢可以應驗吉凶，鼓吹命定論；三是傳播封建迷信，欺騙人民群眾❹。因此民間普遍認為：不論是官職的升遷、日後能否發跡為王為將為相，能否得到股肱人才輔佐國政，甚至是科舉考試能否名列前茅，或是帝王將相的婚姻皆能在夢中獲得啟示。

貳、劇作家所展現的占夢方式

中國夢戲的處理上，時有安排占夢或釋夢的情節，可看出劇作家是如何釋夢。夢戲安排占夢的劇作有以下數種：

《飛刀對箭》第一折

《存孝打虎》第一、二折

《五侯宴》第二折

《義俠記》下卷三十一齣

《古城記》卷上十五齣

《虎符記》二十二折

《五福記》上卷七齣

《麒麟閣》二本下卷三出

---

❹　姚偉鈞《神秘的占夢》之〈從有關夢例看占夢的消極社會作用〉，頁 93-108，書泉出版社，1994 年 1 月初版一刷。

《舉鼎記》七折

《呂眞人黃粱夢境記》十三齣

《望湖亭記》卷上十一齣

《繡襦記》卷二第五折

《酒家傭傳奇》卷下三十三折

《鸚鵡洲》二十齣

《運甓記》二十三齣、二十八齣

《墨憨齋新定灑雪堂傳奇》九折

《墨憨齋重定夢磊傳奇》二折

《龍舟會》

《風波亭》

《興趙滅屠》

《胭脂褶》

《酣戰太史慈》

《智勇定齊》第一折

《雷澤遇仙》第一折

《登瀛洲》第四折

《紫釵記》卷下四十九齣

《何文秀玉釵記》三卷二十四齣、二十五齣

《精忠記》上卷十四齣、(同《岳飛破虜東窗記》上卷十六折)

《重訂趙氏孤兒記》上卷十七齣、(同《八義記》卷上十七齣)

《衣珠記》上集第十四

《劉秀雲臺記》卷下三十出

《薛仁貴跨海征東白袍記》上卷六折

《浣紗記》卷下二十八齣

《雙珠記》卷下三十四齣

《寶劍記》十出

《韓湘子九度文公昇仙記》卷上九折

《黃孝子尋親記》二十二折

《筆耒齋訂定二奇緣傳奇》六齣

《墨憨齋定本萬事足》第七折

《惡虎庄》

《宏碧緣》

《堂樓詳夢》

《飛虎山》

《麥城昇天》

　　嚴格說起來「占夢」與「圓夢」是有所不同，戲曲中又經常用「詳夢」一詞。「占夢」是指對夢境作一占卜以定吉凶，而「圓夢」則是對夢提出一合理的解釋來破釋夢者的疑慮，如《酒家傭》三十三折的「街坊上有圓夢術士，喚一個來。」，而《望湖亭》十一齣的：「員外，老身夜來得一夢，未知主何吉祥，要你圓解圓解。」圓夢之意即是圓解夢境。《長命縷》的圓夢之意較為特殊，已非「圓解夢境」之意，倒是有「圓合於夢」的意思。是先有夢境，其中一義是：「還有個遂子的白衣來降」（二十七出），在二十九出「圓夢」安排了善才龍女的送子：「我等奉菩薩法旨，前往單著作宅上送子與二位夫人，以圓前夢。」可見得這裡的圓夢與一般作夢後的圓解夢境是不同的，它已是為了要合於夢境所作的安排，因此作圓合之意來解或許是較為恰當。至於「詳夢」意思則和

釋夢相同，《醉怡情》收錄《節孝記》的祈夢與詳夢二齣，其中對於詳夢是說：「日後到江湖上自有異人與你詳解夢語。」與「待老夫把孝子的夢語詳解詳解，詳的著也好討個方向，詳不著也不要搶白老夫。」可見得詳夢與圓夢的意思是相同的。

　　有些夢戲夢境是直接可釋，很容易明瞭其意。如京劇《狸貓換太子》宋仁宗夢黑漢包拯將樑柱托起，直接見意是會得到賢臣包黑子。《進蠻詩》唐明皇因人能解讀外邦所呈貢的表文煩惱不已，夜夢一人自稱李白，表示可以解讀外族表文。又如眾多的鬼魂訴冤，對於案情的明白敘說，全是直接見意的夢境。

　　須要占解的夢，大抵上皆是迂迴難測的，倘若參看中國典籍中著名的占夢事例，就可發現釋夢者無不巧盡心思地來解釋夢中光怪陸離、恍惚多變的景象，於是有了象徵法、象形法、諧音法、析字法與推理法的圓夢技巧❹。上述的這些夢境不是很明顯可以直接解釋，需要透過占夢來曲折迂迴加以解釋，這大致上可分爲概念的聯想、文字的聯想與語音的聯想三類❷與破譯法、反革法來釋夢。

---

❹　陳大康《中國古代話夢錄》第五章〈圓夢技巧類析〉，頁 100-123，業強出版社，1994 年 3 月初版。不同的研究夢書，有不同的歸類名稱，如陳美英、方愛平，鄧一鳴著的《中華占夢術》於〈形形色色的解夢方法〉分對夢象直接進行解釋與曲折加以解釋兩大類，後類又細分爲拆字法，同音占夢法，破譯法，象徵法與聯繫法五類，頁 65-89，文津出版社，1995 年 3 月一刷。劉文英《夢的迷信與夢的探索》將之分爲直解、轉釋與反說三項，而轉釋又細分爲象徵、連類、類比、破譯、解字與諧音數項，頁 73-97，中國社會科學出版社，1989 年 5 月一版一刷。

❷　康義勇〈孤本元明雜劇中的民俗史料〉文，《高雄師大學報》第 3 期，1992 年。其它的釋夢方式可參前註文字。

一、概念的聯想

運用已經定型的概念聯想或憑藉推理能力以解夢。定型的概念，是神話式意象夢的詮釋結果。直夢較為清晰，不用象徵方法，意義自明。意象式的夢則有許多類似神話思維的特色：濃縮性、跳躍性、意在象中，象與象之間依據相似、相近而產生的非邏輯聯繫❸。智力累積，納入這些意象則形成一種意識體系，並定型為概念。劇作家又根據這些定型概念來釋夢。如《智勇定齊》第一折齊公子夢見「一輪皓月，出離海角，恰麗中天，忽被雲霧遮蔽」，晏嬰圓夢釋為：「月者屬陰也，皓者明也，浮雲遮蔽者，乃此人時運未遇。公子未娶夫人，所有賢明淑女，隱於鄉村，或在林麓之間也。」以月指淑女，與浮雲遮蔽指時運未遇，皆是定型的概念聯想。以日指君王，可以《存孝打虎》為例，第一折李克用「夢見一輪紅日，在帳房裡滾」，透過圓夢人的解釋是「日乃人君之相，此必主朝中有宣敕來。」與《韓非子·難四》衛靈公言語：「吾聞見人主者夢見日」可相互印證。

其它如以「虎」象徵猛將，皆是以概念加以解夢，《五侯宴》第二折李嗣源：「昨日三更時分，夜作一夢，夢見虎生雙翅。今日早間去問周總管，他言說道，有不測之喜，可收一員大將。」相似夢境於《存孝打虎》第二折也可見到：「夢見一箇大蟲，搧著兩箇肉翅，望著某咬一口」，周德威釋為「單主今日日當卓午，得一箇應夢的將軍」。「虎生雙翅」已是君臣關係中的將臣固定概念，《博望燒屯》第一折劉備言語作證：「若得孔明下山，拜為軍師，

---

❸　王鍾陵〈精怪世界與夢文化〉，1992 年齊魯學刊第 6 期。

憑著關張雄虎之將，如猛虎插翅。」《岳飛破虜東窗記》第十四折岳飛夫人夢見「一虎覓食，落在澗裡，被強徒把他，把他擒拿住，將他削爪敲牙，損卻身上皮」，來預告岳飛這名抗金名將的未來不幸事，以虎來象徵猛將，是一概念意象。融合日與虎的概念來釋夢有《舉鼎記》第七折楚平王「夢見黑虎肋生雙翅，仰天吞日，直撲孤家」，是侵奪乾坤之意，有刀兵之禍。

　　猛虎與群羊的夢境大抵不祥，也成為劇作家描繪有禍及生命的血光之災，如京劇《興趙滅屠》取自《趙氏孤兒》劇，屠岸賈將敗前夕，夢見山坡下一群羊被猛虎所噬，屠岸賈並未請人詳夢，而是自行翻查夢書，知是凶險的夢警。《捉放曹》救助曹操，卻被曹操誤殺的呂伯奢，在前一日也夢見了猛虎趕傷群羊；《雙龍會》楊繼業亦有猛虎群羊的夢。劇中並未安排詳解，也未透過劇中人表示這是凶險的夢，而是用劇情進展，知此夢是預示了呂伯奢全家的被殺，楊家將凋零殆盡景象。這是屬於大家所熟知的概念化的占夢，並記錄在夢書之中。果然劇情進展朝向凶事而行。這些例子，是以定型概念釋夢。

　　其它由概念聯想釋夢者，如鯉魚被困與脫困化龍，是才人現狀與日後發跡之兆（《何文秀玉釵記》卷三第二十四出）；新月重圓的夢境被視為夫妻團圓之兆（《何文秀玉釵記》第三十四出）；《雙珠記》三十四齣夢象釋為「以鳳求凰，乃夫妻諧遇之象」，雙鳳和鳴代表夫妻即將諧遇，尚有《義俠記》武松之妻的夢，此劇亦有占解雙鳳的內函，《卓文君》雜劇雖未占解，但雙鳳棲庭前樹上的意函，卻是十分明顯。明雜劇《春波影》誤嫁薄命的馮小青回憶「吾幼夢手折一花，隨風片片落水，命止此矣。」作人生命運際遇

的解釋，也是概念化的解釋。

二、文字的聯想

運用字形離合以解夢，此方法也常摻和著字義配合詳解夢境。《雷澤遇仙》夢一女子站立山前，醒來自占為「人立山前」是一「仙」字，因此預言將會遇仙。《飛刀對箭》第一折於皇帝夢見一名白袍小將自述「家住在虹霓三刀」，徐懋功圓夢以為「虹霓者是絳也，三刀者是州也。這箇應夢將軍，必然出在絳州龍門鎮。」此處的圓夢，「虹霓者是絳也」是屬於字義上的詮釋，而「三刀者是州也」則是運用字形的離合以解夢。以薛仁貴故事為基型的《薛仁貴跨海征東白袍記》將白袍小將的言語改為「家住夆字邊三邊，三鎗點三點。」依然是指著「絳州」，運用文字字形的離合重組現象更是明顯。《萬事足》以羊角為「解」字，是用「解」字的俗寫來解釋，而將「頭」釋為「元首」是就字義來論。種種例子知釋夢經常搭配各種方法來圓解。

單就字義詮解者有《黃粱夢境記》這是一場夢中夢：養馬僮夢見所愛的主人侍婢珍珠送他一隻玉合，打開玉合卻是空的。於是求教占夢以卜問和珍珠的姻緣如何：「既合而開，又是空」婚事不協，以實物的玉「合」表示和合。是就字義的單純釋夢。

《精忠記》第十四齣岳飛的夢是「二犬爭言」，金山寺住持道月和尚告以：「元帥，你是個讀書之人，豈不曉得二犬爭言，豈不是個獄字。」❹。《酒家傭》第三十三折，圓夢術士以「竇」字來

---

❹　《岳飛破虜東窗記》第十六折情節與此相同，但文字有「二犬爭食」「二犬爭言」的差異。岳飛言語是：「夜來夢見二犬爭食，此夢如此。」而道

解釋夢中人稱「姓空名買」；用「霍」字來釋「雲佳夫人」的姓。
《韓湘子九度文公昇仙記》第九折用「夫」字釋「二人並走」，用
「婦」字釋「一女人皆一苕帚」的夢。《劉秀雲臺記》第二十九出
夢「白羊追我，指頭去頭，指尾尾斷」係一「皇」字；《衣珠記》
第十四的「九輪紅日」對應「旭」字，是人名或地名，於第十六訪
得趙旭賢才。《灑雪堂》在伍員祠祈夢，有二隱語預示魏鵬、賈雲
華婚姻事：「灑雪堂中人再世，月中方得見嫦娥。」經事後印證知
是借屍還魂事，後於灑雪堂飲宴慶祝。由用隱語預示後來事，也見
於《黃孝子尋親記》第十九折祈夢時所獲得言語是：「昔日曾經未
遇，他時相見非常，女人臨水似徜徉，更有三刀相傍。鸚鵡洲邊得
語，崆峒山下求糧。三人捧日慶占房，重見萱花再放。」第二十二
折的詳夢可說是對此詩的最佳註解：

> （外）原來八句好詩，（想介）首句是昔日曾經未遇。孝
> 子，你昔日曾到此處麼？（生）來是來的，不曾到這泊船所
> 在來。（外）怪道說昔日曾經未遇。（生）敢是未遇家母
> 麼？（外）非也，不是未遇令堂，是未遇老夫。（生）是
> 了，他時相見非常？（外）你離此有幾年了？（生）有十餘

明和尚對以：「將軍，你是個讀書之人，不曉得二犬著一言字，乃是獄
字，此去必有牢獄之苦也。」京劇《風波亭》將此夢更添為：「夢見二
人，赤膊而立。又有二黑犬，相對而言。正在猜疑之際，忽見洋子江中，
風浪大作，出一怪物，似龍無角，似魚無腮，將弟子撲倒。」道悅和尚除
釋為獄字外，也解其它夢徵：「江中風浪，出怪物者，明明是有風波之
險，二人赤體旁立，必有同受其禍者。」

年了。（外）十年之後，就為他時了。（生）相見非常呢？
（外）孝子恭喜，今日遇著老夫，要報你非常之喜，為此說
昔日曾經未遇，他時相見非常。（生）女人臨水似徜徉？
（外）這句有個字在裡面。（生）甚麼字？（外）女人的女
字，臨了三點水，可不是汝南的汝字？（生）是個汝字。似
徜徉呢？（外）不過是臨流徜徉之意。（生）更有三刀相
傍。（外）這也是個字，自古三刀成一州。（生）可是舟船
的舟字？（外）不是舟船之舟，乃是州縣之州。是汝州二
字，是個地名，記著。（生）鸚鵡洲邊得語。（外）這句好
解，此處正是鸚鵡洲，故此說鸚鵡洲邊得語。（生）得雨？
是嗄，記得那年在此，下了極大的雨，可不全應了？（外）
不是這個雨字，今日在鸚鵡洲邊，得了老夫言語之語。
（生）崆峒山下求糧。（外）離此不遠有一山，名曰崆峒
山，此山雖小，其名最大。（生）求糧呢？（外）孝子，你
莫怪老夫說，你到山下絕了口糧，要求食了。（生）不瞞公
公說，如今現在此求乞。（外）咳！可憐。我說娘娘的夢，
是極靈應的。（生）三人捧日慶占房，這句怎麼解？（外）
三人捧日慶占房，這句到也難解。三人捧日慶占房，到有兩
個字。（生）那兩個字？（外）人字加三畫，下面捧著個日
字，可不是春夏的春字？（生）慶占房呢？（外）慶占房，
是個店字。（生）怎麼是店字？（外）小寫的广字頭，加個
占卦的占字，可不是開店的店字？（生）重見萱花再放。
（外）孝子恭喜賀喜，萱花乃是宜男之草，就比你令堂了，
況且說重見，是有日遇見的，只管去尋。（生）公公詳了半

日，沒有個著落的所在，教我那裡去尋？（外）前面兩個字是汝州，末後面是春店，這一些也不難，你要尋令堂，竟到那汝州春店。

這是一個很好的詳夢例子，運用了文字離合得知了關鍵的地名所在是「汝州春店」：女人臨水爲「汝」字，三刀指「州」字，三人捧日則成「春」字，慶占房指「店」字。清雜劇《龍舟會》謝小娥父親與丈夫在夢中用隱語告知殺他們的仇人爲「車中猴，門東草。田中走，一日夫。」李公佐解釋爲：「申屬猴，車字去了上下兩橫，中間是個申字。門下東字，上加草頭，是個蘭字。田字中間一豎，走上走下，也是個申字。一字加夫字，又加日字，是春字。明明是申蘭、申春兩個人姓名。」用文字筆劃組合方式猜測得隱語意涵。

三、語音的聯想

運用諧音或雙關語釋夢，這種方法也是利用中國文字同音通假的原理爲占夢服務的。《破天陣》楔子的夢：

聖人夜作一夢，夢見與番兵交戰，正行之際，前至一道河，河中一隻船，船頭上立著一箇美色的女人，戴著滿頭花。那女人言稱道：我主，此處有保駕將軍在此。聖人言道，在那裡？則見那船倉裡面，跳出一隻大羊來，那羊躍身跳在岸上，將番兵趕退了。

此夢應夢將軍在「汝州」的解釋與《黃孝子尋親記》是相同的，將「船」釋爲「州」字，是有一脈絡可尋：「船」字與「舟」字義

同，而「舟」與「州」字諧音，因此可以將「州」字釋「船」的夢境。將軍姓名爲「楊景」，足見以「楊」釋所夢見的「羊」，是採用諧音的占夢法。「景」字則是迂迴的「那女人頭上戴著花，乃是景字。」《鸚鵡洲》第二十齣因罪入獄者夢見一婦人自稱爲薛濤，並且相贈一詩，於是自己釋爲「薛者，雪也；濤者，風波也。我這風波，日下當昭雪耳。」以薛、雪音相近來釋夢。前二例，以「女人頭上戴花」釋「景」字，用「風波」釋「濤」字，全是用字義作詮釋。《望湖亭》第十一齣的「夢見園中梅樹開花，梅花結子」，圓夢釋爲「梅者，媒也。或者有個良媒到此來，況開花結子，都是好讖。」《紫釵記》四十九齣「鞋者，諧也，李郎必重諧連理」。上述「羊、楊」「薛、雪」「梅、媒」「鞋、諧」由音近或音同互相轉換，是占夢常用方式之一。

四、破譯法

此是較爲複雜、艱澀者，非賴專業解夢人無法弄懂夢意。占夢人須精通陰陽天文、術數占候等學問，配合夢者的生活、言行思考，才能占候得當。此方法也是影響後來最深的占夢法。《八義記》第十七齣的圓夢，是一玄之又玄的占夢方式，占夢如下：

> 相公夢見虎狼爭食，虎者，尾火也，狼者，奎木狼也，如兔似犬者，婁金狗也。三物爭強，其虎必傷，此是不祥之兆。駙馬夢一網之魚脫卻其二，雖得脫，乃是一網打空之兆，此夢也不吉。公主夢在空房中，主有幽禁之災；有人相招，主生貴子；出門屋倒，破家之兆，也不吉。管家，汝夢妻子同食，主口舌；殺汝一子，半年有報應；夢百花落地，乃春來

無主也。目下災殃三日知，這場鬧炒不輕微，要安直待三六
載，終見春風桃李枝。……合府之憂，都是周堅一擔擔去
了，他夢見合府人都走不動，（外）怎麼走不動？（丑）晦
氣重，走不動，被周堅一擔擔出府門，一跌卻消除了。

以尾火虎、奎木狼、婁金狗來釋夢，結合了天文五行與星占的訊
息。福建省莆田縣涵江天后宮星圖，將星官與人像結合，可見到尾
火虎、奎木狼等圖形（圖五、圖六），此圖爲一卷軸式掛圖，由畫
上恆星星點大小不一，和畫有緯度標尺線等看，它應是受到徐光啓
星圖影響，繪製於崇禎七年後。再由不避康熙「玄」字，應繪製於
明亡之前❹。由明末繪製星圖印證明傳奇《八義記》文字，婁金
狗、尾火虎、奎木狼等知識，爲百姓所知及爲卜卦人員所運用。

　　出門屋倒，容易聯想及破家之兆；合府之憂被周堅擔去，一網
之魚脫去其二，也很容易知曉夢意，代表罹禍家人有兩人脫困。然
而與妻子同食和主口舌之間又有何聯繫？當夢者夢有人殺己一子時
又用了直接的解釋，認爲兒子被殺一事必在半年之內有此應驗。可
見高明的占夢家並不拘守某一種占夢方式，總是結合夢者的具體情
況，如傳統風俗習慣，人們的心理，社會現實等等，再將各種占夢
釋夢方法交相使用，以故弄玄虛，使夢者看不出占夢家解夢之辭的
破綻，從而相信這些解夢之辭。

　　《古城記》關羽對曹操憂心忡忡地轉敘二位皇嫂的夢境：劉備

---

❹　陳美東〈明代傳統星圖略說〉一文，見《中國古星圖》，頁 30，遼寧教
　　育出版社，1996 年 12 月。

身落土坑。曹操招來了幕僚來占解此夢卻是大吉之夢：「人入土爲安，土主必旺之兆。」因此得知劉備必然是安居樂土而且身安，毋須掛慮。

《浣紗記》二十八齣夫差晝臥姑蘇臺的夢境：「夢入章明之宮，見米釜兩隻，炊而不熟，黑犬兩頭，號南號北，鋼鍬兩把，插我宮牆，流水湯湯，入我殿堂，後房簇簇，聲若鍛工，前園交加，橫生梧桐。」這場夢有吉凶兩種截然不同的詮釋，而且都是用了迂曲的破譯法。伯嚭認爲是一美夢，應在興師伐齊：

> 臣聞章明者，破敵成功，聲朗明也；兩釜炊而不熟煮者，主公聖德，氣有餘也；兩犬號南號北者，四夷賓服，朝諸侯也；兩鍬插宮牆者，農工盡力，田夫耕也；流水入殿堂，鄰國貢獻，財貨充也；後房聲若鍛工者，宮女悅樂，聲相諧也；前園橫生梧桐者，桐作琴瑟，音調和也。

這番阿諛奉承，使得夫差大喜。而在異士公孫聖圓夢之下卻成爲戰敗跡象：

> 怪哉大王之夢，應在興師伐齊也，臣聞章者，戰不勝走悼惶也，明者，去昭昭就冥冥也；兩釜炊而不熟者，大王敗走不火食也，黑犬號南號北者，黑爲陰類，北走陰方也，兩鍬插宮牆者，越兵入吳，掘社稷也，流水入殿堂者，波濤漂沒，宮一空也，後房聲若鍛工者，宮如嘆息，聲號咷也；前園橫生梧桐者，桐可作俑，要殉葬也。怪哉大王之夢，應在興師

伐齊也。

吉凶完全相反，同是言之成理，很難看出那一解釋才合乎夢意。但由夫差對伯嚭的釋夢不甚滿意，特別找公孫述詳解，可能夫差於夢占本身是稍有涉獵的。此事後來發展可想見是公孫述遭遇了殺身命運，而伯嚭卻依然受到了寵信。雖則最後的結果是應了公孫述釋夢，但公孫述如此命運，也就使得占夢家千方百計的揣測君心，夢者的心意何在，以夢取巧來謀生，奉迎夢者也是情理中事，因此他們往往惡夢吉釋，甚至不顧夢象在文化傳統上的象徵意義而自我拼湊，以取悅於夢者❹。

《二奇緣》祈夢與夢中情境在第六齣祈夢時雖有廟官的釋夢，但此釋夢以奉承為目的，卻也言之成理，對「青驢變虎」釋為「青驢小物，虎乃大物，以小變大，管教平步上雲衢。」對於夢中「大海」則詳解成「豈不聞海闊從魚躍，天高任鳥飛，前程必貴，請相公高飛。」針對前來祈夢者的身分與願望，作出如此解釋，雖與原來夢意完全不相干，但卻也能言之成理，難怪有「雖是奉承，徵亦近理」和「今之詳夢者俱類是」的評語。

五、反革法

就是將夢象反過來，從反面解釋夢境和占斷人事，在這類占辭中，有些夢通常人們以為屬吉，結果卻占之為凶；有些夢象人們以

---

❹　參吳康《中國古代夢幻》之第一章的〈占夢的巧言令色〉，頁 62，湖南文藝出版社，1992 年 6 月一版一刷。

為屬凶，結果卻占之吉❹。由反面來解釋夢境，可由京劇中見到，《堂樓詳夢》質疑夢中人身穿紅衣，詳夢為穿孝服時，詳夢先生是說「革個夢，是反格，夢見紅，到是白，夢見笑，倒是哭呢，都是反格。」夢示為「身穿大紅，此乃是重孝在身，不是喪了爺，就是死了娘，所以腰間繫了麻繩；頭戴烏紗，定是打了官司；無有護領，一定是披枷帶鎖；打著傘，扯著牛，傘是寶蓋，寶蓋底下有一個牛，乃是一個牢字，恐怕有牢獄之災。」《宏碧緣》奴僕插科打諢詳夢說：「想世人做夢，俱是反革，你同穿紅的拜堂，恐怕不是拜堂，只怕是要散攤革哉。」元明劇作雖無反革的說法，實際上卻有反說的占夢法，如前述《浣紗記》的吉凶兩釋的夢。同一夢境有吉凶兩面的說解，這種矛盾是因為占夢方法不同所致，有時占夢是採取正占類比，也有由反說來臆測的，有取諧音，也有取字義，還有用其表象，才有同一夢，因所用的占夢方法不同，得出不同的結果。

參、占夢圓夢者的身份地位與占夢所得薪資

占卜在周朝原本是為王官之學，隨著私人教育興起，原來僅為卜筮之官所掌握的占卜技術，逐漸為有文化的各級官員和知識分子普遍掌握，並影響及民間。這種情形產生兩點影響，一是隨占卜技術的普及，卜筮儀式越來越簡化；二是人們對卜筮的尊崇程度有所降低。漢高祖劉邦雖然沿秦制設太卜官，但只不過是如《史記》

---

❹ 參敦煌本《夢書》引言，引用劉文英說法。

〈龜策列傳〉所述：「因襲掌故，未遑講試，雖父子疇官，世世相傳，其精微深妙，多所遺失。」連前代的卜筮技術和儀式盡皆失傳。

卜筮雖在宮廷失去地位，在政治上失去影響，但並沒有消亡，仍普遍存在民間。昔日作爲政治精英集團成員的卜者淪落成爲江湖術士，在民間發揮著作用。占卜不再是神聖的宗教活動，而變爲商業經營，人們碰上疑慮的事情，只要按價碼付錢，算卦先生就會爲此推算吉凶，占卜儀式自然難以講求了**⑱**。

人們所遇到的疑慮問題，包含著睡著所作的夢，占卜夢的吉凶休咎，也是民間賣卦者的職責之一，此於戲曲中的圓夢者身份可得而知，如《灑雪堂》《韓湘子九度文公升仙記》《運甓記》《寶劍記》《呂眞人黃粱夢境記》《花將軍虎符記》《八義記》《東窗記》等俱是由命相館或卜卦人員加以解釋夢境。占夢人員或被稱爲「先生」，手持占夢牌，《黃粱夢境記》十三齣「末扮先生持占夢牌上」，此「占夢牌」不知是代表身份，抑或是占夢時所用的道具？戲曲情節安排最早出現的專業圓夢人員是宋代的《張協狀元》第四出，店鋪與招牌形制如下：

> 那張介元教請過員夢先生。兀底一間小屋，四扇舊門。青布簾大寫著「員夢如神」，紙招子特書個「聽聲揣骨」。且待男女叫一聲：先生在？

---

⑱　高壽仙《中國宗教禮俗》之〈巫教的占卜禮俗〉，頁 76-77，百觀出版社，1994 年 2 月初版一刷。

宋代已有專職的圓夢人員，而且兼營算卦、看日子，此出圓夢人問來客：「君子還是合婚、選日、揣骨、聽聲、打瓦、鑽龜、發課、算命？」是爲最佳例證。

占夢圓夢的工作除由卜卦專業人員來詳釋它之外，也因爲夢在文化上已具有一定的象徵意義，只要是文人或稍有見識者，遇到自己或親朋有奇異難解夢時，或多或少能夠提出一番見解來闡釋夢的預示，於是有如《鸚鵡洲》的自圓其夢；《劉秀雲臺記》《紫釵記》《望湖亭》由家人來詳夢；《雙珠記》《義俠記》《古城記》由同伴或道姑來詳夢；《舉鼎記》《白袍征東記》《衣珠記》《麒麟閣》《浣紗記》由屬下來占夢；較特殊可能是《黃孝子尋親記》《龍舟會》由萍水相逢的異人來解釋，此人並非職業卜卦家，而是業餘圓夢高手；《酒家傭》是由喬裝卜卦的人來占夢；若有以賜夢聞名的寺廟，常成爲祈夢的場所，管理廟宇的人員，也同時扮飾著圓夢的腳色，如《二奇緣傳奇》與《黃孝子尋親記》中的道士，《雪中人》劇裡的和尚，靠日積月累下所具備有的圓解技術。普遍存在的釋夢人員，各種身份人員皆能對夢境作一合理解釋的現象，更可印證中國對於夢境的認眞態度。

爲人占夢者是屬下或是四周的親朋好友，或如《黃孝子尋親記》是由一萍水相逢、且對占夢有研究心得的人代爲解夢，自然無收費之理。但若作爲一種行業則免除不了金錢的交易，如《精忠記》、《東窗記》與《呂眞人黃粱夢境記》有課錢、卦錢和酒錢的名目，雖未言及確切的數目但給予酬勞卻是一定的。若開「命肆」爲業，也兼有圓夢，營利目的昭然。

《墨憨齋灑雪堂》圓夢後直接說明「乞賜謝禮」（第九折），

雖未明言該給多少謝禮，但自有命肆的規定行情。於戲曲中反應的占夢所得資籌為何？《張協狀元》第四出圓夢後付給圓夢人員六文，同劇中尚可知聽聲錢亦是六文，揣骨錢也是六文，第二十八出的「登科記錄簿」賣三文錢，第四十出支付給工人的一天費用是三兩，草鞋錢是十文。由同齣戲的各項價位相較，知圓夢的費用其實並不是很高，應是一般人負擔得起的。《運甓記》廣州刺史陶侃支付的解夢費用為五錢銀子（二十三齣），是一吉夢，象徵能當折臂三公。是劇十七齣有以前途事問卜，計有陶侃、溫嶠、卞壼、蘇峻四人，臨別時陶侃言語：「多承指教，吾等無以為敬，聊奉白金一兩，少資薪水。」不知是四人的費用？抑或是一人所奉酬為白金一兩？《花將軍虎符記》是支付了三錢銀子，但是特別言明「待後有驗，必當重謝」（二十二折），解夢者提及日後必能解禳目前災難，故有逢凶化吉後必當重謝的言語。《寶劍記》是支付了二錢銀子，此占夢是屬於神仙無解的惡夢，十足的凶惡夢境；同劇二十五出以一文新錢買了一塊糖糕。

　　《二奇緣》的住宿祈夢與占解費用，共是給了一兩銀子為謝禮，第十出上京赴試的士子，宿於寺廟時，有士子先言：「明日起身，學生獨助銀子二兩，權備燈油。」《黃孝子尋親記》祈夢時，福建仙遊聖妃娘娘廟宇的提典道士對前來祈夢者說：「今以保禳之後，伏為件件完全，謝上紋銀一兩，淨宅也要三錢，永祈般般如意。」（第十九折）。或許占夢所得的價碼與夢的吉凶禍福有關，也就是吉夢的占釋最貼合夢者的心理，因此自然給的報酬較高，而若為凶惡無解的夢，自然不敢收取較高的金錢報答，在經營利潤的心態下，占夢者自然會對夢者有奉承諂媚的言語，以求更多的報

酬。而以賜夢靈驗者，除了供食宿之外，挾神靈之名也能要求一兩的銀子爲香油費用。京劇《堂樓詳夢》所付與的專業詳夢人朱瞎子的費是四兩銀子，雖則此劇夢境爲大凶說解，但卻於解說完後對於霍金定所關注對象有能脫卻牢獄，最後有做一品大官好命格的說解。也算是不錯的說解。

除了請專業人員詳夢釋夢外，也有查閱夢書來卜吉凶者，如《興趙滅屠》的屠岸賈，查了夢書中猛虎群羊的夢爲凶信；《高平關》高行周夢與已死的劉懷王攜手共遊地府，君臣二人歡敘家常。醒後查閱夢書，指示爲午時三刻身亡。兩劇的夢書說解是靈驗無比，足見夢書在日常生活之中，似也成爲一般人家所必備的書籍之一。再者考察夢書，可發現戲曲中的占斷有許多是合於夢書說解，如夢穿紅衣，敦煌本《新集周公解夢》有「夢見著緋衣者，官事。」猛虎食群羊的夢境，在夢書中雖無此記錄，卻有著「夢見被虎食，大凶」的言語（《占夢書殘卷》）；身穿紅衣和丈夫對拜，有「夢見夫妻相拜，主離」❹。戲曲情節的安排則全符合夢的占解，這也是夢書在日常生活中的運用，而後被劇作家放入戲曲之中。

肆、對占夢的質疑

安排卜卦人員的滑稽謔笑，已是常用習套，連卜卦人員的姓名，也是饒富科諢趣味，名叫張見鬼（《韓湘子九度文公昇仙

---

❹ 本段所引用夢書，俱錄自鄭炳林、羊萍編著《敦煌本夢書》。

記》）；或帶有誇大意味叫柳神仙（《運甓記》）、姜半仙（《黃孝子尋親記》）；或是上場所唱詞以嘲謔一番：「我做先生本事高，諸家卦命熟為妙，走到人前信口嘲，若來問卜何曾效？」（《岳飛破虜東窗記》），又有「賤號是靈巫，依樣畫葫蘆，推命不分男共女，圓夢何曾添一句？」（《灑雪堂傳奇》）的開場詩詞，《呂真人黃粱夢境記》的占夢是屬於夢中占夢，首先持占夢牌出場，唱普賢歌：

> 夢中占夢夢中愁，夢事空花一筆勾。（白）我是占夢的人，不該這樣說話。（唱）還他夢中愁，休將一筆勾，遇癡人哄他一壺酒。

這些占夢人員上場的唱詞，正反映了對占夢一事的質疑。雖然這是劇作家刻意安排而成的戲謔場面，以調劑舞臺場上的冷熱場，但同時也嘲弄了卜卦者的技術拙劣，無法捉住那隱微難測的天機。詳夢人誇言身世，卻是錯誤百出以見卜卦人員的知識不足，如《重訂趙氏孤兒》的圓夢自說：「祖是太公，伯伯是姜子牙，父親是呂望，叔叔是渭水河邊姜老子。」圓夢的模稜兩可，讓祈求圓夢者不滿意：「如此圓法，小生自會圓得，不消賜教了。」而下場則有「買卜稽疑是買疑」和「圓夢不明，越添氣悶，怎麼處，怎麼處？」的言語（《灑雪堂傳奇》），襯映了圓夢不夠完善的現象。

種種例子，都能看出劇作家拿日常生活跑江湖的人士來取笑，可能也忠實反射出對這類型人物的評價，總是不脫信口胡扯，以取悅於出資占夢的人。《智勇定齊》雜劇第一折合眼虎為齊公子圓

夢，亦是屬於插科打諢以取樂的腳色，與晏嬰的圓夢作比較，合眼
虎類似不學無術的滑稽人物，因此由他說明了圓夢的本質：「晏矮
子正是胡說，這夢人人都有，這兩日春困，睡多夢多，我在前也曾
抽籤擲珓，也曾與人圓夢來。如今賣龜兒卦的多了，不靈了。可不
道夢是心頭想，眼跳眉毛長，鵲噪爲食忙，嚏噴鼻子癢。又說道：
抽籤擲珓，一貫好鈔，全無正經，則是胡道。」或有安排相互詳夢
以取樂觀眾情節，如《五福記》：

> （淨）我昨夜夢見一夢甚奇，今日想必遂意。（付）你有
> 夢，我也有一夢大奇，你先說來，夢見甚子，我替你詳一
> 詳。（淨）我夢見在野壙之中踢球，不想一腳把球踢在水里
> 去了。（付）妙妙，這是才源滾滾來，春意好得狠。（淨）
> 詳得好，兄弟，你夢見什麼？（付）我夢見一池溪水，洪水
> 泛漲。（淨）好嗄，必發大財。

刻意安排的卜卦除了嘲諷之外，最重要是爲了使情節場面更加熱
鬧。這些場面情節的安排，使得卜卦人員具有濃郁的喜劇性格，爲
觀眾製造的笑鬧場次。這種淵源於秦漢侏儒俳優表演和唐宋滑稽
戲，由兩個戲劇腳色的笑鬧劇可說是初期的喜劇，只是作爲調劑場
子冷熱的插科打諢，依附和間隔於一個完整的戲劇之中❺。這類情
境常令人發笑，而「笑」這是喜劇的美學的重要特徵，對這些小人

---

❺ 蘇國榮《中國劇詩美學風格》之〈我國民族喜劇論略〉，頁 191-192，丹
青圖書公司，1987 年 6 月初版。

物進行冷諷或熱嘲，透過卜卦者的自白對自己進行幽默，只是這種幽默稍微直露些，不夠含蓄[51]。通過對自身的行動言語自己否定自己，是劇作家創作時對認為醜陋現象進行諷刺、嘲弄和否定的基本手法之一[52]，對卜卦這一陳舊又充斥於四周，對它的靈驗性產生質疑，卻又不自覺受占夢的影響，劇作家對它的描繪可說是充滿了否定與批判、信任與支持的矛盾。

雖有否定與批判的諷刺，但劇作家又深陷於相信占卜泥淖之中，於是塑造卜卦人士時又不免誇大他們的真實技藝，在面對祈求占夢者時有番超凡入聖的見解，與未來情節完全吻合，如前節所述是為因應社會民眾觀賞戲劇心理所作的刻意安排。如此安排，無形中將占夢者的地位提昇至能夠預卜未來的先知人物，基於個人所負使命以宣揚宗教教說或是神諭的人物[53]，在此是宣揚了夢具有預示性，以及冥冥中自有天命安排人事的宿命，與之前的無知和欺騙本質為主的笑鬧情境所雕塑的人物有南轅北轍的遺憾。

---

[51]　于成鯤《中西喜劇研究——喜劇性與笑》第三章〈喜劇性特徵與方法〉，頁 154-206，學林出版社，1992 年 10 月一版一刷。

[52]　周國雄《中國十大古典喜劇論》第一論〈十大喜劇的藝術本質〉，有兩種基本類型，一是通過醜惡現象自身的行動自己否定自己，一是由正面人物直接揭穿反面人物的醜惡，挫敗他的陰謀，達到否定的目的。頁 5，暨南大學出版社，1991 年 6 月一版一刷。又王季思、黃秉澤〈中國十大古典喜劇集前言〉一文，也表露了通過人物自白，表現他可笑的性格特徵，可給讀者、觀眾以幽默的感覺，見於《戲曲美學論文集》一書，頁 104。

[53]　瑪克斯·韋伯《宗教社會學》第四章「先知」，康樂，簡惠美譯，頁 59-64，遠流出版社，1993 年 7 月初版一刷。

伍、祈夢與禳夢

對於夢，除了有占夢以卜吉凶之外，尚有祈夢與禳夢的習俗。祈為祈求吉夢，禳為禳除惡夢。這種習俗由來已久，《周禮·春官占夢》有：「季冬聘王夢，獻吉夢于王，王拜而受之。乃舍萌于四方以贈惡夢，遂令始難歐疫。」鄭玄注：「難或為儺字……月令，季春之月命國儺，九門磔禳以畢春氣，仲秋之月，天子乃儺以達秋氣，季冬之月，命有司大儺。」所說的「疫」是一種能產生惡夢的厲鬼，「難歐疫」，是為禳除惡夢，驅除厲鬼而舉行的一種宗教儀式。這種祈夢與禳夢的風俗流傳到了民間，成為民俗活動之一。尤其祈夢一項更在宋朝之後大為流行，雖然宋朝之前也有些零星的祈夢記錄。祈夢的項目很多，總不脫離生、死、前程與婚姻問題❸。

表現在戲曲內的祈夢較禳夢為多，宋南戲雖無祈夢情節，卻有著祈夢求夢的文字，《張協狀元》第四十四出有「莫是去求夢？」言語。元雜劇只見《緋衣夢》有祈夢以破案，也就是到獄神廟燒一陌黃錢祈禱後歇息在廟中，看獄神如何透過人犯夢語來決獄。明傳奇的祈夢情節，如《黃孝子尋親記》在福建興化府仙遊縣聖妃娘娘廟祈夢，以示能夠得到尋找母親的線索；《二奇緣傳奇》四位讀書人於揚州府猛將堂祈夢以示科考結果；《鳴鳳記》鄒應龍、林潤與孫丕揚同赴福建仙遊祈夢未來的富貴功名；《灑雪堂傳奇》魏鵬到伍相祠祈夢以求預知婚姻事。《雪中人》乞丐吳六奇在于謙廟宇求夢。這些祈夢的事例和各種典籍所敘的祈夢相較，只是涓滴之數，

---

❸　陳大康前揭書第六章〈祈夢風俗談〉，頁124-147。

但由此亦可知悉民間有祈夢風俗。

　　祈夢是將人事視爲由鬼神掌管觀念所支使下的行徑，只要心誠，則神靈無不在夢中預示。既有祈夢，也就產生神靈非凡的祈夢場所，如福建仙遊地帶：「聞得福建有個仙游地方，其神靈應，凡富貴功名未來之事，俱在夢中預報先機。朝內公卿，江湖商賈到彼祈夢，無有不驗。」（《鳴鳳記》第八齣）；「前面有個猛將堂，神道最靈，凡求名祈夢者，無不應驗，老夫科科去祈夢，次次說不中，眞個不中，今晚吾們大家往彼一驗何如？」（《二奇緣傳奇》第六齣），自然這些祈夢人皆得到了一番夢境，只是當時參解不出，但日後必有應驗。等到應驗之時，再來參酌夢中神旨，才恍然悟及神道之意，只是太過於晦澀曲折，不是尋常占夢與詳夢所可解釋。

　　除了數處以祈夢聞名廟宇，戲曲主人翁更多是逢廟必拜，拜而有禱，禱則有應，神鬼必賜夢以知未來前途事。事後的參酌應驗，更增添了神明的靈應神蹟，但這種祈夢所得，卻必須於事後才能知悉神諭，即使這種神諭確實是如此的靈驗，但在事情發生前卻仍然是茫然無知，是否表示夢是白求的？《雪中人》于謙對於吳六奇的預示更是奇特，成神的于謙知乞丐吳六奇日後一定是「祿享千鍾，勳階一品，福壽綿長」只是目前時運未濟，但既然求夢，就得給預兆，於是叫守門二獅，隱隱許他一品功臣服色。眞正夢境卻是叫獅子壓死吳六奇，使他在驚險中醒來。當然這個夢連圓了一世夢的和尚也被考倒無法圓釋。

　　再由祈夢場所與所供奉神祇來看，所有的神祇皆扮演著全知者的腳色，不論是忠義人士死後爲人崇敬成神，抑或是佛道傳說所雕

塑而成，皆管遍了人世間大小鉅細瑣事：「相國，相國，你千古忠
魂，昭於日月，一腔神力，徹於陰陽，我魏鵬與賈娉婷的下場，難
道你不知道？待小生略述一番，望尊神明示一夢。」（《灑雪堂傳
奇》）因生前忠義而受祠祀，成神後管及兒女婚姻事，無不洞悉未
來人事變化，這種理念普遍存在百姓心中，於是形成了產生於民
間，流行於民間，並爲民間普通百姓所樂於接受的一種宗教，是爲
民間宗教。沒有固定的宗教體系，卻有屬於它的特點㉟。這些神祇
的神力無邊與其說是自備者，不如說是民間力量所付與他的。

　　襀夢的記錄，只見於描寫岳飛故事的《精忠記》與《岳飛破虜
東窗記》。這兩本傳奇在關目選擇與結構安排，曲調唱詞大抵相
同，可視爲同一本戲曲。岳飛妻女在圓夢人的詳夢之下，知道岳飛
有牢獄和血光之災，女子則有分離之苦，要出頭只有等待來世。驚
悸之下，找了道士設道場做齋以解此夢，希望能夠將凶化吉。最後
在「道場圓滿，願夫人福長災消，吉祥如意。」聲中結束了這個道
場活動。做法事，不外乎設壇場，念動咒語（此劇的咒語是融會了
曲牌而成的文字，可說是劇作者的玩弄文字遊戲以造成趣味性），
並請岳飛妻女上香。雖只是一個例子，卻能知道士的職責之一是爲
人襀除不祥，與《周禮》所述難歐疫是相同性質。

　　若依照民間對於厭攘惡夢的作法，此處請道士襀除是個不當作
法。因民間夜間遇到惡夢時，是早起不要向人提起此夢，要虔淨心
思，用黑墨書寫符咒安放臥床腳下，不要讓人知悉，並且唸動咒語

㉟　馮佐哲、李富華《中國民間宗教史》第一章〈緒論〉論民間宗教，頁 8-
11，文津出版社，1994 年 4 月初版一刷。

以被除不祥。只要念動咒語三遍，即可令百鬼潛藏❺❻。但是晨起不言的禳除惡夢方式，而且不能讓他人知悉，可能不適用於戲曲舞臺之上，於是才改用道士禳除的情節。這種禳除惡夢的儀式，以心理慰藉的成分居高，因爲依關目安排，禳除法事並未發揮效果，岳飛依然冤獄被殺，還是在夢境預示之下展現了冥冥天意，再次強調了夢的預示可信度，與無解的鬼神命運。

　　祈夢與禳夢，是基於中國相信夢境的立場而來，也就表示中國有遵夢而行的人生觀，相信夢的指示，劇作家安排的夢境有許多是用神力來干涉人事，在夢中溝通鬼神世界與現世人生，夢者醒後無不依照神蹟來行動，所以也就形成了祈夢風俗與相關的禳夢儀式。

小　結

　　中國戲曲諸多寫夢情節，古籍記錄無不應驗的各式奇夢，切實反映了中國對夢的重視。寫夢是中國傳統的一部分，不論經史詩詞，以夢爲主題者眾多。以及存在的人生如夢的人生觀，隨處可見。使劇作家熱衷於以夢爲情節，實際上這只是中國喜好摹寫夢境的反映而已。

　　認爲夢能預示未來，衍生了占夢、圓夢、祈夢與禳夢的相關儀式。由早期的王官釋夢，到由民間術士相士占解夢境，賺取餬口費用，占夢人員的地位變化，不可謂不大。有夢需要占解，是相信夢

---

❺❻　敦煌本《新集周公解夢書》〈厭禳惡夢章第二十三〉。

能預示未來的最佳例證。雖然也對夢的占解有所質疑，但寧可信其
有，不可信其無的想法，無形中加強了夢在現實中的影響力。再由
戲曲情節看對夢提出占解的人物有君臣后妃，也有高官或是販夫走
卒、僧侶、廟祝，以賜夢且靈驗聞名的廟宇，守廟的道土更肩負著
釋夢的責任。占夢人員的身分龐雜多樣化，足徵占夢已是中國文化
的一部分。

　　中國的夢文化，並不是只有以夢來預卜未來吉凶休咎而已，也
曾對夢作過思考，如因何有夢？夢的成因，以及夢的種類有那些？
夢戲於這些內容上並不曾認眞考究，而是切實反映古人對夢的詮
釋，如夢是冥冥主宰預示的現象，另一認爲夢是人的魂魄離開身體
而遊，這兩點爲大多數劇作家所相信，因而鋪演了許多離魂與夢來
加強劇中人物形象，造成了瑰麗多彩的夢境舞臺。

　　藉夢塑造這諸多鮮明人物的同時，其實也融入了另一夢境成因
的想法，即：「夢是心頭想」的產物，尤其在男女情夢相思之上，
夢境的虛無縹緲，更增強了相思濃度。再者夢的分類有那些？不論
是六夢或更精細的十夢，戲曲劇作家於理論上並未詳加區別，只是
在對白中稍稍透顯而出，然而這些對白，於劇情並沒有任何影響。
戲曲寫夢，不是分析夢的成因與種類的理論性思考，而是運用中國
既有的夢理論，作爲劇情的一部分。如作爲插科打諢或釋夢人員的
上場，常是將古來有名的夢徵作通盤性的說明，用來自誇占解的準
確，同時也誇大曝露了江湖術士占夢時的荒誕不經，數十年有限生
命的人，如何能替今來古往，橫亙幾千年的人作占夢？

第二章　中國歷代夢戲

中國戲曲的發源，說法甚多：或起於巫覡，或提到優孟衣冠，或認爲南戲形式，是從印度輸入❶，各自論述，莫衷一是。元雜劇的形成，標誌著中國戲曲已然成熟，是集文學、音樂、美術、舞蹈、雜技、武術和戲劇獨特表演技巧於一身的高度綜合性藝術。專家認爲元雜劇產生晚於南戲，明人徐渭《南詞敍錄》提及：「南戲始於宋光宗朝，永嘉人所作趙貞女、王魁二種實首之……或云：宣和間已濫觴，其盛行則自南渡，號曰永嘉雜劇。」由宋元南戲到元雜劇，明清時期的傳奇、雜劇，以及地方戲曲蓬勃發展，構成中國戲曲史豐富內容。其間，有爲數可觀的夢戲，是劇作家所精心經營。現就宋元南戲、雜劇，以及明清的夢戲狀況分節概述。

第一節　宋元夢戲

宋代的南戲作品留傳下來的並不多，作品絕大多數是不署姓名，即使一兩個知道姓名的，其生平也大都不可考，已可確定宋人作品有六，即《趙貞女蔡二郎》《王魁》《王煥》《樂昌分鏡》

---

❶ 鄭振鐸《繪圖本中國文學史》第四十章〈戲文的起源〉，宏業書局，1987年7月。

《韞玉傳奇》及《張協狀元》❷。有夢境手法的是《張協狀元》第二出。即將赴考前夕的富家子張協夜夢不祥，夢見走到兩山之間，逢遇像人又像虎的個體，傷了他的左肱和外股。據第四出的圓夢釋為：君在兩山，兩山成出字，遇一人假扮成虎形，白虎是西方象徵，西方所指為四川，因此出門向北行則可，卻仍不免有些跌撲膿血的疾病。但最後終會逢凶化吉，興旺大吉回鄉。對於夢境內容及圓夢情節安排，詳盡展現。

元雜劇現今所留下的劇作據統計約有一百四十多種❸。這些劇作容納了大批的夢戲情節，部分夢戲有雷同一致性，若將這些夢戲作一歸納分類，很容易可以看出劇作家創作摹寫夢戲時的重點。現將元雜劇夢戲的內容分述如下。

壹、君臣遇合的國事夢

元雜劇象徵君臣之間的遇合夢境有《飛刀對箭》，唐天子征高麗，夢見與摩利支交戰，有白袍小將解救，自言住在虹霓三刀。因此夢而找尋應夢的良將。鄭德輝《智勇定齊》安排齊公子的夢：一輪皓月，出離海角，恰麗中天，忽被雲霧遮蔽。經晏嬰圓夢知道必得淑女配國君，只要出城打圍射獵，在午時三刻一定會遇到應夢的

---

❷ 張庚、郭漢城《中國戲曲通史》第五章〈南戲的作家與作品〉，頁 231-232，丹青圖書有限公司，1985 年 12 月臺一版。

❸ 張庚、郭漢城前揭書第四章〈北雜劇的作家與作品〉，頁 127-128。各家統計數目略有出入，如青木正兒《元人雜劇序說》第七章〈元人雜劇現存書目〉統計現存元人作品之確可知的總數共得一百三十二種，逸套十九種。王國維《宋元戲曲考》十〈元劇之存亡〉實得一百十六種。

淑女。陳以仁《存孝打虎》李克用夢遭大蟲所咬，經過圓釋，也是得到一名應夢的將軍。羅貫中《風雲會》趙普轉述董尊誨常夢黑蛇十數丈變龍飛去，既而群虎乘風隨之，是趙匡胤君臣遇合之兆。關漢卿《五侯宴》李嗣源夢虎生雙翅，占斷結果是將得一員大將。楊梓《霍光鬼諫》刻劃了憂國憂民的霍光形象，死後依然惦念所輔助的漢帝，托夢漢帝敘說霍家子孫霍山、霍禹欲謀反一事，對國君的忠心，以及對國事的擔憂，塑造了形象飽滿的霍光形象。此劇是鬼魂托夢，但由內容看是憂心國事，因此歸為此類。

貳、愛情與親情夢戲

男女相戀相愛的分離夢境，有《渭溏奇遇》盧玉香與王文秀一見鍾情，玉香夢文秀來訪，賞花互贈定情物；王實甫《西廂記》第四本第四折，張生進京赴考，宿於草橋，夢鶯鶯私奔前來，卻被士卒追趕而散，因之驚醒過來；白樸《牆頭馬上》李千金私奔之前夢見了情人裴少俊。《雲窗夢》鄭月蓮和張均卿相戀而分離，月蓮因此夢見均卿，醒後更添相思愁緒。數劇夢境各有特色，或長或短，皆是在詮釋主人翁的內心想望。君王后妃相思夢境有馬致遠《漢宮秋》與白樸《梧桐雨》，第四折分別敘寫漢元帝的思念昭君致夢，但好夢不久即為匈奴士卒所衝散驚醒；唐明皇思念楊貴妃而入夢，夢中貴妃安排宴席歌舞，夢中的歡娛，使醒後倍增惆悵情懷。

有別於愛情相思，以鋪陳男女歌舞風情的夢戲有喬吉《揚州夢》和吳昌齡《東坡夢》，二劇的夢戲表現手法相近：前者杜牧夢張好好率四妓舞唱歡宴，後者以第二折、第三折來寫東坡和桃柳竹梅四仙夢中飲宴歌舞。史九敬先《莊周夢》全劇雖屬於度脫領域，

但是夢境一段卻是以歌舞風情爲主，是莊周夢見大蝴蝶舞，因而作了大蝴蝶詞。

親朋之間，也常有夢境產生，這些夢境無不刻劃出親人之間的濃烈情感，《忍字記》中出家修行的劉均佐，夢見妻子家人，醒後無法排遣思親情緒，因此放棄修行回家探親。張國賓的《薛仁貴榮歸故里》。薛仁貴遠離家鄉十年之久，思想父母日深，終而夢見返回故鄉，對父母剖析盡忠無法盡孝的兩難苦境，最後張士貴率士卒捉拿不理軍事，私逃回家的薛仁貴，在驚嚇中夢醒。夢境將薛仁貴對父母親的思念完全表達而出。其它劇作，則鮮少有父母妻兒之間的訴說離情夢境。宮大用《范張雞黍》范式夢好友張劭鬼魂托夢敘說已然病殁一事，反映了朋友之間的情誼。

參、災難發生前後與破案夢境

命案發生之前，苦生的夢，如《馮玉蘭》馮玉蘭陪同父母兄弟上任時，在舟船上夢見強盜持刀入艙殺人，十分不祥，這夢後來也印證了；武漢臣《生金閣》郭成因爲惡夢而算卦，算得了一百日有血光之災，除非千里外可以躲避，雖未明言惡夢內容，已用夢來預先鋪陳了惡事的前兆；《硃砂擔》王文用也是出外避一百日的血光之災，期滿回家前夕於旅店夢入花園賞花折花，瞬間枝葉凋零，遇一強盜持刀殺了自己的惡夢。《盆兒鬼》楊國用也是有百日的血光之災，同《硃砂擔》相似情節是百日之期將滿，回家途中宿於酒店，也是夢見了遊花園，不同是尚有酒可飲用，正是喝酒賞花歡娛時被強盜舉刀所殺。既爲躲災，又有此惡夢，就將全劇的凶殺氣氛推展到了恐怖的情境。不幸的是，醒後果然被殺了。這幾劇的處理

手法，以《馮玉蘭》內容較爲不同，但這些夢境全都是爲了渲染命案的進行而有。

多數的離情夢境除了男女相戀相愛之外，以敘君臣或是朋友情誼爲主，而這些夢戲通常是幽明兩隔的鬼魂托夢，而且以冤死者爲多。因此托夢之際除敘情誼外，即是要求代爲雪冤復仇，如孔文卿《東窗事犯》岳飛冤死後向高宗托夢，示己冤情；關漢卿《雙赴夢》關羽、張飛死後入蜀宮向結義兄長劉備敘兄弟情感，死後的凄涼狀況，並要求爲己復仇。以公案爲主題的故事，也常有鬼魂托夢的情境，如關漢卿《竇娥冤》冤死的竇娥怒氣衝天，托夢與能替他平反冤情的父親，備述冤枉始末，期能嚴懲仇人；《神奴兒》被叔父嬸母所殺的神奴兒托夢給老院公，訴冤死情由，並要求替他討回公道，劇中並未因神奴兒年紀幼小而放棄復仇願望。另《昊天塔》楊景夢父兄訴說冤死後的凄涼情狀：「把骨殖吊在幽州昊天寺塔尖上，每日輪一百個小軍，每人射我三箭，名曰百箭會，老夫疼痛不止。」至於兄弟的冤情是被潘仁美綁在花標樹上，攢箭射死。父兄要求楊景早些提撥軍馬搭救屍首並報仇。

作爲破案線索的夢境有關漢卿·《蝴蝶夢》，包公夢蝴蝶飛舞陷蛛網中，被大蝴蝶救出，卻不搭救後來陷網的小蝴蝶，於是包拯動了惻隱之心，救了小蝴蝶。等到審案時，見王母再三坦護非己出的二子，獨不坦護親生幼子，猛然省悟原來夢境是預指此事。於是包公順應夢境，以己力救出小蝴蝶，放了王家的小兒子。關漢卿另一斷案作品《緋衣夢》錢大尹在無法拿定誰是凶手情形下，命令將判定斬刑的李慶安押至獄神廟，由他夢中所述言語：「非衣兩把火，殺人賊是我，趕得無處藏，走在井底躲。」作爲決疑的依據。這是

李慶安的夢語，卻非夢境，而這一夢語是由獄神所操縱。前述鬼魂
托夢，對決疑平反有幫助的有《竇娥冤》及《神奴兒》兩劇，鬼魂
托夢之際已將遇害情由及爲何人所害一五一十的告知親人，對於官
府來說，已知凶手，那麼，如何找到使凶手認罪的證據是劇作的重
心所在。

肆、宗教夢境

元代知識分子對現實極爲不滿，滿腹牢騷，尤其痛恨於仕途斷
絕，吏治混亂。原先簇擁在科舉路上的書生們，不得不分道揚鑣，
各尋出路。有門路聲望的讀書人，依靠汲引推薦，仍可步入仕途，
與新的統治者合作。有耐性、肯俯就的儒生，不情願的折節爲吏，
希望有朝一日能熬到一官半職。沒有靠山背景，又沒有多大耐性的
知識份子，只好淪入社會下層，眞正的市井社會，與醫卜星相倡優
女子爲伍。元雜劇有不少儒生文士入吏後，品行畸變的描繪，這是
元代文人處於惡吏隊伍，在那污濁環境中，確實不容易長久保持自
己的清白。❹然而他們既不願迎合權勢，賣身投靠，與統治者同流
合污。又沒有同惡勢力抗爭的勇氣，最後只能走上逃避現實這一條
道路，這也是「神仙道化」戲和「隱居樂道」戲產生的社會原
因。❺

諸多神仙道化戲中，常見度化某人成仙主題，度化過程常借助

---

❹ 么書儀《元代文人心態》五〈用世、棄世與玩世〉之頁 169-172。文化藝
術出版社，1993 年 10 月。

❺ 張庚、郭漢城《中國戲曲通史》第一冊，頁 145。

於夢作爲度脫關鍵。若非神仙道化劇,劇作家也會利用夢境處理善惡因果報應的思想,這些全歸於宗教夢境。

一、度脫夢境

元雜劇的度脫主題,常見的度脫手法,被度者常在度化者有意安排下,有一夢境而被度化,或稱爲夢化,於是醒後出家,這些夢境常是瀕臨於絕處,死而復生的象徵濃厚。如賈仲名《金安壽》第三折夢被嬰兒姹女,心猿意馬追趕到萬丈懸崖,無路可走的絕地而驚醒;《度柳翠》先是柳翠夢見變成梨花貓,而此夢則爲度化者所知悉,從而展現出度者的非凡,再夢見因不肯修行而遭閻神下令殺害;范子安《竹葉舟》夢境鋪陳較長,貫串了一二三折,夢自己搭舟回家省親並赴京趕考,而船遭風浪擊沈;《翫江亭》鐵拐李度化牛璘、趙江梅二人,趙江梅夢見母親呼喚,搭船行至半江心,被舟子威逼成親,不從則溺死江心的困境;賈仲名《昇仙夢》呂洞賓度化桃柳二精,使二精先成爲人形再加以度化,當然柳春、陶氏並不是那麼容易度化成功,度化的關鍵則在於二夫婦夢見當官赴任就職途中,遇強盜劫財害命的窮境;馬致遠《黃粱夢》全劇皆爲夢情,入夢前與出夢後的出家,只是一小部分,夢中經歷了科場、婚姻與官場的興衰,最後在放逐困厄中醒來,因而體會到富貴不足恃而出家。這些劇作,皆是被度者在夢中面臨著絕處,因而省醒,終能度脫成道成佛,是再生的象徵。楊景賢《劉行首》也是度脫劇,它的夢境是屬於直接說明前世與後果,使劉行首明白原來二十年前自己是一陰鬼的本相,從而想起昔日夙願,醒後立即度脫成道。這也是夢化的例子。鄭廷玉《忍字記》的夢境非爲度化關鍵,但因夢見妻兒訴說離情感,使出家修道的劉均佐無法承受凡塵思念而回家,

回家後則省悟得道。夢境的安排手法較有差別，或可將之放於親情夢境之中。

二、揭露幽冥真相的夢境

夢境也是劇作家用來表示富貴賢達皆有命定的揭露方法之一，如《冤家債主》具有神力的崔子玉，運用法力神力，使好友張善友一訪森羅殿，見到了已死的兩個孩子與妻子，明白善惡的前因後果，以解張善友一生行善，而妻兒卻相繼亡歿的原因。原來在家努力操持家務的兒子乞僧，前世爲趙廷玉，因偷了張善友五個銀子，註定加上幾百倍利錢還張家，只要還錢則和張家無絲毫關係；花天酒地的兒子福僧，原來前身是五臺山和尚，被張妻混賴十個銀子，於是成爲張家子，連本帶利討回被吞沒的錢財；至於妻子則爲了混賴了和尚銀子，死後遊盡十八層地獄。人與幽冥互不相通，唯有通過夢境才能溝通。與神人的相交通亦是要透過夢境，《看錢奴買冤家債主》本該凍餓而死的賈仁埋天怨地，怪恨神靈，使靈派侯攝賈仁魂靈問話，與增福神情商之後，決定給他些福力，將周家莊上所積陰功，只爲周家一念差池，於是將那家福力權借與他二十年。夢中情境也就是劇作未來的發展，賈仁果然成了財主，卻是一文不使的吝嗇人物，原來就在於財物是借來的，而非自己所有。

忠臣孝子被神道所救護的例子，劇作家也會用夢境來顯示神蹟，使受救助者知道眞象，等於也是揭露了幽冥的眞情。如《小張屠焚兒救母》因爲小張屠的孝心，神速報司救護了他的兒子，並在他母親的夢境裡先行告知整個事作的前因後果；《劉弘嫁婢》增福神與裴使君，二者生前皆曾受過劉弘的幫助，死後爲神依然記著恩情，於是透過托夢，敘己報恩義情狀：「洛陽劉弘，有兩樁缺欠：

夭壽乏嗣，小聖在玉帝前展腳舒腰，叩頭出血，言劉弘每事皆善，出無倚之喪，嫁貧寒之女，乞告一子，見今十三歲，乃劉奇童是也，恐防員外不知詳細之因，故托夢說知就裡。」神道憐惜百姓孝心，劉唐卿《降桑椹》蔡順的孝心，令增福神感動而施法力使冬天變成春天，所有桑樹都結桑椹子，讓蔡順能夠摘取以養親，這段也是用托夢的方式加以告知；楊景賢《西遊記》丹霞禪師夜夢伽藍相報，說有西天毘盧伽尊者來到，於是救助了被拋入江流中的嬰兒陳光蕊。這是出身高貴的毘盧伽尊者被救助的一段。

伍、其它

元雜劇的夢境可以分爲上述幾類，當然也有些未歸納進去的，如《卓文君》劇以雙鳳和鳴示夫妻和順的夢境，爲卓文君與司馬相如的愛情預先作了鋪墊，雖然這個鋪墊在劇中是可有可無的情節。再者如《伊尹耕莘》伊尹母親夢吞紅光而有身孕一事，也是其它元雜劇夢情節所無。最爲特殊的夢戲大概即是《來生債》，夢境的處理獨樹一幟，以磨麵打羅洗麩的磨博士接受了龐居士送他的銀子，預備日後可以做些買賣，到晚來可以有場好睡。對磨博士而言，只要離了龐家的門，不是凍死，就餓死的貧困，突然之間有了錢財，很高興，但又爲了不知如何安置銀子而煩惱。最後一夜不曾入睡，只要入睡，即夢見有人來偷搶銀子。爲了一個銀子不得安眠，於是磨博士只好退還了銀子，依然做他原來的工作。四個小夢將乍富的窮漢擔心受怕心理著實刻劃而出。

第二節　明代夢戲

明代劇壇，北曲雜劇逐漸式微，且體制頗多逸出元人規範，如一本由五折構成，一折之中且末與其它腳色俱有唱詞，無不受到經過改良捲土重來的南戲影響。但是這些影響仍無法改變雜劇式微的現實。當時劇壇是由南戲改良成功後的傳奇天下。嘉靖時崑山魏良輔改良崑腔，助長了南戲高度發展。北曲幾廢，而雜劇也漸成絕響。傳奇體制自由，長則有四、五十齣，每齣大致上較雜劇一折短。傳奇長度，使劇作家無不竭盡心力將內容擴充，於是夢戲的內容與數量均得到發展。現就明代雜劇、傳奇的夢戲，依元雜劇夢戲內容分類模式加以敘述。

壹、君臣遇合國事夢戲

承襲元雜劇君臣遇合，必得良將賢臣的夢境，明代夢戲在內容描繪上更爲詳盡精彩。雜劇《廣成子》軒轅帝夢飛砂走石，有人隨風而走，醒後拜風后爲軍師；《龍門隱秀》內容與元雜劇《飛刀對箭》相同，是唐帝夢白袍小將用五枝連珠箭對上五口飛刀，殺敗敵將一事，《白袍記》傳奇敷演此夢境；《破天陣》宋皇帝的夢是和北番交戰，有江船神女示保駕將軍名姓與住處；李玉《麒麟閣》傳奇劉武周夢黑虎生雙翼飛奔而來，也是必得名將的夢境；《衣珠記》傳奇十四齣，皇帝夢金甲神坐在太平車上，手捧九輪紅日，炫耀身心，這一夢境，也是得人之兆，且所得之人若非名旭，即是出生於地名有旭字之處。

皇帝的出身，劇作家向來處理成爲天命所定，於是這些皇帝未

發跡之前，皆有象徵未來帝王的徵兆，形之於夢境則是龍形，蒲俊卿《雲臺記》第十八齣陰大功夢南莊上有金龍一條盤在柱上，與三十齣劉秀夢白羊追逐，指頭去頭，指尾尾斷，夢境占得一個「皇」字，皆顯示了劉秀將成爲皇帝。

　　關於國家大事的夢境，有《舉鼎記》第七齣，楚平王夢黑虎生雙翅，仰天吞日，直撲己身。此夢的日是國君的象徵，國君有此夢，代表臣屬有反叛奪權的陰謀；馮夢龍《酒家傭》傳奇第三十三齣，梁冀將敗，夢一將軍蟒服玉帶，姓空名買，爲前朝大將軍，約梁冀共商大事。其妻孫壽則夢見與雲佳夫人同行。權臣梁冀即將傾敗的夢境，也是事關於國家大事。史槃《夢磊記》傳奇，宋徽宗夢黨人碑上一百二十餘人，告以立即毀碎黨碑，否則宗社難保。《下西洋》雜劇鄭和奉命出使西洋，祭海洋女神天妃娘娘，得夢知鄭和的行程是不動干戈，得寶而回，爲明朝爭光。出使事關於國家興盛與名譽，因此將此夢歸入於國事之類。梁辰魚《浣紗記》傳奇第二十八齣夫差夢入章明宮，米釜兩隻炊而不熟，黑犬兩頭噪南噪北，鋼鍬插入宮牆，流水入殿堂，後房聲若鍛工，前園橫生梧桐。夢境竭盡刻劃能事，占斷結果是表吳國將爲越國所滅。明代以忠臣與魏忠賢之間瓜葛情節，爲時事劇，也有些與彈劾魏忠賢有關的夢境，李玉《清忠譜》第八齣周順昌夢入宮彈劾魏忠賢，皇帝判決魏死刑，魏忠賢正與周順昌扭打爭執時，魏被兵卒捉到市曹典刑。魏忠賢一手遮天的執掌國政，似乎只要扳倒魏忠賢，則朝政自然清明，因此將周順昌的夢境歸入了國事夢。

貳、愛情與親情夢戲

　　愛情是所有文學藝術無法忽視的主題，明雜劇承自元雜劇，雖已式微，卻不容抹殺兩者間的相關性。南戲在逐步改良茁壯過程中，也受到元雜劇劇作影響，以荊劉拜殺四大傳奇爲例，除《荊釵記》是道地溫州故事外，其餘三劇，均取材於元人雜劇，甚至據之改寫而成。可見南戲力圖振作之際，爲補救自身題材的貧乏，大量利用元雜劇家喻戶曉的故事而推陳出新❻。可見元雜劇內容題材對明傳奇影響深遠。「十部傳奇九相思」諺語說明了傳奇內容以愛情之作較多。現就明代夢戲有關愛情與親情部分分四項說明。前兩項相思相悅夢戲和親人間的相思夢境是元雜劇中既有的夢戲內容，後兩項則是明代夢戲的開展部分：預示婚姻的夢，與因夢而相思的夢戲作品。

一、相思相悅的夢境

　　男女主人翁因分離而相思的夢，如《箜篌記》傳奇二十五齣，壽陽公主久慕韋宓詩章，單相思入夢，見韋宓而有見與不見兩難的心理刻劃夢境；《西廂記》傳奇的改本眾多，皆有草橋驚夢一段，張生赴考途中宿於草橋旅店，夢鶯鶯前來訴衷情，爲士卒所衝散而夢醒。各家改本對夢境詳略處理有別，但皆重於張生的相思分離之處。另翻案之作的《翻西廂》第二十三齣內容驚夢與《西廂記》驚夢相同，只是將張生改爲鄭恆，夢境內容加以大幅度更改：與鶯鶯相互愛慕的鄭恆，進京赴考途中宿於草橋，夢鶯鶯前來一訴衷情，

---

❻　葉慶炳《中國文學史》第三十一講〈明代傳奇〉，頁628，學生書局。

無賴張生率眾搶奪崔鄭二人定情物，逼使鶯鶯自殺身亡，鄭恆於抱屍痛哭中醒來。《古玉環記》傳奇玉簫夢與情人韋皋相會，是日久相思的夢境。汪廷訥《彩舟記》第二十六齣江情夢所悅吳小姐寄詩一首，陳述相思情感，醒後尚能記得詩句。袁于令《西樓記》于鵑心慕穆素徽，夢至青樓訪問，被拒，且穆素徽竟然變成一奇醜女子而驚嚇醒來。劉方《天馬媒》第十三齣薛瓊瓊七夕祭織女夢織女前來寬慰與黃損感情事，繼而夢見黃損入夢卻不相理睬，使夢中的瓊瓊有被負心拋棄的感受，醒來倍增惆悵情思。《靈犀錦》第十八齣張善相夢所悅女子段琳瑛及婢女瘦紅分別入夢，各敘歡愛舊情。第二十七齣是段琳瑛夢張善相前來會訴情感。范文若《花筵賺》第十六齣劉碧玉夢溫太眞、謝鯤爭執與他的婚姻事。孟稱舜《鸚鵡墓貞文記》第二十三齣沈佺夢見一對男女，男爲自己，女子是所悅愛的若瓊；第三十齣張玉娘若瓊夢沈佺亡魂訴說離情，微示決絕之意，使張玉娘有視死歸去想法。《和戎記》寫王昭君事，三十四齣漢帝夢昭君敘夫妻之情，命喪江中始末，並期許皇帝與妹妹接續情緣。漢帝夢昭君是相思分離情夢，而再續情緣的部分，則是預示了妹妹與漢帝之間的婚姻。葉憲祖《夭桃紈扇》雜劇石郎夢所愛女子夭桃的相思夢；《桃源三訪》雜劇第四折葉蓁兒因爲清明時節錯失了見崔護一面，懊惱之餘即夢見了崔護前來敘說衷情。

二、親人間的相思夢境

這裡的親人二字所指包含著家中的主僕關係，劇作安排相思夢境，是因親人之間的睽違分離，或是人鬼殊途情境下的相思夢境。如陳與郊《靈寶刀》傳奇第二十九齣林沖妻子夢已死的錦兒拉住衣袂痛哭。《珍珠記》第十七齣高文舉夢與妻交談如舊，同侍雙親。

《麒麟閣》傳奇十八齣羅藝夢夫人過世的兄長秦武衛將軍。孫鍾齡
《東郭記》第三十九齣姜氏夢丈夫來迎接至官所團圓。陳與郊《鸚
鵡洲》第十七齣韋皋夢夫人玉簫。《荊釵記》第三十五齣王十朋夢
妻子錢玉蓮說：「與你同憂而不同樂。」蘇復之《金印記》第二十
九齣蘇秦妻子夢丈夫衣錦榮歸，敘別來情愁。《苦海回頭》雜劇貶
謫在外的胡仲淵夢返家園，全家老少共敘團圓。湯顯祖《紫釵記》
二十三齣霍小玉夢李益高中科舉，小玉高興的梳粧赴任；四十九
齣，霍小玉夢黃衣男子，遞來了一輛小鞋兒。占斷是重諧連理之
兆。此夢男女主人翁早已相悅相愛而分離，而夢境則預示了未來的
諧和婚姻。因此也歸類於此。吳炳《情郵記》三十齣由夢神施法，
使王慧娘夢見代嫁的婢女紫簫成爲妻，自己卻成爲妾，在驛站爲替
劉乾初所題詩，誰該續筆的先後順序而起爭執。王慧娘與婢女的情
誼深厚，有此夢境，是夢神的刻意安排，爲婚姻事而有的夢，也將
之歸爲親人間的相思夢境。

其它與男女風情有關的夢，在明代夢戲中已然較少，這與因夢
相思不同，夢醒後是天人兩渺茫，再也無情節的開展。如王錂《春
蕪記》第十四齣，楚襄王夢二位神女敘詩。題材引自宋玉《高唐
賦》之作。另阮大鋮《燕子箋》十一齣酈飛雲夢在花樹下打粉蝶，
被荼蘼刺掛住繡裙，因而驚醒，此劇夢情頗爲特殊，一個極其普通
與劇情進展毫不相關的夢，卻能顯出酈飛雲的小女兒情狀。阮大鋮
《春燈謎》二十六齣的夢境雖然事關於未來即將成婚的男女主人
翁，夢境卻無前述的兒女旖旎情狀，且這對男女主人翁早已見面，
只是宇文彥並不認得當初女扮男裝的韋影娘。夢內容爲：宇文彥夢
韋影娘身著女裝與一戴假面的少年，而這位戴假面的少年則是宇文

彦自己，兩人跌倒啼哭不已，爲鬼卒手提人頭打散，鬼卒又用人頭追打宇文彦，因之而驚醒。

三、預示婚姻的夢

　　這類的夢境，通常是在男女主人翁尚未相會相識之前，在劇中先預示姻緣所在，如馮夢龍《灑雪堂》傳奇，魏鵬針對婚姻事祈夢，而有神祇伍員預示：「灑雪堂中人再世，月中方得見嫦娥。」是全劇的綱要，雖則圓夢先生對此夢境無法作出適當的解釋，但劇末的功成名就，婚姻得偕合於預示。汪廷訥《種玉記》傳奇第二折，霍仲孺夢福祿壽三星贈予玉縧環、玉拂塵、紫玉杖，醒後果然見到了三物，這三物也就代表了霍仲孺的姻緣與未來福祿。第四齣俞氏母夢手執玉拂的男子，稱爲女婿，對於婚姻的前定更是直接的披露。李玉《太平錢》傳奇第六齣韋固夢月下老人告以與曲江公小姐無緣，眞正韋固的妻子目前尚是周歲的小嬰兒。馮夢龍改定《夢磊記》傳奇第二齣文景昭夢道者白玉蟾授一磊字，以示未來婚姻與功名。沈璟《紅蕖記》傳奇第十齣崔希周撈得紅蕖詩句時，夜間夢見有人告以：明歲的婚姻，就在這片紅蕖之上。心一山人《玉釵記》第十四齣王瓊珍夢見土地指示與何文秀有夫妻姻緣，且次日當與何文秀在西園相會。沈璟《桃符記》傳奇第七齣劉天儀夢城隍囑付言語以示未來功名及婚姻，而詩意在當時則不清所指，但劇情的安排逐步揭示出隱誨言語所指意思。沈璟《一種情》傳奇五六齣，具有別於凡人法力的盧二舅施法，叩問前程婚姻的故人之子崔嗣宗見到女子何興娘演奏箜篌，讓兩人彼此留心。此幕對何興娘來說是爲夢境，而於崔嗣宗而言卻似夢似實的情景。《雙鳳齊鳴記》第十六齣李全夢觀音閣中神明指點他與楊姑有姻緣，可請庵中尼姑代爲

作伐。另有象徵夫妻和諧的夢境，沈鯨《雙珠記》第三十四齣王慧姬夢化身一鳳，又有鳳飛來和鳴交舞。雙鳳的夢境在中國向來被視為夫妻和諧象徵，沈璟《義俠記》第三十一齣，武松未婚妻子夢天邊鳳飛來，自己則化為青鸞，同飛雲霄。所得占斷是鳳凰預傳芳信，必能成姻。

四、因夢而相思

　　明代劇作家鋪陳愛情夢境時，經常站在姻緣早已前定的立場，而由神祇引領男女主人翁先行在夢中相識，以衍後來因夢而相戀的情節。這種方式，是湯顯祖對男女情夢的創造，日後蔚為創作風氣。代表劇作如下有湯顯祖《牡丹亭》，杜麗娘因遊春惹引起春思，夜夢書生持柳枝與她歡會，醒後則相思成病。柳夢梅與杜麗娘的夢境是屬於互夢。湯顯祖作品開創了夢戲與愛情劇作的新領域與境界。日後仿作夢戲不少，尚有明末清初吳偉業《秣陵春》十七至三十二折，黃展娘睡夢中離魂，與徐適相見、合婚，分離後魂飄再還魂醒來。《意中人》傳奇第五齣花神使有姻緣之分史玉郎、劉夢花先在夢中相逢。《異夢記》傳奇第八折王奇俊在主婚使者主導下夢至顧雲容房中幽會，互贈紫金碧甸環、水晶雙魚佩，這是男女主人翁互夢，醒後果然看到信物的交換。對男女主人翁而言這是夢境，但基於現實見到信物的交換，卻又是一實境。范文若《夢花酣》第一折，蕭斗南夢花間女子微笑不語，這是花神所粧點演出的夢境。

參、災難發生前後與破案夢境

　　元雜劇處理命案災難發生之前的夢境，總是營造氣氛為後來的

凶殺場面預作鋪陳，夢的本身即是凶險無比。明代劇作家處理劇中人遭到災難前也有夢境，是為承繼部分。但明代夢戲顯然與元代不同，是用較為隱晦夢境來描寫，需要占斷，占斷結果與後來情節相符令人感受到夢境預示作用，這是明代夢戲的開展部分。元雜劇命案災難發生前夕的惡夢，是直接無須占斷，整個劇作給人的感受並不是預示，而是劇作家辛苦經營的凶險氣氛。

　　未來即將發生的災難事，明代劇作家也經常在夢中預告未來。沈鯨《鮫綃記》傳奇第十三齣，魏從道夢深山風雨驟至，一豺狼抱子而臥，被獵者打死，豺狼子脫身而去。用以預告魏從道的破家狀況。《玉釵記》第十三齣何文秀夢神道言明父母雙亡，全家星散，第二日有難星過度。《趙氏孤兒記》與《八義記》故事相同，對趙盾即將破家時，全家俱有不同夢境，以示趙家的毀滅與在死中求存命運。《東窗記》與《精忠記》夢境相同，岳飛妻夢虎覓食落在澗中，被擒而削去爪牙與身上皮，占得是主人有牢獄之災。汪廷訥《天書記》第二十一齣孫臏母親夢梁上墮下燕雛，折翅。孫臏妻子夢魚入網中，被砍去尾鬣，而鮮血淋漓。預示了孫臏被刖足的災難。許恒《二奇緣》第六齣楊慧卿夢與費懋中趕考，被大海阻絕去路，又逢虎跳撲，將兩人衝散；費為金龍抓下，楊見一女子持蘆草救援渡過弱水，見報錄人送考中匾額至家，又為虎所驚醒。此夢是針對楊、費二人進京赴考的命運而有的預示。並非佳夢，遇到了災難，但能逢凶化吉。李開先《寶劍記》第十齣林沖夢鷹投羅網，虎陷深坑，折了雀畫良弓，跌破菱花寶鏡。此夢指必受牢獄之災，夫妻分離。《四美記》第十二齣洛陽海口渡夫俱夢水底傳來的言語，說來日有船過渡，俱該溺死，只有蔡狀元在船可救那些生命。此夢

一方面預示未來數日江船命運，也預指了尚在母腹中的蔡氏子未來必可高中狀元。因透過劇中神意直接揭露，迷信成分相對提升。幸而這些未來即將發生的災難事，通常能夠逢凶化吉，或是有漏網之魚，絕不至於全數滅絕。逢凶化吉夢境，於宋代有《張協狀元》的預夢。

　　明代夢戲的鬼魂托夢情節，有諸多已非受冤而死，想訴冤而托夢，而是基於親情的眷戀，進入情人夢中，《商輅三元記》二十四折商霖鬼魂出現於妻子秦雪梅夢中，諄諄勉以教子，並厚養父母的夙願。《永團圓》十齣江納亡妻爲女兒婚事，而前來寬慰女兒。各種《琵琶記》改編本，其中有蔡公蔡婆亡歿後至兒子夢中托夢，備敘別後情景，作爲兒子與媳婦相見相認的預先鋪墊情節❼。如元雜劇的因冤致死而要求復仇的鬼魂托夢不同。至於明代也不乏因冤致死的人物，托夢情節不多，有欣欣客《袁文正還魂記》十九齣對妻子安危的惦念，使袁文正鬼魂托夢妻子示警。另有紀振倫《葵花記》散齣，孟日紅鬼魂至丈夫夢中訴說被殺冤情，並指責丈夫薄情。❽復仇情緒也被親情給沖淡了許多。明代冤死者復仇情節不少，但與夢戲無關，因此不作贅言❾。在鬼魂托夢與復仇情緒上面，明代夢戲的承繼並不夠突出。

---

❼　見學生書局出版善本戲曲叢刊，《玉谷新簧》之〈伯皆書館夢覡〉與《徽池雅調》之〈托夢〉齣。

❽　善本戲曲叢刊收錄《葵花記》中〈孟日紅托夢〉的散齣計有《徽池雅調》《時調青崑》《歌林拾翠》等書。學生書局。

❾　拙文〈元明戲曲「魂」腳色研究〉，國立臺中商專學報第 29 期，1997 年 6 月出版。

　　至於在命案審理上，似乎只有如元雜劇《蝴蝶夢》包拯因審案而想及夢境時，才知預告先機的夢。明傳奇在公案審理上預示先機作了繼承，如陳與郊《鸚鵡洲》第二十齣姜荊寶獄中夢見薛濤以詩相贈，醒後自占繫獄風波可昭雪，果如其夢。《玉釵記》二十四齣王州獄官夢救助入網鯉魚，魚化龍升天。因此夢而附會了何文秀的案件必受冤屈，因此設法搭救了何文秀，免除罪責。實際上與公案審理相關者只有葉憲祖《金鎖記》，故事改編自《竇娥冤》，為合於大團圓結局，而將竇娥鬼魂訴冤改成了竇娥已死的母親托夢於竇天章，訴說公案的審案關鍵：「欲知金鎖事，須問賽盧醫。」傅一臣《沒頭疑案》雜劇第六折，薛清夢神人手提二人頭，念詩四句：「一頭不了又一頭，參錯其間事有緣。洗出十年塵土面，冤冤相報豈干休。」清初朱確《十五貫》傳奇，況鍾監斬犯人時見犯人名字，想起了昔日夢境，因此省悟此案可能是個冤案，並因此而重新審斷。元雜劇的冤死鬼魂托夢常是審案的關鍵處，這類戲曲原本並不多，明代夢戲在這方面的承繼也不多。

肆、宗教夢境

一、度脫夢境

　　倘若以元雜劇度脫形式來看，分為入夢前、夢境和出夢後省悟而出家入道三部分，其劇作有：湯顯祖《南柯夢》第八至二十一齣，淳于棼夢入南柯國為駙馬，歷盡高官厚祿，及妻死被譴遭疑而夢醒；湯顯祖另一劇作《邯鄲記》第三至二十八折呂洞賓欲度脫盧生，在旅邸告知盧生：「你得要一生得意，我解囊中贈君一枕。」自此演出了盧生夢中得意失意與傾軋浮沈的一生；畢魏《竹葉舟》

傳奇由第四至二十七齣石崇夢登竹葉舟，後得富貴，建金谷園，得
寵妾綠珠，後因罪被判刑，處死前夕脫逃被追捕時夢醒；陳與郊
《櫻桃夢》第三至三十五齣，盧生在夢中經歷一生大事，包括富貴
功名與婚姻事；《黃梁夢境記》第二至三十齣，全敘呂洞賓夢中經
歷一生富貴功名，直至老來被逐，俱在夢中。《三化邯鄲》雜劇第
二三四折盧志夢中高官約五十餘年，後坐罪枷鎖，搭船時聽呂洞賓
說度脫之理。

　　明傳奇以長篇見長，有不少劇作的片段和宗教修道相關，其夢
境也是與尋道有關者的有：陳汝元《金蓮記》第三十齣蘇轍、黃庭
堅、秦觀同夢五戒禪師到訪並講道；屠隆《曇花記》第五十二齣木
清泰夫人衛氏夢土地說明三年前前來說法者是靈照菩薩；土地扮木
清泰模樣回家衛氏道心，且說明靈照菩薩正午將會降臨；《香山
記》第六齣妙善夢世尊說明自己前身是天正法明王，因犯佛法，被
罰投胎始末，並賜佛珠，使修佛法；《三社記》第四齣孫子眞夢鄭
虔道人指示遊仙修道，訪海內名家，以省悟苦海紅塵；《修文記》
第三十六齣韋曜夢亡兒玉樞具疏求大師收爲妙界弟子，以入大道，
不墮輪迴。《蝴蝶夢》第十一齣莊周夢中與骷髏陰魂辯論生死之
事，引發了莊周決定一訪世外眞仙長桑公子。李玉《眉山秀》傳奇
第二十六齣佛印施法，使東坡夢中知悉前世爲五戒和尚，因犯色戒
而坐化。佛印爲五戒師弟明悟禪師，隨即坐化。梅鼎祚《長命縷》
第十七齣邢春娘夢向觀音祈福問法，此夢爲觀音主導。《粧樓記》
第三齣周意娘夢圓清寺金佛相語，醒來則至寺進香。阮大鋮《雙金
榜》十二齣盧弱玉夢天女拋贈牡丹花。

二、揭露幽冥真相的夢境

　　有些劇作的夢情節和宗教相關的部分，是站在相信因果輪迴的宗教觀而來，於是有地獄報應的情節，冥司審判或親人敘述生前的罪惡事，勸善目的包裹著民間宗教法庭的審斷，如黃粹吾《續西廂昇仙記》第十四至十八齣，閻王拘提鶯鶯魂和鄭恆對質，鶯鶯昏憒時與紅娘遍遊地獄，並證古來女子罪責。鶯鶯入地府一事於她而言是魂的活動。鄭若庸《玉玦記》第三十四齣王商夢中與癸靈神折證李娟奴欺人欺天，罰三世為牝豬。鄭之珍《目連救母勸善戲文》劉氏回煞一折，目連夢見母親魂入夢，訴說生前毀佛恨，並囑齋僧佈施以超度母親。吳炳《西園記》傳奇三十三齣，趙玉英魂入張繼華、王玉真夢中，感謝二人建水陸道場，使她得以升天。肯定了水陸道場的功用。《雙螭璧》十七齣，花園土地攝奚屺魂，與冤死的梅氏魂對理被奚屺所殺一事。李玉《人獸關》傳奇二十九齣，寫桂薪忘恩負義，違誓言，睡夢中被引入冥途，顯露因果善惡，且為惡的妻女已受罰變成犬狗的輪迴。清嘯生《喜逢春》傳奇三十二齣寫楊漣死後成神，攝毛禹門魂入夢同時勘審已死的魏忠賢、客氏罪責，使毛禹門夢醒後可以將因果報應情狀傳遞給世人知道，作為無臣節者的戒鏡。

　　為了彰善懲惡，等而下之是安排了神道救助的情節，使遭困的人們能脫離險地，事涉迷信，這類夢情節作品通常是神明托夢給有權有勢，或是正巧在善人遭難附近的普通百姓，要求代為救助，可說神明是藉著他人的手來支持著因果善惡的果報。這類劇情的夢境有《意中人》第十八齣，《四美記》第十二齣，《衣珠記》六與九齣，《黃孝子尋親記》第十六齣，《周羽教子尋親記》第十五齣，《紅葉記》第十二齣，《玉釵記》十三齣與二十四齣，《荊釵記》

第二十八齣，《寶劍記》第三十七齣，孟稱舜《二胥記》二十齣，朱佐朝《九蓮燈‧火判》一齣，清代常演的《琵琶記‧描容》助五娘修墳的土地與陰兵。劇情事涉荒誕不經的迷信情節，戲曲中這類的情節不少。

伍、個人技藝、前程夢境

　　這一部分，在元雜劇未曾出現過，明代劇作家在個人技藝與前程上塑造了許多夢境，是明代對前朝夢戲所作的開展。與愛情婚姻的預示作用相似，預示前程的夢境，大部分是有關於功名或婚姻，亦有兩者合一的夢境。對一生事業的概括，同時也是劇中人最為得意的前程。王世貞門人作《鳴鳳記》傳奇第八齣鄒應龍、孫丕揚、林潤至仙遊祈夢，金甲神各賜口占，預示終身事業，為隱語，難明其意，但劇末第四十齣則印證了祈夢語。馮夢龍《女丈夫》與張鳳翼《紅拂記》敘同一故事，李靖夢西岳大王以一詩概括了婚姻與前途，指將遇紅拂、李世民與張仲堅。這詩也是隱語，劇後有西岳大王敘明詩意。

　　前程事的預夢，有時是針對一件即將發生的事，如馮夢龍《萬事足》第八齣，陳循進京趕考途中夢仙人贈與丹桂第一枝，杏花第二枝，用以預示陳循此次科場的春風得意。史槃《櫻桃記》傳奇奴僕夢主人高憑與主人友丘奉先俱科考高中。《凌雲記》第十二齣，司馬相如夢黃衣老人催促快離家，教作大人賦求得富貴。《靈犀佩》第二十三齣尤尙書夢天上預付金榜，己子中來科狀元。果然赴考時此次是名落孫山，因所預示是來科狀元。畢魏《三報恩》第十八齣老書生鮮于同夢看榜高中詩經科第十名，從人邀請參加瓊林

宴。此夢使鮮于同決定改考詩經。薛近袞《繡襦記》第五齣鄭元和的母親夢神人贈詩一首與其子，其中：「歸來必定蓮花落」一句預示赴考的兒子後來淪爲乞丐事。

個人特殊技藝才能或所擁兵器，也常歸之於神力，如《舉鼎記》傳奇第三齣伍員夢李聃率大力神傳授神槍，賜金丹，與石匣中神飛槍、盔甲。醒後果發現了所賜數物。《金貂記》傳奇三十七齣薛丁山夢孝眞仙子使者贈寶劍一口；《金花記》第二十齣周雲夢九天玄女授兵書劍術；《雙鳳齊鳴記》第六齣關羽命令周倉夢中教李全鎗法。《群仙朝聖》雜劇第一折，郝廣寧自敘常夢神人示周易祕義。

陸、其它

另有預示出生的夢境，是吉祥與喜悅的夢。《五福記》十八齣韓琦夢五星聚於奎壁間，瑞彩散於門閭內，醒後妻妾五人各生一子。《綵毫記》三十八齣李白生時，其母夢太白人懷，又夢金粟如來手執青蓮，摩頂授記。《鸚鵡墓貞文記》沈佺母親夢菩薩親送善才來，而生子；張玉娘父親夢菩薩賜瓊珠三顆，母吞其一而有孕生女。馮夢龍《西樓楚江情》于魯妻夢鵑而生子，因此將兒子命名爲鵑。《三社記》孫子眞的父親夢見卿雲一朵，飛駐門庭，忽然傳報產得二孫，因此將孫子的名字命名爲雲、章。《萬事足》柳新鶯臨產時夢見神人贈以鳳毛，於是以鳳毛命所生子。有事先的祥瑞徵兆，或者紀念出生之前的一段長輩夢境，劇作家將劇中人物的出生，包括他們的子女全被視爲不平常，具異稟的人物，才有如此不平凡的預兆。這方面的夢戲內容元雜劇中已見，明代於此並未加以

開展。

　　《一文錢·羅夢》《爛柯山·癡夢》等散齣夢戲，向來盛演於舞臺，常名列各地方戲的代表劇目之中⑩。這兩劇的內容也比較特別，〈羅夢〉齣與元雜劇《來生債》的磨博士內容相似，但是夢境的四段小故事卻有不同，雖則所要表示的意旨完全相同。是對元雜劇的繼承夢境。〈癡夢〉算是明代夢戲中較特別的，寫朱買臣改嫁的下堂妻，在聽得朱買臣功成名就時，悔恨交加入夢，夢見朱買臣前來迎接她共享富貴的美夢。是明代所開展的傑出夢戲。李開先《園林午夢》和《十樣錦》雜劇開創了另一種夢境。前者是敘唐傳奇小說中人物李娃和鶯鶯在漁夫夢中自誇己能，取笑對方，而後她們的僕人也各為其主進行爭論；後者是為起造武廟，為了奉祀問題，主事大臣夢古代十三名武將誇己功，爭武廟位次。兩劇將前人事蹟拿來作一分析與消遣，自有其趣味性存在。

第三節　清代夢戲

　　清代舞臺演出的折子戲，經常上演的夢戲可參看《綴白裘》一書所收錄，有《爛柯山·痴夢》《一文錢·羅夢》《九蓮燈·火判》《牡丹亭·驚夢》等前代已寫就的夢戲。清代劇作的夢戲狀況如何呢？前述明代夢戲狀況，有許多是被歸入清人的著作，如李玉、孟稱舜、吳偉業等明清兩代交替的人物，文學藝術很難用改朝

---

⑩　參《中國戲曲劇種大辭典》一書對各地方戲劇目的臚列與介紹。

換代強作區分。他們的戲曲寫作是探崑山腔傳奇形式寫成，故而將之強分爲明代作品之中。

　　清代傳奇隨著崑腔的盛衰而盛衰，除了《長生殿》與《桃花扇》外，則無足稱者。《長生殿》第四十五齣爲〈雨夢〉，寫唐明皇雨夜遙聽張野狐唱雨淋鈴曲子，回想起此曲是痛念貴妃作品，愁緒思念中，三更入睡即夢貴妃派人來請至驛站敘舊情。明皇欣喜於貴妃未死，立即出宮赴驛站時，卻被陳元禮阻駕，斥責陳元禮無禮，並命衛士殺掉陳元禮後，終於抵達驛站，卻是寂寥景象。轉眼連驛亭也消逝無蹤，而置身於曲江池，見一派大水中有豬首龍身怪物，項帶鐵索，舞爪張牙直撲明皇。在驚叫中醒來，依然是聽得悲切梧桐雨聲。夢境似元雜劇《梧桐雨》又迭有翻新。清代雜劇比起傳奇更爲衰落，較佳的代表作家有吳偉業、尤侗、蔣士銓等人。以一折構成的短劇，在清代頗爲盛行，因體制簡短，是文人書寫懷抱的利器。文人劇作已走向案頭，作爲個人胸臆的書寫，不適合在場上搬演。這時清代的舞臺，取而代之是各地聲腔，最後又以皮黃凌駕各聲腔之中，名爲京劇。

壹、雜劇與短劇的夢戲

　　明末清初劇作家所創作的崑腔傳奇，有關夢戲的部分，已於上一節中介紹，此處只介紹清代雜劇或短劇的夢戲。但將改編自《紅樓夢》的夢戲摒除，另闢小綱目作說明，雖然這些紅樓夢戲也是用雜劇傳奇或是一折的短劇所寫作。

一、與古人神遊的夢

　　直接承自明代《園林午夢》《十樣錦》古人在夢中各逞其能的

寫作，而又有發展，即入夢者雖爲古人，卻非逞能，而是與古人相
談和諧，藉古人的稱美自己以澆洗心中不平的鬱悶。入夢的主人翁
皆爲文士，用以影射劇作家本人。

　　吳偉業《通天臺》雜劇寫陳朝書生沈炯一日偶過漢武帝通天
臺，登臺痛哭醉酒，草表奉於武帝之靈。醉臥間，夢武帝召宴，並
欲起用，沈炯力辭不受，乃送之出函谷關。醒時才知仍在通天臺下
酒店中。是痛明亡之作。蔣士銓《一片石》書生薛天目遊江西，憑
弔明寧王婁貴妃殉國事題詩感慨，致使婁妃夢中閱詩而述死後私葬
緣由，廢邱尚在。劇由此而引起薛天目的尋婁妃墓情節。唐英《虞
兮夢》是陶成居士夢中與楚霸王、虞美人相會談論，由愛好虞美人
花引起，指出「惜花雅興、弔古情深，正是名士風流」，劇中陶
成，似爲作者自況。

　　以前人入夢境，發抒內心牢騷，且主人翁俱爲文人，一澆胸中
不平之氣，蔣士銓的《臨川夢》則以湯顯祖事蹟爲主，加以所創作
四夢爲劇情，後更以劇中人物在夢中和湯顯祖相互對談，所發奇
想，實屬空前。第四齣〈想夢〉以婁江俞氏女讀《牡丹亭》曲本，
並夢杜麗娘、柳夢梅二人做夢事、成夫妻向杭州而去、與父親杜寶
相認事。劇中鋪陳了婁江女子三夢將牡丹故事在夢中作了重點的敷
演，眞是日有所思，夜有所夢，平日所想，必發之於夢境。酷愛牡
丹杜柳二人事，因之發而爲夢，爲蔣士銓所別出心裁。第十九齣
〈說夢〉、二十齣〈了夢〉盧生、淳于棼、霍小玉以及亡歿的婁江
俞二姑同湯顯祖在夢中玉茗堂相見敘說前因。劇末並未出夢，而是
由花神引領湯顯祖至覺華宮見公子士蘧。湯顯祖猶擔心二老在堂，
猶恐去不得，而花神則言：「此乃小夢游仙，不同大覺，少頃就回

來的。」以此作爲全劇結束。

二、點化夢戲

夢中與古人相交，又富於度脫意味夢戲是裘璉《鑑湖隱》，演賀知章宴請李白，金龜換酒，及夢遊帝居，辭官歸隱鑑湖一事。第二折入夢緣由如夢神言語可見：「只因禮部侍郎賀知章，他夙證仙果，偶謫塵寰，今宦典已闌，凡期將滿，俺奉蓬萊眞君法旨，著俺引他入夢，使他歷遊仙界，一上玉京，再將唐朝天寶後事，略略點醒與他。」爲度脫主題，主人翁具有仙骨，在夢中度脫，而內容則是仙家煉丹與所居之處，再者是賀知章所曾經歷過的天寶遺事，與元雜劇有別是夢境中再無死亡與驚怕的陰影存在，毋須再經過由死再生的歷程即可度化。憑弔前人事而參以度化之意，夢境恍惚離奇，若虛若實，頗多發人深省言語，是《鑑湖隱》的別出心裁。蔣士銓《空谷香》姚夢蘭的出身既爲被謫名花，重回仙班也是劇作編寫必然結果，於是他的夢境看到了父母之間的糾葛萬狀，天地神鬼懲處人間造業多端者，記錄在閻王爺簿上一清二楚，也看到了菊仙、桂仙對她訴說「（蘭妹）將一個血肉之軀，苦立名節，將來名是何物，身是何物，笑他好不迷癡也。」菊桂二仙任務是將石麟送與蘭仙爲子。夢境賞善罰惡，既訴前生事，又對未來事有所指，不能單純的視爲度化的夢境。

之所以此處標題用點化，而不用元雜劇的度化名字，是因爲另一作者自況的陳棟《維揚夢》有些點化含義。但點化並非走向隱居樂道，而是點化他更上層樓，追求官途，而非沈溺於幕僚生活。可說鼓勵他更要追求名利。劇寫杜牧遊揚州，甚爲牛僧孺所禮遇，但他無意作幕客，夜夜出遊，牛僧孺暗遣武士保護他。後來朱衣使者

前來點化他，使他於夢中歷盡幕途惡況。於是醒後碎硯擲筆，棄現狀而求官。劇中杜牧是陳棟自己的化身，一般度脫之作是轉而爲出家，而此處的點化則轉而求官，不甘屈居於幕客身分。

三、愛情與友情夢戲

有關愛情的夢戲，在各朝代從不曾欠缺過。湯顯祖《牡丹亭》之後即有諸多亦步亦趨，周如璧芥庵的《夢幻緣》，劉夢花與婢遊園，惹起無限春思。書生史玨，在夢中遇一佳人，即是夢花，因二人有夙世姻緣，所以由花神引領，使他們在夢中相會。在人物與關目的安排上，幾乎全是剽竊了《牡丹亭》，絕少新意。

尤侗《弔琵琶》本馬致遠《漢宮秋》雜劇，昭君別漢遠嫁，投江自殺，魂歸漢宮。末尾引蔡文姬陷胡，弔祭青塚，故題爲《弔琵琶》。薛旦有《昭君夢》，前折寫昭君在胡邦自怨自艾，爲氳氤大使知悉，憐昭君命薄，於是令睡魔在夢中引領昭君重踏漢土。第四折寫昭君與漢帝重逢，這本是馬致遠劇作的高潮所在，但薛旦處理卻是點到爲止：二人相逢，昭君即從夢中驚醒，才知原來是一場大夢。如此手法與馬致遠、尤侗自是不同。是劇關目有輕重倒置的弊病，前三節拖得過長，劇情鬆弛，第一折更像楔子，第四折結束匆匆，一起一落來得太急，未能給觀眾充分心理準備。這種作品只供案頭吟詠，而非用來場上搬演⑪。

《讀離騷》以《楚辭》題材，寫屈原問天，問卜，作九歌祭神，見漁父，投江自殺。末則以宋玉賦〈高唐〉及〈招魂〉祭屈

---

⑪　曾影靖《清人雜劇論略》，頁 221-222。

原,並附以巫山神女等事。夢境部分是宋玉夢巫山神女,與明雜劇《高唐夢》楚王夢巫山神女事相類,只是主人翁由楚王換而爲宋玉。神人與凡人的愛情,透過夢境來傳達者尙有著陳棟《苧蘿夢》。演落拓書生王軒夢遇西施一事,劇中以軒爲夫差後身,以了前緣。而以郭凝素效王軒事,夜宿苧蘿村,希夢西施以成好事,卻引來了東施女入夢。此劇大約是嘲笑一般文士而有的作品,原來天下效顰者不止東施一個,還包括著文士在其中。

另有車江英《柳州煙》寫柳宗元,劉禹錫同謁王宰相,王有二女,出詩題相試,後柳、劉被貶,兩女成婚偕行。事無所本,盡屬荒唐。夢境一段,是王宰相長女所夢:「我驀想昨宵,忽然一夢,見一人手執柳枝,一前一卻,我不覺走入桃園,少時又見折柳人招引而出,是何兆也。」口敘夢境,於劇作家安排,當然是用以暗示柳宗元與這名女子的未來關係。這與前朝的夢境安排是相同的。楊潮觀《邯鄲郡錯嫁才人》短劇,曾入王宮,趙王預許未來讓她擔任才人的邯鄲女子,在父母雙亡,趙王已逝之後,被兄嫂許嫁給廝養卒。即將草草出嫁前夕,百般怨歎,即夢趙王命內侍宮娥,以珠冠玉佩錦綵前來下聘,以備迎娶。在當上正宮皇后而非才人的期待心願中醒來。此夢將女子錯嫁的怨悱心情鋪陳而出,刻鏤邯鄲女子自小時候所有的期待與成長後的失望,與《爛柯山·癡夢》有相似的創作用心。

記友情的夢戲是吳偉業的《臨春閣》以洗氏爲女子而任嶺南節度使,陳後主命張麗華草詔書,召洗氏至臨春閣賜宴,共赴青溪山張女郎廟聽智勝禪師說法,暗喻陳將亡。未幾,隋兵攻江南,洗氏起義兵赴江南,宿營越王臺,夜夢麗華,醒得急報,江南已陷,後

主出降，而妃已自縊。夢中張麗華鬼魂對洗氏訴以臣民將國亂與敗
壞全歸罪於女寵身上：「左班官兒勢頭不好，便說女寵亂朝，都推
在俺一人身上罷了。」透過洗夫人的口吻，替張貴妃洗清不平之
氣：「娘娘你雖是風流種世，不曾將官家弄耍則耍，閒談冷諷，老
君王做啞粧聾。」鬼魂托夢，以訴說心中不平之氣，也寄托了作者
的亡國痛思。

　　思親夢境尚有蔣士銓的《四絃秋》演白居易和琵琶妓的故事，
第三折是琵琶妓夢已死的阿姨和昔日燈紅酒綠，顏色未消褪時的歡
娛時光，再夢及從軍的弟弟戰場上匆匆來去。醒時自思此夢為「心
中思想結成的」，為寫作思親夢的好作品。寫姻緣前定者有唐英
《巧換緣》第十齣夢證。皆未脫離前代的愛情與思親夢境範圍。

四、痛責神明的夢戲

　　這與夢中見古人相互爭論或與古人神交的夢戲不同，夢中出現
人物是百姓所不敢侵犯指責的神明，尤其地府的管理者閻羅，向來
被視為公正嚴明的象徵，但清代劇作家卻大大提出地府不公的指
責，並用劇中人物和閻羅神明等爭論，而且往往凡人是勝利者。這
種夢戲在清朝是前所未見的開創，代表劇作如下：

　　徐石麒《大轉輪》和嵇永仁《續離騷：憤司馬夢中罵閻羅》一
劇同題材，寫司馬貌作怨天詩，而夢上帝召，命斷漢四百年疑獄，
使改名為懿，併收三國以成天下一統之業。作詩怨謗閻羅，而夢閻
羅召至地府。為清朝所特有的劇作安排。司馬貌的斷案，使閻王因
此欽服不已，並對司馬貌未來的命運有較好的安排，劇中閻王已非
公正與超然的腳色，他也有無法判斷的一面。徐作於前，而嵇作則
較為晚出。兩則取材立意上稍有不同，嵇作著重於「謾罵」一場，

徐石麒作品則著重在斷獄，事實上徐作也以「斷獄」一折最爲精彩，議論縱橫，發前人所未有的創見。⓬

　　同朝另一罵閻作品是《胡迪罵閻》，故事本於錢彩《說岳全傳》，而爲各地方戲曲或曲藝所採擷成爲一段表演⓭。內容是岳飛死後，書生胡迪認天地鬼神皆有偏私，以致顛倒是非。一日趁酒醉痛罵閻王不施報應，閻王命鬼卒攝魂使遊地獄，以證明報應不爽：岳飛忠魂早已爲天神，奸惡夫妻，已受陰司報應，迪一一目見，方始悅服而醒來。再作詩以贊美閻王神鬼的明理昭彰。較前二劇而言，於思想內容上不脫離神鬼公正立場，報應色彩濃厚。

　　楊潮觀所作《吟風閣》雜劇三十二種，皆爲短小精悍的單折戲劇，《窮阮籍醉罵財神》寫阮籍因憤激而痛罵財神，被攝至陰間由錢神問話，卻原來是南柯一夢。阮籍祭拜錢神，先盛贊其德，能助人施捨，能救人緩急，能厚人交際，能解人紛難，能踐人然諾，既而痛罵錢神的招惹腥羶，是禍胎，揮金如土將人害，阮囊差澀逼死多少豪傑賢才，不平之氣憤激滿懷。夢中的痛罵與錢神衙門也是「公門蕩蕩開，有理無錢莫進來。」與現實社會無異。

五、鬼魂托夢復仇夢戲與其它

　　王夫之《龍舟會》故事據謝小娥殺賊報冤事而來，父親與丈夫俱爲盜所殺。小娥夜夢父親與丈夫敘自己被殺事，並因夢中謎語，由高人巧解夢中言語，知殺人者爲申春、申蘭。後小娥詭服男裝，

⓬　　參曾影靖《清人雜劇論略》頁194，學生書局，1995年9月出版。

⓭　　《岳飛故事戲曲說唱集》一書所收錄「胡迪罵閻」者有子弟書、快書，石派書有「謗閻醒夢」，帶戲子弟書有「謗閻」。明文書局。

託傭於申家二年，終靠計謀殺得仇人。雖然所據故事是出自於小說，解夢情景也是如此⑭，這種情節安排於戲曲中較爲少見，原因是人死後不知仇敵，只要死後立即成爲一名全知者，也會知道仇家爲誰，是鬼魂托夢重點。但此劇則將冤死者死後亦不詳仇家姓名，尙得依靠小孤娘娘的允諾托夢，和告以仇家姓名才能知悉。而且小孤山神女既允許復仇，卻又將仇家姓名以隱語形態加以表達：「車中猴門東草，田中走一日夫。」神明用心，頗爲難測。似此類因凶殺致死而托夢者，自元雜劇以來經常可見，唐英劇作有許多是自亂彈劇目改編，其中《雙釘案》現今梆子、皮黃系統各劇種都有此劇⑮，遭橫死凶案而向伴靈的母親托夢，要求到城隍廟向包公報案復仇。楊潮觀《信陵君義葬金釵》魏王如姬因助信陵君竊取兵符，爲魏王所殺。十年後幽魂入信陵君夢中，訴十年遊魂浪蕩原因：

> 咱自到陰司，遍遊地府。三曹對案之後，冥王將我送入枉死城。枉死城不收，說道：這女子背主忘恩，死不爲枉，應該送入地獄。誰知地獄又不收，說道：這女子報父仇，救國難，徇義捐生，是個又忠又孝的，地獄中沒有這樣人，應該上送天堂。誰知天堂又不收，說：這女子，善惡相關，恩仇念重，還上不到天堂去。

---

⑭ 參唐人小說〈謝小娥傳〉與《拍案驚奇》〈李公佐巧解夢中言，謝小娥智擒船上盜〉。

⑮ 周育德〈簡論唐英的戲曲創作〉文，見《古柏堂戲曲集》附錄，頁 629。

所訴之苦是遊魂無所歸，而非針對魏王的殺害訴冤與要求復仇。

這些劇作的夢境手法，與宋元明以來的夢境處理有著相似相同，如愛情之作。也有另一番心意者，如弔古時的度脫，以及藉著夢中和古人的言談以表自己的傷痛，以澆胸中壘塊。而於歷史社會有所不滿產生辱罵閻王之作，使閻王勾攝魂魄，於當事人而言則是進入夢中與閻王作正面的答辯，質疑神明的公平性與全知的角色，歷朝歷代皆有其作，但於夢境中直指其非，甚至於言語機鋒與處理疑案手法皆令閻王贊歎的夢情節處理，皆在在顯示了清代夢境戲曲的進步傾向。藉夢境來敘說縣行苦境有《麵缸笑》第三齣判嫁，期待夫婿高中而有相反落第的夢境如《天緣債》第十七齣夢捷，將勇武歸功於夢中有神人傳授的夢境如《轉天心》第三十一齣夢勇。這些大抵原本於元明夢情之作。

貳、紅樓夢戲曲

清朝的夢戲作品於《紅樓夢》小說問世後又達到了另一境界，亦即將《紅樓夢》的故事改編爲各式各樣的戲曲形式，而皆不脫離「夢」的主題。以《紅樓夢戲曲集》一書所收錄戲曲有傳奇形式有：吳蘭徵《絳蘅秋》，朱鳳森《十二釵傳奇》，陳鍾麟《紅樓夢傳奇》，仲振奎《紅樓夢傳奇》，石韞玉《紅樓夢》，萬榮恩《瀟湘怨傳奇》；雜劇形式有：吳鎬《紅樓夢散套》，許鴻磐《三釵夢北曲》，周宜《紅樓佳話》等劇；與孔昭虔單齣劇作《葬花》。**⓰**

⓰　《紅樓夢戲曲集》，九思出版社，1979 年 2 月出版。

以賈寶玉、林黛玉、薛寶釵三人的愛情為鋪陳重點，寫至黛玉殞命
與寶玉出家為止。如同《紅樓夢》所刻劃營造的神話情境，有賈寶
玉夢遊太虛，見金陵十二釵正冊、副冊，聽紅樓夢新曲，卻依然未
能省悟，少受歷劫之苦。大部分劇作皆有此齣，或添加入與秦可卿
在夢中的旖旎風光，如《瀟湘怨》。末後則以出夢作結，使賈寶玉
再遊太虛幻境知十二釵後果，醒後出家，是為夢醒。夢境的美觀，
集合了仙境佈局的美侖美奐，也見到了歌舞新曲的舞臺效果，是劇
作家所刻劃出的仙家世界。

　　《紅樓夢》既以夢為名，那麼劇作家採為戲曲題材時也在夢上
大作文章，如許鴻磐《三釵夢北曲》第一折勘夢以神瑛侍者和神
芝、絳珠仙草、芙蓉四靈物的轉世投凡為佈局，寫下了《紅樓夢》
的基本內容，這點已是對《紅樓夢》神話的添加內容；第二折悼夢
為寶玉祭弔晴雯，第三折斷夢是林黛玉的魂斷命絕，雖齣目以夢
名，但內容上卻無夢的情節；第四折醒夢以寶玉出家後，寶釵的孤
獨入夢，遊太虛見寶玉與絳珠仙子林黛玉、芙蓉仙子晴雯，見證了
一段情緣後大悟夢醒。這類紅樓作品或忠於原作，或是略是更動，
無不夾雜了劇作者自己的主觀意識在其中，也使得紅樓戲曲更有可
看性與多彩多姿，即如此劇小序：「夫晴雯之逐，夢也；黛玉之
死，亦夢也；寶釵之先溷塵而後證果，則夢之中又演夢焉。嗟乎，
人生如夢耳。」

　　陳鍾麟《紅樓夢傳奇》更是將夢的情境作更多場次的安排，
〈遊仙〉齣為寶玉夢遊太虛；〈夢警〉為王熙鳳夢秦可卿告以在熱
鬧場中，立長久之計，才是道理作為規勸；〈塵影〉齣為黛玉夢自
己為絳珠小草，受寶玉的澆灌；〈夢甄〉齣是賈寶玉夢自己誤入功

名利祿之家的甄寶玉家；〈心夢〉為林黛玉夢父親別娶，自己將搬離賈府，苦求賈母收留時遭到拒絕，在寶玉挖出心以表意時驚醒；〈離魂〉是黛玉知悉寶玉要娶妻前，夢仙家告以將一生幻境，悲歡離合，細細從頭想一想的情節；〈夢別〉齣為林黛玉死後，賈寶玉夢黛玉成為真仙，追趕不及；〈鴛殉〉為史太君亡後，鴛鴦夢邢夫人賀喜將成為賈家大爺的妾，拒絕不成的惡夢；〈冥戒〉齣是鳳姐夢鬼卒捉他至城隍殿，審斷張金哥、尤二姐兩案，罰以刀山油鍋之刑，並明說三日後取性命的惡夢；最後一齣〈幻圓〉雖非夢境，卻是賈寶玉出家再履太虛之境，為紅樓夢境作一完結。陳劇通篇安排了諸多夢境，是小說原著所有，也有陳鍾麟別出心裁安排而成，使戲曲通篇籠罩在夢的氛圍之中，真是名符其實的夢中情境了。只是看多了夢中情境，殊覺與人世頗有隔閡，較不真切。以仲振奎、吳鎬和陳鍾麟三家紅樓作品相比：陳鍾麟劇作最不高明；仲振奎劇作以排場取勝，所以能盛行於歌場；而吳鎬散套則宜於作案頭曲來品評。**⑰**

參、皮黃京劇夢戲

京劇的出現，代表著清代地方花部作品的興盛。常以折子戲的形式出現於舞臺，有移植於前代的作品，也有新編的劇作。夢境作品，大致上與前朝無多大差別。但卻無同一時期文人劇作所寫的案頭作品，那種與古人在夢中相談，以洗心中不平氣味，具文人氣味

---

⑰ 曾影靖《清人雜劇論略》，頁 443。

的夢境。但這些夢境，在元明夢戲中都可以找到類型。如象徵君臣
遇合之兆的龍虎會，有《劉秀走國》姚期母親夢猛虎被青龍所引
去；必得賢臣的作品有《飛虎山》得虎將；《進蠻詩》明皇夢識李
白能解蠻邦所進表文；《狸貓換太子》宋仁宗夢包拯能將櫟柱托
起。

　　未來必有凶事的預兆如《捉放曹》《興趙滅屠》《雙龍會》三
劇全是群羊遇猛虎，羊被虎咬傷的夢，象徵著遇到禍事；《惡虎
庄》《風波亭》《麥城昇天》《西皮汾河灣》《山海關》《刺王
僚》夢境不同，卻同是代表殺身禍事，以《刺王僚》來說是僚夢漁
舟，魚兒口吐寒光，照住僚的雙眸，僚因寒氣搜身，高喊收船，卻
無人來救。正是被刺身亡的預兆。也有反映親友已死或困厄的夢
兆，如《關公顯聖》張飛夢一紅星由東南昇起，墜入西北海底，劉
備夢關羽兩眼落淚。在未獲消息情報之前，雖然關羽已死，但於結
義兄弟而言卻是預兆。《堂樓詳夢》霍金定夢情郎，圓夢卻是重孝
在身，必打官司的牢獄之災。除了《堂樓詳夢》有圓夢預卜未來
外，其它的象徵夢境皆未加以說明，但夢徵卻若合符節。類型的運
用，直接承襲了明代夢戲。

　　當然也有些好事，如與婚姻相關的夢，《彩樓配》王寶川拋繡
球擇婚前夕夢一斗大星，墜落臥房的預兆；《甘鳳池》姚鳳仙夢月
下老人指示婚姻。或對未來有所助益夢境，如《白良關》尉遲恭的
花園遊賞百花，表示將與失散的夫人和兒子相逢；《九龍山》楊景
教岳飛撒手鐧武功，以降服玄孫楊再興；《七擒孟獲》孔明夢伏波
將軍，指示藥泉可治誤飲啞泉的士兵；《失金釵》陳杏元夢王昭君
教以脫離災難之法。

　　對京劇來說，夢的作品較常用在鬼魂托夢上，而且大多爲冤死鬼魂，因此魂靈出場時，透過唱詞表現了怨氣衝天，以及冥路的孤冷情境，如《李陵碑》楊令公、六郎夢七郎渾身是血，頭帶雕翎；《洪羊洞》楊令公托夢六郎，要求取回洪羊洞中的遺骸；《羅成托夢》敘身死慘狀，並要求太宗君臣代爲照顧家眷；有要求活著的親友代爲雪恨報仇如《九更天》馬義夢主人七孔流血，口稱報仇；《銅網陣》慘死的白玉堂要求結義兄弟代爲復仇；《洗浮山》黃天霸夢義兄盧志義、賀天保敘說被殺情景；《殺子報》老師夢學生王世保敘被親母所殺；《行路哭靈》與唐英劇作《雙釘案》相似題材，是張義母親夢兒子七孔流血，敘己爲人所害事；《北霸天》稍有不同是清官施公夢鬼魂前來投訴冤死情狀。這些劇作表現了十分強烈的復仇意味，由夢者所見的言語可見這些冤死的鬼魂是血淋淋形象，可怖氛圍圍繞。明代鬼魂托夢並無如此陰森可怕的氣氛，復仇心願常被濃烈親情所掩蓋。因此可以說，京劇鬼魂托夢復仇情節是直接承繼自元雜劇。京劇中勸慰生者的夢境並不多，只有如前述《羅成托夢》和《孝感天》公叔段夫妻勸慰國母。

　　清代戲曲可清楚分別爲場上演出或是爲案頭之曲，流行的京劇或是各地方戲曲所上演的夢戲內容如杜麗娘的驚夢，或是朱買臣前妻的痴夢，以及君臣遇合，君子淑女的命定結合，未來禍事的預兆，都顯示了一般民眾的喜好。文人劇作則內容典雅，而且主人翁俱爲文人雅士較多，或與古人敘談，或是指責閻神的不公平，皆在在反映了文人雅士的喜好。這些文人劇作，也難免存在著婚姻前定，以及神鬼善惡終必有報的思想。再加上紅樓戲曲的問世，一般

劇作家即取於紅樓夢境作爲內容，自然也是典雅至極的作品，單看寶玉遊太虛的一段自能知道文人雅士的喜好。

透過上文所述，發現清代夢戲並不多，而且除了罵閻羅財神的夢戲是屬於有開創外，其它大致上合於前朝歷代所創造的夢戲。可看到經過長時間發展，想要突破前代的成就，可能已非易事。然而中國戲曲的夢戲創作並不因此而停頓下來，依然能夠站在前人夢戲作品上多所承繼與發展。如閱讀戲曲資料時，看到各地方如山西靈丘羅羅腔、河北絲弦戲和安徽沙河調等劇種演唱《小二姐做夢》的單折戲❶。寫小二姐期待婚姻出嫁的夢境。劇情只鋪陳了一個夢境，是一人多扮的獨腳戲，在夢中小二姐分別表演了八個個性、性別、年齡、身份、性格各異的人物，時而女，時而少，時而老，各盡其妙，成爲最受歡迎的表演劇目之一。足見夢戲的創作尚有其空間存在，似乎可以期待有更爲精彩的夢戲產生。

小　結

宋元南戲、元明雜劇、明清傳奇以迄京劇，眾多戲曲劇作家所寫作的夢戲，題材有取自先前典籍中的夢戲資料事蹟，再將它轉換成適合舞臺演出的夢境，或是透過劇中人口敘夢境，無不反映了文人百姓對夢的看法。劇作家無法脫離於社會現實的創作，因此祈夢圓夢占夢等社會活動也無不在劇中出現。由最早劇作之一《張協狀

---

❶　參《中國戲曲劇種大辭典》頁 69、285、609。

元》占夢恰可反映社會對夢的看法。劇作家有意安排的夢境是爲劇作服務，因此夢與情節推展必然有相關性：張協的夢代表未來劇情發展，主人翁命運的始困終亨。劇作家駕馭夢的用心可見，此用心一直延續至未來的劇情發展。

　　元明清三代夢戲有其共同內容，如愛情與親情夢境的刻劃，以夢來豐富充足男女主人翁分離而相思的形象，君王后妃、情人之間的情夢，君臣遇合或是凶殺命案的鬼魂托夢復仇，公案決疑決獄的相關夢境，遇禍遭難前的預警夢，這些是中國夢戲的重要主題。但各朝歷代的夢戲又有發展與不同。

　　如明清崑山傳奇於愛情夢戲上開展了因夢生情的夢戲。原本毫不相識的男女在夢中相會後，醒來即爲夢中情人病相思的情節。另一開展是在夢中由神人預示了才子佳人的姻緣所在，而情節發展也必合乎預示。元雜劇冤死者托夢復仇，傳奇卻在這個主題上顯得相當寂寥，直到皮黃京劇中才又重見，尤其是平民致死的要求復仇。元雜劇災難發生前夕，也常用惡夢逐步烘托不祥氣氛，對劇中人而言，卻絕無「預示」「預警」的意味。這種烘托手法到明代劇作，則成爲對劇中人命運的預警，不幸是劇中人皆如預警夢般發生了災難，並不因有夢的預警而避過凶禍，逃脫厄運。京劇亦有此預示不祥夢境，但通常不加以占解，頂多查了夢書後直接將吉凶結果口敘而出。

　　元雜劇度脫劇夢境幾乎全是一度再度，是三度時的關鍵所在。明傳奇則以長篇鉅著描寫此類夢境，入夢前與出夢後是簡短的一、二齣，夢境則因經歷浮沈一生而顯示出一定長度，夢戲也成爲反映現實的利器，與一般傳奇劇作似乎並無差別。度脫夢戲至此告終，

明清雜劇與皮黃戲中再無見到以夢作爲度脫關鍵所在的情節。

　　以古人入夢，見前賢名將在夢中爭功是明代劇作家所作的開創，至清代以來則更多此種類型的劇作，旨在發抒劇作家心中不平鬱悶情緒，內容也由古人在夢中爭功，變成了古人邀請文士入夢，敬重文士。再而衍生了痛罵神明如閻王錢神，藉機責罵現實社會，皆是開創了前人所未見的夢戲格局。

第三章　中國夢戲的掌夢人物與出夢入夢

　　劇作家藉夢鋪陳劇情，不論是基於迷信，或預示情節，爲使適合於舞臺演出塑造了許多主導夢境的人物。這些人物皆非普通人物，而是與俗人不同的神鬼或是精怪與人的魂魄。在歸納整理這些掌夢人物時，撇開了夢與神蹟不分的情節，亦即神靈直接干預了劇中的人事，主導事件的發展，如《雙珠記》二十二齣的玉虛師相玄天上帝的直接救災並明示未來去處；《周羽教子尋親記》十五齣金山大王救助周羽；《玉玦記》癸靈廟神救了秦慶娘；《粧樓記》三十五齣南海水月觀音命土地扶助意娘脫厄。這些劇作雖是透過夢境的傳導，但實則是神靈的直接干預，可算是神蹟，只是當時是人恍若在夢中，日後方知是神靈的救護。有關這一部分則於歸納之際將它排除，目前只論在夢中出現的主導夢境，但是透過凡人來執行神意或是給予凡人未來的啓示，日後自有應驗的戲曲作品。死魂托夢也可說是死魂掌夢，但這類故事又有死魂與生人醒時的對答如《後庭花》、《盆兒鬼》、《生金閣》雜劇，全都排除在掌夢人物範圍之外。

第一節　中國夢戲掌夢人物類型

　　戲曲所刻劃的掌夢神靈相當多，如果將這些掌夢腳色作一區

別，或可見到劇作家對掌夢神靈的認識，現將掌夢人物或神明依民間俗神、道教、佛教與冥界鬼神四項，外加具靈異的動物、無名神道的其它類五項。

前四項分類參考了馬書田《華夏諸神——道教卷》、《華夏諸神——俗神卷》、《華夏諸神——鬼神卷》與《華夏諸神——佛教卷》四書所列的鬼神名稱。馬氏於前言部分提及了中國的造神與迷信的傳統依然普及於現今科技發達的社會，爲敘述方便而分爲四類，但又不容否認某些神有交叉，且有些級別也不甚清楚。雖則四書所收錄的神鬼已有相當數目，但是未收納入的神明數量與收錄的神明數目是相當的。本文於整理戲曲掌夢神明名稱時，便發現了有諸多名目的鬼神未收納於馬書田書中，再參考馬氏著《中國民間俗神》一書，也有只能舉犖犖大者的神明加以敘述的現象。因此本文的分類難免於粗疏，亦會出現佛道與民間俗神神格無法區別的情形。

壹、民間所崇祀的俗神

九天玄女——《金花記傳奇》，自敘夢中九天玄女授兵書劍術，進退行藏。

天妃娘娘——《下西洋》夢中示鄭和平安出海而回事。

文昌帝君——《望湖亭》第三十四齣命魁星引夢授制策以中科舉；《墨憨齋萬事足》第八折，授陳循杏花第二枝，預示得名。

火部判官——《九蓮燈·火判》拘提忠臣的義僕富奴入夢，告以宮闈即將大火，要救助被關在宮闈中的主人及俠女戚輕霞，除非借得九蓮燈，並告以尋燈方法。按火神爲民間所崇祀俗神，至

於判官是為冥界鬼神中閻王的助手，此處是將俗神與冥界鬼神
結合為一。

朱衣使者——《維揚夢》第三齣奉梓潼元皇帝君鈞旨在夢中點化杜
牧，使不再滿足於幕客身分。按：文昌帝君又稱梓潼帝君，為
掌祿籍之神❶。此處朱衣使者為文昌帝君所派，故列入俗神。

巫山神女——《讀離騷》第四折，神女攝宋玉魂魄在夢中相會。
《高唐夢》楚襄王因宋玉論高唐神女，巫山神女也因此入夢和
襄王相會。

花神——《意中人》第四、五、十八齣預示劉夢花與史玉郎的姻婚
之分。《夢幻緣》將命花仙將史玉郎與劉玉洞二人引至夢中相
會。《虞兮夢》奉項羽之命，再命花魂、春色引居士陶成入夢
共賞名花。

金甲神——《衣珠記》第十四齣，帝王之夢以示得人之兆；《鳴鳳
記》第八齣福建仙遊祈夢而賜詩句。

威靈大王——《環翠堂三祝記》第九齣警示范仲淹勿移廟宇。

海神——《焚香記》二十六齣，指示桂英壽終後才能折證王魁負心
事。

嫦娥——《墨憨齋夢事足》第八折，授陳循丹桂一枝。

獄神——《緋衣夢》第三折，藉夢語告知殺人凶手。

福祿壽三星——《種玉記》第二齣，送霍仲儒三件玉器。

劉猛將——揚威侯劉猛將，《筆耒齋二奇緣》第六齣，祈夢而賜
夢。

---

❶　《百神論》，高雄市文化院出版，1990 年 8 月。

錢神——《窮阮籍醉罵財神》阮籍醉罵錢神，爲錢神拘提問話。

織女——《天馬媒》第十三齣，因薛瓊瓊七夕祈禱織女，故夢中解
　　慰與黃損日後相見事。

貳、道教神明與得道人物

太白金星——《莊周夢》第一折度脫莊周。《大轉輪》司馬貌怨謗
　　天地，奉天帝旨意勾攝魂魄至天庭問個明白。太白金星是爲天
　　帝的「特使」。

西岳（嶽）大王——《墨憨齋定本女丈夫》第六折，預示李靖爲將
　　事。

呂洞賓——《邯鄲記》第三折至二十八折度脫盧生；《昇仙夢》第
　　二折命上八洞神仙張四郎夢境中度脫桃柳；《竹葉舟》第二折
　　引列御寇、張子房夢中度脫陳季卿；《三化邯鄲》度脫盧生。

李老君——兜率宮李聃，《舉鼎記》第三折，命大力神教授奪命神
　　槍並示傳盔甲神槍。

李鐵柺——《金安壽》第三折度脫金安壽。

金波龍神——《衣珠記》第六、九齣，報恩而托夢救恩人婚妻。龍
　　王——《環翠堂彩舟記》第二十六齣，示江毓和婚姻受阻因
　　由。

氤氳使者——《明月環》第二十二齣，勾荊棘魂憑斷三仙事。《相
　　思譜》命相思鬼引周郎王女在夢中相會，劇作絪縕使者。據自
　　述奉命主掌天下姻緣。《昭君夢》命睡魔引夢的氤氳使者自稱
　　是主掌婚籍。

神女娘娘——《二胥記》第二十齣，預示兩位女貴人到此，須收留

供養；《春蕪記》第十四齣巫山神女夢中顯應仙姝神女事。

馬丹陽——《劉行首》第三折度脫劉行首。

得道人物——黃里先生：《櫻桃夢》第三齣至第三十五齣，命睡魔
　　王夢中度脫盧秀才出家爲僧；長桑公子：《蝴蝶夢》第十一
　　齣，命骷髏陰魂夢中點示生死事；白玉蟾：《墨憨齋夢磊記》
　　示文景昭功名婚姻事；盧二舅：《一種情》第五出示故人之子
　　崔嗣定前程婚姻事；《酖江亭》第四折牛員外度脫趙江梅；
　　《冤家債主》第四折崔子玉夢中指示張善友至森羅殿見冤家債
　　主事；鄭虔：《三社記》告知孫子眞口訣。

聖妃娘娘——《黃孝子尋親記》第十九折，福建仙遊聖妃廟因祈夢
　　而賜詩句。

漢鍾離權——《呂眞人黃粱夢境記》第二齣到三十齣，度脫呂洞
　　賓。

增福神——《劉弘嫁婢》第三折由凡人李遜死後成神，報答劉弘之
　　恩；《降桑椹》第二折告知蔡順冬季有桑椹奉母事；《看錢
　　奴》第一折敘賈仁的貧困因由。

關羽——《雙鳳齊鳴記》第六折，命趙子龍教授鎗法；《磨忠記》
　　第二十九齣激書生錢嘉徵除奸事。

靈派侯——《看錢奴》第一折告以賈仁貧困原由。

觀音——《長命縷》第十齣命氤氳使帶邢春娘魂告以婚姻事；《一
　　笠菴人獸關》第二十齣觀音命睡魔引桂薪入夢境。

參、佛教神明與高僧

天女——《雙金榜記》第十二齣散花。

月明尊者——《度柳翠》第二折度脫柳翠。

世尊——《觀世音修行香山記》第六出，揭示妙善前身。

有道僧人——支遁：《竹葉舟》第四折至第二十七折，入夢出夢，
　　有道高僧藉夢度脫石崇。佛印——《一笠菴眉山秀》第二十六
　　齣示東坡與佛印的前身；《忍字記》第三折汴梁嶽林寺首座定
　　慧和尚於劉均佐夢中設一境頭，使之堅於出家；《東坡夢》第
　　二折佛印命花間四友迷惑東坡。

伽藍——《寶劍記》三十七齣，預示即將有追兵；《西游記》第三
　　齣預報西天毘盧伽尊者降臨。京劇《死裡逃生》第三齣也有伽
　　藍。

金粟如來——《綵毫記》第三十八齣，自敘青蓮得字由來。

肆、冥界鬼神

土地——《曇花記》第五十二齣，本宅土地預示靈照菩薩降臨；
　　《雙螭璧》第十七出，花園土地，攝奚屺魂與冤死人對證；
　　《韓湘子九度文公昇仙記》第八折，韓湘子命當方土地預先托
　　夢嬸母妻子，以示回家事；《墨憨齋萬事足》第三折，城隍廟
　　土地，判官，祈求周約文代為美言以免貶逐；《大破蚩尤》玉
　　泉山土地，生前為漢壽亭侯，與蚩尤大戰夢中訴之於范仲淹；
　　《飛丸記》第二十五齣，自敘土地告知秀才和嚴小姐的姻緣
　　事。《雙釘案》祥符縣署中土地，引江芊幽魂入母親夢中訴冤
　　情。《麵缸笑》第三齣土地哭訴原有官府地皮被搜括殆盡，無
　　容身之處。

死者之魂——《目連救母》中卷劉氏回煞；《一笠菴編永團圓》第

十齣，爲寬慰女兒而現身；《秣陵春》第三齣黃展娘夢李後主預示姻緣；《金鎖記》第二十六齣竇娥母魂至竇父夢裡訴女兒冤事；《袁文正還魂記》第十九齣示妻子未來禍事；《西園記》第三十三齣玉英入夢感謝普度昇天；《商輅三元記》第二十四折，商霖托夢妻子事奉父母兒子；《灑雪堂傳奇》第三十四訴說借屍還魂事；《東窗事犯》第三折岳飛魂入高宗夢訴冤情；《霍光鬼諫》第四折，霍光托夢敘霍家子孫謀反事；《神奴兒》第二折哭訴自己冤死情事；《昊天塔》第一折，楊令公與楊七郎夢中訴自己死後慘狀；《范張雞黍》第二折張劭入范式夢中訴己死事；《雙赴夢》張飛、關羽入劉備夢中敘說被害一事；《開詔救忠》楔子，楊七郎魂訴說被射身亡事。《孤鴻影》王朝雲鬼魂。《信陵君義葬金釵》如姬鬼魂向信陵君哭訴慘死情形。《龍舟會》第二折謝皇恩、段不降於小孤山神女允諾下托夢女兒、妻子謝小娥告以冤死及仇家姓名。《臨春閣》第四齣張麗華貴妃入洗夫人夢中訴以朝政敗亡爲群臣責備情形。《弔琵琶》第三折王昭君鬼魂回到漢宮。《櫻桃園》張玉華鬼魂入代葬的歐生夢中敘以感謝與報恩之意。

東岳速報司判官——《原本王狀元荊釵記》二十六齣，托夢並救錢玉蓮以及安排未來後路。東嶽（岳）大帝是掌管人類貴賤和生死的大神，原與其它南嶽、西嶽、北嶽、中嶽大帝是鎮守一方山嶽的俗神。後與魂歸泰山想法結合，再加上帝王封禪泰山的政治因素，使東嶽大帝成爲崇高神祇，廣爲世人所崇拜。東嶽大帝也爲道教吸收，成爲執掌幽冥地府一十八重地獄和總管天地人間吉凶禍福。佛教陰司理論和閻羅王傳到中國後，東嶽大

帝則成爲十殿閻王的上司，與閻王相同，身旁有諸多判輔助他
理事。❷

城隍——《喜逢春》第三十二齣，楊漣死後爲涿州城隍，攝毛禹門
　　共同審理魏忠賢不法事；《桃符記》京都城隍，指示劉天儀功
　　名事；《劉弘嫁婢》第三折裴使君生後所化西川五十四州城
　　隍，爲劉弘添壽並夢中告知。

閻羅王——《續離騷：憤司馬夢裡罵閻羅》閻王命鬼卒勾攝怨謗地
　　府的司馬貌魂入地府問話。

鍾馗——《鬧鍾馗》第三折，鍾馗捉鬼，於殿頭官心中則爲夢。

伍、其它——具靈異的動物與無名神道

已亡的歷史人物——《通天臺》漢武帝令田丞相引梁朝沈炯入夢。

　　《一片石》明代寧王殉國嬖妃入書生薛天目夢中，敘己殉國及
　　遺邱尚在。《雪中人》已成神道的于謙賜夢與吳六奇。

蛇——靈蛇：《橘浦記》第十八齣，爲報恩托夢賜藥丸以醫人洗清
　　冤情；白蛇：《劉漢卿白蛇記》第九齣自敘夢白衣童子求救。

無名人物——黃衣老人，《凌雲記》十二齣，催促作大人賦。

無名神道——《何文秀玉釵記》第十三出，預示救主人；十六出預
　　示姻緣。《十無端巧合紅蕖記》十齣，預示功名姻緣；十二齣
　　預示救表弟。《荊釵記》二十五齣，預示救人並收爲義女。
　　《雙鳳齊鳴記》第十六折，預示姻緣事；《繡襦記》第五折，

---

❷　馬書田《華夏諸神——鬼神卷》，頁9-14。

神人贈詩預示鄭元和前途敗事；《黃孝子尋親記》第十六折，
　　自敘神道囑咐救人。《沒頭疑案》官員薛清夢見神人提二人
　　頭，留詩四句，以示疑案並破案重點。

夢神──《識閒堂翻西廂》第二十三齣，指示鄭生崔鶯鶯未來事；
　　《情郵傳奇》第三十齣示王慧娘、賈紫簫、劉乾初的姻緣。清
　　雜劇《苧蘿夢》奉西施神明法旨，引王軒入夢相會。《鑑湖
　　隱》第二折奉蓬萊真君法旨，賀知章入夢，使歷遊仙界，並證
　　天寶舊事。京劇《牢獄鴛鴦》《狸貓換太子》《九更天》俱有
　　夢神出場。《紅樓夢傳奇·遊仙》警幻仙姑命夢遊神引賈寶玉
　　夢遊幻境。雖是名為夢遊神，但在同劇〈夢甄〉齣則名之為夢
　　神。知夢遊神與夢神在劇作家心目中是一樣的。

睡魔神──或作睡神。《墨憨齋人獸關》第二十九折，指引桂薪入
　　冥途顯因果；《櫻桃夢》第三齣有睡魔王，引盧生入夢，第八
　　齣又塑造了睡魔王案下的小魔王引盧進入夢中之夢。《玉玦
　　記》三十三折癸靈神命睡魔引王商到夢中相會。《昭君夢》睡
　　魔奉氈裘使者法旨領昭君入夢，使由匈奴回到漢宮。《臨川
　　夢》二十齣睡神引湯顯祖入夢與劇作主人翁霍小玉及淳于棼、
　　盧生與早逝的婁江女子相會。《轉天心》睡魔神奉上界劍仙旨
　　令引吳定入夢，傳授法力。《巧換緣》月下老人命睡魔神引馬
　　沖霄夢魂折證婚姻前定，敘明被換妻的原因。《瀟湘怨》卷三
　　〈琴夢〉副淨扮睡神，奉警幻宮旨意，將絳珠、神瑛各引入
　　夢，使喚醒癡迷，同登幻界。

中國是一個善於造神的國度，諸多學者研究鬼神譜系時，也常

見有分類無法精細與周全的困惑，如日本學者窪德忠《道教諸神說》將土地、城隍、鍾馗、文昌帝君、九天玄女、文財神、十殿閻王俱納入道教諸神中。宋兆麟《中國民間神像》一書，依神的種類和職司，共分爲十類：自然神、動植物神、祖先神、生育神、吉祥神、冥界鬼神、人造物神、行業神、道教神仙和佛教諸神。於〈前言〉部分也指出：「以上分類並不是涇渭分明的。因爲無論在各種宗教之間，還是在各種鬼神之中，都有一定的交叉與滲透，而且有的類別較龐雜，有些類別又極簡單。」關羽原爲歷史人物，亡歿後民間崇祀爲神，再爲佛道兩教納入自己的神明譜系❸。天妃原本也是民間俗神，後也被納入道教神明之中。判官原爲閻王主要幫手，是冥界神鬼之一，而《九蓮燈》火判全名爲「火部判官」，火神是被納入民間俗神❹，此劇將俗神與冥界判官相結合，使火神亦如閻王擁有助理般，當火神尊身不在廟宇鎮守時，則由助理判官代理職位。

　　道教有自己的鬼神譜系，佛教有自己龐大的鬼神系列，界限相當清楚，然而民間卻採取了兼收並蓄的態度，將佛道的鬼神全都加以信奉，並不厚此薄彼。談及道佛二教，一般皆知道教受佛教影響甚多，實際上佛教亦曾吸收道教的思想理論，兩者相互依附採擷對方思想學說，使兩者最後皆在中國生根❺。再由統計所得發現戲曲

---

❸　馬書田《華夏諸神——道教卷》，頁140。

❹　馬書田《華夏諸神——鬼神卷》頁80；《華夏諸神——俗神卷》頁131-132。

❺　蕭登福《道教與佛教》一書特別針對道教影響及佛教的部分詳加論述，以明佛教也深受道教的影響，而非一般人認爲只有佛教對道教的影響部分。東大圖書公司，1995年10月初版。

內的神明又以道教神明爲多，也反映了道教的神明在民間受到崇祀
的情形。自元雜劇起即有相當數量的神仙道化戲，這與元代社會黑
暗，新道教的風行，特別是全眞教的隱修，使知識分子中隱逸思想
普遍存在❻。這些神仙道教劇的題材多爲演述全眞教五祖七眞的事
蹟。

　　經過七眞的宏教，使得全眞教大盛。七眞的宗教思想或多或少
有些差異，如馬丹陽和丘長春的不同是：「丹陽之學似多參佛理，
獨善之意爲多，長春之學似多參儒術，兼善之意尤切。而兩人之學
皆出重陽，蓋重陽宗老子而兼通儒釋，而丹陽、長春則學焉而各得
其性之所近。」❼全眞教的大盛，也流傳至於江南地帶，眾多流派
的道教相互融合，呈現了元代道教八面開通的趨勢，可說是最富生
命力的時代❽。也有認爲元代的道教是社會化的產物，因爲全眞教

---

❻　么書儀〈元雜劇中的神仙道化戲〉，《文學遺產》1980 年 3 期，指出元
　　代皇帝雖然崇尚佛教，也特別禮遇番僧，然而這些番僧於劇作中的形象卻
　　是惡的象徵。道教卻有新的發展，影響最深的是全眞教，在亂世的浩劫
　　中，提倡不要追名逐利，出賣靈魂，在韜光養晦躬耕生活中保持一顆質樸
　　純眞，不爲利欲熏染的心。這樣的隱修，當然易爲艱難竟蹴之中，無可寄
　　託的知識分子所接受，而在亂世風行。

❼　錢穆〈金元統治下之新道教〉，《中國學術思想史論叢》六，頁 207，東
　　大圖書公司，1978 年 11 月出版。

❽　張廣保《金元全眞道內丹心性論研究》第一部分〈歷史篇〉提及：如江南
　　道教有茅山宗、淨明道及內修南宗，茅山宗大量吸收道教南宗的內修理
　　論，對內丹修煉過程中的心性問題也做了廣泛探索。它們於心性論方面的
　　創樹和北方全眞道相比各有特色。茅山宗和內修南宗在相互資借的同時，
　　又大量吸收了儒家、禪宗的有關學說。與茅山宗不同，內修南宗十分重視

認為出家修仙和世俗的忠孝仁義相表裡，視為儒教的支派。儒教勢力強大，體系完整，超過佛道二教，其實它包含了佛教、道教心性修養內容。研究道教，不能離開佛教，也不能離開儒教❾。明王朝自建國立號到歷代君王，幾乎都與道教有著不解之緣，《桃花扇》劇作披露了崇信道教、迷戀心術，是明代政治腐敗的表徵之一❿。上有所好，下必甚焉，既然帝王的崇信道教，那麼民間也勢必對於道教有著一份熱忱。

　　道教的蓬勃發展於民間的影響似乎遠超乎佛教之上，中國夢戲掌夢人物也以道教神明為多，充分反映了道教的發展狀況，為其深入民心提出佐證。更重要的是，透過戲劇本身的流播，使道教更加風行，其教義和思想更加深刻滲入群眾，引起山林隱逸，對虛無仙

對禪宗心性論的吸收，在道教心性論的創樹中，內修南宗開闢了一條和全真教完全不同的道路。僅在江南地區流行的淨明道則採取內道外儒姿態，把儒家的忠孝等倫理觀念和了證心性結合起來。這種豐富的創造性，使得有元代成為道教史上最富生命力的時代。頁 24-71，文津出版社，1993 年7 月初版。

❾　任繼愈主編《中國道教史》編序，下冊頁 10，桂冠圖書公司，1991 年 10月初版一刷。

❿　張燕瑾〈歷史的沈思──桃花扇解讀〉，崇信道教的皇帝有：有如太祖、成祖、武宗、世宗的以道教神靈自居；有服食丹藥損身乃至致死的，如太祖、成祖、仁宗、孝宗等；或借助丹藥求壯體助淫縱，重用道士，如憲宗、武宗、世宗；或是廣設齋醮以除災祈福，終明之世不絕。最為過分則是如崇禎帝，在明末大亂之際還以道士設齋醮，禳妖護國，結果妖氣未除，第二年他便自縊於煤山。南明弘光仍然執迷不悟，依然重用道士。《中國戲曲史論集》，頁 241，北京燕山出版社，1995 年 3 月。

境的渴想⓫。

　　如前所述，儒教包含了佛教、道教心性修養內容。所列的掌夢神靈中也有佛道神明與民間俗神無法區別情形，再加上劇作家有高深佛道修養的可能並不多，使佛道教義相互混淆，或敘說有錯誤存在，如《忍字記》有直說佛理處，第三折定慧長老白：

> 想我佛西來傳二十八祖，初祖達磨禪師，二祖慧可大師，三祖僧璨大師，四祖道信大師，五祖弘忍大師，六祖慧能大師。佛門中傳三十六祖五宗五教正法。是那五宗？是臨濟宗、雲門宗、曹溪宗、法眼宗、溈山宗。五教者，乃南山教、慈恩教、天臺教、玄授教、祕密教。此乃五宗五教之正法也。

所云似是而非。全劇中類似情況尚有不少：如楔子介紹沖末所扮阿難，有「上方貪狼星，乃是第十三尊羅漢」，第一折「外扮布袋和尚領嬰兒姹女上云」，身爲布袋和尚，竟然隨身帶嬰兒姹女，都是把道教與佛教強扭在一起的例證⓬。即使是身爲禪宗德行很高的僧

⓫　黃兆漢〈從任風子雜劇看元雜劇與道教的關係〉，《道教與文學》頁94，臺灣學生書局，1994年2月初版。

⓬　所提達摩至六祖慧能的譜系，是中國佛教的一個宗派──禪宗的傳承譜，並非中國佛教的全部。五宗是禪宗五家，溈山宗佛教界名之爲溈仰宗，曹溪宗又稱爲曹洞宗。至於所云的「五教」則多所不明。佛教教派之一華嚴宗有五教，是「一小教，二大乘始教，三終教，四頓教，五圓教」。唐代的佛教宗派與此處引文有關者尚有：天臺宗、玄奘所創的慈恩宗、律宗宗

侶，也常缺乏充分的佛教教學的知識❸。也難怪佛道兩家的神明或是民間的俗神時有無法區別的時候。只是在概略性區別下，可見道教神明對於民間世俗影響較大。

劇作家描摹的神明，代表當時民間對鬼神的看法，這些與人民生活息息相關的神明未必具有較高的神格，如元始天尊或是玉皇大帝即未必能受到民眾的喜愛，反而是掌管人類日常瑣事的神明，較爲民眾所信賴，並加以膜拜不已，劇作家較易拿來作爲題材。如土地是諸神中神位最低的，他只管一段地面，也是村社的守護神，如前列諸土地出現的劇作，即可見花園有土地，住宅亦有土地，而城隍之中也有土地。這些各式各樣形形色色的土地，因管轄區域的狹小，與神格地位的低下，對於所轄區域的人事，有著鉅細靡遺的觀察力。但也因此，使他也負責起在夢中告知神諭的責任。只要再看

派的南山宗、帶有神秘色彩的密宗（並非秘密教。又天臺判佛方法，名爲化儀，有祕密教，所指爲「聞佛説法者，互不相知，且同一説法各立異解」）。玄授教一名未見。由此可見得此劇所提的佛教宗派是似是而非，不是嚴謹的佛教研究者的文字。參黃懺華《佛教各宗大意》，佛陀教育基金會出版部，1988 年 10 月；《佛教史略與宗派》，木鐸出版社，1983 年 1 月；蔣維喬《中國佛教史》，漢聲出版社，1972 年 12 月。「嬰兒奼女」爲道教名詞，以嬰兒稱鉛，水銀稱之爲奼女。戲曲運用嬰兒奼女時則是將之視爲腳色名，除此處例子外，尚有元雜劇《金安壽》第三折李鐵拐度脱金安壽時「將他本身嬰兒奼女，心猿意馬現形點化。」於是有「嬰兒奼女，猿馬上追趕」可爲證明。

❸ 如大珠慧海對於五陰二十五有這類佛教術語也誤解了，因此以經論爲準據的佛教家，時或批評禪家爲無學者。見日本學者中村元《中國人之思維方法》第三章第一節，頁 62，徐復觀譯，學生書局，1991 年 4 月修訂版。

看掌夢的神靈，就可知這些神靈的地位相差很大，有高尚如織女，或是天妃娘娘，但也有如土地等較爲地位低下的神明，此點也是民間信仰的特色之一。

　　劇作家安排掌夢人物出場，會考慮到神明原本的職司權力。如文昌帝君被視爲士子參加科舉，得以金榜題名的保護神。劇作家安排文昌帝君出場如《望湖亭》《萬事足》也與科考有關；清雜劇《維揚夢》朱衣使者奉梓潼帝君命，夢中指引杜牧求得官位，勿滿足於幕僚人員。成爲高官途徑之一是科考，梓潼帝君即是文昌帝君，此劇也是將文昌帝君視爲祿位的保護神。然而有些劇作家卻不追究劇情所塑造神明，原本的職司何在，只是一味依意願安排劇情，如劉猛將原爲驅逐蝗蟲之神⓮，而《二奇緣》傳奇卻是書生祈夢時，賜夢以示前程事的神明。

　　中國夢戲的掌夢人物，名列佛道兩教仙佛譜系的人物外，尙有名列人界，但卻擁有非凡法力的人，這些人物也可以掌夢。神道指引入夢，是很平常的事。至於人能施法主導夢境，引他人入夢，這代表他已非凡人，而是神化式的人，可以和神祇冥官平起平坐的。

　　《冤家債主》雜劇中的張善友到舊友崔子玉的衙門控告土地、閻君，請崔子玉將土地、閻君勾到陽間來受審。在公堂上土地、閻君並未被勾來，而是張善友的靈魂被召入森羅殿，見到了閻君與死去的妻子、兒子，然後他又返回人間。就此事來說，張善友本人並未具備探究陰間的能力，他之所以能進入陰間，是因爲崔子玉的能

⓮　窪德忠《道家與道教》第五章，頁 258，幼獅文化事業公司，1987 年 12 月。馬書田《華夏諸神──俗神卷》頁 191-196，指劉猛將軍爲蟲王。

力。崔子玉當時雖然尚未成爲神，但已具有「晝斷陽，夜斷陰」的本事。至於活著的張善友所以能進入陰間，是在施法入睡後靈魂進入森羅殿，他本人的軀體尚在公堂之上睡著。此事對張善友而言，是夢中探究了陰間眞象。

《夢磊傳奇》文景昭夢中的道者，是成仙的白玉蟾，看上場詞：「自信平生有道筌，頻煩白鶴寄瑤箋。年來符握鼠盦使，主定人間百歲緣。」則他是一位主管姻緣的人物，自言爲唐朝王城仙史。《蝴蝶夢》骷髏魂對莊周所念偈語，有「世間貿貿誰能解，除是長桑公子知」，莊周對長桑公子的認知是「得道眞仙，城市山林，並無定跡」，足見也是成仙的神祇人物，絕非凡人。

《眉山秀》引領東坡入夢者爲佛印和尚，施以簡單法術，即「指介」：「這一回管教你認卻本來面目也」，這個指的動作，當是一法術無疑。而且能夠指定夢境內容，敘及了東坡與佛印的前世今生的輪迴。佛印於元雜劇中的面目也是一會法術的高僧，《東坡夢》見東坡睡著，於是命令花間四友在夢中迷惑東坡。花間四友係指梅桃柳竹，並非人類，佛印卻能夠差遣它們，足見佛印已非普通人類。因此可見得掌夢人物中的有道高僧或是道者，皆是與仙佛並列的特殊人物，與凡人是不同的。眞正和凡人稍有關係者是爲鬼魂的托夢，如《蝴蝶夢》骷髏魂，只要死亡，亦即拋棄凡人身分，自也與眾不同。

於冥界鬼神類有死者魂魄能夠托夢，將一己的訊息告知生者。死魂向來未能入於神明之列，除非是有特殊事蹟能夠獲得神界護持而成爲神明。死魂的托夢，與睡魔的掌夢與睡眠相互說明，正足以映襯掌夢於神明來說，只是件小小的瑣事而已。當然死者魂魄能掌

夢一事，也是劇作家反映了中國所有的魂魄觀，認為已死的親朋可透過夢魂與生人溝通。古人迷信鬼是靈魂變的，可是並不崇拜附在活人身上的靈魂，而只崇拜離開了人體而獨立存在的鬼魂。因為他們確信，附在活人身上的靈魂，除對其所附的人起作用外，對其他人並不起作祟或保護作用，但是離開人體而獨立存在的鬼魂，卻具有超人的能力，可以對死者以外的人發生好或壞的作用❶。

　　歸納整理戲曲中的死者之魂入夢與夢見尚存活人物，確實有著超人能力與否的差別，死魂能夠托夢以預示未來，甚至如《金鎖記》等干涉到了人世之間的糾葛萬狀，具有超人能力於此可見。魂與魄的觀念早在《左傳·昭公七年》子產時即已提出：「人生始化曰魄，既然魄，陽曰魂」意指魄先有，魂後生，魄似更為根本。後來的發展是魂被賦予了一種「芸動」意義，因此魂似乎比魄更為重要。魂與魄原本來自兩個不同的靈魂觀念，後來二者融合成為一種二元的靈魂觀，秦漢時代的儒家系統認為魂魄分別歸于天和地，由是之後的魂魄界線已逐漸模糊❶。先秦時代對於人死之後的看法，是以為魂盛為神，魄盛為鬼，而魂屬天，魄屬於地，人死之後的歸處似有兩處，一是魂盛者上升於天，或為星辰五行之神，或為天帝左右；一為魄盛者留處於地或黃泉之下，以歆享子孫祭祀而禍福於

❶　朱天順《中國古代宗教初探》第六章〈鬼神崇拜與祖先崇拜〉頁 179，谷風出版社，1986 年 10 月出版。

❶　余英時〈中國古代死後世界觀的演變〉，錄於《中國思想傳統的現代詮釋》一書，頁 123-134，聯經出版社，1989 年 2 月三次印行。

人⓱。俟佛教傳入，佛法主張有三世輪迴，與中國傳統思想中的鬼神觀顯然有不合之處，宋明儒者對於鬼神觀有新發揮，既承襲了以前的舊觀點，也對佛法輪迴之說提出抨擊。宋儒對於鬼神，是將它當作一種道體來看。朱熹分疏魂魄，仍是一本子產說法。王船山則以爲魂魄拘限於體，而鬼神則往來於虛，所以言及感通，一定是針對鬼神，而不說是魂魄⓲。

　　魂魄界線的泯沒，再加上民間信仰原本即非嚴謹的學術研究區別，也無嚴正的思想理路，使得戲曲內的魂魄觀念只是籠統的稱呼，甚至於只稱之爲魂、魂子或鬼魂，魄的用法反而較爲少見。魂魄離散後何處去，以及死後世界是如何的想法形成了不同的喪葬儀式，隨著社會階級產生，對於鬼魂去向的迷信，也產生了分歧，有的鬼魂上天成爲神，有的集中在陰間生活，有的鬼魂在世上游蕩找不到歸宿等等。雖然大部分相信有魂魄所組成的世界，但對於死後某些魂魄會停留於屍體附近說法也是深信不疑，如《蝴蝶夢》傳奇由有道之士指示骷髏靈在夢中啓示莊周的情節，一具死亡多時的骷髏，其魂靈依然存在於骷髏身上，且能遵從指示於夢中和莊周對答，可見得掌夢又是多麼基本的神力，只要不是普通人，即能操縱夢境。游蕩於世間或是在陰間生活的鬼魂，自然不能列入神明之列，其地位之低也比不上最基礎神格的神明，但不論神位高低，或

⓱　蕭登福《先秦兩漢冥界及神仙思想探原》第一章〈先秦冥界思想探述〉，頁 21-22，文津出版社，1990 年 8 月出版。
⓲　錢穆〈中國思想史中之鬼神觀〉，《靈魂與心》，頁 59-110。聯經出版社，1986 年 5 月第六次印行。

只是死魂皆能掌夢與托夢，就掌夢者而言，操控人們的夢是基本的
神力或鬼魂之力了。

　　民間信仰者所求於所信仰對象事物，如求個人的幸福、長生不
死等，相對於官方宗教所求於神明的目的，如國泰民安，風調雨順
等有基本上的不同。當然官方與民間二者對於信仰的企求分際區別
並不是很清楚，也需在個別例子上做考量。某些知識分子對於民間
信仰是採取批判的態度，而官方祭祀活動中，除了陰陽五行觀念影
響下的人對於自身道德行為有所關注外，我們看不到任何與個人內
在心靈有關的因素，正因為官方宗教沒有解決個人內心的問題，民
間信仰才有活動的空間❿。既追尋一己之福，也就是追求個人幸
福，避開災禍等不幸是民間信仰的特質，因此創造出來的神鬼世界
也就與人民的生活處處相關。追求長生的不死昇仙，也是人生最大
的企求，反映於生活中，則是相信神仙。個人的小幸福與昇仙的企
求，使得民間所崇奉的神鬼具有相差甚大的神格，這些皆是因應民
間願望而來。

　　民間創設的俗神中與人的夢境有關較為特殊是花有花神，如
《牡丹亭》保護柳杜二人雲雨夢境；另外塑造了專門掌管人類睡眠
的睡魔腳色，睡魔有時和夢魔也掌有主司人類夢境的職責。掌管花
卉與睡夢，可讚歎連神明的腳色分工細膩，也可說明他們所職司職
責有限，或許也可表示他們的本領無法像高神格的神明般具有全方
位、且難以預測的法力權力。而由花神、睡魔與夢神，更印證中國

---

❿　蒲慕州《追尋一己之福：中國古代的信仰世界》之〈秦漢帝國之官方宗
　　教〉部分，頁139，允晨文化實業有限公司，1995年10月初版。

的造神能力，幾乎已達到了無處不有神，無時不有神在主導人類生活，與洞察人類行為的程度。還有人死為鬼，成為虛無縹緲的魂氣之後，也可掌夢主導夢境的進行，即使是死亡多年的亡靈與枯骨，依然可以掌夢，足見操縱夢是掌夢人物的基本能力。

第二節　夢神與睡魔

中國夢戲引領入夢腳色中，睡魔出現的頻率較夢神為多。劇作家所稱呼的「夢神」實際上於戲曲中並不多見，僅見於《情郵傳奇》與《翻西廂》二傳奇劇作與清雜劇《鑑湖隱》《苧蘿夢》二劇：《情郵傳奇》第三十齣末扮夢神的上場詩是：「寐中栩栩覺徐徐，境接魂交事不殊。蝴蝶莊周非怪夢，逍遙篇上說空虛。」之後自報家門：「小聖掌夢之神是也，凡世人的夢有兩般：一生於想，想已極而境呈，一起於因，因未來而端現。」《翻西廂》第二十三齣驚夢有小生扮夢神：

> 巫山去後伊無據，蝴蝶來時我最靈。小聖夢神便是，你看鄭
> 生在此思念崔小姐，不免待小神就此想中見境，幻出小姐紅
> 娘，與他一會，再把張珙作會真記，另幻出奇險境界，見一
> 預兆，豈不是好。夢中紅娘何在？

《鑑湖隱》第二折的夢神念完上場詩後，自言為「降夢神司」，明三昧之因與掌六夢之法。《苧蘿夢》引王軒入夢以會西施的夢神是手持兩面鏡子上場，接受神明西施召喚而來。夢神的職司十分清

楚，即是引導劇中人入夢。

　　掌管夢中事宜者爲睡魔，雖則有些神靈可以主導夢境的進行，但劇作家在編劇之中卻又經常透過睡魔作爲傳導的媒介，那麼睡魔是何許人物？他的裝扮如何？《春蕪記》第十四齣有小旦扮巫山神女自敘：「適見楚國襄王，談妾往事，遂爾神動色飛，念他精誠所積，敢動神祇，今乘他晝臥臺端，不免喚醒他睡魔，顯應一番，多少是好。（對二旦介）女使，與我喚起襄王睡魔來。」《桃符記》第七齣，外扮城隍，對前來祈求功名的劉天儀給予指示前命令鬼判：「叫鬼判，把劉秀才睡魔揭起。」且劉天儀入睡前的言語是：「呀，此時日上未高，爲何睡魔神又早攪擾？」《黃孝子尋親記》第十九折仙遊聖妃娘娘：「叫鬼判，把二人睡魔揭起來……」此處雖有睡魔之名，卻未見睡魔這一腳色出場。孟稱舜《死裡逃生》雜劇，伽藍救護楊生：「惡僧罪貫已滿，楊生難運已過，不免叫睡魔纏定了這些和尚，指與生一條生路者（指小作睡聲）」則睡魔似爲一魔法神力，而非腳色名。《玉玦記》三十四齣則有睡魔的出場：

> 吾乃癸靈神是也……有鉅野王商，當年曾與娟奴說誓，此人是京兆府尹，後當拜相，昨日又來興造祠宇，奉祀吾神，且是虔信，亦曾差睡魔請來夢中證此陰報，顯俺神通，多少是好。

接著則是「睡魔引生冠帶上」的劇情指示，只可惜後文即未見睡魔究竟何時下場，以及有關他的裝扮是如何的文字留傳下來。

　　上述例子俱是明清戲曲例子，睡魔一名早見於元雜劇之中，如

《裴少俊牆頭馬上》第二折正旦扮李千金面對丫頭的問話:「你夢見甚麼來?」時唱南呂一枝花曲子有:「睡魔纏繳得慌,別恨禁持得煞,離魂隨夢去……」或可見元人的心目中,睡魔是睡夢的通稱,尚未具體成為一個神靈名稱。但等到明代,睡魔之名運用日多,最後更在舞臺上塑造了一睡魔形象。

《人獸關》第一齣〈慈引〉,有旦扮觀世音菩薩,為使施濟、桂薪善惡各所報,於是下令:「那施濟施莫大之恩,桂薪負再生之德,必須橫財以濟其惡,異夢以示其報,你與我宣藏神、睡魔來見。」有此命令,於是以小生扮藏神,他的穿著是金盔紅袍,另以付淨扮睡魔,他的裝扮穿著是赤面金冠。此處已有淨腳的紅面腳的臉譜,在宋、元時代已有簡易的臉譜,如滎陽石棺飲宴觀看演出圖、溫縣北宋雜劇磚雕,稷山馬村一號金墓雜劇殘俑之一與山西省洪趙縣廣勝寺明應王殿元演劇壁畫(圖七)。淨腳的臉譜在戲劇中自有其特殊意義,雖則我們不能用臉譜顏色如赤色表示忠勇,黃色表示猛烈,白色臉表示奸詐,而金銀顏色則為神怪仙佛所常用,用此籠統界定來認定此處睡魔神的赤面臉是代表忠勇之意,但至少可知特別標示的睡魔神的裝扮有淨的臉譜顏色。所戴金冠與藏神的金盔是神怪仙佛所常用的金銀顏色,於此處區別淨與小生所扮正是神怪仙佛之類❷。此可由《喜逢春》第三十二齣小生扮楊漣,是位成

❷ 有關淨腳的臉譜可參看鄭黛瓊《中國戲劇之淨腳研究》第四章第二節。民國七十七年中國文化大學藝術研究所碩士論文。與徐慕雲《中國戲劇史》卷四第一章〈臉譜如何表明忠奸善惡〉。世界書局,1977 年 5 月臺初版。劉曾復《京劇臉譜圖說》,北京燕山出版社,1990 年 8 月第一版。

神人物，他的服裝是金冠蟒衣；《春燈謎》二十六齣有「一人戴鬼面金盔，一手持劍，一手提人頭」同為金冠金盔，可能以資識別仙佛與凡人的不同。《鑑湖隱》雜劇第二折的夢神也是由淨所扮，黑面，身穿金盔甲，執鞭旗。在此處，夢神是以旗作為引魂的工具，而且貫串全場直至夢醒時亦是由夢神引導。

　　《一笠菴人獸關》此劇先命掌藏金之神賜金給桂薪，看是否為得金不報，有敗德喪心事，再命睡魔引桂薪入夢，以為負心果報。於是在第二十齣時，付淨扮睡魔果真引桂薪進入惡夢，他所用道具是拂子，看一連串的動作指示如下：「將拂子拂淨介」「淨作夢中驚起介」「付淨作引淨行介」，此處的淨腳是桂薪，將桂薪引至森羅殿後，即「付淨潛下」，亦即表示睡魔的出場至此結束，雖則在森羅殿的一切全是睡魔所指引，但在舞臺上，睡魔的出場卻是短暫的。

　　同一劇本，經墨憨齋訂定後又呈現不同的面貌，無觀音菩薩交待藏神睡魔言語，第二十九折有睡魔引入夢中一事，此由小淨扮睡魔，他的形象是：「小淨扮睡魔持鏡上」手中的鏡子，成為引桂薪入夢的工具：「將鏡引淨介」至森羅殿時亦是「小淨潛下」。與一笠菴新編之劇不同是此處淨腳桂薪出夢時，一時間所有森羅殿上人物俱下場，有「小淨復上將鏡引淨介」並喚醒桂薪後下場。是屬於改良之後的劇作，亦可看出拂子與鏡全是舞臺上睡魔引人入夢的砌末。拂子與鏡子相較，舞臺上較常用鏡子作為引魂入夢的工具，因此睡魔或夢神引劇中人入夢所念詞，皆表示出鏡子的作用。《紅樓夢傳奇·夢甄》夢神的引魂言語：「鏡中人影三生在，簾外風光一笑癡。」《瀟湘怨·琴夢》睡神上場詞有「一雙影子去還來，兩片

鏡兒昏又暗……鉤魂攝魄卻凡塵，道骨仙風歸彼岸。」無不與鏡子有關。

　　明代湯顯祖的《牡丹亭》，其中〈驚夢〉一齣向來膾炙人口，敘杜麗娘夢見柳夢梅，因而有一段纏綿悱惻的情夢，在夢中，有花神出場保護二人之夢。在清人琴隱翁編著《審音鑑古錄》一書，亦收錄有〈遊園〉一齣，詳敘清代乾、嘉年間的舞臺表演方式，依據資料顯示表演之際增添了睡魔神腳色：

> （副扮睡魔神上作夢中話白云）睡魔，睡魔，紛紛馥郁，一
> 夢悠悠，何曾睡熟？某睡魔神是也，奉花神之命説，杜小姐
> 與柳夢梅有姻緣之分，著我勾取二人魂魄入夢。（引小生折
> 柳上，又引小旦與小生對面，小旦作驚式，副下。）

而後〈驚夢〉又有「閏月花神立於大花神傍，末扮大花神上居中合唱」的指示，這樣的文字標示已將當日演出驚夢情景描繪而出。再由同書收錄的續選《西廂記・入夢》一齣有小生入夢前的言語：「咳！想著昨夜的受用，便是今日的淒涼，甚睡魔到得我眼裡來。」可見得一般人認為所以會入睡，是因為有睡魔的緣故。其實，上睡魔神表現夢境，至此已成中國戲曲表演方式之一。梅蘭芳《舞臺生活四十年》記錄了〈驚夢〉的表演：

> 〈驚夢〉的演出慣例，是在杜麗娘唱完山坡羊曲子以後，場
> 上接吹一個萬年歡的牌子，她就入夢了。吹打一住，睡夢神
> 就要出場。手裡拿著用兩面綢子包扎成的鏡子，念完：「睡
> 魔睡魔，紛紛馥郁。一夢悠悠，何曾睡熟。吾乃睡夢神是

也。今有柳夢梅與杜麗娘有姻緣之分，奉花神之命，著我勾引他二人香魂入夢者！」這幾句，就走到上場門，把右手拿的一面鏡子舉起來，向裡一照，柳夢梅就拱起雙手，遮住眼睛，跟著出場了。睡夢神把他引到臺口大邊站住，再用左手拿的一面鏡子，在桌上一拍，也照樣把杜麗娘引出了桌外，站在小邊，然後睡夢神把雙鏡合起，就匆匆下場了。他們二人放下手來，睜開眼睛，就成了夢中的相會。老路子一向都是這樣做的。

以鏡子引出夢魂相會，似乎已是睡魔神的固有道具。由此段敘述也可知「睡魔神」也被稱為「睡夢神」，甚至於稱之為「夢神」：《綴白裘》收錄的《牡丹亭·驚夢》是夢神持鏡上場，念完上場詩後說「某乃睡魔是也」，則將夢神與睡魔等同起來。

　　睡魔除了使人入睡外，他又負責引導睡者的夢境。《櫻桃夢》第三齣〈入夢〉有末扮睡魔王出場：

> 春閒居土青松院，畫靜仙人白玉壺。鳳闕鷗汀開混沌，葛巾藜杖上虛無。自家睡魔王是也，奉著俺師父法旨，著俺魔障盧秀才一番，只教那秀才一夢裡富貴，從天降下，婚姻劃地諧來，正榮華忽變枯枝，恩交反面……須索魔障那秀才去也。

第八齣尚有小魔神的出場：「則俺是睡魔王案下一箇小魔是也」，出場的緣由是睡魔王看盧秀才每讀史書不平處，便投編拍案，豎眼掙眉，聲聲打抱不平，於是要小魔「引他將史書上武健吏盡情殺

取，教夢中做夢，待醒後重醒」。後兩句的「夢中做夢」與「醒後
重醒」可說竭盡了設想之奇了。三十五齣〈出夢〉則由道者言：
「不免喚魔王揭去此子睡魔纔好分明點使，引領它上山修道也。」
由這段文字可知，一般所稱呼的睡魔，只是入睡後的通稱，可以說
元人稱睡魔只是用來代指睡夢一事，明人則除了指入睡後的通稱
外，另外又塑造一舞臺腳色睡魔王或睡魔神，在蔣士銓《臨川夢》
傳奇則名之爲「睡神」，其實含義是相同的。

再由上述資料可見，睡魔的神格地位可能不高，因此觀音菩薩
可以差遣他，花神亦可命令他，巫山神女與城隍亦可揭起睡魔。睡
魔神可說是人們心目中一個與人們生活息息相關的神靈，甚至連
「神」之名也稱不上，因柱笏齋藏版《蝴蝶夢傳奇》第八齣長桑公
子要接引莊周時，命骷髏陰魂在夢中將生死一事啓莊周疑竇：「俺
奉上帝之命，接引莊周，他從趙國說劍而回，必然在此經過，你可
將睡魔推在他身上，夢中將生死一事伏他一個疑根，俺自有理
會。」由此處看來，似乎睡魔只是神鬼仙佛隨身所攜帶的工具，或
是個小小的使差，連骷髏的陰魂也能差使看來，睡魔似乎連「神
格」也稱不上的。曾幾何時，在劇作家逐步點染之下，睡魔也具有
了舞臺上的形象。

明雜劇《鬧鍾馗》頭折有睡魔鬼出場：「二淨判官、睡魔鬼
上」，此處的睡魔鬼是五道將軍的門下，五道將軍自稱：「神通廣
大，變化多般，閑來山前驅虎豹，悶後曠野顯威靈……吾手下有一
判一鬼，是金睛判、睡魔鬼，這兩箇早晚支應吾神，端的能哉。」
在鍾馗宿于五道將軍廟時，有鬼力偷了鍾馗唐巾，因而驚醒了鍾
馗，此時睡魔鬼說了：「疾！再睡去。」可見得睡魔鬼能使人入

睡。《孤本元明雜劇》在此劇後有附穿關，其中五道將軍的穿著是：「鳳翅盔、膝襴曳撒、袍、項帕、直纏、褡膊、帶、三髭髥。」判官的穿著打扮是：「韶巾、綠襴、偏帶、笏。」睡魔鬼的穿著打扮為：「鬼頭、錦襖、項帕、法墨趿、直纏、褡膊。」此折另有專管耗散人家財物的大耗小耗的鬼物，其穿關的標示是：「同前睡魔神。」穿著上的相同，與身為五道將軍的麾下，更能印證睡魔鬼的地位並不是相當高的。

　　鬼頭的運用，只要參看《孤本元明雜劇》所附穿關，即可知道凡是鬼卒裝束，仍用鬼頭。有青、黃、赤、白、黑等五色鬼頭，可見元代已有用面具扮鬼事，而神道裝束則已無使用面具情形。由這樣的裝扮似也可看到睡魔鬼是為鬼卒階級，是比不上五道將軍的層級。使用面具的目的無非是為了誇大臉部的特徵罷了，但也有著只有表現，卻無表情的缺點。因此對戲劇發展來說，使用塗面到底是比較進步的❷。由《鬧鍾馗》雜劇的戴鬼頭的睡魔鬼，到明代《一笠菴人獸關》赤面金冠，已採用塗面方式的睡魔，可見由面具到塗面的演進結果。徐扶明《牡丹亭研究資料考釋》對於近代演出的《牡丹亭·驚夢》的夢神打扮有如下的敘述：

> 近代演出〈驚夢〉，出夢神，仍繼承著乾隆年間的戲路。夢神由小面扮，頭戴知了巾，套夢神臉（面具），口戴黑吊搭，身穿綠素褶子，黑彩褲，鑲鞋，手拿日月鏡，鏡上加紅綠綢。（頁177）

---

❷　參胡忌《宋金雜劇考》第五章的〈塗面和面具〉的部分。頁 284-290。

夢神頭套夢神臉，是面具的運用，清末民初昆劇全福班所用面具臉子即有夢神臉。㉒由徐扶民敘述對照《一笠菴人獸關》的文字，可見得睡魔神的裝扮有塗面和面具兩種，穿著或有些不同之處。

第三節　花　神

　　爲了粧點夢境的演出，劇作家無不傾全力描摹夢的撲朔迷離與浪漫，此點可由湯顯祖名劇《牡丹亭》窺見一二。在〈驚夢〉裡，湯顯祖用一花神點綴西湖夢境，其形象是「末扮花神束髮冠，紅衣插花上」，並用「向鬼門丟花科」的花瓣驚醒夢境，無疑是爲了美化杜麗娘與柳夢梅的春夢。這段表演到了清代又有進展，《審音鑑古錄》驚夢除有睡魔神外，有「閏月花神立於大花神傍，大花神上居中」的熱鬧氣氛，評註點明「花神各色亦皆貫相點綴西湖夢境，大花神依古不戴髭鬚爲是」。可見清代演出時對於景物造型有了新嘗試，在表演時甚至發展爲一個大花神、十二個小花神，而且創造了一套「堆花」的歌舞表演，在每個花神手裡都持有特製的砌末——花燈或花束。湯顯祖劇意是爲了美化一個富有詩意的美夢，並用花神把夢境浪漫化、莊嚴化。清代崑曲在表演上、砌末上的豐富，正是作了發揚劇意的工作，同時也發揚了崑曲載歌載舞的藝術特色㉓。

㉒　《中國戲曲志——江蘇卷》，頁 596。
㉓　參龔和德「明清崑曲的舞臺美術」一文，收錄於《文史集林》第七輯，木鐸出版社，1983 年 2 月初版。

　　但也有人認爲載歌載舞，氣氛活躍，場面很美的花神表演，變成了一般集體歌舞，已失去了花神特色，如徐扶明錄自蘇州市戲曲研究室編的《昆曲穿戴》有「堆花」花神妝扮，分別由不同腳色扮飾，而且穿戴也不同：

> 花王（老生）　頭戴九龍冠，口戴黑三，身穿黃蟒，腰束黃宮縧，紅彩褲，高底靴，左手執牡丹花，右手拿雲帚。
>
> 正月花神（小生）　頭戴桃翅紗帽，身穿紅官衣，腰束湖色宮縧，紅彩褲，高底靴，手執梅花。
>
> 二月花神（五旦）　頭戴鳳冠，身穿紅女官衣，腰束湖色絲縧，花裙，白彩褲，彩鞋，手執杏花。
>
> 三月花神（老生）　頭戴武生巾，身穿紅龍箭，腰束黃肚帶，粉紅彩褲，高底靴，手執桃花。
>
> 四月花神（作旦）　頭戴大過橋，身穿月白圍花帔，襯藍褶子，腰束白裙，白彩褲，彩鞋，手執薔薇花。
>
> 五月花神（白面）　頭戴黑判帽，口戴黑滿，身穿黑青素黑靠腳，腰束黃肚帶，紅彩褲，高底靴，手執石榴花。
>
> 六月花神（六旦）　頭戴紗罩，身穿湖色襖褲加粉紅斗篷，腰束四喜帶，彩鞋，手執荷花。
>
> 七月花神（小面）　頭戴知了巾，口戴黑吊搭，身穿綠繡花褶子，綠彩褲，鑲鞋，手執鳳仙花。
>
> 八月花神（作旦）　頭戴小過橋，身穿綠繡花褶子，腰束白裙，白彩褲，彩鞋，手執木樨花。
>
> 九月花神（末）　頭戴紫員巾，口戴黑三，身穿紫員外帔，

襯紅褶子，藍彩褲，鑲鞋，手執菊花。

十月花神（刺旦）　頭戴小過橋，身穿紫帔，襯紅褶子，腰束白裙，白彩褲，彩鞋，手執芙蓉花。

十一月花神（老外）　頭戴秋香員外巾，口戴白滿，身穿秋香員外帔，襯藍褶子，黃彩褲，鑲鞋，手執茶花。

十二月花神（老旦）　頭戴老旦挽頭，黃打頭，身穿秋香帔，襯藍褶子，腰束綠裙，白彩褲，鑲鞋，手執梅花。

閏月花神（六旦）　頭戴包頭加紗罩，身穿粉紅襖褲，大紅斗篷，彩鞋，手執紫薇花。

共有十四個花神，不僅由不同腳色扮演，而且穿戴不同，還講究色彩調和，顯得五彩繽紛，花團錦簇。「堆花」的表演，係在〈驚夢〉齣中所增入，湯顯祖原作只出一個花神，是「束髮冠，紅衣，插花」即下，至遲在明末清初時期，采芝客《鴛鴦夢》第十六齣〈合夢〉就有六個花神出場，舞花合唱，舞臺上演出的《牡丹亭·堆花》則始於清代乾隆年間，比《鴛鴦夢》晚，而又於戲曲原有「堆花」表演形式上更臻層樓，於是有了十四位花神的歌舞合唱場面❷。《意中人》第四齣有花神率身穿白衣、紅衣、繡衣與綠衣仙女出場引領劉夢花與史玉郎這對未來夫妻在夢中先行相識的場面，亦是《牡丹亭》一流情境。《夢花酣》第一齣的花神作為蕭斗南夢入美麗花園，見一美人時的貫串場面的表演，由小旦、貼旦扮花

---

❷　徐扶明前揭書〈近代堆花花神妝扮〉，頁 175-176；〈驚鴦夢與牡丹亭〉〈驚夢增入堆花〉，頁 172-173。

神，足見有二位花神。蕭斗南詢問碧桃花下女子芳名時，未得答案，於是再次沈睡，此時「花神捲袖歌介」：

> 老鶯巧婦送春愁，幾夜留春春不留。昨日滿天下飛絮，玉人從此懶登樓。

花神的出場，是為了要使夢境更美，更加藝術化，此處的花神並未主導著男女主人翁的相見，或可說二位花神是花的化身。

　　清代劇作以花神作為粧點，前述所言演出的《牡丹亭·堆花》外，尚有許多，如清雜劇《苧蘿夢》第一折，立春日名花皆要開放，由西施照驗簽押由王母所別選的豔麗花色放下凡去，這時是由「扮眾花神上」。這裡的花神是指各色名花。可想見花神的出場，尤其是劇作特別說明是王母娘娘所特簡粧點春工而來，美化舞臺的味道十足。《夢幻緣》引史玉郎、劉玉洞在夢中相思相會的花神，自稱是司花小聖，並兼管人間婚姻，他的出場，也伴隨著花仙出場。《虞兮夢》花神奉了成烏江渡口神靈的項羽命令，引居士陶成入夢相會共賞盛開的虞美人花，花神是再命令花魂、春色引領入夢。可見得即是神靈世界也是層層負責，各有上司與部屬，花神伴隨著名花出場，已是清代舞臺常見景象，名花手上照例須手執花朵的道具。陳鍾麟《紅樓夢傳奇·花妖》齣有「外扮花神隨二道童上」：「今奉警幻仙姑之命，將怡紅院已萎海棠，於十一月間非時發花。俾寶、黛二人稍知覺悟。」後有「眾花神上合唱」曲子。也是用花神粧點舞臺熱鬧氣氛。

　　京劇《狸貓換太子》《打桃園》皆有花神的出場，兩劇的花神

俱是為了粧點舞臺的演出美觀而來，非有實際花神出場的場面不可。海派京劇演出時，前者有「四雲童，十二花神，二掌扇，玉皇大帝上」；後者是「四雲童，二十四個花神，四功曹，玉帝上」。兩劇花神是為了強調玉帝的威嚴而設，由十二位花神而成為二十四位花神，為自己班底宣揚行頭人數眾多的意味相當濃厚。

民間傳說中的花神不像舞臺上的縟麗熱鬧（圖八），花神為花店、花匠所祭祀，在花神生日二月十二日這天，以芳酒鮮花供祭，並花錢請戲班子演戲，扮十二月花神的故事❷。此即是戲班「跳花神」活動。跳花神的起源甚早，據說起於唐明皇的夢見仙子走過，而楊貴妃解語為「天上花神前來獻寶」。於是明皇命令太監擊鼓催花，據云因此御花園而萬紫千紅，百花爭豔。喜樂之下，命工匠建築了沈香亭，意思是將天上香味永留人間，並且要梨園子弟扮演花神，也是一對一對地從他面前走過，唱十二月花名，一月紅梅花，二月是杏花，三月是桃花，四月牡丹花，五月石榴花，六月是荷花，七月鳳仙花，八月是桂花，九月是菊花，十月芙蓉花，十一月是天竺花，十二月是臘梅花。自此，江蘇一代的戲班子到一處唱戲，開鑼前總要「跳花神」，所有演員一起上臺，都是一式花神打扮，手裡拿著各種各樣的花，唱十二月花名。也含有顯行頭，擺角兒，讓觀眾看這個戲班子的陣容❷。這裡所敘述的十二月花神的名

---

❷ 王孝廉《花與花神》之〈中國的花與花神〉，頁 134，洪範出版社，1984 年 8 月六版。

❷ 《中華民俗源流集成──游藝卷》〈跳花神的故事〉，頁 427，甘肅人民出版社，1994 年 8 月。

稱與《牡丹亭》驚夢的花神略有不同，也與陳鍾麟《紅樓夢傳奇》
〈幻圓〉所述十二月花神不同。陳作將紅樓夢中諸女子與名花相結
合，成為各月花神：

> 正月梅花李紈，二月杏花探春，三月桃花平兒，四月牡丹花
> 元春，五月芍藥花湘雲，六月荷花妙玉，七月菱花香菱，八
> 月桂花寶琴，九月菊花惜春，十月芙蓉花晴雯，十一月山茶
> 花迎春，十二月蠟梅花鴛鴦。

依據紅樓十二金釵女子故事事蹟與名花加以附會，使成為十二月花
神，又是另一創作。

其它劇作有「花神」設置者尚有《呂真人黃粱夢境記》第九齣
〈蝶夢〉。描寫宴會場合由梨園子弟演出「莊周蝴蝶夢」一劇。由
小生扮莊周儒服，睡後由「末副扮如莊周，中服，作蝶舞上」，在
眾蝶同舞後下場，即由「旦、貼旦扮花神上」：「自家花神是也。
昨日有兩箇蝴蝶兒，生得極俊，身上五色花紋，在我身邊，留戀了
半日，今日晴明，正好等他。」由所唱解三醒的曲子，知花神或即
是各色名花：

> 羨名園，千枝已放，趁青陽濃艷凝香，桃花歷亂。看模樣，
> 似飛燕倚新妝，幾回色奪。文君酒，一段紅，欹宋玉牆。重
> 凝望，怎得去，徘徊蛺蝶，潦倒花房。

再看黃蜂所唱的「海棠春」曲：「姿意入花房，長與名花相傍」和

白：「來到花房，採花作蜜，叵耐那些名花，都被那些<u>蝴蝶</u>占去，如何是好。」足見花神即是名花的化身。這段花神、眾蝶與黃蜂之間的爭論舞蹈，構成了宴會場面的熱鬧氣息。由此齣所附圖（圖九），可見得舞臺上面梨園鑼鼓歌吹，以及場上莊周的睡夢，夢中的三位舞蹈演員，此當非寫實，因爲平常觀眾是見不到代表睡夢的閉合曲線。

第四節　入夢與出夢的處理手法

　　戲曲夢境表現方式，依陳貞吟說法有二，一是暗場敘述，由做夢者口敘夢境，二是實場演出，由角色實際將夢中情境呈現舞臺上。實場演出又分做夢者參與夢境與不參與夢境兩種❷。劇作家有時只是單純藉由劇中人物口頭敘述。此類處理方式，有剪去瑣碎枝葉，迅速推展劇情的好處，使讀者或觀眾更明確了解所即將演出的劇情；再加上某些夢境正如現實人生的夢一般，是悠謬匪夷所思情境，難以用具體的舞臺加以演出，由口語描摹夢境或許較爲恰切。如：《衣珠記》十四齣小生扮宋帝有夢：「夢見金甲神坐太平車上，手捧九輪紅日，炫耀身心。」《雲臺記》第十八出外扮陰大功：「我昨夜得了一夢，夢見南庄上有金龍一條盤在柱上，眞個奇怪。」《綵樓記》第四齣旦扮劉千金說：「梅香，我昨夜三更時分，夢一烏龍倚靠欄畔，今日若有人倚靠欄杆，報我知道。」《鳴

---

❷　陳貞吟《明傳奇夢的運用》見文學評論第六集，書評書目出版。

鳳記》第十八齣林潤夢境：「方成睡夢一夥強徒仗劍芒，只見他裸形披髮，不似我中國衣冠模樣，他攻殺來時英雄似虎狼，又見許多婦女盡皆擄去，見幾處悲號欲斷腸。」

　　另有些夢境太過於簡單，若要單獨演出則嫌單薄，不足以成為一幕戲，如：《題紅記》第十六齣于鳳妻謝氏：「我昨晚夢見一箇龍頭落在我家庭心裡，夜來又開著一朵碟子大的燈花。」《劉漢卿白蛇記》第九出：「晚間忽得一夢，夢見一個白衣童子跪在我面前說：他有難災，我救他，日後報我恩。」《望湖亭》第十一齣老旦：「夢見園中梅樹開花，梅花結子。」《紅蕖記》第十二齣末扮古遺民：「怪哉怪哉，老夫夜來忽得一夢，有人對我說道，你表弟鄭文甫，若得了紅蕖之後，次日不可開船，我醒來也不在心上，睡去又夢見這等說，且教我快去救他。我想此事寧可信其有，不可信其無。」然而此類夢所以簡單，是劇作家刻劃結果，倘若願意刻繪成適合舞臺演出，似也無不可，但既然劇作家如此編排，也是認定用劇中人言語轉述夢境則可，毋須大費周章設定夢的表演舞臺。

　　若有數人分別同做一夢或數人因祈夢而同時間做夢情形，為了避免分別演出眾人夢境而產生混淆與困擾，也用敘述處理夢境較見妥當，如《重訂趙氏孤兒記傳奇》第十七齣趙盾、趙朔、德安公主、程英與周堅俱夜夢不祥；《義俠記》三十一齣賈若真與母親俱有一夢，因此找了位圓夢先生來釋夢圓禍福。《四美記》第十二出外、丑扮洛陽海口渡夫，在連宵睡不安穩時，分別聽到水底有言語預示：「來日有船人過渡，俱該溺死，替他脫生，只有箇蔡狀元在船上，方纔救得那些性命。」似這類也用口語敘述較為簡潔扼要。正因為口述能夠剪接較繁雜且無序的夢境，使劇情更見精要與緊

湊，因此這一類的夢境可說是佔大多數。

　　元明戲曲劇作家於處理舞臺上的夢情節上，又區別了夢者是否
參與夢境的演出，若有參與，作夢者與夢中自己未必由同一腳色扮
飾，那如何展現夢與現實的不同，夢中人物如何出場入場，如何取
得一致性，皆需花費心思經營。

壹、夢中人物的出場與入場

　　倘若夢者未參與夢境的舞臺演出，夢中人物兩種不同方式登
場，一是作夢者於舞臺上表演入睡動作後，夢中人物上場交待夢中
情境後立即下場，而夢者清醒再複述剛才夢中情境。此種表演方式
是大多數劇作家喜歡的方式，如《三祝記》《琵琶記》《三社記》
《和戎記》《魏監磨忠記》《種玉記》《萬事足》《觀世音修行香
山記》《精忠旗》《鳴鳳記》《金貂記》《袁文正還魂記》《金鎖
記》《商輅三元記》《春蕪記》與《意中人》等劇俱屬此類型。現
以《魏監磨忠記》第二十九齣「夢激書生」為例說明此類型的處理
模式如下：

　　（小外）……頭巾頭巾，幾時得脫你（伸腰介）俺鬱勃已
　　久，不覺精神恍惚，少睡片時去也。（睡介）（雜扮關帝同
　　周倉侍上）善哉善哉，俺一腔忠赤莫炎鼎，千金刀萬世英
　　風，褫奸魄于黃鉞。眼見得世人甘名美利福本，即是禍胎，
　　貴室權門鍾鳴旋見漏盡。所以曹瞞之後復有曹瞞，石顯之後
　　復有石顯，縱橫何時了也。小聖關眞君便是，堪恨本朝廠臣
　　魏忠賢毒害忠臣輩，首事上疏御史楊漣被害之日，百姓聚眾

數萬，欲爲伸冤，幾成斬木揭竿之變，無論縉紳士子捐貲設
醮保其生還，即萊傭乞兒各持一錢助醮，怨氣沖天。今幸聖
明天子即位，賞罰昭明，魏賊數將盡。前日遊神稟有錢生立
心骯髒，不墮士氣，去點化他完此宦官一重公案則箇。錢
生，錢生，鬱鬱忠魂氣未伸，權奸數已落災屯，汝應速把封
章上，掃盡君旁妖孽氣。你須記著，大抵乾坤只一照，免教
人在暗中行。（下）（小外醒介）好怪，夢中關真君顯聖，
分付小生數語，宛在耳畔，錢嘉徵有何才德感動真君，既蒙
指示，敢不捐生報效？

另一種方式則是由夢中人物先行出場站立舞臺上，而做夢者再上場
表演，入睡後，原先於舞臺上的腳色則說明夢境，之後做夢者再清
醒複述剛才夢境所得的訊息。如《桃符記》第七齣〈包公謁廟〉：

　　（外扮城隍並鬼判上）（白）善哉善哉，人間私語，天聞若
　　雷。小聖乃京都城隍，今有洛陽秀士到此祈禱功名之事，不
　　免指示他一番。叫鬼判，與我整肅威儀者。（生劉天儀
　　上）……（白）……呀，此時日上未高，爲何睡魔神又早攪
　　擾，也罷，就在此殿角之旁，少睡片時。一覺放開心地穩，
　　夢魂先已到陽臺。（外白）叫鬼判，把劉秀才睡魔揭起。劉
　　秀才，你權起頭來，聽我分付：欲問明春紅杏，先逢今歲緋
　　桃。非衣青鳥夜相邀，卻恨黃公天曉。樞密冰清有特，瀘江
　　明鏡非遙。龍頭好去奪高標，跨鳳偏宜年少。……劉秀
　　才，日已將午，起身回寓去罷。（生白）呀，方纔合眼，似

夢非夢，分明神聖囑付些言語，雖不能盡記，他説紅杏龍
頭，想是明歲登第之兆。又説什麼跨鳳，連婚姻事都説在裡
面。

此種表演方式尙見於《雙珠記》《周羽教子尋親記》《紅拂記》
《劉智遠白兔記》《焚香記》等劇。

《雙鳳齊鳴記》的第六折所述的夢境是屬此類，但又有些微的
不同，小外扮李全於關聖廟參拜入夢後，關帝命趙雲教李全鎗法，
有以下言論並動作：

> （關）既然交會了，叫那李全，你休推睡裡夢裡，武藝既
> 通，后來當保大宋，不可生反心，如生反心，吾將你毀尸萬
> 斷。（手撲介，方介）李全，你須聽著。（小外作驚半醒
> 科）（關）久未顯聖，周倉你先行，可與我出廟顯聖一
> 番……（關倉仍登坐）（小外作醒介）……

其中作驚半醒，是間接參與夢境，但是與此一類型相較，又可説是
直接參與了夢境的表演。《焚香記》二十六齣的夢表演是屬此類，
雖然海神命小鬼將桂英扶出殿門，但因桂英係於夢中，可説是未參
與夢境的演出。

《灑雪堂》第九折、《黃孝子尋親記》的夢境表演則是融合了
上述二者的表演方式，第十九折敘黃覺經爲了尋母而至福建興化府
仙遊縣聖妃娘娘廟祈夢，且扮聖妃娘娘，是由「眾神將侍從引旦
上」先肅整威儀，淨扮廟中提典清潔四周，接著是黃覺經與周昌分

別來此祈夢，宿於廟宇中，之後聖妃賜夢語，立即歸後殿而下場離開舞臺，並不是如前由夢者先行下場。其情形如下：

> （旦）叫鬼判，把二人睡魔揭起來，東廊下黃孝子，你聽我道：昔日曾經未遇，他時相見非常。女人臨水似徜徉，更有三刀相傍。鸚鵡洲邊得語，崆峒山下求糧。三人捧日慶占房，重見萱花再放。你可牢牢記者。西廊下覓利人，聽我道：孟子見梁惠王。王曰，叟，不遠千里而來，亦將有以利吾國乎。孟子曰，王何必曰利。牢記，牢記。叫鬼判，收拾威嚴，速歸後殿。（下）

除《三社記》主導夢境是一成仙道者鄭虔外，其他主導者皆是神靈鬼魂之流，於人世間是虛無縹緲形象。劇作家創造腳色人物與編排劇情時，已主動將鄭虔和凡人作一區別，因此他可以進入一凡人的夢中來作提示。

元雜劇的夢境大多數是作夢者參與了夢境演出，其入夢方式如《盆兒鬼》第一折的「正末睡科，做打夢起云」；《馮玉蘭》第一折正旦馮玉蘭入睡後有「做打夢科」；《竹葉舟》第一折陳季卿「陳季卿打夢做醒科云」；《金安壽》第三折「正末夢科云」；《東坡夢》第二折「東坡打夢做起科問云」；《蝴蝶夢》第二折「包做伏案睡做夢科云」；《硃砂擔》第一折「做睡打夢科」；《下西洋》第二折「正末做打夢科」；《三化邯鄲》第二折「外扮盧生夢中起坐科」由這些夢科、打夢科的語詞，或可推知在表演之際有套入夢的程式表演。

貳、扮飾夢中自己的兩種方式

作夢者參與夢境演出，亦有由同一人物扮飾夢中的自己，或由他人改扮夢中自己，自己依然在舞臺上表演入睡入夢的姿態兩種方式。

一、由其它腳色改扮夢中自己者，《眉山秀》小生扮蘇軾，二十六齣入夢後，有「外扮老僧從小生睡處跳出介」的提示，外所扮老僧「從小生睡處趕下」和「小生驚起介」的方式出夢；《楚江情》二十折〈錯夢〉生扮于鵑入睡後，有「小生扮生魂上」，由小生扮夢中于鵑，其出夢方式則為「內鳴鑼，小生急下」「生做夢醒咽轉大哭介」；《夢磊傳奇》，生腳文景昭入睡後，由「末另扮生上」。最為特殊是《眉山秀》，因特別指示扮夢中的自己是由睡處跳出，並且由睡處趕下，照顧了首尾一致性的表演。其它兩齣，與平常人物的上下場是一致的。

二、由原腳色扮演夢中自己，此類占大多數。其入夢方式是在舞臺上做倦態入睡，有倚靠於桌上的，如《翻西廂》二十三出有「生急伏桌哭呼小姐介」並因之而驚醒，《清忠譜》八折，生「作倦態介」「倚卓睡介」，夢醒時的景象是「作跌在舊處坐介」「作睡去介」「內打三更介」「作醒介」「拍卓喊介」「作開眼看介」；《金榜記》十二齣「且做隱几介」；《金鎖記》二十六齣外竇天章「困桌介，丑引小旦上」，出夢時候是「小旦拍桌下」。亦有就地而睡者，《春燈謎》二十六齣「作就地睡介」，正因為就地睡介，才有夢中人物且色「作踹生，絆腳雙跌介」。

參、入夢與出夢的表演協調

入睡的表演應是有個程式，由於並非真實人生的睡，因此有時戲曲劇作會標示出假寐的字眼，《三祝記》第九齣有「進房假寐介」可知。舞臺上的入睡是先做出倦態，如伸腰，並交待精神恍惚或者神思困倦，不妨少睡片時，如《魏監磨忠記》的主人翁是：

> （伸腰介）俺鬱勃已久，不覺精神恍惚，少睡片時去也。
> （睡介）

再由《清忠譜》第八折忠夢一連串的動作指示，或可知道入睡前後的表演方式：「脫巾放卓上介」「作倦態介」「倚卓睡介」「內打一更介」「生魂出走介」。由於此劇是作夢者自己參與了夢境的演出，因此出夢之際定然要照顧到入睡之時的情景，所以劇本是如此標示的：

> （作趺在舊處坐介）（作睡去介）（內打三更介）（作醒介）（拍卓喊介）魏賊，殺得好，殺得好。（作開眼看介）

可見得剛睡醒的動作表演是作開眼看介的表演之前，或可略知入夢與出夢的表演方式。

入夢之際雖有參與了夢的演出，但是作夢者本人可能剛開始是閉眼表演以示在夢中之境，然後再睜眼參與夢境，如《異夢記》第八齣夢圓，有神揭起王奇俊睡魔，指引入夢時是「生做起，合眼隨

小生走介」遇到女主人翁時才眞正的夢境展開，可以想見，此處特別說明「合眼」似就在告訴觀眾，這是場夢的演出。「合眼」的指示於夢的表演中是個重要的入夢指示，某些演出《牡丹亭》驚夢一齣時爲了顧慮到夢神的腳色可能涉及迷信，於是取消了夢神的出場，只用音樂伴奏，而後柳夢梅自己上場，既不遮面，也不閉眼，做出行路尋人的狀態，杜麗娘同時自桌後走出，也做出尋人的狀態，二人突然相遇，即念話接唱。這樣的處理據一般觀眾反映是並未看出是夢，而是故意尋找❷。可見得柳夢梅出場是遮面閉眼與由夢神帶引而出，是入夢的表現手法之一。取消夢神的迷信腳色後，一般演出〈驚夢〉柳夢梅的出場方式大概有三種，一種是如上述由柳夢梅自己上場，背沖外，慢慢退著走，好像在迷離的夢幻中。一種是大花神提早出場，代替夢神職務。一種是用兩個小花神，分別引柳夢梅、杜麗娘夢中相會。然而取消夢神，保留花神腳色的基本立足點是以爲：出夢神是迷信，而出花神則是神話。此觀點被取笑爲莫名所以的論調❷。

明傳奇《邯鄲記》全本幾乎全是夢境，其入夢的方式較爲特殊，是敘呂洞賓度脫盧生一事，看此段的文字描繪：

（開囊取枕與生介）……（生作睡不穩介）（看枕介）

---

❷ 白雲生「遊園驚夢的表演藝術」一文，「生旦淨末丑的表演藝術」，頁183，中國戲劇出版社，1959年出版。

❷ 徐扶明《牡丹亭研究資料考釋》〈驚夢增入睡魔神〉按語，頁178，上海古籍出版社，1987年6月。

（懶畫眉）這枕呵，不是藤穿刺繡錦編牙，好則是玉切香雕
體勢佳。呀！原來是磁州燒出的瑩無瑕，卻怎生兩頭漏出通
明罅？（抹眼介）莫不是睡起矇瞪眼挫花。（瞧介）（白）
有光透著房子裡，可是日光所映？

（前腔）則這半間茅屋甚光華，敢則是落日橫穿一線針，須
不是俺神光錯摸眼麻查。（白）待我起來瞧著。（起介，轉
向鬼門驚介）呀！（唱）緣何即留即漸的光明大，待俺跳入
壺中細看他。（做跳入枕中，枕落，生轉行介）（白）呀，
怎生有這一條齊整的官道。

盧生在夢中經歷了多彩多姿的高官生涯，直至年老臨死之際方才夢
醒，醒來才發覺店主人煮的黃粱飯尚未熟，不妨看盧生的出夢描
寫：

（生）是了，俺氣盡之後，端王寫了奏上，夫人，你和俺解
了朝衣朝冠，收在容堂之上，永遠與子孫觀看。（換舊衣巾
嘆介）人生到此足矣。呀！怎生俺眼光都落了。俺去了也。
（死向舊睡處倒介）（眾哭介）……（眾哭介）……（旦暗
去生鬟，拍生背哭介）盧郎，好醒呵。（下）（生作驚醒看
介）哎喲，好一身冷汗，夫人那裡？

對戲曲而言，入夢是較為受重視，然而也不能忽略了入夢與出夢的
相互協調的表演，上述諸夢境可以說是入夢與出夢的協調好例子。

小　結

中國夢戲的掌夢人物，可區別爲民間俗神、道教、佛教、冥界鬼神與其它具靈異的動物和無名神道等五項，至於戲曲劇作家也在舞臺上安排了掌夢的睡魔與夢神的形象，這兩種形象在中國神鬼譜系中似乎尚未納入其中。這些掌夢人物的基本能力是可以自由操縱夢，即使名列「人」籍，只要是非凡的人，不同於平常人，也可自由操縱夢，表現出他們並非泛泛之輩。人死爲鬼，鬼魂亦能掌夢，這時名爲托夢或是托兆。將掌夢人物強行分類是爲了敘述方便，卻無法說明如關羽、天妃既是俗神，又是道教神的分歧性。中國夢戲掌夢人物以道教神明被劇作家所描寫利用較多，此點說明了道教造神的能力，與道教對民間的影響力。

眾多掌夢人物，眞正爲劇作家所創造是夢神與睡魔，他們的「神格」不高，幾乎所有大小神格的神明皆能差遣他。原本睡魔接近於鬼卒地位，而非居於神位。於元雜劇中睡魔是睡眠的代稱，後來逐漸被塑造成法力之一，可引導人們入睡的法術，後來再成爲劇中的人物。夢神職司同於睡魔，某些劇作則將夢神與睡魔神等同起來。

花神原爲民間俗神，爲百姓所崇祀，最早元雜劇出現於夢中的花妖，是爲神鬼所指使。至湯顯祖劇作則成爲愛情夢境的保護者。花神的表演除了保護夢境之外，也可渲染舞臺氣氛。因後來的劇作家常以十二月花神，配合閏月花神和大花神，共有十四位花神於舞臺上表演堆花舞，手上拿著花燈與花形砌末，更使舞臺呈現出浪漫氣氛。至清代上海的京劇表演，花神就不止於夢境保護者了，即使

是玉帝出場，也會用十二位花神或是二十四位花神作爲隨扈人員，用來粧點玉帝神仙的氣派與不平凡。

　　劇作家精心安排的掌夢人物上場時，可分爲兩部分：一是先於場上站立，等夢者入夢後再給予言語指示，二是夢者入夢後再上場接著入場。至於一般的夢境，無關於掌夢人物時，則是採取第二種方式，亦即等夢者入夢後方才上場入夢或托夢。至於夢中的自己，劇作家如何處理，夢者作出睡夢動作之後，接著表演夢中情景；或是由另一腳色人物上場表演夢中的自己。入夢與出夢的處理經常是協調一致。

第四章　中國戲曲的愛情夢戲

第一節　抒情見長的愛情夢戲

中國文學傳統有相當明顯的抒情化傾向，在詩詞中表現最爲徹底。這一意見的發端見於《論語·陽貨篇》的詩可以興觀群怨。每個人的創作都必然受到傳統的影響與制約，反過來說，傳統又是由歷代文人的傑作共同構成的。在戲曲已經非常發達的時代，詩歌也依然占據著文壇盟主的地位，而且沒有絲毫動搖的跡象。面對沒有敘事文學範本的傳統，文人們自然是從一開始涉足文學事業就接受了單一的抒情作品。既然優秀的文學傑作都無一例外的是抒情文學作品，那麼要成爲優秀作家，除了力求創作出優秀的抒情作品之外別無他途。戲曲的敘事性強，但是它也接近於中國文學本質，抒情性相當濃厚❶。李贄較早借用「興觀群怨」說以概括戲劇的功能：「孰謂傳奇不可以興，不可以觀，不可以群，不可以怨乎？」❷在他看來，千古名劇《西廂記》便是怨憤之作：

---

❶　傅謹《戲曲美學》第二章〈戲曲的抒情本質〉，文津出版社，1995 年 7 月初版。

❷　李贄《焚書》卷四〈紅拂〉，河洛圖書出版社，1974 年 5 月。

> 一旦見景生情，觸目興嘆；奪他人之酒杯，澆自己之壘塊；
> 訴心中之不平，感數奇于千載。既已噴玉唾珠，昭回雲漢，
> 爲章于天矣，遂亦自負，發狂大叫，流涕慟哭，不能自止。
> 寧使見者聞者切齒咬牙，欲殺欲割，而終不忍藏于名山，投
> 之水火。余覽斯記，想見其爲人，當其時必有大不得意於君
> 臣朋友之間者，故借夫婦離合因緣以發其端。❸

戲曲作者的怨情總是寄寓著身世之感，壯志難酬之恨，因此內容主題又超出了個人情緒範圍，成爲時代情狀和生活的折光。

除了主題是怨情，不得不發的抒情之作外，戲劇曲詞也將抒情性發揚到極點，這種情形尤其表現於愛情爲主題的戲曲上，像白樸的《梧桐雨》，馬致遠的《漢宮秋》，或湯顯祖的《牡丹亭》，最動人的場面在那裡呢？《梧桐雨》是在全劇的最後一折，整個舞臺就只有唐明皇在那裡細訴他對楊貴妃的永恆的相思之情；《漢宮秋》也是在最後一折，漢元帝在那裡細訴對和番的王昭君的思念，那是悠悠綿綿的一首抒情詩接著一首抒情詩唱個不完，此外別無其它動作。至於《牡丹亭》，最著名的遊園，其實只是杜麗娘的思春之詞，是杜麗娘蕩漾的情懷在傾訴她幽幽的春思。由這兩幕看，幾乎可以說，那是抒情的。中國戲劇中最感人場面，是否都有類似的性質，如果過分簡化的話，或許可以說，中國戲劇中情節的推移常常只是「過門」性質，當情節移轉到表現感情的適當場合時，如杜

---

❸ 李贄《焚書》卷三〈雜說〉。

麗娘的遊園，就會有一段長時間的抒情場面，以一連串的抒情歌詞
連結而成的抒情場面，而這往往也是全劇的高潮所在❹。

壹、大段抒情歌詞烘托夢境情思

大段抒情歌詞連結而成的抒情場面，也常常用夢境烘托綿渺情
思，如《梧桐雨》《漢宮秋》。現將這類抒發主人翁情感見長的夢
境，出現折數的抒情曲子名稱錄於其下，以見夢境是用來增添抒情
韻味的特質。

漢宮秋第四折　中呂粉蝶兒、醉春風、叫聲、（夢）剔銀燈、蔓青
　　菜、白鶴子、么篇、上小樓、么篇、滿庭芳、十二月、堯民
　　歌、隨煞。
梧桐雨第四折　正宮端正好、滾繡毬、倘秀才、呆骨朵、白鶴子、
　　么、么、么、倘秀才、芙蓉花、伴讀書、笑和尚、（夢）倘秀
　　才、雙鴛鴦、蠻姑兒、滾繡毬、叨叨令、倘秀才、滾繡毬、三
　　煞、黃鍾煞。
雲窗夢第三折　中呂粉蝶兒、醉春風、迎仙客、紅繡鞋、石榴花、
　　鬥鵪鶉、普天樂、上小樓、么篇、（入夢）快活三、鮑老兒、
　　十二月、堯民歌（夢醒）、俏遍、耍孩兒、四煞、三煞、二
　　煞、尾煞。
西廂記四本四折　（生唱）雙調新水令、步步嬌、落梅風、（生入

---

❹　呂正惠《抒情傳統與政治現實》〈中國文學形式與抒情傳統〉，頁 159-
　　207，大安出版社，1989 年 9 月初版。

夢）（夢中旦唱）喬木查、攪箏琶、錦上花、清江引、（生唱）慶宣和、喬牌兒、（旦唱）甜水令、折桂令、水仙子、（生夢醒唱）雁兒落、得勝令、鴛鴦煞、絡絲娘煞尾。

這幾折皆是主人翁思念情人的大段抒情場面，而且都有著情人入夢，以至醒後更增添惆悵的情懷。以《梧桐雨》爲例，在楊貴妃死於馬嵬驛之後，唐明皇於西宮叫高力士掛起貴妃眞容，朝夕哭奠，對著眞容唱端正好、么篇、滾繡毬、倘秀才與呆骨朵，現錄滾繡毬曲如下，以見明皇眞情留露處：

> 險些把我氣沖倒，身謾靠，把太眞妃放聲高叫。叫不應，雨淚嚎咷。這待詔手段高，畫的來沒半星兒差錯；雖然是快染能描，畫不出沈香亭畔迴鸞舞，花萼樓前上馬嬌，一段兒妖嬈。

散步至亭子中，也唱倘秀才曲子感歎：「本待閒散心，追歡取樂，倒惹的感舊恨，天荒地老。快快歸來鳳幃悄，甚法兒捱今宵，懊惱。」回到寢宮，只覺得寢殿中的一切更添人愁，含愁入夢，夢見妃子邀宴，醒後更增惆恨，連續數隻曲子聽雨訴離情：

> （滾繡毬）這雨呵，又不是救旱苗，潤枯草，灑開花萼，誰望道秋雨如膏，向青翠條，碧玉梢，碎聲兒剉剉增百十倍歇和。芭蕉子管裡珠連玉散飄千顆，平白地間濺濺番盆下一宵，惹的人心焦。

（叨叨令）一會價緊呵，似玉盤中萬顆珍珠落，一會價響呵，似玳筵前幾簇笙歌鬧；一會價清呵，似翠岩頭一派寒泉瀑；一會價猛呵，似繡旗下數面征鼙操；兀的不惱殺人也麼哥！兀的不惱殺人也麼哥！則被他諸般兒雨聲相聒噪。

（倘秀才）這雨一陣陣打梧桐葉凋，一點點滴人心碎了。枉著金井銀床緊圍遶，只好把潑枝葉做柴燒，鋸倒。

整折籠罩在濃厚的抒情成份之中。俞大綱認為《梧桐雨》《漢宮秋》的寫作，重點是放在第四折上，而且特重其中的音樂成分。理由是：楔子和一二折，只是劇情準備階段，把人物和情節組合說明性的安排，第三折是高潮所在，《梧桐雨》寫唐明皇和楊貴妃的死別，《漢宮秋》寫漢元帝和王昭君的生離，這三折全是替第四折鋪好一段情況來結束全劇。他們所鋪展的情況，並不是戲劇性動作表達，而是音樂性的情感發揮。換言之，沒有這第四折戲，劇情所敘述的事件，業已完成，有沒有第四折，均無關係。因此認為這兩本戲劇在當時被人推重，文詞與音樂的結合，必為主要原因。《漢宮秋》第四折的描寫雁聲，所運用的音響效果不及《梧桐雨》所寫的雨聲，這也許是雁聲的節奏不及雨聲富於變化。而且就故事處理和劇情重點安排很相似，如第四折皆有夢境的穿插，似非無意的巧合，因此以為《漢宮秋》的寫作，受到《梧桐雨》的影響❺。

有別於俞大綱言論，顏天佑認為作為詩人劇作家的馬致遠，在

---

❺　《俞大綱全集——論述卷》，〈從另一角度看元雜劇梧桐雨和漢宮秋〉，頁 171-177，幼獅文化事業公司，1987 年 6 月初版。

《漢宮秋》第三折王昭君已投江的劇情，若依照一般元雜劇慣例，劇情可急轉直下作一收場，但馬致遠卻強提筆勢，連用十二支曲子，費心的經營最末一折收場。只不過空曠的舞臺上，在一聲聲雁叫中，一場恍惚而短促的團圓夢境，將元帝殘存的希望勾起，卻又無情的讓它瞬間歸於毀滅。而後在淒清嘹唳的雁叫聲中，元帝哀切無奈的獨白，迴盪在無邊的夜空裡，彷彿人與雁已然合一了。而觀眾隨著這齣愛情悲劇的跌宕起伏，至此也趨於舒緩綿延，在靜寂哀戚的氣氛中，默默咀嚼這生離死別的人間情味。也由這些曲子，確實感受到抒情氣氛遠過於敘事的成分，詩的意味濃於劇的性質❻。獨唱獨白的場面可說是十分冷清，因此必須以文詞和音樂見長，因為此時的觀眾不是在看戲而是在「聽戲」；而這樣的表現手法，其實就是說唱文學的技倆❼。

貳、以氣候來烘托悲怨審美

　　針對中國戲曲的悲劇觀，歷來學者皆採取審慎保留的態度。也有在基本立論上肯定中國有悲劇產生，只是在思想傾向、人物性格和藝術結構等各個方面，有著不同於西方的藝術特徵，王季思主編的《中國十大古典悲劇集》評選出了中國較具代表性的十大悲劇，分別是：元代關漢卿《竇娥冤》、元代馬致遠《漢宮秋》、元代紀

---

❻　顏天佑〈試論漢宮秋雜劇結構的抒情取向〉，《元雜劇八論》，文史哲出版社，1996 年 8 月初版。

❼　曾師永義《中國古典戲劇選注》《漢宮秋》第四折說明部分，頁 210，國家出版社，1985 年 9 月再版。

君祥《趙氏孤兒》、明代高則誠《琵琶記》、明代馮夢龍《精忠旗》、明代孟稱舜《嬌紅記》、清代李玉《清忠譜》、清代洪昇《長生殿》、清代孔尚任《桃花扇》、清代方成培《雷峰塔》。十大悲劇的一個共同特徵是，沒有停留於個人的悲痛情緒，而是透過個人不幸命運的同時，呈露出時代社會的普遍性蘊涵，觸到了悲劇的廣闊性與崇高感。

　　有關元雜劇的悲劇問題，諸多學者所提出代表劇作，大約如下：林同華以《竇娥冤》《梧桐雨》《漢宮秋》《趙氏孤兒》四劇論及元代戲曲的悲劇美❽；蘇國榮爲我國悲劇作一分類時，將《趙氏孤兒》《清忠譜》《雷峰塔》《慶頂珠》《東窗事犯》《精忠旗》《李陵碑》列入英雄悲劇，《竇娥冤》《王魁負桂英》《琵琶記》《嬌紅記》列入生活悲劇，將《漢宮秋》《梧桐雨》《西蜀夢》列於抒情悲劇，而將《長生殿》《爛柯山》《霸王別姬》《走麥城》《斬馬謖》列入性格悲劇，《硃砂擔》《盆兒鬼》《荐福碑》《生金閣》《魔合羅》列爲命運悲劇❾。以上二人對於中國戲曲的悲劇是採取將所有劇種作一比較分析，至於專門對元雜劇論及悲劇者有洪素貞，以爲可稱爲悲劇的有《漢宮秋》《梧桐雨》《趙氏孤兒》《豫讓吞炭》《火燒介子推》《西蜀夢》《竇娥冤》《張

---

❽　林同華〈論元代戲曲中的悲劇美〉，見於《中國美學史論集》，頁 279-296，丹青圖書有限公司，1987 年 5 月再版。

❾　蘇國榮〈我國古典悲劇的發展概貌和審美品格〉，《中國劇詩美學風格》，頁 144-148，同書另有〈我國古典悲劇的民族特徵〉一文，所用例子則以王季思編選的十大古典悲劇爲主作爲分析。丹青圖書出版公司，1987 年 6 月初版。

千替殺妻》❿，選定這八劇爲悲劇之前，論評中西悲劇觀，尤其歷代學者關於中國戲曲的悲劇性論點，評論至爲精要❶。《漢宮秋》《梧桐雨》毫無疑義被列入悲劇之林。

　　無疑的，以《漢宮秋》《梧桐雨》第四折的抒情性，加添了濃郁悲劇特徵，也許和地理氣候有關，如兩劇都是以秋雁、秋雨和秋思緊密纏結而成的意境，這正是悲秋精神的戲劇化和故事化；《西廂記‧長亭送別》一場，把「霜林醉」的秋色與「離人淚」的悲感有機地揉合在一起，成爲戲曲中寫離別的極品。由四季變化，尤其是秋意直接影響到包括悲劇在內的感傷主義文學創作。雖然古典戲曲在時間長度上的運用往往具備極大的模糊性和伸縮性，然而對特定的節令氣候十分重視，用以催發和強化人物悲喜情感的意境❶。不只是特定節令氣候催發人的情感，劇作家也在如此抒情情境下，安排了夢境，使相思的主人翁在夢中相逢作別，更增添了醒後的惆悵感。而這惆悵若失，怨悱苦境，正是描繪主人翁情境的最佳寫照。《西廂記》在〈長亭送別〉後安排了〈草橋驚夢〉，無疑也是借由夢境強化全劇的怨譜審美效應。悲、怨、哀的內涵表現於戲曲上，成爲悲劇觀的內涵。明代針對怨譜說談到了動人的審美效應，以戲曲能否動人，引人涕下效果視之爲戲劇的藝術力量，如馮夢龍

---

❿　洪素貞《元雜劇中的悲劇觀》第三章〈元代悲劇所運用的題材〉，頁70，1988年國立臺灣師範大學國文研究所碩士論文。

❶　洪素貞《元雜劇中的悲劇觀》第一章〈緒論──探尋悲劇原旨，解析眾說論評〉，頁5-39。

❶　謝柏梁《中國分類戲曲學史綱》第五章〈中國悲劇的發生規律和審美特徵〉，頁105-106，臺灣商務印書館，1994年6月初版一刷。

想把《灑雪堂傳奇》的地位抬高，便在〈總評〉中提出了：

> 是記窮極男女生死離合之情，詞復婉麗可歌，較牡丹亭、楚
> 江情未必遠遜，而哀慘動人，更似過之，若當場更得真正情
> 人寫出生面，定令四座泣數行下。❸

這是以戲劇本體的「哀慘動人」情態，作為超越《牡丹亭》的根
據，又以審美主體的四座泣下作為最高境界和終極檢驗標準。

　　由怨譜來看戲曲的結局，是反映於《西廂記》的結局問題上，
圍繞著王實甫與關漢卿的作者問題，歷來存在著王實甫作、關漢卿
作、關作王修、王作關續四種說法❹，也因為有這四種異說，使得
《西廂記》的結局究竟何者為佳，成為劇論家熱切討論以直陳胸臆
並發揮自己戲劇理論的話題。祁彪佳《遠山堂劇品》〈崔氏春秋補
傳〉：

> 傳情者，須在想像間，故別離之境，每多於合歡。實甫之以
> 驚夢終西廂，不欲境之盡也。至漢卿補五曲，已虞其盡矣。
> 田叔再補出閣，催粧，迎奩，歸寧四曲，俱是合歡之境，故
> 曲雖逼元人之神，而情致終遜於譜離別者。

---

❸　《墨憨齋新定灑雪堂傳奇》，天一出版社。
❹　徐子方《關漢卿研究》第六章〈西廂記考論〉分別就資料、作品本身來論
　　明這四項問題，頁 256-300，文津出版社印行，1994 年 7 月初版。

徐復祚《曲論》：

> 西廂後四出，定爲關漢卿所補，其筆力迥出二手，且雅語、
> 俗語、措大語、白撰語層見疊出，至於馬户、尸巾云云，則
> 眞馬户尸巾矣。且西廂之妙，正在於草橋一夢，似假疑眞，
> 乍離乍合，情盡而意無窮，何必金榜題名、洞房花燭而後乃
> 愉快也？

附著在〈草橋驚夢〉的悲劇結局上，對第五本的團圓之趣並不感興趣。倘若故事僅止於〈長亭送別〉或〈草橋驚夢〉，則是一部蘊意深刻的悲劇，但第五本卻偏偏在「狀元一點，百事消散」上花費了濃墨重彩，所以從古至今都被許多識者目爲蛇足。徐復祚提出對於歷史悲劇陳陳相因營構的「金榜題名、洞房花燭」之類大團圓結局，帶著慰世、勸世態度的質疑。「大團圓」結局使人轉悲爲喜，破涕爲笑，使喜怒哀樂各種情感相互中和，相互抵消，不致於超出應有的尺度。而由現實生活來看，「大團圓」的結局是虛幻的，社會矛盾、險惡的政治風雲，注定了處於社會底層的失意士子最終無法擺脫惡運，靠應試中舉走上仕途，乃至於獲得統治者的垂青。「大團圓」對他們來說只是一個金色的夢，戲曲的團圓結局所給予人們的只是廉價的安慰和無法兌現的許諾，根本不可能掩蓋那種刻骨銘心的痛苦與悲哀。因此徐復祚確認《西廂記》應于〈草橋驚夢〉作結束，不如此則不能體現直面慘淡人生的勇毅和篤實。〈草橋驚夢〉的悲劇意味在于「似假疑眞、乍離乍合，情盡而意無窮」，就是讓崔、張在夢中離別，既暗示了男女主人公的愛情注定

像夢一樣破滅的必然性，又顯得空靈圓轉、神思飛動，寓未盡之意，含不了之情。這就比實寫其事更好，實寫其事拘囿於現實的情景，太板實直露，顯得一覽而盡，了無餘味❶。以《西廂記》的結局發端，明代批評家們都漸漸品出了悲劇結局的幽趣❶。如榮藹碩人的《玩西廂記》，佚名評〈草橋驚夢〉作爲結局的佳處：

> 王實甫著西廂，至草橋驚夢而止，其旨微矣。蓋從前迷戀，皆其心未醒處，是夢中也。逮至覺而曰「嬌滴滴玉人何處也？」則大夢一夕喚醒。空是色而色是空，天下事皆如此矣。關漢卿紐于俗套，必欲終以畫錦完娶，則王醒而關猶夢。❶

　　〈草橋驚夢〉之所以爲人們交口稱譽，一個重要原因就在于它不是爲了吸引觀眾而想入非非地任意捏造離奇怪誕的情節。在此看到了張生對鶯鶯的深沈懷念，和不能相聚的現實遭遇的曲折反映，看到了張生意識中的鶯鶯已經是個爲爭取自由愛情的生動形象，她「瞞過」夫人，「穩住」紅娘，不顧關山迢遞，隻身走荒郊曠野，累得「喘吁吁難將兩氣接」，她衣袂不整，露水和污泥沾惹了繡

---

❶　姚文放《中國戲劇美學的文化闡釋》第十九章〈徐復祚與卡斯忒爾維屈羅的戲劇功用論之比較〉，頁 353-355，中國人民大學出版社，1997 年 1月。

❶　謝柏梁《中國分類戲曲學史綱》第三章〈明代戲曲的悲劇觀：怨譜說〉，頁 57-79。

❶　轉引自蔡毅編著《中國古典戲曲序跋彙編》二，頁 690。

鞋，風吹得她「左右亂踅」，「腳心兒」也磨破了，儘管如此，她還奮力追趕張生。這就真實地刻劃「哭宴」後的鶯鶯已經由矜持嬌羞的少女成長為沈靜堅強的少婦形象。因此，〈驚夢〉的鶯鶯行動是符合生活本身和鶯鶯性格的發展邏輯。夢中張生與鶯鶯相聚，夫妻正在草橋店「絮絮叨叨」傾訴相思別離的怨苦情懷時，突然一行兵卒趕來，將鶯鶯搶走。張生驚醒，方知是夢。仔細想來，並非作者故作驚人之筆：當初孫飛虎的五千賊兵不就曾兵圍普救寺要搶鶯鶯為「壓寨夫人」嗎？顯然，這個情節仍然是過去曾經有過的生活現象的形象化了的猜測，生動表現了張生擔心自己走後鶯鶯再次被賊兵搶走的真實心情。可見得劇作者的善於體會人情。

《鄭月蓮秋夜雲窗夢》第三折入夢前後的唱詞同樣散發男女分離相思的情感，抒情氣氛不亞於《漢宮秋》《梧桐雨》，如出夢後的數隻曲子：

> （耍孩兒）愁煩迭萬簇，淒涼有四星，別離人更做到心腸硬，怎禁蒼梧落葉凋金井。銀燭秋光冷畫屏，碧澄澄如懸磬，佳人有意，銀漢無聲。

> （四煞）孤鴻枕畔哀，亂蛩砌下鳴，西風鶴唳秋天靜，霜寒鴛悵愁無寐，雲冷紗窗月半明，添愁病，驚回一堂春色，萬籟秋聲。

> （三煞）戰西風竹葉鳴，搗秋霜砧杵清，一弄兒會把愁人併，惱人心半窗蝍蝍疏梅影。聒人耳萬種蕭蕭落葉聲，那堪聽，簷間鐵馬，雨內梧聲。

> （二煞）這一雙眼纏閉合，爭奈萬般事不暫停，都是謀兒誤

倒臨川令，你夢不笙歌謝館來金斗，風雪長安訪瀰陵，自古
多薄命，天涯流落，海角飄零。

（尾煞）淚漫漫不暫停，哭啼啼不住聲，不爭這驚回一枕雲
窗夢。這煩惱直哭的西樓月兒冷。

以種種秋日景象描繪出相思與孤單情境，直可比擬於《梧桐雨》中
的秋聲。

　　另有整折是夢境，在夢中相互敘述別離思念之情，如《薛仁
貴》薛仁貴夢見返鄉拜見父母，安排正末扮夢中薛父共唱了商調集
賢賓、逍遙樂、梧葉兒、後庭花、雙雁兒、醋葫蘆、么篇、浪裡來
煞數曲（第二折），藉以抒父母子女分離的相思情懷。以告知爲目
的的夢境，也佔有大部分篇幅來鋪陳，抒情成分也是相當高，等於
是宣洩了情緒的抒情篇章，如《東窗事犯》《雙赴夢》，後者更被
稱爲抒情悲劇。

　　抒情悲劇是中國古代戲曲所獨有，其主要特徵爲：抒情性極
強，具體說來即場上人物的主觀構成此類劇作主要的外在形態，這
樣的悲劇，並無多少複雜的情節和事件的糾葛，戲劇動作缺少外在
因素，更多的是內在的意向。元劇抒情悲劇的代表是《漢宮秋》
《梧桐雨》《西蜀夢》三劇。《西蜀夢》將原本在歷史上相隔兩年
的關羽敗死和張飛身亡，改編爲先後同時，在不違背史實情況下使
得劇情集中，造成了一開始即悲劇氣氛濃烈的特殊效果，彌補了外
在衝突不明顯的不足。以三四折鋪陳了關、張二魂雖死猶不忘報仇
的情緒，二魂徑赴西蜀：「先驚覺與軍師諸葛，後入宮庭，托夢與
哥哥」（哨遍），要求發兵征吳，「直取了漢上繾還國，不殺了賊

臣不講和」（耍孩兒）。他們的目的有兩個，一是收復失地，一個
是懲辦凶犯，所謂「檻車裡囚著三個」與「若是將賊臣報，君王將
咱祭奠，也不用道場鑽銙」（三），復仇的情緒超乎尋常的強烈。
雖因爲體制因素，這些內容由主唱正末扮演的張飛抒發出來，但無
疑也是他們的共同心聲。第四折除了和前述各折的復仇情緒相呼應
外，之前陰魂夜深進入後宮與兄長敘起「三十年交契」和「心相
愛，意相投」的友誼，並像普通人一樣拜託照看自己的後裔，顯得
人情味極濃。⓲

參、明清所改編的元雜劇愛情夢境

由上所述，元雜劇在表現后妃或是才子佳人相思之情的夢境
上，有著中國文學傳統的抒情性。明清劇作家依據元雜劇的題材加
以改編成適合當時演出的戲曲，也一直在舞臺上盛演，並爲人所稱
道，至於這些改編的夢境，是否也依然承襲著這個抒情性，或是一
洗抒情性，以敘述爲主，現以王昭君、唐明皇楊貴妃，以及崔鶯鶯
的西廂故事來看其傳承與變化。

一、王昭君故事

明傳奇中的《王昭君出塞和戎記》最末齣也有夢境，入夢前元
帝只唱了賀聖朝、皀羅袍、尾聲三隻曲子表達了怨恨奸臣作梗，導
致與王昭君分離的痛苦。另安排了王昭君在元帝夢中敘說別來情
境：命喪長江（或烏江），以致夫妻無法團圓，並追敘昔日快樂時

⓲　徐子方《關漢卿研究》第三章〈悲劇研究〉，頁118-124。

光，唱詞份量猶勝於元帝，所唱曲子有只標註了新水令與清江引。
新水令是達三百字左右的長篇唱詞，以敘夫妻之情爲主：

> 想夫妻生離死別，夢兒裡相逢，而情難捨。今日一旦間，做
> 了瓶墜釵折，萬事休。疑相思拋別，前世裡無緣，今世受磨
> 折。告君王聽說明白，結髮夫妻，恩情不絕：也曾和你萬花
> 臺上把誓盟說，也曾和攜手玩江月，也曾和你同衾枕，恩情
> 不絕，也曾和你掌江山。

如此曲詞除掌江山語詞外，可適用任何情愛深重的富貴夫妻身上，
無別於后妃君王。而元帝夢醒則再唱紅納襖犯、下山虎曲子而結
束。元帝曲詞，除卻了「只見孤雁偶然墜落丹墀地，雁兒你莫在欄
干外，果然是賓鴻帶得書來。」的聲音之外，已無《漢宮秋》第四
折的抒情成分，也無脫胎於是劇的曲詞痕跡。再加上元帝未參與夢
境的演出，昭君魂獨自唱大段曲詞，魂去後元帝也是獨唱部分，此
齣演出效果可能較爲冷落寂寥。祁彪佳《遠山堂曲品》將此劇納之
於「雜調」：「明妃青塚，自江淹恨賦而外，譜之詩歌，嫋嫋不
絕。乃被濫惡詞曲，占此佳境，幾使文人絕筆，惜哉！」誠爲至當
之論。

　　清人尤侗《弔琵琶》雜劇，也是以王昭君故事爲主，第三折也
是元帝夢昭君，最後昭君鬼魂爲單于領兵追趕而離散。情節與《漢
宮秋》相似，只是改變了第四折的故事，以蔡琰弔琵琶青塚作結。
元帝將美人圖高掛憑弔，只唱一支曲子仙呂賞花時歌曲即入夢，而
後昭君以商調集賢賓、逍遙樂、金菊香、掛金索、上馬嬌、勝葫蘆

六支曲子描述魂靈飄蕩曠野與沿途所見景觀，見了元帝又唱柳葉兒、醋葫蘆、二、三、浪裡來煞五曲敘離情，兼及要求元帝代爲照顧家人。夢醒，元帝又唱一隻曲子結束全折。此劇的元帝大概只具有串場功用，較無個人情感的抒發，是重昭君的夢戲。清·焦循《劇說》卷五批此劇：「前三折全本東籬，末一折寫蔡文姬祭青塚，彈胡笳十八拍以弔之，雖爲文人狡獪，而別致可觀。」清薛旦《昭君夢》雜劇以昭君嫁於單于，感歎紅顏薄命，經常回想起漢宮情形，被睡魔引入漢宮和元帝敘離情。相見與敘離情卻只有三曲即夢醒，離情鋪陳遠不如夢赴漢宮所看到的沿途的玉門關、古戰場、黑龍江景致。與元帝相會的夢境情景遠遜於上述改本。明清之後的王昭君故事夢情，較之《漢宮秋》已然大爲失色，抒情味道較淡，舞臺場面更形冷落。

二、唐明皇與楊貴妃故事

　　清人洪昇《長生殿》傳奇，取材也同樣是歌詠著明皇與貴妃的愛情，情節上難免依傍前人，但亦因素材豐富，所以能從中提取最精粹情節，同時由此更激發別出心裁的想像力與創作力，使內容思想有獨特的成就，因此，楊妃故事的發展，至《長生殿》傳奇，可說達到最純粹而完美的境地。所以能達到完美境地是因爲作者一反傳統觀念，盡刪楊妃穢事，而加重描寫明皇死生不渝的至情。〈例言〉：

　　　　史載楊妃多污亂事，予撰此劇，止按白居易長恨歌、陳鴻長
　　　　恨歌傳爲之。而中間點染處，多采天寶遺事·楊妃傳、若一
　　　　涉穢跡，恐妨風教，絕不闌入，覽者有以知予之志也。

此劇第四十五齣〈雨夢〉以「哭相思」二句爲排場的轉折，上半爲
梧桐夜雨，哭悼妃子；下半轉入夢境，而幻化出貴妃未死，元禮阻
駕、豬龍作怪等情節，排場隨起隨失，變幻莫測，終以亂雨飄蕭，
驚破殘夢作結，更使通折籠罩在愁苦悲涼的氣氛中。此齣寫作可說
規模《梧桐雨》第四折，其中語句，如「且特把潑梧桐鋸倒」乃襲
自雜劇「只好把潑枝葉做柴燒鋸倒」，「只隔個窗兒直滴到曉」亦
襲自「共隔著一樹梧桐直滴到曉」❶。這樣，用幸福的夢境襯托悲
慘的現實，用希望襯托後來的失望，從而揭示理想與現實的矛盾，
不同程度地表明作者對黑暗現實的否定和美好理想的憧憬。人情物
理中，幸福夢與悲慘現實有相反相乘的效果。這手法，近於事物發
展中的突變、質變性質。它能促使一個喜的故事突然轉換成悲，或
悲的故事突然變成喜，運用得好，常會帶來意外效果❷。

三、西廂記故事

　　雜劇《西廂記》至明代有許多改本，現舉其犖犖大者如下：李
日華所作《南調西廂記》、陸采《新刊合併陸天池西廂記》；續貂
之作如明周公魯《錦西廂》、清碧蕉軒主人《不了緣》；或多或少
加以改易，自成面目如元人楊訥《翠西廂》、明人屠隆《崔氏春秋
補傳》、盱江韻客黃粹吾的《續西廂昇仙記》、薛旦《後西廂》、
周杲《竟西廂》、石龐《後西廂》、楊國賓《東廂記》、王基《西

---

❶　曾師永義《中國古典戲劇選注》《長生殿》說明部分，頁 503、790。
❷　借用王季思對悲、喜劇中情景關係的處理論點。〈悲喜相乘：中國古典
　　悲、喜劇的藝術特徵和審美意蘊〉一文，見《玉輪軒戲曲新論》頁 72，
　　花城出版社，1993 年 3 月。

廂後傳》、湯世瀠《東廂記》、周聖懷《眞西廂》、查繼佐《續西廂》、陳莘衡《正西廂》、張錦《新西廂》、吳國榱《續西廂》；翻新翻案作品有明人卓人月的《新西廂》、研雪子的《翻西廂》與清人程端《西廂印》。㉑據不完全的統計，僅明清兩代《西廂記》雜劇和傳奇的續書、改作就有三十三種之多，其中今有存本的有十三種，無傳本而內容見於記載者有七種，只有存目而作品內容又不可考者有十三種。這些續書和改作就類型來說，可分爲改編本、翻改本、續寫本和增補本四種。就時間來說，以增補本和改編本出現較早。就其創作動機和思想傾向來說，改編本基本上是忠於原作，爲使原作便於流傳演唱而創作，而翻改本和續寫本雖然不無可取之作或可取之處，但大多是不滿於原作，以形象化的手法對原作表示異議，並借以抵消《西廂記》的影響力㉒。

爲使原作便於流傳的改編本，對〈草橋驚夢〉有些兒更動，《南調西廂記》張生夢鶯鶯追隨而來，看小姐「衣袂不籍」「繡鞋兒都被路泥惹，腳跟兒敢踏破」的奔波，鶯鶯則敘想念之情「忘餐廢寢」「牽腸掛肚」，「想人生在世最苦是離別，關山萬里，獨自跋涉」，兩人在相約「生則頭同衾，死則頭同穴」時鶯鶯即離開，而張生夢醒。少了士卒追趕捉拿鶯鶯離開的夢境。刪掉的部分，如前所述是用來生動表現了張生擔心自己走後，鶯鶯再次被賊兵搶走

㉑　陳慶煌〈西廂記戲曲藝術對後世的影響〉，淡江大學中國文學研究所主編《文學與美學》第二集，文史哲出版社，1992 年 10 月初版。

㉒　張人和《西廂記論證》七〈續書和改作〉所作的統計與說明，頁 161-183，東北師範大學出版社，1995 年 8 月長春。

的眞實心情。爲重要夢境的一部分，加以刪除，張生的形象也就欠缺一些。陸天池的改本西廂，則依然保留了士卒捉拿鶯鶯的情節。

研雪子的《識閒堂第一種翻西廂》，標題很醒目，一看即知這是一部翻《西廂記》案的作品。研雪子有人認爲即是沈謙，亦有考證是爲秦之鑒㉓。此劇寫作目的是爲了：「爲崔鄭洗垢，爲世道持風化」，有感於元稹的極力毀棄崔氏而作的翻案文章，因此以生飾鄭恒，且扮崔鶯鶯，以丑扮張珙，極盡描寫了張珙的輕薄無行與阻絕奪人婚姻的醜狀。關目安排分爲上下二卷，共三十三齣，齣目如下：

> 標概、睽遠、傷亂、移鎭、詭譎、齋鬧、魔謁、寇圍、賺脫、塗遇、別襯、破賊、圓寓、逐奸、琴感、憶子、聯吟、作記、問病、償孽、祖餞、奏典、驚夢、讀記、緘雁、交達、媚媾、矢貞、尼俠、出師、採眞、病訣、誅奸。

第二十三齣〈驚夢〉上京應試的鄭恒在客店中想念鶯鶯，卻是臨別不曾見著一面，更遑論是信件了。歡悵中入夢，由小生所扮夢神另幻出一段奇險境界：「小聖夢神便是，你看鄭生在此思念崔小姐，不免待小神就此想中見境，幻出小姐紅娘，與他一會，再把張珙作

㉓　《中國戲曲曲藝辭典》頁 267〈研雪子〉條：「作者眞名或以爲係沈謙（1620-1670），沈字去矜，仁和（今浙江杭州）人，西泠十子之一；或以爲是丹徒秦之鑒（見《丹徒縣志》）」。上海辭書出版社，1985 年 2 月一版三刷。

會眞記,另幻出奇險境界,見一預兆,豈不是好?」燕都傻道人評:「似此非眞非幻,大有主宰。」夢中鄭恒鶯鶯敍分別相思情狀,並相互贈送玉環與玉鴛鴦爲信物。這時卻遭張珙搶奪信物,在孤身無法取勝時,找來了白州刺史、玄香太守、尖石奴、石鄉侯同來搶奪,情急之下,鶯鶯爲守住玉鴛鴦而自刎,只留下鄭恒拾環痛哭情狀中驚醒。

相較之《西廂記》的〈驚夢〉無疑是情狀更爲緊急而且顯得血腥暴力,對這段預警,由夢神言語,知是作者刻意安排,使張珙的罪狀更加昭昭。這場夢境,燕都傻道人給予極佳的評語,如兩人交換信物時是「寫夢如眞」;對張珙鬧場所受驚嚇且所唱「紅衲襖」曲:「頓教人怯生生膽碎驚,廝零零心戰警。只怨我深閨註就孤鸞命,何事從君勉強行。準拚著擲琳琅菱花破痕,咭叮咚,銀瓶墜井,(白)鄭郎你須牢記此言。」評是:「雖是夢中,我見猶憐。」夢醒時更是勝贊此齣的寫作:「劇中作夢,全妙在似眞非眞,似幻非幻。其他劇或眞而不幻,或幻而不眞,皆非作手。元本驚夢全在非眞非幻,所以爲妙。至後牡丹亭有驚夢,其妙處全在尋夢。此則前半夢以想成,後半夢以□見,千奇萬怪,而卒不離乎眞,情意宛然而卒能歸乎幻,允推此爲第一。」認爲勝過了元本的驚夢與《牡丹亭》尋夢,直可稱爲夢境中的第一之作。

就其詞境而論,可以說是意深筆遠,窮妍極態,清幽淒冷,令人欲絕,實在可稱爲王西廂之外又一傑出作品❷。而其內容思想則是《王西廂》的對立面,打著正統的儒家旗號,凡是《王西廂》所

---

❷　陳慶煌〈西廂記戲曲藝術對後世的影響〉一文認爲《翻西廂》的詞境高。

肯定的，它一概加以醜化和誣蔑；反之《王西廂》所否定的，它便大加美化和歌頌，其目的是爲了維護封建禮教和抵制《王西廂》的巨大影響。如仿造〈長亭送別〉，研雪子也寫了齣〈祖餞〉，但大煞風景的是，只由老夫人和歡郎來送，鶯鶯並沒有出場，想必在作者心目中，男女授受不親，雖然崔相國在世已將鶯鶯許配給鄭恒，沒有成婚，亦不便相見吧。自然全劇是以鄭恒中了狀元，與鶯鶯成婚，實現了父母之命的結局。此一結局，無疑是對以家長之命爲意志的婚姻制度的肯定。現今流傳於舞臺上的故事，依然以《王西廂》爲主，《翻西廂》與另一續作品《續西廂昇仙記》則很少有人理睬它，或許可說它根本不具有任何藝術價值，從來沒有獲得生命❷⑤。

　　《續西廂昇仙記》演迦葉尊者點化張生、鶯鶯、紅娘悟道。紅娘先行悟道，而有鶯鶯死後復蘇，醒來備敘魂遊地府一事，魂遊時，在現實社會的鶯鶯是昏死的現象，如夢似幻，很難以單純的夢境來作詮釋。安排昏死者遊地府見證因果，爲明代劇作家常用的情節之一，而描寫的眞實，別出於一般夢境之上。全劇充滿了情慾的宣泄和佛理的說教，滿篇非色即空，不堪卒讀。創作目的無非是勸善懲惡，宣揚慾海無邊回頭是岸，收心禁慾立地成佛。此點或許是《遠山堂曲品》認爲此劇可爲西廂註腳，是「慧眼一照」之作的緣由。寫作方法頗爲粗陋怪誕，滿紙說教，味同嚼蠟，毫無藝術情趣可言。

---

❷⑤　鍾林斌〈戲劇史上現實主義與反現實主義鬥爭的一個側面──評續西廂昇仙記和翻西廂〉，社會科學輯刊 1982 年第 3 期，頁 132-140。

第二節　刻劃愛情心理的夢戲

　　自《西廂》的驚夢表現出張生害怕失去鶯鶯的心理，應該說，以夢來表現出男女分離的相思之情，是愛情夢境的基礎，於是歷來劇作，只要是才子佳人的夢境，皆是站在這個基礎上來摹寫。同是用夢來表達情思，卻具有不同的風味，展現劇作家對夢的創作。更上層樓的夢境描摹則是將男女主人翁內心的潛意識心理揭露而出，成為更見幽微的寫夢名作。

壹、相悅分離的思夢

　　劇作以男女主人翁的相識相悅為主，或是一見鍾情，因情境的阻隔，佳期難料，而陷於兩地相思，正可展現劇作家寫相思的抒情性。藉由夢境來鋪展相思者，不外乎是由夢反襯出現實的分離，因此夢境通常是甜美的，與夢醒的分離恰成鮮明對比。或是將因時空阻隔，擔心相思成空的心理確切表達出來。這類作品有：孟稱舜《張玉娘閨房三清鸚鵡墓貞文記》與《節義鴛鴦塚嬌紅記》。前劇有兩處夢境，於第二十三齣〈魂離〉與二十四齣〈夢遊〉，前者是沈佺得官回鄉，路經觀音菴借宿時，經由觀音法力使沈佺夢見未婚妻以斬斷情魔；後者是張玉娘盼望佳期，沒料到沈佺得官回鄉途中生病，且十分沈重，於是在龍宮法力之下，夢見了自己與沈佺原係龍女善才的一段見證，其間皆有互訴情誼場合，又有著明顯不同風格在其中。沈佺夢張玉娘的場次是熱鬧歡娛，一片情熱，看所唱憶多嬌曲子：「兩命艱，苦掛牽，苦好相思歷萬千，今夕相逢一夢圓，好也姻緣，苦也姻緣，苦好姻緣，也則在霎時夢邊。」而張玉

娘夢見沈佺時則處處禮教維護的形象，如「羞斜視，欲答又止」模樣，自思：「我與他雖有盟約，尚未成婚，安得造次，便與相叫。」對於未婚夫的指責是否心變時，有：

> 孟子曰：丈夫之婚也，父命之，女子之嫁也，母命之。如不待父母之命，媒妁之言，鑽穴隙相窺，踰牆相從，則父母國人皆賤之。我今與你，雖有婚姻之約，未奉父母之命，媒妁之言，草草成婚，是何理也。

所唱鮑老兒曲子，是爲心變指責的告白，曾爲了沈佺「害相思淚漬遍了青衫血，我爲你睡屏中作念一聲聲情意切，我爲你減香肌裙寬了兩三摺。似這等牽腸掛肚，投至得今宵會面，怎忍拋迭？」對草草成婚，是「非貿絲何異鑽穴」。兩齣夢境各有不同情懷，陳箴言、俞而介、呂王師、王毓蘭共同點正的《貞文記》於此有評語：「妙在沈夢張則一味情熱，張夢沈則熱中有冷，凜凜具見眞性語，字傳神，眞屬化筆。」可謂至當之論。

　　孟稱舜於情字的看法，認爲必須再加上個貞、義字才行，若是單單慕色而亡，是不足以言情的，〈貞文記題詞〉有：「男女相感，俱出於情。情似非正也。而予謂天下之貞女，必天下之情女者何？不以貧富移，不以妍醜奪，從一以終，之死不二，非天下之至種情者，而能之乎？然則世有見才而悅，慕色而亡者，其安足言情哉？」也難怪孟稱舜安排夢境時對於玉娘夢見沈佺，雖是意中人，但是卻表現出熱中有冷的情境。

　　另一創作《節義鴛鴦塚嬌紅記》王業浩的序文有：

> 予少時，偶讀嬌紅傳而悲之。然阿嬌誓死不二，申生以死繼
> 之，各極其情之至交，得其心之安示。……且阿嬌非死情
> 也，死其節也；申生非死色也，死其義也。兩人爭遂其願，
> 而合於理之不可移，是駕鴦記而節義之也。正爲才子佳人天
> 荒地老不朽之淨緣，以視紫玉韓重輩，勝氣更凜凜烈烈。

出現於《嬌紅記》的夢境與愛情無關，且是出現於劇末部分，是作爲兩人愛情節義的見證，第五十齣〈仙圓〉阿嬌侍女飛紅的似夢非夢，申生與主人同在夢中敘說：「我二人自辭人世，即歸仙道，朝暮追隨，樂勝人間，此身雖死，可以無限。惟是親恩未報，弟年尙幼，一家之事，賴汝支持，善事家君，無以我爲念，墳邊祭掃，汝若能來，又當相會也。」果於墳前見到了一對駕鴦，大家認爲是兩人精魂所化。因此這裡的夢可說是爲了見證二人愛情而設，在明傳奇的寫作，經常用夢寐來作爲見證之用，正如蔡毅所列的傳奇十六病中有一項是「夢寐爲證」㉖，對於劇作本身並無任何助益，倒成爲一種習套。

另有《天馬媒》十三齣〈夢讖〉陷於宮中的薛瓊瓊，思念所愛黃損時，夢中黃損是「朱衣紗帽」，對她的呼喚是兩次「不探」，

㉖　見蔡毅編《中國古典戲曲序跋彙編》於〈玉連環序〉後所加，其中十六病是「男扮女粧、私訂終身、先姦後娶、淫女私奔、失節之婦、謀財害命、牢獄之災、陷害殺人、私通外國、奸佞專權、仙法傳授、鬼怪妖邪、僧道牽連、夢寐爲證、穿窬偷竊、強搶逼婚。」，冊 3，頁 2011，齊魯書社，1989 年 10 月一版一刷。

使薛瓊瓊有「你好負心」的遺憾。二十五齣尚且因此夢而有〈矯妒〉，用以襯托夢者對此夢的深刻印象。

《紅情言》〈京第〉皇甫曾夢入盧御史船探訪小姐，卻因盧御史到來緊急藏匿於艙底，除是心理刻劃，欲見所愛而未能外，也是昔日情境的翻版，見〈匿〉齣。〈匿〉齣，皇甫曾尋找到了以唾紅暗約，以詩箋見贈的盧小姐坐船，剛敘情衷，盧小姐即催促趕緊離開，因怕父親回來。豈料果真盧御史回船，小姐與侍婢只好將他匿藏艙底，再作打算，未料父親竟然命令開船。使三人內心驚慌失措，皇甫曾在船泊岸時藉機離去，卻被發現捉住。這段經歷於〈京第〉齣的夢境之中重現，昔日遭遇所留下無可抹滅的印象：要見盧小姐是困難重重，而且無法暢敘離情，終有波折。所以此夢是夢者忠實的內心反應。

《靈犀錦》十八齣〈旅夢〉張善相夢見所愛段小姐的侍女瘦紅，正待「聊以旅店，暫作郵亭，和你你重續前歡。速解帶圍鬆釦，攜手入巫雲。」時，段小姐撞上，於是瘦紅慌忙離開，這時張善相摟抱小姐：「前日被小姐假惺惺，一時蹉過，至今悔恨，今來得恰好，煞湊人半霎兒須從順。」強逼小姐：「只求你眼兒前暫歡娛，留取美恩情。」在另一丫頭呼喊「小姐，老夫人尋你說話，快請快去」時夢醒。二十七齣〈閨夢〉段小姐夢張善相敘己未亡，段琳瑛則質問相贈的靈錦、玉人因何失落？張善相拿出玉人時：「玉人紉佩在此，小姐者安在，合之，我二人今夜待成雙也。」又有「狎旦」的提示。相較於〈旅夢〉，此處的〈閨夢〉較為含蓄蘊藉，大部分情節在傳達段小姐的得知情郎身亡的痛苦，面對張善相的狎呢，有退卻言行：「得君無恙，合巹有期。今與君清話一霄，

固所願也。」禮教的束縛在女子身上總是較爲嚴謹。分離中的才子佳人相思夢境，趣味有雅俗，格調有高低，如此劇的〈旅夢〉反映了作者未能充分尊重女性，甚至有玩弄女性的惡趣。或許此處是比較注重情節的趣味性和娛樂性㉗。

貳、潛意識刻劃的夢

將心理刻劃轉移至較深的潛意識刻劃者有《西樓記·錯夢》與《情郵記傳奇》《花筵賺》。明傳奇中有關愛情的夢境，《西樓記·錯夢》也是膾炙人口的一段劇情，正如湯顯祖的語，是「夢之似幻實真，似奇實確者」的夢境。〈錯夢〉內容極爲特殊，不但是主人翁于叔夜情感的表現，更是他內心深層的心理刻劃。阻礙于叔夜與穆素徽情感發展的，正是于父，在固有孝道精神下，劇作家不可能讓于叔夜做出反抗父親的行爲，他必須是個孝子。傳統戲劇中的男女主角，品格通常是高尚的。劇中于叔夜雖亦因相思而致病幾乎身亡，但這種情緒的表現卻嫌薄弱且流於通俗，於是安排了錯夢將于叔夜內在情緒淋漓盡致具現而出。

夢境來臨是：叔夜因害相思而病重，他在魂不守舍，相思不斷

㉗ 此借用葉長海〈明清戲曲與女性角色〉一文中評述男性戲曲家寫的浪漫風情劇，反映出當時觀眾對風流情事的愛好。卻也有著部分情節未能尊重女性，甚至玩弄女性的惡趣。對於女性所創作的劇作與其中女性角時，女扮男裝，甚至娶二女爲妻。女性可如同男子一樣建立功業，而且可以如同男子一樣享受風流之樂。由這些戲劇反映了當時閨秀的如此心理時，也對不幸的女性產生深深的同情，亦可深刻體會數千年羅織的封建意識對社會，包括女性的毒害之深。《九州學刊》6卷2期，1994年7月。

的心境下，又拿了素徽親筆花牋來看，睹物傷情，只有更加愁悵。入睡前，期待著「夢中萬一重相見，再向西樓續舊緣。」他夢見夜訪素徽，老鴇態度冷淡，以「有客在堂」爲由，不予接待；又言素徽不認得于叔夜，閉門而入。叔夜再度叩門，有丫鬟開門，說「俺姐姐說從來不認得于叔夜」，並告以素徽正「在舞榭歌臺薰蘭麝」，若要見面，「除是酒散筵撤，或者醉遊明月」，語畢而入。叔夜只有在門外苦苦等候。良久，終於看到素徽和門客出來步月。於是上前責問負情，意想撞死她身上，但近身一看，卻發現素徽變成一位奇醜婦人，與西樓印象的嬌怯全然不同。正不解時，因喫小廝打散，眾人不見而一派大水淹來，因此醒轉。

　　這齣不愉快的惡夢，充分顯露了于叔夜內心的不安恐懼、焦慮和思念的情緒。這種情緒的產生是配合劇情，而且密切縫合的。劇作家一面要設身處地，體物入微的揣摩該腳色的情境，一面又要入其情、吐其辭。就此觀之，〈錯夢〉表現可以說是達到極佳的境界。西樓一會，雖二人信誓旦旦，然而畢竟是初相識，情感基礎不穩固，加上父親的反對，素徽又是當時負有盛名的名妓，覬覦者甚多，在此不利條件下，于叔夜內心愛懼的矛盾心理是可以想見的。作者藉著夢中情境，把于叔夜這種內心深層的情緒，巧妙表現在舞臺上，也掌握了傳達人物心理的機會：夢見素徽不認得他及在舞榭歌臺陪客，這反映出于叔夜憂疑、嫉妒和不安的心理狀況。從另一個角度看，這種心理的產生也顯示了叔夜對素徽的深情。素徽變成奇醜婦人，正是叔夜意願的滿足，他希望陪客的不是他西樓中的素徽，而是另一個醜婦人。「刻劃」不同於「表現」或「描寫」，而是一種更深入的傳達技巧。〈錯夢〉是屬有意識的「刻劃」劇中人

的情緒，與一般「表現」情感的夢，在傳達上有深淺的差異，「刻劃」亦無不是藉以「表現」情感，但它是較後者更著力而深入❷。

馮夢龍〈楚江情自序〉：「此記模情布局，種種化腐爲新。訓子嚴於繡襦，錯夢幻於草橋，即考試最平淡，亦借以翻無窮情案，令人可笑可泣。」其中「錯夢幻於草橋」一語，足見〈錯夢〉爲人所盛道之狀。在馮夢龍改編的《楚江情·錯夢》一齣，其評語有：「從草橋驚夢來，而想路□，幻絕奇絕。」

吳炳《情郵記》王慧娘、賈紫簫這對主婢日後皆成劉乾初妻妾，夢神事先說明先該顛倒而後歸正，因之敷衍一段夢境。這個夢若依照人的心理狀況來看，頗堪玩味。賈紫簫先嫁則爲夫人，對後嫁的慧娘頤指氣使作妾。後夢中於驛館見慧娘先行提筆和劉乾初詩，趕打責罵，爭風吃醋。〈總評〉：「忽而作妾，忽而作主，河濱獨步，驛內爭題，變換倏忽，匪夷所思。」然而若就主人翁王慧娘此夢，或可見內心最隱微的心思：雖說這對主婢情誼深厚，代主人成爲樞密爲妾，再流離轉嫁，至此音問全無。自己也是終身無著，難怪會有此夢。雖說夢是由夢神所主導，但豈非一內心隱微害怕：昔日自己的侍婢，今日卻成爲高高在上的夫人，自己卻成爲侍妾命運的心理反應？儘管與侍婢情誼似姊妹，而且兩人才情相當，難保無此潛藏的意識作祟。醒後大歎：「紫簫，敢是你我緣分絕了，故有此警報？」有意識的摹倣湯顯祖，《情郵記》對《牡丹

---

❷　陳貞吟《論明傳奇中夢的運用》壹〈明傳奇中運用夢的分類〉有關於「刻劃心理的夢」，對於《西樓記·錯夢》有詳盡分析，並且給予極高評價。此文收錄於《文學評論》第六集，書評書目出版。

亭》的倣效成份低，但此齣的夢因卻也是全本的血脈所在，正如評語：「此齣爲全本血脈，接會處政如畫龍點睛，讀者不可忽過。」

《花筵賺》十六齣〈妒夢〉劉碧玉夢謝鯤與溫太眞爭婚，夢中謝鯤容貌與溫太眞相似。劉母托溫太眞代爲覓婿，溫嶠則趁機自薦，矯稱爲媒，並借用謝鯤名義下聘。下聘途中爲都督將校攔阻，強邀而去。因此溫家人只好將溫嶠稱謝家聘禮送至劉家。劉碧玉鍾情於溫太眞，得知溫太眞爲己作媒時，對著侍婢送來的聘禮，是哽咽言語：「你只送去與夫人收拾，怎麼叫我收拾。」待侍婢離開，則自言：「秀才家如此薄倖，到做了流水無情了。」（十四齣）在此心思下，而有十六齣劉碧玉夢謝幼輿與溫嶠爭婚，夢中的溫嶠以主動的腳色爭取婚姻：「小生溫嶠是也，謝幼輿入小姐房中，我急去與他辦個眞假。」兩人互相爭執對方在婚姻上爲假，勿被冒牌者迷惑。此夢即是劉碧玉內心的深刻反應。雖說溫太眞是爲己作媒，但劉家此時尚且不知，更何況又是假借他人名義下聘，因此劉碧玉的內心所知是下聘給謝家，而己所鍾情者卻是無情的媒人。心理上雖然無法接受這件婚姻，但在母親所主導的親事之下，她無權於決定要嫁娶的人物，可說不願接受婚姻卻不得不接受。然而在她內心深處，卻是盼望溫太眞能夠爲她爭取婚姻，因此發之於夢，將她內心潛藏的意識表之於夢境，才會出現夢與心中所認知的相反結果。此處也是由心理刻劃深入及於潛意識刻劃的夢境。

參、夫妻與親人分離夢戲

承繼元雜劇的相思，與上有別是夫妻情意深厚分隔兩地，所表現的思念之夢，如《珍珠記》第十七齣夢與妻子同話，丰姿如舊，

醒後有「離懷訴未明，恨殺籠雞報曉聲」的遺憾；《荊釵記》王十朋夢見亡妻「只與你同憂不與你同樂」的言語，由於已認定妻亡，因此對於此夢的解釋是亡魂的「討祭」行動，於夫妻情愛的描寫並不著一墨。即使日有所思，夜中的夢也不似才子佳人一見鍾情，兩情相悅之下的旖旎夢境：《東郭記》姜氏夢見丈夫是衣錦還鄉來迎接妻子共享人間富貴；《金印記》蘇秦妻子夢蘇秦也是榮歸場面，之後是「奴把愁顏換笑臉迎，喜孜孜與他訴衷情。」，稍有相思言語：「正是鴛鴦枕上相思夢，醒來依舊各西東。」最後一曲：「未知甚日還鄉井，怕你功名成畫餅，做下離情，愁悶一似海樣深。」。與才子有共享富貴盟約的妓女，在分離之後也會有情郎來迎接的美夢，如《紫釵記》。或許可以說，夫妻之間的夢境所重是「恩義」主題內涵，而非「情愛」。這些夢境內容十分簡單，只是點綴情境，因此全是口敘來表達，並未實際付之於舞臺的演出。

另一類有關於夫妻的夢，並不是如前項直接夢見離家的丈夫，而是夢境不祥，於是懷疑此夢是關係到丈夫前程，而有卜問圓夢的舉措。不是思念夢，而是扣緊丈夫的命運際遇，如《天書記》孫臏母夢梁上墮下燕雛，因之折翅；臏妻夢魚被網捕捉，被砍去尾鬣而鮮血淋漓。親人血脈相連的命運，使孫臏遭刖足刑罰感得分離的妻母夢境不祥。《東窗記》在家懸念的岳飛妻女，夜夢不祥而問卜，知岳飛有牢獄之災，且夫妻分離，要相見除非是來世。《虎符記》花雲妻的夢境也是夫妻、母子分離之下的預示未來的夢境。可歸類為預示夢境。

敘親情夢戲有元代《薛仁貴》雜劇與清代蔣士銓《四絃秋》雜劇。《薛仁貴》返鄉見父母，用整整一折寫薛仁貴違離父母家鄉十

年，夢中重返，「做娘的觔力衰，做爹的髮鬢白」，用買雞買酒的歡娛知團圓的快樂，而夢中也帶著因公無法返家的痛苦，連夢中都有著「不理軍事，私自還家」被捉拿法辦的惡境。這場夢，無疑是薛仁貴羈旅十年想回家探視父母，而又軍情牽絆不得返鄉的心理寫照。《四絃秋》是白居易與琵琶妓故事。第三折嫁給商人的琵琶妓，夢見少年時代的歌場笑，與姨娘周旋其間，繼而夢見戰場從軍的弟弟。此夢將親人與昔日歡愉相結合，在戰場撕殺聲中醒來，倍增今日舟船冷落情景。不重寫親情卻重在歌舞歡愉的昔日。梁廷枏《曲話》卷三評此劇：「四絃秋因青衫記之陋，將創新編，順次成章，不加渲染，而情詞悽切，言足感人，幾令讀者盡如江州司馬之淚濕青衫也。」於親人之間的分離夢境，心理情狀描繪，《四絃秋》與《薛仁貴》兩劇非常成功，以歡娛夢境襯出醒後的悲情。

肆、歌舞或風情夢戲

有一種屬於歌舞宴會場面為主的男女風情夢境，夢中的歌舞歡笑，雖使夢境後增添一些惆悵感受，但卻不似前述諸劇具有濃烈的分離抒情氣氛，如《揚州夢》《東坡夢》與《莊周夢》。

元雜劇的諸多夢境中以《揚州夢》的夢境描寫較弱，內容的落於俗套與曲辭的典麗，是喬吉現存三本劇作的定評：情節故意安排，形式上追求辭曲的華麗工整，是與散曲相照應❷。有認為喬吉

---

❷　《新編中國文學史》第三冊第七章〈元雜劇的衰微〉：「《揚州夢》和《金錢記》都是寫才子佳人的戀愛，題材落於一般俗套，內容也多雷同，故事情節更是作者的故意安排，在形式上則追求辭曲的華麗工整，刻意雕

的戀愛喜劇，都寫得光豔動人，而且新雋辭藻，可使那落於俗套的題材劇作，出于平凡之中❸。《揚州夢》寫杜牧和張好好的風流韻事，四折是幾個酒宴場合。極力演染杜牧的縱情聲色，情趣也比較庸俗。但對揚州的城市繁榮景象寫得生動細致，曲詞綺麗活潑❸。第二折入夢的曲詞安排如下：

　　正宮端正好、滾繡毬、（入夢）倘秀才、滾繡毬（出夢）、醉太平、脫布衫、小梁州、么篇、一煞、煞尾。

　　在夢中張好好領著四名女子前來歌唱送酒，女子的名字是玉梅、翠竹、夭桃、媚柳。名字風情萬種，與《莊周夢》《東坡夢》的花間四友實爲相似的命名與意涵，總不外乎是文人歌舞酬酢宴會中的韻事。

　　《莊周夢》記莊周謫降凡塵，蓬壺仙恐他迷失正道，領風花雪月幻化四妓來迷他。事屬無稽，因莊周夢蝶，而增入鶯燕蜂蝶爲花間四友。夢蝶部分屬於度脫的領域，但不容否認夢中的大蝴蝶舞，

珗，因而無甚價值。這類作品是和他的散曲相應照的。」頁 121，文復書店。

❸　西諦《繪圖本中國文學史》第四十六章〈雜劇的鼎盛〉：「此三本皆爲戀愛喜劇，寫得都很光豔動人，嬌媚可喜。題材未必是很新鮮的，佈局也很落陳套。惟其新雋的辭藻，卻能救她們出於平凡之中。」頁 674，宏業書局，1987 年。

❸　許金榜《中國戲曲文學史》第四章第六節「元雜劇後期名家鄭光祖、喬吉和宮天挺」：「《揚州夢》寫杜牧和妓女張好好的風流韻事。作品不過寫了有關杜牧的幾個酒宴場面，情節單純，結構平板。劇中極力渲染杜牧的縱情聲色，情趣也比較庸俗。但此劇對揚州的城市繁榮景象寫得生動細致，曲詞綺麗活潑，具有一定的特色。」頁 188。

與醉夢醒之間的和風花雪月的四妓相酬答，直可使舞臺美化。莊一拂《古典戲曲存目彙考》卷五認爲「此劇曲文特佳，通本俊語，不勝枚舉。」

《東坡夢》了元是東坡故人，東坡使歌妓白牡丹誘之還俗，了元不爲所動，而以神通遣花間四友桃柳竹梅，引東坡入夢，以「哭皇天」曲命令花間四友：「梅也，你輕謳著白雪歌；柳也，你與我滿捧著紫金杯；桃也，你和他共枕同眠；竹也，如魚似水，我這裡做方做便，陪酒陪歌。」東坡面對花間四友，「有勞四位舞一回，唱一回，待小官吃個盡興方歸」的指令，並應四友求贈佳句的願望題詩相贈。第三折擔心佛印禪師密遣花間四友魔障東坡的事爲上帝知悉而受責的松神，追趕四友時，對東坡了受用處指出「嬌歌妙舞，酒釅花釀」，松神一一責備四友，東坡卻隱藏四友行蹤，最後松神並不理會東坡懇求留下一仙以奉酒的要求。看似問禪作品，卻用了近兩折的篇幅寫這場四友歌舞奉酒，享樂的氣氛遠甚於參禪。

某些夢戲涉及男女情夢，但醒後卻無情感的後續發展，夢，只是一段風情，如《高唐夢》《苧蘿夢》和《讀離騷》。明汪道昆《高唐夢》雜劇以楚襄王因宋玉談及先王巫山神女事，因而夢見巫山神女。與神女談及所棲神高唐之上的風光，侍候先王的情景，及臨別又不忍於戀戀之情，眞是一場春夢了。清代尤侗《讀離騷》雜劇第四折宋玉夢高唐神女，由神女自敘：「前與楚懷王夢中相遇，因爲立廟號曰朝雲。今有大夫宋玉隨襄王遊此，復作高唐之賦。妾愛其風流嫵媚，文采翩翩，願結伉儷之好。不免乘此良宵，攝其魂魄，以成其幽會，可了夙緣。」這兩劇全是圍繞著巫山神女的故事打轉，尤侗作品與陳棟《苧蘿夢》參看，可發現文人的喜好。《苧

蘿夢》寫夫差後生王軒夜宿苧蘿村憑弔西施事蹟，爲已成仙的西施攝入夢中，續宗前緣，第二折西施言語：「今日聞他在浣紗石畔題詩感慨，大有想慕奴家之意。不免趁此機會，送一箇俏夢與他，一來完了前緣，二來使風流才子再添一段佳話，也是一舉兩得。」王軒本爲科場尙未得意的書生，陳棟、尤侗作品，可看才子合遇佳人的劇作家創作旨趣，此由效顰的郭凝素效法王軒事，結果夢見醜女東施可得證明。

第三節　因情成夢的夢戲

因情成夢的夢戲，是明代愛情夢戲在前朝所無的夢戲作品中所作的開展，由湯顯祖《牡丹亭》爲揭幕之作，成爲一種潮流，只是後來的仿作者，依然無法超越湯顯祖的成就。這類劇作內容是深閨女子思春後夢與男子相悅，醒後即記憶夢中男子並因此而墜入相思情網。現就這些因情成夢的作品分別加以探討。

壹、湯顯祖《牡丹亭》與因情成夢觀

湯顯祖《牡丹亭》問世，爲夢境文學另闢一蹊徑，成爲眾口交譽的寫夢文學。內容大意可由第一齣〈標目〉的漢宮春詞可見：

> 杜寶黃堂，生麗娘小姐，愛踏春陽。感夢書生折柳，竟爲情傷。寫眞留記，葬梅花道院淒涼。三年上，有夢梅柳子，於此赴高唐。果爾回生定配。赴臨安取試，寇起淮揚。正把杜公圍困，小姐驚惶。教柳郎行探，反遭疑激惱平章。風流

況，施行正苦，報中狀元郎。

其中杜麗娘死了，後來還魂，並和情郎戀人結婚，自然是不眞實的。但是，《牡丹亭》是一部積極浪漫主義的優秀作品，以浪漫主義的藝術力量來反映現實生活，來表現主題思想❸❷。

　　由《牡丹亭》可看出湯顯祖的超越生死的愛情觀。世俗以爲生而可死，死而可生的情是不存在的，但湯顯祖創作之際則打破了這項世俗認知，認爲情之所在是一往而深，並非生死界限可以泯沒，此論見於〈牡丹亭題詞〉：

> 天下女子有情，寧有如杜麗娘者乎！夢其人即病，病即彌連，至手畫形容，傳於世而後死。死三年矣，復能溟莫中求得其所夢者而生。如麗娘者，乃可謂之有情人耳。情不知所起，一往而深。生者可以死，死可以生。生而不可與死，死而不可復生者，皆非情之至也。夢中之情，何必非眞？天下豈少夢中之人耶！必因薦枕而成親，待掛冠而爲密者，皆形骸之論也。

倘若以世俗眼光來看，那麼無疑是受限於形骸之論，於是〈題詞〉最後點明了「人世之事，非人世所可盡。自非通人，恆以理相格耳！第云理之所必無，安知情之所必有邪。」爲情可死，是湯顯祖

❸❷　劉大杰《中國文學發展史》第二十五章〈明代的戲劇〉，頁 1035，華正書局，1984 年 8 月。

一貫的思想，如爲婁江女子俞二娘所寫作的〈哭婁江女子二首〉其一爲：「何自爲情死，悲傷必有神。一時文字業，天下有心人。」序文則慨歎：「情之於人甚哉」❸〈調象菴集序〉：「情致所極，可以事道，可以忘言。」既能爲情死，當然亦可以事道，可以忘言。湯顯祖重「情」，於是要求一切作品皆以「情」字來貫穿，如詩歌創作，〈耳伯麻姑遊詩序〉：

> 世總爲情，情生詩歌，而行于神。天下之聲音笑貌大小生死，不出乎是。因以憺蕩人意，歡樂舞蹈，悲壯哀感鬼神風雨鳥獸，搖動草木，洞裂金石。其詩之傳者，神情合至，或一至焉；一無所至，而必曰傳者，亦世所不許也。

制義文字亦然，〈與張異度〉：「讀門下制義，氣質爲體，既寫理以入微；音采爲華，復援情而極變。」世上一切無不根基於一個情字，即使在「聖旨」的文詞裡，湯顯祖也展現了對人的感情的重視，如《紫釵記》第五十三齣〈節鎮宣恩〉的聖旨：

> 朕惟伉儷之義，末世所輕；任俠之風，昔賢所重。每觀圖

---

❸ 《湯顯祖集》卷十六，〈哭婁江女子二首序〉：「吳士張元長許子洽前後來言，婁江女子俞二娘秀慧能文詞，未有所適。酷嗜牡丹亭傳奇，繩頭細字，批注其側。幽思苦韻，有痛于本詞者。十七惋憤而終。元長得其別本寄謝耳伯，來示傷之。因憶周明行中丞言，向婁江王相國勸駕，出家樂演此。相國曰：吾老年人，近頗爲此曲惆悵！王宇泰亦云，乃至俞家女子好之至死，情之於人甚哉。」頁654，洪氏出版社，1975年3月初版。

史，在意斯人。若爾參軍李益，冠世文才，驚人武略，不婚
權豔，甚曉夫綱，可封賢集殿學士鸞臺侍郎。霍小玉憐才誓
死，有望夫石不語之心，破產回生，有懷清臺衛足之智，可
封太原郡夫人。

它迥異於明代其他戲曲中的聖旨，不搬用儒家教條，不援引三綱五
常，而是以一般人的道德倫理規範作爲依據，亦即夫妻之間的忠貞
與義務，李益的「不婚權豔」，霍小玉的「憐才誓死，有望夫石不
語之心」。這段聖旨文字，也贊揚了見義勇爲的任俠美德❸❹。

　　在湯顯祖的筆下，情有善情與惡情之分，〈復甘義麓〉：「性
無善無惡，情有之。因情成夢，因夢成戲。戲有極善極惡，總於伶
無與。」影響最廣的《牡丹亭》最集中地表現了湯顯祖的「情」
說，劇中所塑造的杜麗娘正是因爲具有善情，對自由、幸福追求的
善情，才能「生者可以死，死者可以生」。是劇之作，可用〈答張

---

❸❹　如《琵琶記》第四十二齣〈一門旌獎〉的聖旨：「朕惟風俗爲教化之基，
　　孝弟爲風俗之本，去聖逾遠，淳風日漓，彝倫攸斁，朕甚憫焉。其有克盡
　　孝義，敦尚風化者，可不獎勸，以勉四海。議郎蔡邕，篤於孝行，富貴不
　　足以解憂，甘旨常闕於想念，雖違素志，竟遂佳名，委職居喪，厭聲尤
　　著。其妻趙氏，獨奉舅姑，服勞盡瘁，克終養生送死之情，允備貞潔章柔
　　之德，糟糠之婦，今始見之。牛氏善諫其父，克相其夫，囧懷嫉妒之心，
　　實有遜讓之美，曰孝曰義，可謂兼全。」見出《紫釵記》聖旨與其它劇作
　　不同，足以表現湯顯祖對人的情感的重視，參蘇聯李福清著，田大畏譯
　　《中國古典文學研究在蘇聯——小說、戲曲》〈明代戲曲研究〉之「湯顯
　　祖的劇作」部分，頁111，臺灣學生書局，1991年3月初版。

夢澤〉論文作爲印證:「復自循省,必參極天人微窈,世故物情,變化無餘,乃可精洞弘麗,成一家言。」〈臨川縣古永安寺復寺田記〉言「緣境起情,因情作境。」杜麗娘的夢境無疑也是逐步於封建禮教束縛下,通過遊園而逐漸獲得的覺醒,日後的尋夢行爲也是因情作境的最佳寫照。

湯顯祖認爲人生而有情,不但戲曲的源接在情,且認爲文學和藝術皆由「情」孕育出來。〈宜黃戲神清源師廟記〉把戲曲的社會功用的原因歸之于「情」,他說:「豈非以人情之大寶,爲名教之至樂也哉。」意思就是大開人情之寶,才能成爲與名教並列的「至樂」。對於情的執著,以之爲創作根源,才有著杜麗娘的驚夢,尤爲人所稱道,如沈際飛的〈牡丹亭題詞〉:

> 數百載以下筆墨,摹數百載以上之人之事;不必有,而有則必然之景之情而能令信疑,疑信,生死,死生,環解錐畫。㉟

植基於這種唯情主義、理想主義的美學觀,表現在創作方法上,就是提倡浪漫主義。湯顯祖的浪漫主義主要有三個特色:其一是幻想可以改變現實:〈牡丹亭題詞〉的核心即是「情」,爲了追求「情」的解放,藝術家可以充分自由發揮想像,可以突破生死的界限,創造理想世界。其二是靈氣可以突破常格;其三是內容可以壓

㉟　引自《湯顯祖集》冊二附錄文字,頁 1540。

倒形式：爲了內容可以犧牲形式美，而不能反過來爲了形式美而損害內容。〈答呂姜山〉：

> 凡文以意趣神色爲主。四者到時，或有麗詞俊音可用。爾時能一一顧九宮四聲否？如必按字摸聲，即有室滯迸拽之苦，恐不能成句矣。

以意趣神色爲戲曲創作神髓，使得臨川作品充滿了眞切情感的流露❸❻。對於杜麗娘的一夢感情，生死不渝，實是動人情事。吳梅〈四夢傳奇總跋〉有：「其自言曰：他人言性，我言情；又曰：理之所必無，安知情之所必有；又曰：人間何處說相思，我輩鍾情似此。蓋惟有至情，可以超生死，忘物我，通眞幻，而永無消滅。」❸❼。

　　將夢境人物予以現實化，是湯顯祖寫夢的特色。這些夢境，總使人有若有若無的感覺。這「若無」是夢，「若有」是現實；外表是夢，內裡是現實，想要忘情於現實世界，但又不能徹底忘卻，寄情於幻想世界，但現實又時時閃現其間。杜麗娘這個腳色就具有這樣的特點，他的「驚夢」「尋夢」在現實中是不可能有的，充滿著幻想和抒情意味，但從中我們可以看到要求幸福的婦女心聲，從而折射出當時社會對婦女的精神禁錮。正因爲現實的束縛太緊，杜麗

---

❸❻　藍凡〈凡文以意趣神色爲主——湯顯祖的戲曲創作理論〉，《新劇作》1982 年第 4 期。

❸❼　引自《湯顯祖集》冊二附錄文字，頁 1573。

便進入夢境中，從此就離不卻走不開，在杜麗娘看來，「夢境」才是「眞境」。湯顯祖高超之處就在於給「夢境」爲「眞境」，給「眞境」爲「夢境」。如果單一是神奇的夢境，現實性不強，就不會感動當時與杜麗娘共同命運的婦女如馮小青、商小玲等❸。

諸多《牡丹亭》改本中改得最好的，大概是馮夢龍的《三會親風流夢》了。所謂「三會親」即旦夢生，生夢旦，生旦互夢。湯作原本只有旦夢生、生夢旦兩個情節，馮改本又增加了後來生、旦在船上合夢的情節。〈風流夢總評〉：

> 兩夢不約而符，所以爲奇，原本生出場，便道破因夢改名，至三四折後，旦始入夢，二夢懸截，索然無味，今以改名。
> 緊隨旦夢之後，心見情緣之感。合夢一折，全部結穴於此。

這樣，全劇自始至終都突出了一個「夢」字，從而通過夢，使原本所具有的進步的思想內容表現得更加強烈。可以說夢在《西廂記》中是一般的關目，在《牡丹亭》中則是至關重要的關目❸。

貳、繼承湯顯祖的夢情作品

《牡丹亭》匠心獨運，由是文人雅士轉相模倣，如沈璟、馮夢

---

❸ 黃天鍵〈略論湯顯祖的審美觀〉，《南昌師專學報·社科版》，1984 年第 3 期。
❸ 蔣星煜〈西廂記對臨川四夢的影響〉一文，錄於《西廂記考證》，頁213，上海古籍出版社，1988 年 8 月一版一刷。

龍、陳軾、徐肅穎、王墅、范文若等人皆有試作。楊振良《牡丹亭研究》第五章〈牡丹亭之影響與有關論評〉的第二節部分，詳敘了這些試作的差別。諸人作品如下：

沈　璟　　同夢記、墜釵記（又名一種情）
馮夢龍　　風流夢
陳　軾　　續牡丹亭
范文若　　夢花酣
吳　炳　　粲花五種
徐肅穎　　丹青記
王　墅　　後牡丹亭

除了諸人外，亦由資料中提及張漱石「夢中緣」、東山痴野「才貌緣」，以及黃振「石榴記」，大抵皆與《牡丹亭》有關聯。另酈采芸以為《牡丹亭》劇作在晚明劇壇所引發的創作模仿效應大抵有三類，一是續作，即為原作人物安排新的發展；二是仿作，這類作品多在情節關目上仿效《牡丹亭》的還魂、言情色彩，劇作者也多以其作品能與《牡丹亭》相提並論為榮；三是將由《牡丹亭》所引發的軼事如馮小青故事，或是將湯顯祖與《牡丹亭》人物共同寫入劇作如《臨川夢》者。所列結果如下：

其一、續作：陳軾《續牡丹亭》、王墅《後牡丹亭》。

其二、仿作：沈璟《墜釵記》、范文若《夢花酣》、吳炳《畫中人》、梅孝乙《灑雪堂》、袁于令《西樓記》、孟稱舜《嬌紅記》。

其三、取材於馮小青故事的劇作：吳炳《療妒羹》、朱東藩《風流院》、胡士奇《小青傳》、徐士俊《春波影》、來集之《挑燈

閒看牡丹亭》。❹

有意識的仿自《牡丹亭》作品是當時創作風氣，即使有沈湯之爭的沈璟也曾有仿作，正如王驥德《曲律・雜論第三十九下》所述：

> 詞隱墜釵記，蓋因牡丹亭記而興起者，中轉折儘佳，特何興娘鬼魂別後，更不一見，至末折忽以成仙會合，似缺鍼線。

沈璟並不諱言它是對湯顯祖作品的摹擬。第十九齣老夫人懷疑她未來的女婿「莫非要學柳夢梅的故事麼？」〈鬧殤〉〈冥勘〉〈拾釵〉〈僕偵〉〈舟遁〉等齣的情節都直接襲用《牡丹亭》，遺憾的是得其形而失其神❹。

《同夢記》《續牡丹亭》《後牡丹亭》《風流夢》是改自《牡丹亭》，或佚或存❹。馮夢龍改本《風流夢》對於兩夢的不同處有作說明，在〈風流夢總評〉自述與湯作區別。並於第七折〈夢感春情〉即杜麗娘驚夢片段自評：「原本分生且夢爲二截，生夢已在前，故此云是那處曾相見。今并作一夢改云：不是容易能相見。甚

---

❹　廊采芸 1996 年 6 月政大中文研究所碩士論文《晚明戲曲理論之發展與轉型——以牡丹亭的流傳討論爲線索》第三章第三節「牡丹亭在晚明劇壇的效應」。

❹　《墜釵記》劇作見《沈璟集》，是劇對於《牡丹亭》的摹倣見徐朔方〈前言〉，上海古籍出版社，1991 年 12 月。

❹　《同夢記》今存殘曲；《續牡丹亭》僅存鈔本，由「西諦善本戲曲目錄」登錄；《後牡丹亭》見於姚燮《今樂考證》著錄；《風流夢》現存。以上資料見於楊振良《牡丹亭研究》第五章，學生書局，1992 年 3 月。

妙。」

一、范文若《夢花酣》

范文若《夢花酣序》言及是劇之作是：「元人有薩真人夜斷碧桃花雜劇。童時演爲南戲，即名碧桃花，流傳甚盛。已復更爲此事，微類牡丹亭，而幽奇冷豔，轉摺姿變，自謂過之。且臨川多宜黃土音，腔板絕不分辨，襯字襯句，湊插乖舛，未免拗折人嗓子，茲又稍便歌者。記成，不脛而走天下。」由微類《牡丹亭》，知是湯顯祖《牡丹亭》流亞，也是受了情觀思想所影響，此更可由鄭元勳〈夢花酣題詞〉知其意：

> 夢花酣與牡丹亭，情景略同，而詭異過之。余嘗恨柳夢梅氣酸性木大，非麗娘敵手，又不能消受春香侍兒，不合判入花叢繡薄。如蕭斗南者，從無名無象中結就幻緣，布下情種，安如是，危如是，生如是，死如是，受欺受謗如是。能使無端而生者死，死者生；又無端而彼代此死，此代彼生，榆柳一詩，千吟百誦。蛋和尚提放傀儡，碧桃花喬作轉輪，所謂思之思之，鬼神通之，未有如斯之如意者也。文人之情，如釋氏法羽流術，苦行既成，自能驅使人鬼，此道力，非魔力也。情不至者，不入于道，道不至者，不解于情。當其獨解于情，覺世人貪嗔歡羨，俱無意味，惟此耿耿有物，常舒卷于先後天地之間。鳴呼，湯比部之傳牡丹亭，范駕部之傳夢花酣，皆以不合時宜而見。情耶？道耶？所謂寓言十九者，非耶？若其詞之錯繡迷香，有耳目者自相奔悅，奚用余言？

不但肯定了情，也與道相結合，以爲若非情真道至，焉能有生可死，死可生之事。於第一齣〈夢瞥〉與《牡丹亭》的驚夢相似，將做夢的女主腳，換成了男主腳蕭斗南，而夢的模式則似《牡丹亭·驚夢》：沈睡之際神魂走入華麗花徑，由小旦、貼旦扮花神，而後則是「旦魂上」，與生微笑似有情。夢醒後，則由生依夢中所見美人印象畫下美人圖，與〈寫真〉相類。足見模倣自《牡丹亭》的痕跡。

二、吳炳《粲花五種》

吳炳被納入玉茗堂派的代表作家之一❸。劇作有《畫中人》《綠牡丹》《療妒羹》《西園記》《情郵記》五種，被稱爲《粲花別墅五種》。從構思到關目，從立意到手法，無不有意識地學習臨川四夢，比如，歌頌「情」，肯定「才」，《療妒羹·題曲》借劇中人物喬小青的口，表達對湯顯祖主張的贊同：「第云理之所必無，安知情之所必有。臨川序語，大是解醒。」《情郵記·序》：

---

❸　王永健〈玉茗堂派初探〉一文認爲真正堪稱玉茗堂派的戲曲家，主要有明末的吳炳、孟稱舜，以及清代的洪昇和張堅。至於阮大鋮標榜效法湯顯祖，後世亦有人把他歸入玉茗堂派，可是他那風行一時的《石巢五種》雖然有些關目和曲詞亦可以假亂真，卻與湯顯祖《臨川四夢》的「意趣神色」貌合神離。因此不把他列入玉茗堂派。《湯顯祖及明清傳奇研究》，志一出版社，1995 年 12 月一版。俞爲民〈明清戲曲流派的劃分〉一文對阮大鋮被劃入臨川派作家之列也以爲不妥。《明清傳奇考論》，頁 28，華正書局，1993 年 7 月初版。張敬〈吳炳粲花五種傳奇研究〉以爲吳炳的守律跟隨著沈璟的理論，而雕琢詞章則跟效法湯顯祖。可說兼有二家之長。《清徽學術論文集》，華正書局，1993 年 8 月初版。王季烈《螾廬曲談》卷二：「國初傳奇，名作如林，若吳石渠、蔣心餘，皆學玉茗者。石渠者諸作以療妒羹爲最勝，其題曲一折，筆墨酷似牡丹亭。」

色以目郵，聲以耳郵，臭以鼻郵，言以口郵，手以書郵，足
以走郵，人身皆郵也，而無一不本於情，有情則伊人萬里，
可憑夢寐以符招，往哲千秋，亦借詩書而檄致。非然者，有
心不靈，有膽不苦，有腸不轉。

這就是說「情」是「人身皆郵」的基礎。《畫中人·示幻》借劇中
人說明：「天下人只有一箇情字，情若果眞，離者可以復合，死者
可以再生。」與湯顯祖的主張是一致的。吳炳劇作構思上擅長現實
和理想的強烈對比，手法上喜用因情入夢，魂遊等奇幻關目，既注
意女主人公的外貌美，更重視她們心靈美的刻畫，充分表現出「一
生兒愛好是天然」的本質特點。構思情節時，善於運用誤會與巧合
來組織迂迴曲折的矛盾衝突，從而造成妙趣橫生的喜劇效果❹。吳
梅〈畫中人跋語〉論《畫中人》的創作是因爲吳炳不滿吳江派的范
文若所作的《夢花酣》，於是依據唐人小說〈眞眞事〉爲藍本所作
戲曲劇作，而且「意欲與還魂爭勝」，只要看劇中各齣下場詩即
知，如十六齣後云：「不識爲情死，那識爲情生。」最後一齣的：
「河上三生留古寺，從今重說牡丹亭。」是臨川所說「生而可死，
死而可生」的意蘊。細加推繹詞意有諸多摹效湯顯祖處，如〈圖
嬌〉〈玩畫〉〈呼畫〉諸折，簡直是湯若士的化身❺。王季烈認爲
吳炳的作品以《療妒羹》最佳，其中〈題曲〉一折，筆墨酷似《牡

---

❹ 俞爲民〈吳炳的戲曲創作〉，《明清傳奇考論》，頁 243-268。
❺ 吳梅《霜厓曲跋》卷二，見任中敏編《新曲苑》冊三，臺灣中華書局，
1970 年 8 月。

丹亭》。詳加考察吳炳對臨川《還魂記》的倣效，可以張敬〈吳炳粲花五種傳奇研究〉研究成果作說明：❹

㈠《綠牡丹》各齣，雖無倣效臨川的顯著關目或曲詞，但題目採用「牡丹」二字，即可見難忘《牡丹亭》了。

㈡《畫中人》各齣，將還魂記全劇皆融化於胸中，尤其〈寫眞〉〈拾畫〉〈玩眞〉〈魂遊〉〈幽媾〉諸折，無論結構、故事、詞句、文藻，皆維妙維肖。〈畫現〉宛如臨川的魂遊幽媾；二十一齣〈魂遊〉與《還魂記》的二十七齣標目全同；二十八齣〈魂遇〉又與《還魂》的〈冥誓〉相似。由此可見作者的溺好《牡丹亭》了。

㈢《療妒羹》自第九齣起寫小青沈迷《牡丹亭》曲文，沈迷於柳杜的故事，所謂一則畫邊遇鬼，一則夢裡逢夫，有境有情，轉幻轉麗，杜麗娘尋夢，而喬小青又尋麗娘之夢，眞眞奇想。二十一齣〈畫眞〉與《牡丹亭》自畫不同，與《畫中人》的想像畫不同，此處係由韓生寫畫。道白中有：「陳嫗傳說，欲倣牡丹亭故事，圖畫春容。」二十八齣〈禮畫〉是〈叫畫〉的翻新，〈假魂〉齣略倣〈魂遊〉之意。見其倣效《還魂記》之處。

㈣《西園記》與《畫中人》寫離魂光景，又故別闢蹊徑，頗具匠心，〈呼魂〉則倣〈呼畫〉〈玩眞〉，張繼華的執梅花詠詩，則倣柳夢梅的執柳求題。

㈤《情郵記》四十二首集唐，全倣湯臨川還魂手法。至於慧娘

---

❹　《清徽學術論文集》，華正書局，1993 年 8 月初版。

紫簫,一主一婢,又似麗娘春香。

三、吳偉業《秣陵春》

吳偉業《秣陵春》傳奇,是有所寄託之作,隱寓明朝亡國之痛,故事梗概見《古典戲曲存目彙考》卷十一:

> 其事託之宋初徐適,以南唐世裔為其主腳。劇中適為徐鉉子,黃展娘則為黃濟女,徐有御賜于闐玉杯,黃有宜官寶鏡,使杯鏡互易其主,另以鍾、王墨跡,燒槽琵琶作為穿插,卒成姻緣……事雖幻妄,但作者隱寓亡國之痛,無事不有其張本。按適為北宋徐徽言從孫,以防禦金兵,與徽言同時戰死,非南唐徐鉉子,今移時代於宋初,亦隱寓金之侵入,比清之侵入之意。且欲寫南京失陷之怨,故借用南唐為背景。……《花朝生筆記》云:夏存古作大哀賦而敘南京之亡,吳梅村見之,大哭三日,《秣陵春》傳奇之所由作也。

徐適與黃展娘的愛情雖是點綴,但兩人的愛情卻頗為類似《牡丹亭》:第十五齣〈思鏡〉由鏡神攝黃展娘魂與徐次樂成親,與〈驚夢〉相似;第十七齣〈影現〉徐適對鏡中展娘倩影百般殷勤,惟恐冷落鏡中美人,而展娘魂的回應也與〈玩真〉相仿;第二十八齣〈魂飄〉也與〈魂遊〉相似。相仿情境多而又幻化出劉銀率鬼卒從中擋路情節,使劇情更加離奇。黃展娘離魂後的情境有著《倩女離魂》的相同情境,即失魂之後的黃展娘是失魂落魄模樣,也是病倒在床,直至魂靈回到肉身,才算康復,第一齣〈塵引〉「沁園春」曲有「倩女離魂出洞房招佳婿」句子,足見對於《倩女離魂》劇的

承襲。仔細探究，卻可發現《牡丹亭》對於吳偉業的創作可能影響
更大更深。

四、王元壽《異夢記》及其它

　　王元壽《異夢記》現有玉茗堂批評本，故事大要可由第一齣
〈開宗〉「慶清朝慢」得知：「顧女雲容，王郎奇俊，仙郎合配娉
婷。驀地花間邂逅，眼底傳情，兩下投瓊解佩，一場幽夢，分明風
波起。朋儕巧計，錯配鴛盟。」花間的邂逅相遇，因此佳人才子的
相思原本即是愛情劇作男女主腳相遇的習套，不同得是在第七齣
〈窺春〉後安排了第八齣〈夢圓〉與第九齣〈憶夢〉，與《牡丹
亭》〈驚夢〉〈尋夢〉的安排有相似處。若由玉茗堂〈總評〉，可
見得《異夢記》的寫作已是《牡丹亭》盛演於舞臺的時候了：

> 從來劇圃中說夢者，始于西廂草橋。草橋，夢之實者也。今
> 世復有牡丹亭，牡丹，夢之幽者也。復有南柯黃粱，南柯黃
> 梁，夢之大者也。復有西樓錯夢，錯夢，夢之似幻實真，似
> 奇實確者也。然而總未異也。既曰夢，則無不奇幻，何異之
> 足云。

因此《異夢記》於劇情，尤其是夢境的安排上類似〈驚夢〉〈尋
夢〉也就不足為奇了。〈窺春〉時顧雲容與王奇俊的兩下有情，雖
已是俗套，但卻種下夢因，總評有「誰曰夢無根？此折是也。惟此
處鍾下奇情，纔有異夢。」〈夢圓〉由神祇帶領顧王二人在夢裡相
逢相會，帶有些宿命色彩：「相逢都是夢，何必夢來時。吾神主婚
使者的便是，蒙上帝玉旨，敕吾神掌管人間婚姻。今有王奇俊與顧

雲容該有婚姻之分，先該夢裡相逢，向後方得會合。不免指引王奇俊到雲容房中與他相會，夢中再顯些奇異，以爲後日應驗。」雖是模倣了《牡丹亭》，但是意趣神色卻與湯顯祖大相逕庭，此可由玉茗堂的批語可見一般，如王奇俊夢中見到顧雲容所唱「品令」曲子：「池亭遇伊，儼似降飛仙。隔簾偷覷，瞧得眼兒穿。（白）小生回去，好生思想小姐。（唱）花間乍轉，教人默地相縈戀。」時評了「無恥」二字。在此處夢中的百般恩愛，臨別時以紫金碧甸環和水晶雙魚佩相酬答，醒後果然是兩人交換了信物，果眞是個異夢。湯顯祖總評此齣關目：

> 吾謂王生覺時實落抱著顧雲容，才是異夢。若以情女看來，亦不爲異。大抵情緣所結，若見奇怪，實非奇怪。

在在顯現出湯顯祖的審美情觀態度。蘭畹居士題序所言：「以故播弄婉轉，模寫逼眞，一片幻境，卻成眞境。即知者睹此，亦常若夢中說夢。偃師之技，恐亦未能若爾已。然須語王生奇俊，到夢驗時亦須識破，毋便認爲非夢也。」是相同的審美態度，總認爲雖是幻境卻在摹寫逼眞時認爲是眞境。〈思夢〉是顧雲容回想夢境，總評則是：「看他敘事塡詞，勻妥特甚。」儼然是杜麗娘〈尋夢〉的翻版。

　　清人周如璧《夢幻緣》在人物與關目上幾乎全是剽竊了《牡丹亭》，夢境絕少新意，只是主人翁名字改爲史玨、劉夢花二人而已。蔣士銓《臨川夢》則將婁江女子喜讀《牡丹亭》，並因此而夢見杜麗娘和柳夢梅事，可說是日有所思，夜有所夢了。這段夢境等

於是將《牡丹亭》作了概要的說明提示。最為奇特可能是作者安排了湯顯祖入夢，並且和他臨川夢中的人物一一見面，設想奇特。梁廷枏《曲話》卷三：「其至離奇變幻者，莫如臨川夢，竟使若士先生身入夢境，與四夢中人一一相見，請君入甕，想入非非，娓娓清言，猶餘技也。」

王墅《後牡丹亭記》只見於姚燮《今樂考證》著錄，而其它戲曲書簿未見記載，已佚❹。徐肅穎《丹青記》據湯顯祖《還魂記》改編而成，所以改名為《丹青記》是因為「杜小姐夢寫丹青記」而來。陳軾《續牡丹亭》將柳夢梅描寫成為深讀理學的義理家，又納春香為妾，與湯顯祖原著精神不甚相符❹。不論改編之後具有何面目與精神，基本的作品則是湯顯祖之作，可見得湯顯祖《牡丹亭》影響深遠了。

小 結

戲曲中的愛情夢境，除了神道說明的才子佳人夙世婚緣，是所常見熟套外，其餘的愛情夢境，大多傳遞了相思相念之情，藉著夢的刻劃，使相思之意更臻深刻，人物形象亦因之而更形飽滿，如《漢宮秋》《梧桐雨》《西廂記》等劇的夢境，更是千古傳唱。

---

❹ 莊一拂《古典戲曲存目彙考》卷十一，並言：「按靜庵有《續牡丹亭》傳奇鈔本，不知與王氏有無關係。」頁 1320，木鐸出版社，1986 年 9 月初版。

❹ 參楊振良前揭書，頁 252、250。

「日有所思，夜有所夢」的致夢原因，將男女主人翁的思念，在夢境的點染下，更具抒情意味。在大段抒情歌詞的烘托之下，思念之情更爲濃郁；再加上善於以氣候來烘托悲涼情緒，或者可以說愛情夢境，是以「抒情」爲主流，尤其是分離男女的夢境。愛情夢，有深入描寫潛意識者，如《西樓記》《情郵傳奇》，內心隱微思想，在相思之情的覆掩之下，很難測知，而劇作者卻能將隱而未見的想法刻劃而出，自非普通思念夢境的表現。

　　明代的湯顯祖爲愛情夢境刻劃了新紀元，「因情成夢」的浪漫思想，爲了情可以死，可以因之復生，衍生了還魂的情節。還魂情節雖非湯顯祖所首創，但還魂加上了因夢而相思成病，死後依然追求著愛情的情懷，感動觀眾無數。使明代的戲曲界，有股摹仿湯顯祖的風氣，夢中的相知相悅，與離魂情節，陸續有諸多佳作，如《夢花酣》《粲花五種》《秣陵春》《異夢記》，也使男女情夢更爲多樣化。

　　夫婦之間的分離夢境，常是比較現實的，如夢境不祥，而擔心出外的夫婿近況，是否遭遇不測。果然正如所擔心有災禍臨身，此類夢境，有神鬼預警的含意，是渺茫難測的事件。於夫婦連心，因而有所感方面的展現較爲欠缺，較之於才子佳人的夢境，似乎比較難以感動人心。夫婦的相思，也夾有著現實意味，常是夫婿榮華歸來，接妻子至任官處所共享富貴的美夢。夢以恩義爲主調，不再只是相思愛戀而已。親情夢境，著重在父母子女的思念上，敘說昔日與分離的境況，是另一種相思的情夢。

第五章　中國夢戲與鬼魂

　　鬼神只能作用於人，但人卻看不到它們的形體。作爲藝術造形的戲曲將鬼魂搬上舞臺，作爲劇中形象之一，就需要花費心思來構思鬼魂形象。鬼魂出現於戲曲中，是虛無縹緲形象，並且只在相關的人物面前顯形，其它時候是一縷幽魂，不具任何形體。此可由《精忠旗・湖上遇鬼》演秦檜謀殺岳飛父子、張憲等人後，帶著張俊等人遊湖時，見岳飛魂魄披髮仗劍，帶領岳雲、張憲、施全等眾鬼手提人頭從水中顯靈，兩度繞船大罵秦檜奸賊，此狀被秦檜見到。秦檜反覆問部屬，是否有見到時，皆得到「不見什麼」的回答，足見岳飛等魂只有顯現於秦檜一人之前而已。在舞臺上，對劇中人來說，站在身旁的鬼魂，在他顯靈前是看不到的，而一旦顯靈，便可以看到。換言之，區別鬼魂顯靈與否，不在於鬼魂形象是否出現於舞臺上，而是是否已顯靈行蹤在劇中人面前，是否爲劇中人所感覺到。除了在相關人物面前顯靈外，鬼同人的交際往來尚有「托夢」方式。❶出現於夢中的魂魄有生魂與死魂的差別，能夠掌夢者只有死魂才有如此能力。鬼魂托夢，又名之爲「托兆」。中國夢戲將鬼魂塑造得頗有意識，他也是掌夢人物之一。至於托兆內容有散布濃郁復仇觀念，是冤死者向親友訴說冤死情狀，要求代爲復

---

❶　參許祥麟《中國鬼戲》第七章〈中國戲曲的鬼魂形態〉與第十章〈中國鬼戲中的人鬼交際〉，天津教育出版社，1997年12月。

仇的意識。或者死者無法對活著的親人忘懷，特別托夢以交待後事，這是屬於重視親情的托夢。

一般來說，鬼魂托夢多在夜間，要等生者入睡後方入夢中。《竇娥冤》竇娥就是趁父親短暫瞌睡時，進入夢中。有時鬼魂想托夢，而所尋之人並未睡眠，那麼鬼魂便略施小術催人入睡，然後再入夢與生魂相會。有些劇中鬼魂進入人的夢中，便直接與人進行對話，如京劇《羅成托夢》羅成鬼魂一入李世民夢中便述狀、拜託。另有一些劇中的鬼魂要托夢于人時，先把睡夢中的人弄「醒」，然後再講他要講的話，如《李陵碑》的一段唱腔：

> （七郎）聽譙樓打罷了三更時分，半空中來了我七郎陰魂。叫鬼卒駕陰風寶帳來進。又只見老爹爹瞌睡沈沈，我這裡將他的忠魂驚醒。（楊令公）猛抬頭又只見七郎姣生，我命你回大營頒兵求救，爲甚麼哭啼啼頭帶雕翎？恨不得下位去將兒抱定。（七郎）老爹爹休貪睡細聽分明，金沙灘打一仗，父子被困。老爹爹命孩兒回朝頒兵，潘洪賊想起了打子仇恨，他將我綁芭蕉亂箭穿身……

七郎將爹爹忠魂「驚醒」，非指將楊令公從睡中呼醒，而是把沈睡中的爹爹引入夢的狀態，以便于夢中向爹爹回稟。鬼魂托夢，必須依托於夢，必須先有一個夢的環境，這樣死魂才能與生魂相會晤。

鬼魂托夢是有所爲，有所目的，既告知某情，又有所囑托，因此托夢後便迫切希望夢中人立即從夢中醒來。倘若夢中人貪睡不起，還要想方法將他叫醒，以使他迅速辦理該辦的事。元雜劇《神

奴兒》神奴兒托夢給老院公訴說被害情由，要求院公替他「做主」，惟恐老院公依然沈睡不醒，於是「推科」，並說：「老院公你休推睡裡夢裡。」使他早些醒來。❷

第一節　有冤必伸的鬼魂托夢

　　中國夢戲有冤死鬼魂向活人托夢，並要求生人替他們做主、報仇。托夢本身並不可信，但劇作家非為寫實，而是寫意，寫出一種有冤必伸，有仇必報的民族精神❸。現將元雜劇這類鬼魂托夢訴冤復仇列表如下，此表不包括現形的鬼魂。雖然某些鬼魂與現世的交通方式有直接顯形與托夢兩種，但此僅以托夢為主。

鬼魂名	夢者	鬼魂與夢者關係	死亡原因	托夢原因	結果	劇本出處
神奴兒	院公	小主人一僕人	被勒殺	告己死訊	凶手死亡	神奴兒第二折
竇娥	竇天章	女一父	因冤獄死亡	告己冤情	凶手伏法	竇娥冤第四折
岳飛	宋高宗	臣一君	被陷害冤獄而死	告己冤情並要求代己報仇		東窗事犯
關羽、張飛	劉備	臣一君與結義兄弟	被殺	告己冤死狀		西蜀夢
楊令公、七郎	楊景	父、兄一子、弟	被圍困自殺、被奸臣射殺。	要求楊景盜回屍首	盜回屍首	昊天塔第一折
楊七郎			被射殺	告己死狀		開詔救忠楔子

---

❷　許祥麟《中國鬼戲》第十章，頁 221-224。

❸　王開桃〈元雜劇中的夢〉，1995 年戲曲藝術 3 期。

　　具濃烈復仇氣息的元雜劇有《竇娥冤》《神奴兒》《昊天塔》《東窗事犯》《西蜀夢》數劇。後三劇分別用了一折或二折作為鬼夢中訴冤時的情景，又是擔任主唱的正末所扮，因此曲詞竭力刻畫了受冤而死情況：《昊天塔》塑造了悲壯的楊令公形象，所唱曲子：

　　（混江龍）盼不到先塋舊壟，黃泉下埋沒殺俺這英雄，空鎖著一腔怨氣，做不的萬丈霓虹。本待要漢主臺前把俺形容畫，誰知道李陵碑底早是命途窮，怎將那一座兩狼山，磣可可生扭做祁連塚。也枉了俺半生無敵十大的這邊功。

　　（油葫蘆）可便是困殺南山老大蟲，枉自有爪和牙成什麼用，都做了一齊分付與東風，想著俺雕弓能劈千鈞重，單鎗不怕三軍眾。也曾將蕃國攻，也曾將敵陣衝。一任他八方四面干戈動，那一個敢和俺出馬共爭鋒。

　　（天下樂）哎，你說甚麼勝敗兵家本不窮，則這兵也波書，我可索是通。奈賊臣把俺來著了羊投虎口廝斷送，方信道：將在謀不在勇，兀的不橫亡了俺這姜太公。

　　（後庭花）你聽了我聲音耳不聾，你覷了我容顏眼不矇，這個是你那佘太君的偏憐子，我是你老爹爹楊令公。早兩下卻相逢，則待將紙錢兒發送。兒也，怎不記的俺和番家苦戰攻，被他圍如鐵桶，向前呵糧又空，褪後呵，路不通，只除非會駕風縋出的他兵幾重。想著俺做一世雄，肯投降苟自容？拚的個觸荒碑一命終，至今草斑斑血染紅，一靈兒還怕恐。

《東窗事犯》第一折岳飛遭陷被勘問時所唱十四支曲子具有憤憤不平情懷，如那吒令、鵲踏枝、寄生草、村里迓鼓等曲，句句聲聲扣問上蒼，自責不該立下汗馬功勞，而落入天羅地網，九族遭殃的境遇。第二折則藉助神祇助冤魂得以伸冤，由地藏王化爲呆行者，到靈隱寺斥秦太師，並洩露他殺岳飛事❹。第三折則是岳飛鬼魂托夢給高宗，請朝廷將秦檜正法，唱鬼三臺、紫花兒序、金蕉葉、調笑令、禿廝兒、聖藥王、絡絲娘、綿答絮、拙魯速、么、收尾曲子敘說己功，而遭秦檜殺害的不平，復仇情緒熾烈：

> （絡絲娘）臣捨性命出氣力，請粗糧將邊庭鎮守。秦檜沒功勞，請俸干吃了堂食御酒，他待將咱宋室江山一筆勾，好金帛和大金家結勾。
>
> （綿答絮）臣趁著悲風淅淅，怨氣哀哀，天公不管，地府難收，相伴著野草閑敧滿地愁，不能夠敕賜官封萬戶侯，想世事悠悠，嘆英雄逐水流。
>
> （拙魯速）臣將抽頭不抽頭，向殺人處便攢頭。秦檜安排鈎鈎，正著他機縠，怎生收救，臣當初只見食不見鈎。
>
> （么）想微臣志未酬，除秦檜一命休，陛下逼逐記在心頭，將緣由苦苦遺留，明明說透，把那禽獸剮割肌肉，號令簽頭，豁不盡心上憂。
>
> （收尾）忠臣難出賊臣縠，陛下宣的文武公卿講究，用刀斧

---

❹ 范長華《元代報冤類雜劇研究》第二章〈元代報冤劇的報冤類型〉將孔文卿《地藏王證東窗事犯》雜劇歸納入藉助於冤魂神祇的報冤項目中的「神祇助冤魂伸冤者」類。頁 87-91。復文出版社，1995 年 12 月初版一刷。

　　將秦檜市曹中誅，喚俺這屈死冤魂奠盞酒。

《西蜀夢》張飛鬼魂也是劇中的主唱地位，和上述諸劇不同是佔的
場次更多，用劇中三四兩折的分量來鋪墊鬼魂。鬼魂張飛的英雄形
象，那感傷鬱憤、死了也要報仇雪恨的精神，至今依然震撼讀者的
心靈：第三折出場被部屬刺殺的張飛鬼魂，與關羽的鬼魂相遇，曲
詞充滿了悲慘低沈的情調，陰氣森森，令人窒息的氣氛，不僅給全
劇蒙上了濃厚的悲劇色彩，也爲第四折人鬼相會的高潮做好了必要
的準備。第四折繼續第三折的陰森氣氛，表現劉關張三位結義弟兄
夢中相見情景，開場的四支曲子是一片傷感悲戚的情緒：關張二人
死於四個賊臣之手，「無一個親人救」，遺恨千古幽靈不滅，他們
的鬼魂到西蜀去見劉備，決心共同要求復仇。到了西蜀宮庭門口，
還得向守門的門神戶尉、紙判官行禮，於是引起二位鬼魂的傷感，
回想起當年活著時守門的尉官見到他們都要舉手行禮，曾幾何時，
便人鬼永隔，怎不令人怨憤。除了與劉備有天人永隔，生魂與死魂
無法親近的疑慮外，爲著「那說來的前咒，桃園中宰白馬烏牛，結
交兄長存終始，俺伏侍君王不到頭，心暗悠悠」，在「尾」曲中結
束整個夢境：

> 飽諳世事慵開口，會盡人間只點頭，火速的驅軍校戈矛，駐
> 馬向長江雪浪流，活拿住麋芳共麋竺。閬州裡張達檻車內
> 囚，杵尖上排定四顆頭，腔子內血向成都鬧市裡流，強如與
> 俺一千小盞黃封祭奠頭□。

本劇一二折的腳色全是爲了鋪墊第三折的張飛鬼魂，因此若認爲張

飛鬼魂形象是最完整、最典型的藝術形象，似乎也不爲過❺。

其它如膾炙人口的《竇娥冤》雜劇，描寫童養媳竇娥冤死，第三齣竇娥被押赴法場處決所唱正宮端正好、滾繡毬、倘秀才、叨叨令、快活三、鮑老兒、尾聲數隻曲子，控訴天地神明，以及官吏的無心正法，眞是顛倒了盜跖顏淵，不分好歹的社會，並且罰下三椿誓願來表明自己的冤情。有了一整齣的事先鋪墊，使得第四齣在父親夢中哭訴冤情的片段，要求父親代爲報仇的劇情顯得復仇意識濃烈，看竇娥鬼魂出場所唱雙調新水令：

> 我每日哭啼啼守定望鄉臺，急煎煎把仇人等得。慢騰騰昏霧裡走，足律律旋風兒來。則被這霧鎖雲埋，攛掇的鬼魂快。

急切報仇的心願直接呈現於觀眾眼前，是那種至死也非置仇人於死地的熱切心願。甚至在公堂審理時出面索命，使張驢兒俯首認罪。《神奴兒》冤死後，也是托夢於老院公，訴以冤死情境，也於公堂時出面報仇，使殺人的嬸嬸服罪，雖然神奴兒只有十歲的年紀即遭冤死，但並不因此而減損了復仇的情緒。

直接承襲元雜劇鬼魂托夢復仇意念是清代的皮黃京劇。明代夢戲有不少鬼魂托夢，但鬼魂並無被殺致死的冤情，即使被殺而死，托夢給親人也不是爲了復仇，而是惦念親人安危。可以說明代夢戲欠缺這類鬼魂濃烈托夢復仇作品。現將《戲考》內所載的鬼魂托夢情形如元雜劇列表如下：

---

❺　黃士吉〈與眾不同的主角出場——西蜀夢的鬼魂赴夢〉，錄於《元雜劇作法論》，頁68-81，青海人民出版社，1983年1月。

鬼魂名	夢者	鬼魂與夢者關係	死亡原因	托夢原因	結果	劇本出處
米大	米進途	兄—弟	被妻與情夫所殺	告己死訊，要求復仇		九更天
羅成	李世民	臣—君	無援兵而戰死	告己死狀，並要求照顧妻兒		羅成托夢
白玉堂	盧韓徐蔣四位	結義兄弟	探沖霄樓觸機關而死	要求代己報仇		銅網陣
賀天保	黃天霸	結義兄弟	探浮山盜窟被殺	要求代己報仇		洗浮山
張義	張義母	子—母	被嫂子所殺	要求申訴報仇		行路哭靈
喬翠娥	施公	民—官	被惡棍逼姦所殺	告己死狀要求復仇		北霸天
王官保	老師	學生—老師	爲母所殺	要求代己報仇		殺子報
楊七郎	楊令公、六郎	子、弟—父、兄	被奸臣射殺	告己死狀		李陵碑

由於《戲考》所載幾乎全是折子戲，所能看到是托夢情節，及夢者醒後的猜疑，卻看不到凶手是否伏法死亡，這些鬼魂要求報仇的心願不知有否達成，因此「結果」一欄全部付之闕如。

直接承襲元雜劇復仇意念的鬼魂托夢是皮黃，編寫了諸多冤死的平民百姓，也表現出強烈的復仇意味，《行路哭靈》離家打探兄長行蹤的張義，被嫂子王氏所殺，一股怨氣托兆母親，詳敘死因爲被七寸鋼釘所殺，要求母親代爲到城隍廟包拯面前告狀雪冤：「包爺駕落城隍廟，陰陽雙斷不差謬，望母與兒去代告，報仇雪恨兒冤消。」須透過親人的告狀才得以雪恨報仇。倘若無親人代爲告狀，則托兆於官員之前，請求代爲雪恨，如《北霸天》施公夢慘遭殺害

的喬翠娥敘己死狀，並且要求代雪冤仇；劇作家並安排了夢神、風婆、雷公、電母、雨師對案件有所提示：「夢在一花園，百花開放，忽然大雨傾盆，打落花枝。」因此推論此人姓花。《殺子報》老師夢學生王世保鬼魂敘說被母親殺死情狀，要求告官代為報仇。《九更天》馬義至官府喊冤時提及他的二主人在靈堂伴靈時，夢大主人七孔流血，口說報仇。這些例子俱是不甘於冤死，而強烈要求能夠復仇的劇作。

　　富於草根氣息的游俠復仇意味於京劇中不甘於死亡的戲目可見，如以《七俠五義》為藍本的《銅網陣》，錦毛鼠白玉堂私探沖霄樓，誤踏機關而死，因之托夢給四位結義兄長，要求代為報仇雪恨：「可憐我未報國恩，眾兄長念在了結義情分，滅卻了襄陽王，把弟冤伸。」《洗浮山》取材自施公故事，賀天保為探劇盜余六余七的山路被殺，因此托夢給黃天霸，要求代為報仇：「都只為一人暗探山口，被余六用飛抓打中咽喉，望賢弟帶官兵速滅賊寇，擒獲了二賊子報吾冤仇。」兩派人馬互相撕殺爭鬥，必然各有死傷。這些人物的死亡，可歸於粗心與武藝低落，他們的死是冒險的結果，與平民百姓無故被殺的衝天冤情自不能等同視之。但綠林社會的拜盟結義，異姓兄弟間同心同德，休戚相關，親密關係勝似同胞手足。這種江湖習氣，是為了在充滿敵意的社會環境中，遇到災厄時可以互相救援，是維護自身安全防衛機制❻。出生入死的結義關係，恩仇必報的俠義觀念，使白玉堂、賀天保托夢於結義兄弟，訴

---

❻　陳山《中國武俠史》四〈俠的世俗化：宋以後的義俠〉，頁 200-203，上海三聯書店，1992 年 12 月。

慘死情狀，要復仇是必然的現象。

上述鬼魂托夢與報仇情形，產生於英雄人物，也可形之於平民百姓身上。這類題材反映了中國的復仇文化，是與家庭倫理、君臣倫理交織在一起，個人的冤仇也就是家族的冤仇。以家爲倫理的範型，推而至於國，於是父母兄弟之仇是責無旁貸，而君國之仇反應則是如董仲舒《春秋繁露·王道》所說「春秋之義，臣不討賊，非臣也；子不復仇，非子也。」游俠的興起，無形中煽動民間報冤復仇的風氣。而在蒙元特殊政治與經濟背景下，民間的報冤意識更爲顯露❼。

鬼靈的復仇方式通常有三方式，一是直接顯形索命，二是間接申訴舉報，通常表現爲托夢或顯靈訴冤，而後由他人或官府代爲理冤，三是冤屬附於仇人身，使之精神惑亂、自尋禍事，最終落得可悲的下場❽。表現於元雜劇、京劇中諸多鬼魂復仇方式則是透過了間接申訴舉報，如托夢或顯靈訴冤，而後於官府審案時顯形擾亂仇人神智，使之伏罪，或最終由鬼靈親自索命報仇。鬼靈復仇的基本認知是「靈魂不死」，而夢則成爲鬼靈復仇故事情節活躍的淵藪、母題展開的途徑，是由於夢最契合、最能驗證重視人們的神祕主義心理。夢不僅可以作爲溝通人世幽冥不可多得的心理管道，並因此生發了許多托夢訴冤、托夢示警、夢中顯形復仇、借夢提供破案線索、夢囑不要救助遭仇報者等等諸多母題情節，還從主體心理深層

❼ 范長華前揭書，第一章第三節「報冤意識的心理背景」，頁57-77。

❽ 王立〈再論傳統文學中的鬼靈復仇傳聞〉，1994 年通俗文學評論第 4 期。

情緒感受的角度，揭示了復仇文化的巨大整合力量。且鬼靈的復仇必定成功，也強化了人們對鬼靈復仇的崇信憂懼心理❾。只是由元雜劇、京劇鬼魂托夢表格中，可見得「鬼靈的復仇必定成功」特點，並非絕對的，如《東窗事犯》《西蜀夢》即無復仇情節，雖然托夢情節散發著濃烈的復仇情緒。

第二節　親情為主的鬼魂托夢

中國戲曲所創造出來的鬼神形象，具有和活著的人有相同的心理活動和情感，有所感知，也就有痛苦和快樂，失落與滿足，習慣與記憶，期待與乞求。鬼的情感願望，在托夢給親人時更為顯現。於是有前述受冤鬼魂的托夢，除了敘舊情外，還有濃郁的復仇願望。但對於非冤死鬼魂而言，為親情托夢更是明顯。再者雖為冤死者，但是在托夢給親人時也未必強調復仇意願，只是敘離情，使劇作籠罩在親情氛圍中，現就表現親情鬼魂托夢，區別為因冤致死與否兩方面加以論述。

---

❾　王立〈鬼靈文化與中國古代復仇文學主題〉就原始心態論及中國的復仇心
　　態，而鬼靈復仇則是將復仇願望的主觀性充分對象化、理想化。且鬼靈復
　　仇的必定成功，將復仇文學主題的象徵意義與應然傾向推向一個極致。
　　1992 年齊魯學刊 4 期。

壹、以倫理情感為主的鬼魂托夢

鬼魂名	夢者	鬼魂與夢者關係	死亡原因	托夢原因	結果	劇本出處
張劭	范式	朋友	病死	告己死訊	范式前往弔唁	范張雞黍第二折
霍光	宣帝	臣－君		告霍山霍禹造反		霍光鬼諫第四折
賈雲華	魏鵬	未婚夫妻	病死	告己將借屍還魂	借屍還魂	灑雪堂三十四折
石氏	江蘭芳	母女		安慰女兒	因此夢使江蘭芳投江，被救。	永團圓十齣
商霖	秦雪梅	未過門的夫妻	病死	告以事父母教子事		商輅三元記二十四折
李後主	黃濟	君臣	被殺	為黃濟女兒主導婚姻	如後主所願	秣陵春第三齣
趙玉英	王玉真、張繼華	義姊妹	病死	感謝超度事		西園記三十三齣
柏氏	竇天章	夫妻		訴以女兒冤情	冤情得雪	金鎖記二十六齣
劉氏	目連	母子	病死	訴以詆佛致悔事		目連救母劉氏回煞
公叔段夫妻	武姜	母子婆媳	被殺	勸慰母親		孝感天
宋太祖	徽欽二帝	祖先與子孫		告以岳飛將接二帝回朝	如夢境	請宋靈

　　由這份表格，發現托夢的鬼魂所敘之事，以現世親人的一切為主，為親人的婚姻事、冤情、安危、生活狀況而憂心不已，一如生前時分。夢者與鬼魂的關係，也不似元雜劇有著英雄人物的君與臣之間的關係，全部拘執於親情的羈絆之上，缺乏家國大事的宏觀角

度。而且夢者與托夢者之間以夫妻、母女（子）為主，托夢原由較為單純，在於婚姻之事，或是侍候親人等家務事上。如《西園記》趙玉英的托夢，為感謝義姊妹夫妻幫她做法事超度升天；《目連救母》的劉氏回煞有其宗教原因，夢中懇切地對目連訴說活著時不應該毀詆佛法，以致墮入地獄歷經轉輪之苦。兩劇對於宗教或多或少的宣傳，是劇作家對宗教的反映。仔細考察，《西園記》趙玉英是否托夢感謝，在劇中是可有可無的蛇足，無形中加深肯定了超度有利昇天的宗教觀。《三元記》商霖托夢要求妻子秦雪梅好好教子，與孝事父母。這段夢情節更是沒有必要的敗筆。是劇在強調秦雪梅守寡教子，善事公婆的苦心孝心。已死的商霖是否托夢，無助於秦雪梅形象的塑造。更何況，商霖與秦雪梅是未婚夫妻，尚未成親商霖即病歿，來不及盡人子、人夫、人父的責任義務，卻於死後多年，秦雪梅教子有成時托夢給至夫家守寡的妻子。托夢劇情旨在闡揚善事父母與教子的禮教，卻未必貼合人情。或許劇作家塑造這些添足之筆，是為了迎合部分觀眾覓奇心理，往往將不錯的主題加上托夢神鬼情節，也就破壞劇情的自然發展。

　　《永團圓》去世已久的石氏為了丈夫的毀婚，使女兒痛苦一事，特地到透過女兒夢境來安慰女兒。然而這個夢卻全然不是安慰的溫馨夢，而是充滿著不安的逼婚改嫁迎娶，夢中的女兒不肯改嫁而有著父親持刀逼嫁的暴力場面，使得江蘭芳因之而嚇醒。這種夢似乎與石氏陰魂出場時所述：「為因我夫將長女蘭芳，悔卻前姻，我女立志不移，故此特來寬慰一番」的初衷不合。且這個夢使江蘭芳得到啟示，以為母親教導她早些了結生命以求解脫，走向了投江而死的路途。此夢是劇作家開創另一情節的重要關鍵，無此夢則無

投江情節，也就無以下的故事發展。

另有鬼魂托夢無關於親情有《櫻桃夢》雜劇，鬼魂張玉華與書生歐陽彬是素昧平生，但歐陽彬代葬了張玉華屍首，於是托夢道謝並報恩，指示科考題名的捷徑方法。

元雜劇《昊天塔》因父兄托夢而盜取回骨殖，京劇《洪羊洞》依然是盜回楊令公的屍體，言及「前番命人盜取尸骸，乃是假的，眞尸骨，現在洪羊洞第三層石匣內」才有著第二次的偷盜尸骨劇情。元雜劇的鬼魂托夢，若是冤死的平民或被害戰死的英雄，具有濃厚的復仇氣息。病死的鬼魂托夢如身爲平民的《范張雞黍》張劭，身爲宰臣的《霍光鬼諫》霍光，前者多了些人事親朋的牽掛，後者則是有著憂國憂民的情操。

《霍光鬼諫》雜劇雖然不是冤死的鬼魂訴冤，是霍光死後託夢與皇帝訴說子孫欲謀反事：「陛下，霍山霍禹造反，明日請我主赴私宅，以擊金鐘爲號，待亂天下。」所唱落梅風曲子：「滅九族誅戮了髫齔，斬全家抄估了事產，可憐見二十年公幹，墓頂上灩灩土未乾，這的是承明殿霍光鬼諫。」憂心國事，與一般鬼魂形象稍有不同。

貳、重親情的冤死鬼魂托夢

就冤死者托夢，明代夢戲的處理已失去了元雜劇的濃烈復仇情緒，揆其原因有二，一是冤死鬼魂托夢時，所敘內容以親情爲主，而冤死情狀是點染而已；二是劇作經常安排冤死人物成爲神明，或以還魂手法讓死者復活，完成大團圓。

一、敘親情勝於冤情的鬼魂托夢

　　明代夢戲冤死鬼魂已缺少積極戰鬥精神，無那種悲壯氣氛，但多了些對人世的眷戀。《秣陵春》國破家亡的李後主的托夢，原該是家國大事的人物，也無關於家國復仇事，是主導親人後輩的婚姻事。如此內容何關於復仇？《袁文正還魂記》被害的袁文正在包公面前鬼風顯應以報仇，可比擬元雜劇的鬼魂訴冤。對妻子險地在夢中予以預先示警，是一新創格局。但這段托夢故事，敘述了被害的事蹟，並言：「自古道好有好報，惡有惡報，遠在兒孫近在身。」無那種憤怒難平心意，流於善惡福報的消極想法。

　　善惡福報思想原本即流傳於民間，道、佛兩教又對此進行了推波助瀾的深化作用。民間對於善惡報應有著虔誠的信仰，是遠在佛教傳入之前，於春秋戰國時期便已相當流行；佛教傳入後，對我國善惡報應習俗的迅速發展產生了巨大影響，首先，佛教關於六道輪迴和地獄的觀念，給中國民間的報應法庭提供了理論基礎和理想的懲惡手段；道教對民間信仰善惡報應的影響雖不及佛教，但對此習俗的發展與泛濫，所起作用也不小。早期道教認為天有司過之神，專門登記世人的善惡，奪算或延壽。原本民間巫祝和俗神信仰都認為人的災禍、疾病都是由於鬼神作祟。民間道教沿襲了這個思想，並將它與災病和人的善惡行為聯繫起來，佈道方式也大多採取服用符水、請神、和上章悔過諸術，使得善惡報應習俗深烙民間❿。

　　《葵花記》內容與《琵琶記》相似，是書生高彥眞高中後娶丞

---

❿　參劉道超《中國善惡報應習俗》第一章至第四章的研究，文津出版社，
　　1992 年 1 月初版。胡孚琛《魏晉神仙道教——抱朴子內篇研究》第二章
　　〈魏晉社會的道教〉，臺灣商務印書館，1992 年 10 月臺灣初版。

相女爲妻，母親死後，原配孟日紅進京尋夫卻被丞相梁計毒殺成爲
冤魂，而有托夢一折⓫，備敘別後與遭陷的情由：

> 誰知你是歹心漢、薄幸郎，忘恩義戀嬌娘，空撇下結髮妻房
> 枉自度時光。又道是糟糠之妻不下堂，貧賤之交不可忘。又
> 遇著梁計太不良，誰知他笑裡刀藏。不記得當初讀書時，我
> 也曾三更半夜奉茶湯，只指望夫榮妻貴閭里增光，到如今身
> 不能穿霞帔，頭不能戴鳳冠求榮反辱喪黃梁，哀告閻王放我
> 托夢囑付伊眞詳。

被毒殺的怨恨反倒不如丈夫的遠離與再娶之恨。可見得丈夫的棄置
母妻對於孟日紅來說，更甚於被毒殺之恨。那麼以這折來看，復仇
的意味較不濃烈，這可與後半段的文字可資印證。後文則是孟日紅
因神祐而復生，並獲得神書寶劍，從軍立功，回朝奉旨勘問梁計與
高彥眞諸人。《歌林拾翠》錄有〈考察梁計〉一折對於高彥眞的拋
母棄妻行爲給予了嚴正的勘問，言詞犀利凌駕過對於梁計的毒酒陷
害，此折再三提及高彥眞的薄倖，即使勘問梁計時亦然。因此可見
得對於這件毒殺的冤情，眞正的罪魁禍首應該是高彥眞。但此劇最
後與《琵琶記》一般是以一夫二妻同居的歡樂場面作結束，似乎這

⓫　《中國戲曲曲藝辭典》介紹《葵花記》相傳爲明胡紀振倫所作，前半模仿
　　《琵琶記》，寫農村婦女痛苦遭遇；後半則與《賽琵琶》中秦香蓮故事相
　　似。近代戲曲如秦腔、漢劇、川劇者有同題材劇目。傳奇原有明刊本，已
　　毀於一二八事變，近年又有發現。頁496，上海辭書出版社，1985年2月
　　第三次印刷。本文所用《葵花記》係善本戲曲叢刊中所載散齣。

樣子即能滿足人心，卻也因此而削弱了鬼魂復仇憤恨難平氣氛，無形中也削弱了對負心漢的譴責。這類劇目因為劇作家極力為男主人公的負心提供合理性，甚至使得這場婚變的受害者對負心漢的譴責也顯得軟弱無力，似孟日紅對高彥真的直斥是很少見的情形。《焚香記》陽告陰告的桂英，憤恨之情令人動容，鬼魂活捉王魁，無疑是對負心人的痛快懲罰。

　　《焚香記》《琵琶記》《葵花記》描寫婚變戲的戲中，導致男女主人翁之間的愛情或婚姻關係出現裂痕的主要原因，一般都不是他們雙方情感上的正面衝突，而是其它力量的介入，比如一椿對男女主人翁而言更具吸引力的婚姻介入。更重要的是，面對這一婚變的威脅，作為受害者的女性都處於無從抗爭的被動地位，她大抵只能苦苦哀求打動對方，作一場注定無望的努力。也就是男女主人公之間情感與道德上應有的正面衝突被淡化了，這並不表示中國古代社會中沒有或很少激烈的愛情衝突，只是劇作家們在涉及愛情題材時，並不想在劇中表現這種激烈的衝突，至多只是使這種愛情上的衝突限於倫理的範疇內，有沒有日常生活所說的「良心」，是這戲曲褒貶人物的最重要標準⓬。淡化處理的手法，以及日後和諧的妻妾生活，使元雜劇鬼魂復仇的強烈願望，至明代夢戲寫作時，那種冤死後的鬼魂托夢以求復仇的心願，也被沖淡許多。

二、冤死者死後為神或還魂

　　明代夢戲劇作家經常將悲劇的死亡將之轉化為還魂，於是夫妻

⓬　傅謹《戲曲美學》第三章〈戲曲的審美品性〉，頁 96-97，文津出版社，1995 年 7 月出版。

有情人的團圓收場，也大大減低了鬼魂復仇的憤恨氣氛，劇作違反
了人死無法復生的鐵則，呈現神鬼迷信色彩。若是英雄或忠臣遭陷
而死，如改編岳飛故事的《精忠旗》《岳飛破虜東窗記》；以明朝
時事魏忠賢殘害忠良的《魏監磨忠記》《喜逢春》；壯志未酬的歷
史事蹟《張巡許遠雙忠記》，雖有鬼魂的出場，但是可發現明傳奇
劇本中的鬼較為神通，可以直接對仇人行以復仇手段，帶領著陰兵
鬼卒直誅仇家敵人，冥判仇敵。或在仇家面前侃侃而談，直接以鬼
魂的憤怨驚嚇仇家，如《丹桂記》的李慧娘；《青虹嘯》欺君弒
后，誅戮忠良的曹操被安排死於冤魂之手。不似元雜劇中的冤死鬼
魂，只能透過顯形與夢中控訴傳遞冤情，至於是否能報仇，則無法
自我操縱，必須藉助於清官或將官才能完成心願。

　　元雜劇中歷史人物的被害，往往只見憤恨的傾訴悲壯復仇心
願，未交代所托夢對象是否替他完成復仇心願。另一類明代夢戲所
描繪遭冤死的歷史人物，不是成為鬼類，而是被提昇至神的階級，
或是成為可率領鬼卒的城隍，如《魏監磨忠記》《喜逢春》的楊漣
與《一笠菴彙編清忠譜傳奇》中的周順昌。因此劇中並無鬼魂的出
場，只有率領鬼卒的城隍或神將替天行道。最早擔任城隍的人神是
唐初的龐玉，到了宋代，全國各府州縣都有城隍，封為城隍神的大
多是忠義之臣、勇猛之將和謀國之士。城隍除了保護一城百姓的安
寧、豐收發財外，還能在出巡之時收拿惡鬼，為冤屈的居民百姓報
仇❸。既能替百姓報仇，當然也會為自己的冤屈報仇，使得報冤類

---

❸　冷立、范力編《中國神仙大全》的〈雜神部〉指出對城隍神的信仰，南北
　　朝時僅限於南方的幾個地區，中唐時已相當普遍，到了宋代，幾乎天下所

的戲曲題材層出不窮。明雜劇《認玉梳》冤死者成爲城隍，但卻無力爲己復仇，尚得假借活著的人來報仇，托夢與親兒言語：

> 吾神是汝之父，乃安國傑是也，同你母親李氏淑蘭，上朝求官去。路打和州城中過，天色將晚，在陳都知店中安下，被陳都知將我勒殺了，丟在井裡，強要了你母親爲妻。我死之後，玉帝知我屈死，封我爲當境城隍。我奏知了玉帝，說你箇詳細，與我報仇，有恩的報恩，有仇的報仇，疾忙與我整理此事。休言吾神指與你，切莫泄漏天機。這的是善惡到頭終有報，只爭早共來遲。

要報仇，卻無力對仇人親自施以報復，又是城隍的另一面目。

　　明代將城隍神的來源作了極致發展，使得戲曲中遭冤死的歷史人物，皆成爲城隍以行報復，這種當場的報復也可說是百姓的補恨心理反射。同是以明代魏忠賢時事爲題材的故事，又以《喜逢春》一劇最有報復補恨心態，不但安排了活誅魏氏，也安排了冥判魏忠賢的場景，雖是透過了毛士龍的夢來敷衍，楊漣神攝取毛士龍魂魄共同勘判魏忠賢的罪責，於是魏忠賢的鬼魂與客氏鬼魂同時出場受審。與元劇《霍光鬼諫》《東窗事犯》《雙赴夢》不同是，元雜劇鬼魂托夢是給高高在上的皇帝，而非對於案情較無幫助的大臣，僅管大臣的位高權重，在人們心目中終究是比不上皇帝；也與《神奴

　　有的府州縣城都立廟奉祀，列入祀典，但各地所奉的城隍神名不一。頁446，遼寧人民出版社，1990 年 2 月一版一刷。

兒》《竇娥冤》托夢給可爲他鳴冤的家人不同，甚至此家人即是可重審此案件的官員不同，因此元雜劇濃烈的直接訴求報仇氣氛洋溢。

《喜逢春》魏賊的傾滅則是因爲寵信他的皇帝駕崩，新君即位，在諸多不滿官員的上奏彈劾論理下，而遭誅殺的命運。眞正遭冤死的楊漣已成神祇，毛士龍雖任官職，卻不是能夠對奸臣給于直接處分的皇帝或清官。安排夢中的冥勘魏忠賢罪責，只能說是百姓長期積壓對魏賊的發洩情緒，那種報復心情怎及得上親身遭遇橫禍而死的鬼魂來得熾熱濃烈？因此明傳奇復仇氣氛總不如元雜劇所描繪來得濃烈，也無悲壯的英雄鬼魂，只有已化身爲神祇的英雄人物而已。

明傳奇對於人死後的還魂與對鬼魂親自參與復仇，可見明人對團圓的衷心想望，基於補恨心理的創作戲曲，要求當場團圓，要求見到當場對奸臣賊子的直接誅戮以彌補百姓心理，已達到了迷信愚民的程度。但這並不是說元雜劇的描繪鬼魂即非迷信，鬼魂報仇其實同於明傳奇所述，也是爲了懲惡揚善以慰觀眾百姓衷腸❶。只是未及明傳奇時有人死復活，人死爲鬼爲神，隨時干預人事的嚴重程度。明代夢戲的處理方式，雖滿足了看戲與劇作家的補恨心理，但卻大大削弱了鬼魂復仇的壯烈心願。明傳奇常以大團圓結局的模式爲人所廣泛批評，不但愛情戲以大團圓結局，也使冤死迫害戲所表

---

❶ 鄭傳寅《中國戲曲文化概論》第三編〈戲曲文化的精神特質〉，其中即有提及古典戲曲對民間道德的肯定，有著懲惡揚善以慰衷腸一項。頁 349-359，武漢大學出版社，1993 年 8 月。

現的悲情被大大沖淡了。以宮廷鬥爭爲題材的作品，不管這種鬥爭開始時是多麼激烈和殘酷，最後總是因爲被認爲正義的一方取得了徹底的勝利，而使觀眾感到非常快慰與鬆弛。

京劇中對托兆鬼魂的描寫，除上述所言的平凡百姓的慘死，與帶有綠林俠士味道人物的死亡，不論是否爲冤死，其報仇意識直接承襲了元雜劇的報仇。但是只要遇到了歷史人物的死亡，雖也是冤死，鬼魂依然心懷怨恨，但托兆予親人時，卻也是側重於親情，不曾求報仇雪恨。如楊家將的故事淒慘情狀更甚於草野英雄人物的死亡，也有鬼魂托夢敘己慘死狀況，卻無要求復仇的意識，至少劇本所呈現是如此情況。京劇《李陵碑》楊七郎托夢給楊令公有「老爹爹命孩兒回朝頒兵，潘洪賊想起了打子仇恨，他將綁芭蕉亂箭穿身。」只交代自己死狀與要求六兄好好孝敬父母，並未要求代爲復仇。《羅成托夢》將自己死亡之因歸於李元吉掛帥印，有功不賞反而加刑，身帶棒傷要出兵，由早晨殺到午時，再殺到日落黃昏，緊閉四門無法進，叫他獨騎退賊兵，於是淤泥河中被敵人亂箭穿身而死，只求李世民記功並且代爲照應母妻孤兒。面對加害者是同僚或是地位較高的官員時，這些被害冤魂似也不敢要求報仇，只能祈求托夢對象代爲照顧家人，復仇意念較薄弱。京劇對於元雜劇鬼靈復仇主題的繼承只存在於平民百姓與草野英雄的身上，而於將領官員身上則未見。至於明傳奇於復仇主題很顯然未曾加以發揮。

第三節　魂的穿戴與動作

入夢時，劇本明確標示夢中上，或者作夢態，可見夢中景象的

演出有異於一般舞臺的演出。《人獸關》二十齣有「淨作夢中驚起介」；《灑雪堂》三十四折「生作離魂介」；《靈犀錦》十八齣，有「生夢態起身開門介」；《清忠譜》「生魂出走介」；《金蓮記》三十齣有「生扮五戒禪師夢中上」；《箜篌記》二十五齣有「生作夢中上」。由這些敘夢，不論是夢者自己，抑或是夢中人物出場的提示，可見得劇作家在敘夢時，已清楚分辨夢與一般舞臺表演的不同，否則就不會有離魂、夢態的指示了。李開先《園林午夢》院本，敘漁翁困倦時夢四名女子各逞其能，各為其主的爭辯，有「且夢扮鶯鶯上」「貼夢扮亞仙上」「小旦夢扮紅娘、秋桂上」❻，夢扮一詞，更可見夢者表演有某些特定動作是與一般舞臺演出較不一樣，才能明確區別何者是在夢中的人物與表演。

劇作家認為出現於夢中的人物並非真實的人生，它是靈魂的狀態，因此主人翁作夢時有如上述《清忠譜》的「生魂出走介」與《灑雪堂》的「生作離魂介」；《楚江情》的「小生扮生魂上」；而夢中的他人亦是屬於靈魂的狀態，如《靈犀錦》十八齣「小旦夢魂上」；《花筵賺》十六齣有「小生魂上」「生魂上」，可見得劇作家認為夢中非真實的人物概括以「魂」來稱呼它。《二奇緣》第六齣小旦扮天曹司楊威侯劉猛將賜夢時命令鬼判：「你速將二人香魂攝起，縱放三尺粧成夢界，使他悲歡離合，敷演一番，以驗後來吉凶。」

上述例子的「魂」，在現實人生中是活生生的人物，另有已死

---

❻　見收錄於學生書局出版善本戲曲叢刊《群音類選》五的《園林午夢》。

之人出現於夢中，亦是以「魂」來名它，《永團圓》第十一折，有老旦扮母魂上：「魂逐浮雲已數秋，飄然不解喜和憂。只因兒女關心切，又到人間夢裡遊。老身是江納亡妻石氏陰魂是也，爲因我夫將長女蘭芳悔卻前姻，我女立志不移，故此特來寬慰他一番。」

《袁文正還魂記》在袁文正托夢給妻子以示警時，受到了門神的阻攔，因而哀懇：「我非別鬼，乃負屈的袁文正，只因妻子招召我魂，得來看我妻子一面，放我進去。」明言此是爲鬼，爲魂。《焚香記》第二十七齣桂英自殺入冥府時有鬼判事先交待：「今日北方有一陰魂到此訴冤，不許阻當他。」

元雜劇又有魂子與魂旦的名稱，魂旦之名則見於《倩女離魂》扮離魂之後的張倩女，另一見於《竇娥冤》第四折扮竇娥的鬼魂。這兩個例子恰好是生魂與死魂的差別[16]。至於魂子較爲常見，它可兼指男女之魂，如《神奴兒》第二折有「倈兒扮魂子上」；《昊天塔》第一折有「正末扮楊令公，同外扮楊七郎魂子上」；《盆兒鬼》第三折「魂子做隨哭科云」；《生金閣》第三折有「魂子提頭沖上打科」，這裡的魂子是男性的魂，女子之魂則有《後庭花》第三折「旦魂子上」。

夢的舞臺塑造人物，不論是生魂或死魂，其穿著與形象，俱是取形於人。夢中的生魂，既是未亡，當然是人的形象。至於托兆的鬼魂，也是如生前模樣來塑造的。雖然魂在人們心目中是一縷幽魂，無形無體，如《行路哭靈》張義鬼魂出場時所唱：「蕩影無蹤

---

[16] 生魂與死魂係一般民間人的認定，此可參看《昊天塔》雜劇第一折正末言語：「孩兒，你靠後些，你是生魂，我是死魂。」

元陽已散，日化泥來晚來風。」但為了舞臺表演，仍需給予鬼魂一形象，此形象為劇中人生前的樣子，《紅梅閣》傳奇李慧娘鬼魂欲訪裴生時言語：「不免趁此月明風細，幻作生前模樣走一遭兒呵。」因在人們心目中，鬼是人的後身，且鬼魂的情感、意志、思維等，同人並無根本性的區別，鬼魂的性格是人的性格的延伸或發展，鬼的遭遇是人的遭遇的繼續或轉折，因此演鬼即是演人。但舞臺上為了區別現實與夢境，人與魂的不同，除了取材於人的形象外，亦有些微的不同以見現實與夢境的不同，夢魂、鬼魂與人的不同。

壹、夢魂、死魂穿戴的不同

魂旦與魂子的表演方式與一般舞臺上的腳色是不同的，徐扶明指出《倩女離魂》第二折有「正旦別扮離魂上」，這個「別」字透露出改扮的意思，指別扮前後兩者外形上有所不同，可能即是有否戴魂帕的不同。魂帕於元雜劇中並未見，但由清代兩大傳奇之一的《長生殿》可考知：三十七齣有「引旦去魂帕上」，因為自二十七齣〈冥追〉起用魂旦扮死亡的楊貴妃，到三十七齣楊貴妃復歸仙班成蓬萊仙子，於是除去魂帕表示不再是鬼魂⓱。清代的戲曲選刻本

⓱ 參徐扶明《元代雜劇藝術》第十六章〈腳色〉文末補記：「元雜劇竇娥冤中死亡的竇娥，倩女離魂中離魂的倩女，都只標明用魂旦扮，後世戲曲演出，扮魂旦的演員，在頭上戴魂帕，表示是鬼魂，如《長生殿》第三十七齣尸解，楊貴妃復歸仙班，便用「旦仙扮」，也就除去魂帕，表示不再是鬼魂。」頁306，上海文藝出版社，1981年1月一版一刷。

有魂帕的名稱，如輯於乾隆中葉的《綴白裘》與《審音鑑古錄》二書中的《牡丹亭·冥判》一齣，杜麗娘為情死後至閻羅殿由胡判官加以審判時有：

> （旦上）天臺有路難逢，地獄無情卻恨誰？女犯見。（淨）去了魂帕。

可見得魂帕為鬼魂所戴；《墜釵記》第九齣何興娘死後，東岳速報司冥判，有人鬼一載夫妻的情分，等一年後再回到冥府交差，有「小旦、付把魂帕兜正旦頭」。表明是為鬼魂形象。

其它劇作或有戴類似於魂帕但無魂帕之名者如《紅梅閣》一劇，《歌林拾翠》著錄的散齣〈西窗幽會〉李慧娘鬼魂上場時是「蒙頭作鬼聲叫苦上」，《玄雪譜》的〈幽會〉與《丹桂記》《紅梅記》俱指示李慧娘是「紅紗蒙頭作鬼聲叫苦上」，兩者可相互作為驗證知鬼魂須要蒙頭，或指明係用紅紗，《丹桂記·鬼辨》有「貼扮李慧娘陰鬼紅紗兜頭立鬼門道」，在刺客廖瑩中的眼中李慧娘是「起初但聞人聲，如今漸見人形，頭上兜紅，身上穿青，不知什麼妖怪。」是齣有「貼作鬼叫」「舞起旋風科」的指示，則此紅紗可能即是舞臺上用來證驗李慧娘為鬼魂的信物，或可說是魂帕的一種。若後來皮黃裡的李慧娘扮相則迭有變更，將李慧娘改為吊死，因此最初的扮相是以面具表現，他的面具是瞪眼吐舌，看了教人感到可怕，後來根源於花旦的毀裝，會給觀眾留下不好印象，於是只是在胸前掛兩縷的紙條來表示鬼魂，內行人稱為鬼髮。李慧娘在平劇中是屬俊扮：梳大頭，穿裙襖、戴鬼髮，背後拖了兩條長綢

子，一手拿折扇，一手拿紗手絹⑱。

　　《墨憨齋新訂精忠旗傳奇》岳飛死後安排〈湖中遇鬼〉誅討秦檜，有「生披髮仗劍，眾鬼紅帕覆首，手提人頭大罵奸賊，繞場三轉」，此用紅帕覆首，更見鬼的打扮。鬼魂裝扮，另一特色是「披髮」，清人楊潮觀《信陵君義葬金釵》為案頭作品，對如姬鬼魂穿戴與表演有如下說明：「旦扮如姬鬼魂宮粧披髮上」「作鬼聲拂袖下」，應是當時舞臺鬼戲表演的反映。也有用鬼髮作為鬼魂腳色的化妝用品，是兩絡白紙繐，飾于兩鬢，或用一絡，男飾左鬢，女飾右鬢，如平劇《烏盆計》的劉世昌、《活捉三郎》的閻惜姣等均用，也有以面罩水紗來代替⑲。若以面罩水紗代替，則與《紅梅閣》李慧娘的「紅紗蒙頭」相類似。另《烏盆計》的劉世昌鬼魂的扮飾，也有以黑紗罩面的。

　　有魂帕或鬼髮等類似穿戴者，皆是死魂，而夢中的生魂，與《倩女離魂》中的倩女之魂，是否有戴象徵魂魄的物件？曾師永義認為夢中人物亦同於鬼魂，係以戴魂帕作為表徵⑳。依雜劇傳奇等戲曲來看，有不少是舞臺上的表演入夢與出夢，除了有上下場，或由他人改扮夢中人物外，很難看出有時間的改扮：元雜劇《盆兒

⑱　筱翠花遺著〈鬼魂戲的表演技巧〉，《國劇月刊》63 期，1982 年 3 月 1
　　日。

⑲　《中國戲曲曲藝辭典》頁 145「鬼髮」條，上海辭書出版社，1985 年 2 月
　　一版三刷。

⑳　曾師永義〈李開先園林午夢院本注釋〉註十二「夢扮」言：「夢扮，上場
　　之腳色必須戴魂帕，表示其非現實之人物，鬼魂亦然。」《中國古典戲劇
　　的認識與欣賞》，頁 331，正中書局，1991 年 11 月臺初版。

鬼》第一折的「正末睡科，做打夢起云」；《馮玉蘭》第一折「正旦做睡科云」「做打夢科」；《蝴蝶夢》第二折「包做伏案睡做夢科云」；《竹葉舟》第一折「陳季卿打夢做醒科云」；《玄雪譜》《怡春錦》中的明傳奇《異夢記‧夢圓》一齣，由婚姻之神指王奇俊與顧雲容夢裡相逢，是先讓王奇俊於舞臺上先表演入睡的景象，再由婚姻之神率領鬼判領王奇俊進入顧雲容夢中，此時「生做起，合眼，隨小生走介」，以合眼表示是處於睡夢中，與元雜劇夢中本人，皆有入夢動作，卻未見有服飾上的改扮情形相同。《牡丹亭‧驚夢》柳夢梅的上場如前述是手持柳枝，遮面閉眼與由夢神帶引而出。「遮面」大約如《范張雞黍》張元伯魂入夢時：「只見他摺回衫袖把面皮遮」的動作相似。

種種例子，或許可以說，魂帕或是鬼髮是鬼魂的專用品，另有女鬼面的面具，是用於《紅梅閣》劇中的李慧娘腳色，其它劇中則未見❷。雖言其它劇作所未見，但各地方戲演出中或有類似女鬼面具或變臉特技，以見女鬼形象。如川劇中的桂英活捉王魁，有「負心王魁，請來看臉」的臺詞。在臺灣所見川劇劇本此處註明了「旦變臉」❷，用變臉來展現女鬼面的形象。

至於夢中的魂魄表演則是以合眼，或是聲微步細弱身搖狀的迷

---

❷　徐慕雲《中國戲劇史》卷三第四章〈戲裝盔頭靶子等名稱〉，頁 266，世界書局，1977 年 5 月臺初版。

❷　臺灣省文獻委員會編印《當前臺灣所見各省戲曲選集》上冊，1982 年 12月，許祥麟《中國鬼戲》書末所附川劇周慕蓮的劇本此處則未註明是變臉的特技表演。

離狀態來表示，與鬼魂是有別的。因此對於《倩女離魂》的別扮離魂和《園林午夢》的夢扮指出可能是戴魂帕的緣故，似乎有值得再商確之處。此尚可由《眉山秀》傳奇得到印證，二十六齣東坡（由小生扮飾）入睡後，佛印和尚（副淨扮飾）施一手段使東坡夢中得知自己前世五戒和尚（由外扮飾）與佛印前世明悟和尚（依然是副淨扮飾）的因緣關係。由「外扮老僧從小生睡處跳出介」知無特殊的夢魂妝扮。但當五戒與明悟禪師坐化後，有「外扮魂奔上」與「副淨扮魂趕上介」的提示，知此處的外與副淨所扮已是死魂了，因此才需要做此提示。雖則依然於東坡的夢中演出，夢中的生魂與死魂的打扮是有不同，豈是就在於有穿戴魂帕之類的象徵物？

京劇所塑造的托兆鬼魂形象，在出場時經常是保持著生前狀況，或者說是保持著臨死的狀貌才對。而這樣子的打扮則難免於凶殺之狀，渾身是血的死亡，於是在活人的眼中，不論是夢中所見，亦或是直接顯形，也常常是渾身是血模樣，如《殺子報》《九更天》《銅網陣》《洗浮山》《行路哭靈》等劇。《李陵碑》楊七郎托夢時據父親與六郎所言是「渾身是血，頭帶雕翎」，他是被亂箭所射死，故而頭帶雕翎；《綴白裘》收錄了亂彈腔〈陰送〉，楊七郎鬼魂形象是：「淨扮楊七郎披髮短甲，頭上帶箭，舞上。」《北霸天》慘遭剝皮抽筋而死的女鬼，在施公止前是「遍體血淋」。並未因過世而保持著生前的健全形象。清代花部戲《淤泥河‧顯靈》齣，是羅成故事，此處是當成了直接顯靈，而非托兆。看羅成出場的打扮為「頭面滿身插箭，面上流血，手執白鎗暗上，立孝堂後高桌」可作為印證，也保持了生前被殺一刻的形象，是遭亂箭所射殺。至於夢中形象有同於目前所見骷髏形象者，見《綴白裘》《蝴

蝶夢‧歎骷》一齣，此劇首先由「丑扮骷髏上場，打觔斗，開四門跌打技藝完，朝上場中間跌倒介」，聽得莊子譏笑言語後，於是趁莊周入夢時與他爭辯一番，有「骷髏起打觔斗下」「末繭褶幅巾插骷髏形上」，為無名氏骷髏，但他托夢形象是為目前莊周所看到的模樣。可見得鬼魂出現於舞臺之上的穿戴形象，有其特定點，但也可見到不同的服色穿著。

貳、魂的動作

雖未戴魂帕，但倩女此位魂旦的身段表演與魂子的表演相近，由「悄悄冥冥，瀟瀟灑灑」（《倩女離魂》第二折）與「慢騰騰昏地裡走，足律律旋風中來，則被這霧鎖雲埋，攛掇得鬼魂快」（《竇娥冤》第四折）等曲辭中，能想像她們不同一般的身段和舞姿，配合雲霧迷漫、日昏風旋的舞臺場景和音響效果來，當然兩魂旦又必定是不盡相同，裊裊婷婷，飄飄欲仙是她們共同特性，但倩女魂更多一些悄無聲息的翼翼小心，竇娥魂則可能是素服叨髮，橫眉怒目以表示她有深仇大恨在心❷❸。

舞臺上的鬼魂登場，常是伴隨著冷風而來，《焚香記》二十七齣桂英魂是「虛飄飄神魂茫昧，愁雲靉靆，慘霧淒迷。」活捉王魁透過奴僕言語是：「只見陰風淅淅，殺氣騰騰，一陣鬼兵帶著一個婦人，盤盤旋旋，啼啼哭哭，把我老爺鎖著牽出衙門。」盤盤旋旋，是迅疾的舞步。《盆兒鬼》第四折有陣冷風吹起，即「魂子隨

---

❷❸　倩女魂與竇娥魂兩者的不同參翁敏華〈論元代雜劇兩魂旦兼及其它〉一文。上海師範大學學報，1988 年 1 期。

風入跪科」；《神奴兒》第四折有：

> （神奴兒扮魂子上打攔路，馬前轉科）（正末云）好大風
> 也，別人不見，惟有老夫便見馬頭前一個屈死鬼魂。兀那鬼
> 魂，你有甚麼銜冤負屈的事，跟老夫開封府裡去來。（魂子
> 旋下）

《生金閣》劇中的鬼魂出場則是「提頭沖上打科」，鬧得元宵佳節
則是驚慌不已，而後：

> （魂子上做轉科）（正末云）呸！好大風也，別人不見，老
> 夫便見我馬頭前這箇鬼魂，想就是老人們所說沒頭的鬼了。
> 兀那鬼魂，你有甚麼負屈銜冤的事，你且回城隍廟中去，到
> 晚間我與你做主，速退。（魂子趑下）

待得訴冤時則是「我則見黯黯的愁雲慘霧迷，嗨，可早變的來天昏
也那地黑。」這類負屈銜冤的魂靈，總是帶著一腔的怨恨之氣，配
合著風的旋轉與舞步，隨風而來，乘風而去的出場與入場，《神奴
兒》劇的「旋下」與《生金閣》劇的「做轉科」與「趑下」，反映
出民俗中對鬼魂的來去行蹤的體認。京劇的鬼魂出時，大抵有乘陰
風而來的文句，詞意表露了冷風颼颼的情境，現以數劇文句為例：

> 陰慘慘，冷颼颼旋風一陣，半空中，又來了為國忠魂。（銅
> 網陣）

五國城，來了我太祖陰魂，叫長隨，駕神風，番營來進。
（請宋靈）

風飄飄，冷颼颼，黃昏慘淡，曾記得在生前，榮帶正冠。
（孝感天）

我這裡駕陰風往前進。（洗浮山）

雲慘慘霧沉沉，星光暗隱，西察院又來了屈死鬼魂，悲悲切
切，且把這二堂來進。（北霸天）

　　數劇中除了《請宋靈》的宋太祖身分特殊，是駕神風外，其餘
全是乘陰風而來。如何才能表現出風的旋轉與鬼魂的輕盈？大概即
是要倏忽而來與倏忽而去的表演身段了。另外《紅梅閣》的「作鬼
聲叫苦」的出場模式，也可見鬼魂的表演已然是自成一個特殊的表
演方式。同樣例子見於《牡丹亭·魂遊》：「魂旦作鬼聲，掩袖上
科」與「且作鬼聲下」，此處由墨憨齋改定的《三會親風流夢》作
「且豔粧作鬼聲掩袖上」稍有不同的指示；〈冥誓〉杜麗娘吐露自
己鬼魂身分，與柳夢梅相約在重生還魂後是「且鬼聲下，回顧科」
皆有鬼聲的表演。再由其它劇作看，鬼魂的上場動作最初是垂手；
沈璟《桃符記》第二十二齣劉天儀知所會女子係為鬼魂，又因包公
命令向女子討得信物，只好再次回到所居旅店與小旦青鸞的魂有段
對白：

　　（小旦青鸞魂上介，小旦扯生介）秀才。（生白）哎，你，
　　你站開些。（小旦白）這是怎麼說？（生白）難道我認不得
　　你？（小旦白）你認得我是那一個？（生白）認得你是鬼。

（小旦白）我怎麼是鬼？（生白）既不是鬼，為何兩手常常
下垂？（小旦白）難道你的手是垂不下來的？（生白）怎
麼？我的手也是垂得下來的，待我看。

兩手下垂是為鬼魂的出場動作，一般腳色是不會採取如此姿勢上場
的。鬼魂的雙手下垂，是為規範表演，即使是敲門動作也是垂手而
敲，不可舉手，如昆劇中的《水滸記·活捉》一齣。閻惜婆活捉張
文遠，使張成鬼有一系列代表鬼的動作與裝扮：被勾魂後，兩耳邊
各墜白紙作成的鬼髮，以示成鬼。閻魂用汗巾吊住張魂脖子，自此
張魂的動作即改為悠忽飄蕩的身段，與閻魂雙雙折袖下場。❷

《紅梅閣》李慧娘只因一句讚賞裴生言語，被賈似道處死，而
後鋪陳了鬼魂與裴生的「西窗幽會」，此戲盛演於舞臺，於李慧娘
鬼魂出場時有大段的抒情場面，是：李慧娘先倏忽上場，又倏忽而
去，然後，她穿著雪白的衣服，背朝觀眾緩緩從樹陰走出，無聲地
在月影樹叢間飄動。正如世俗說的幽靈一般，再配合著「魂步」則
更為恰當。「魂步」顧名思義即是為了演出鬼魂腳色而創的舞步，
又名為「鬼步」。鬼魂的打扮，雙臂下垂，步步腳跟著地，每行半
步，步履輕盈，身影飄忽像是飛絮，只走直線或是弧線，不可轉
彎，如要改變行走方向，必須打旋，這即是鬼步。在此則是兩臂下
垂而飄蕩，身軀僵直而輕颺，風吹得綢帶向後拖，兩臂似乎也向後
拖，沒有重量似的。這些形象演出呈現於觀眾眼前，仿佛真的幽魂

---

❷　《中國戲曲志──江蘇卷》頁 547，中國 ISBN 中心出版，1992 年 12
月。

一縷在舞臺上飄動一般❷。

　　除魂帕、鬼髮外，用來代指鬼魂的形象物尚有頸中所繫著的白練。一般說來，演員在表演虛無魂氣時，除了唱念外，尚需配合輕盈的服飾，加上相應的舞姿和其它表演，總會給人來去無影無蹤、散雲團氣的聯想，《長生殿·冥追》這齣戲中，扮演楊玉環的演員頸上還繫以白練，這顯然不是一縷幽魂所應有。但舞臺上的魂腳色，是運用著象徵性手法塑造，這白練不過是指代楊貴妃已死罷了，並不影響形象的塑造，反而可透過輕盈舒長的白練進行舞蹈，更進一步烘托了死者虛無飄緲的形態。魂帕、鬼髮、鬼聲與魂步可說是鬼魂表演的重要特徵。

　　《審音鑑古錄》收錄的《西廂記·入夢》一齣，在張生入夢時，「小旦伺更鑼聲盡上唱」香柳娘曲子時特別在旁邊註明了「聲微步細弱身搖狀」，這一說明，即可見到夢中人物的表演特徵。抵達驛館時，有「作到式夢語介」而「小生聞擊，即開眼未醒式」，等到張生開門有「小生作開門，小旦如夢迎介」，總總的提示說明，儘皆說明了夢境的表演是稍有不同，可能微聲與較慢的舞臺步法，是其特色。

　　《爛柯山·癡夢》向來為人所稱道，朱買臣下堂求去的前妻崔氏聽到朱買臣富貴消息後，痴心妄想與前夫破鏡重圓，幾番思量後入夢，夢見朱買臣來迎接他共享富貴，在夢幻的樂聲中，門外響起了接她當太守夫人的門聲，她所唱詞：

---

❷　張真〈看崑曲新翻李慧娘〉文，《張真戲曲評論集》，中國戲劇出版社，1992 年 2 月一刷。

爲甚的亂敲門，忒恁碜嬷，爲甚麼還敲的心急情切？爲甚麼
特兀的粧痴做呆？爲甚麼偏將茅舍扑登登敲打不絕？（漁燈
兒）

他敲的這聲音兒好像姐姐，他不住的叫夫人，尋不出爺爺，
他敲的只管教人費口舌，他敲的又何等忒決裂。（錦漁燈）㉖

傳神地刻畫出崔氏剛入夢時那種迷離撲朔、若是若非的狀態，也眞
實地表現了更深夜半，煢煢獨處的崔氏不敢輕易開門的心理。今日
舞臺上演的〈癡夢〉，尤其剛入夢時的音樂旋律緩慢㉗，配合夢中
鄰居衙役眾人的動作也較爲緩慢，表現了夢的邈茫神秘之狀。崔氏
開門見差役衙婆逐班叩見，她嚇得「啊呀」一聲，向差役們跪下
去。這一跪，跪出了生活眞實，跪出了崔氏這個下層婦女的身份和
性格。但此時崔光仍不深信，直到看到鳳冠霞帔時才發出會心的大
笑，以輕快動作忙著穿戴，表現出崔氏由衷的喜悅。但好景不長，
她的後夫手持板斧上場，板斧猛擊案頭，逼她脫下鳳冠霞帔。最
後，當差役們散盡，後夫下場，崔氏仍兩手高舉，似有所索取，一
聲高似一聲地呼喊：「快取鳳冠來，霞帔來，來來來！」顯示出處
在痴心妄想中的崔氏的淺薄天眞。好夢被驚醒後，崔氏心有餘悸，
冷汗津津，悔恨交加，陪伴她的只有破壁、殘燈和牆壁裂縫中透過

㉖　此曲詞係採《綴白裘》內的散齣。
㉗　《中國戲曲志——河北卷》頁364。

來的零碎月光❷。夢境中差役的遲緩動作，崔氏的輕快動作，以及最後一聲高似一聲的呼喊，將夢中的景象，崔氏的心理刻劃得十分真實，雖不同於名門閨秀如崔鶯鶯、杜麗娘的「驚夢」，卻別有不同的揭露出科舉制度下婦女的幻想，使此劇久演而不衰。

第四節　跳攝魂的演出與由來

《筆耒齋訂定二奇緣傳奇》第六齣的祈夢與賜夢過程，有段特殊的舞臺表演，其文如下：

> （小旦）鬼判何在？（雜應介）（小旦）你速將二人香魂攝起，縱放三尺粧成夢，使他悲歡離合，敷演一番，以驗後來凶吉。（雜應介）（內鳴鑼鼓雜舞跳攝魂介）（小旦）正是：點破迷夫生死路，免教人在暗中行。（同雜下）（生起身入夢介）

此處有攝魂舞的表演，於其它劇作中未見，出夢之時則是搭配著入夢時的一致性表演：

> （內鳴鑼，生雜急下）（小旦引鬼判上）堪憐人做千般事，不勾仙炊一釜糧。叫鬼判，收縛三尺，原把二魂還歸舊體。

---

❷　黃士吉〈瑰異絢爛的夢境措置〉文，《元雜劇作法論》，頁 148，青海人民出版社，1985 年 1 月二刷。

（雜）得令。（下，負生、小生上，放舊處介）

此處有攝魂舞的表演，於其它劇作中未見。相似的舞蹈於《望湖亭記》三十四齣可見，文昌星主命令魁星下界暗助錢萬選的夢魂到面前，預計授予制策，使錢生能夠高中科第，魁星引導錢生夢魂是如此上場的：「小丑扮魁星上舞界，舞畢，作引生上介。」如此舞蹈的意義應與此處的攝香魂是相似的；《喜逢春》第三十二齣小生金冠蟒衣扮涿州城隍邀毛禹門共審亂臣賊子：「今日毛禹門暫住此處，不免攝他夢魂，同斷三賊……」於是令鬼判揭起睡魔，請他靈魂到來，有「鬼應介，引生起見小生介」的指示，攝夢魂的動作可能因此演化為跳攝魂的舞蹈。至於所跳攝魂舞究竟是屬於何種舞蹈呢，我們或許可參考招魂的舞蹈處理方式。此可參看明雜劇《再生緣》和清傳奇《長生殿》的情節安排。

《再生緣》第三齣李少翁因應漢武帝思念李夫人而有招魂儀式，李少翁是「祛魔召鬼，無所不通，無所不曉」，先虔誠誦經三日，安排鼓樂，作法招魂：「眾動鼓樂畢，淨仗劍噀水，步岡請神，如世俗常儀介」如世俗常儀，正可見到戲曲情節吸收民間儀式所在。

《長生殿》第四十六齣有〈覓魂〉，是唐明皇思念楊貴妃，因此命令道士升天入地尋覓貴妃之魂，可說是段長篇歌舞的場面，這個長篇場面，實非一腳色所能勝任，因此在那吒令以前屬淨主唱，此下由扮道士元神的末主唱，腳色雖更易，而所扮人物則相同，這實為通權達變的方法。剛開始時道士上場，自言：「籍隸丹臺，名登紫籙，呼風掣電，御氣天門，攝鬼招魂，游神地府。只為太上皇

帝，思念楊妃，遍訪異人召魂相見，俺因此應詔而來。太上皇十分歡喜，詔於東華門內，依科行法，已曾結就法壇，今晚登壇宣召，童兒，隨我到壇上去來。」由「攝鬼招魂」四字，或許即可大膽揣測，此與《二奇緣》之跳攝魂可能是類似的，只是跳攝魂是簡化後的舞蹈，不似《長生殿》所鋪陳是一大套的法事所串連而成。再由「依科行法」可見得道士有套攝鬼招魂的程式存在，現將《長生殿》的攝鬼招魂過程簡敘如下：

先登上在依固定方位、尺寸所建立的高壇，敲響金鐘法鼓後獻上三柱香，再獻花散花，再獻燈、獻法盞念動咒文咒水。這些基本工作結束後才是真正的行法招魂法式：先奏法音，再獻齋醮用來祈禱的青詞，再動法器，並作法焚符念動咒語，付與凡人無法見到的鶴翥鸞翔功曹符使，使招陰魂到壇，再燒一道催符催促使者尋覓後速回。最後一道的催符是可用可不用。這是為招魂的法式。因本劇尋覓不及楊妃魂魄，因此才有所謂道士於壇中打坐，飛出元神以求升天入地尋找貴妃去處，在一般人所見，只有道士上壇端坐的模樣而已。《鸚鵡洲》第二十三齣〈攝魂〉，請道士尋找亡妻魂魄儀式較為簡單：

　　（外仗劍步罡登壇作道念）后皇降監，房闥之良，或昇廣寒，或客扶桑。（內鳴鐘鼓科）與絲虹垂，文鸞與翔，以顰以笑，其猶未亡。（內鳴鐘鼓科）夜披禹書，并柳光芒，呼吸霞外，英魂相羊。（內鳴鐘鼓科）急急如律令，敕值日天將那裡？（天將四人上）（外）可召姜玉簫魂魄赴壇速到，速到。（天將）領法旨。（下）（旛幢侍女引玉簫上）（外

下）

旛幢，似爲引魂旛。吳炳《畫中人·攝魂》也有焚符被髮厭法，命
令神將速捉魂靈妖怪的表演，整個過程「拍案、舉劍、噴水」法
事，點綴著舞臺十分熱鬧。這種道教登壇攝魂儀式爲戲曲所吸收運
用，成爲劇情的一部分。

招魂儀式由來與演出，直接令人想到《楚辭》中的〈招魂〉：
「魂兮歸來，入脩門些。工祝招君，背行先些。秦篝齊縷，鄭綿絡
些。招具該備，永嘯呼些。魂兮歸來，反故居些。」蔣驥《山帶閣
註楚辭》：

> 脩門，郢城門也。善其事曰工。男巫曰祝。背行，卻行而向
> 魂，爲之先導也。篝，竹籠，以棲魂者。縷，線也，五色之
> 線，以飾篝者也。綿絡，靈幡也。古者人死，以其服升屋而
> 號曰：皋某復。又以車建綏復於四郊，綏以牛尾爲之，綴於
> 橦上，冀神識之而來歸，此言綿絡，蓋其遺意也。秦齊鄭，
> 以其國善爲此而名。該，全也。永嘯呼，長號以招之也。

其意是招魂的巫祝，一面後退著走，一面手中拿著竹籠和招魂幡，
這個竹籠聽說可讓靈魂待在裡面，長聲地叫著靈魂，引他進入楚國
的郢都。從這裡大致可以看到楚國的招魂情形。

招魂，並不是楚國所特有，《儀禮》卷十二〈士喪禮〉：「復
者一人……升自前東榮中屋。北面招以衣，曰：皋某復，三，降衣
於前。」鄭玄注：「復者，有司招魂復魄也。」招魂儀式各地皆

有，且有不同的招魂方式：泉州有引水魂，爲客死異鄉的親人引魂回鄉，方法是先停放紙船一只於溪濱或海邊，再將由外寄回的死者一襲衣服，插在竹竿植於水中，引魂時把衣服拉回，即認爲魂已回歸；貴州爲客死外地的家人招靈，請和尙或道士作法，手執五條寫著五方稱謂帶子組成的引魂幡，到郊外秉燭焚香，響動法器招引長幡，並唸誦招魂詞，將死者魂魄引回紙紮的彩亭內，由兩個人肩負歸家，享受子孫的奉祀；東海則有名爲潮魂的招魂儀式㉙。

　　吳越地區殘存的原始宗教祭祀舞，對巫來說主要有「入魂」「招魂」「退魂」的儀式中常作一些舞蹈表演。需作法事超度那「魂」，使魂聽人使喚，召之即來，逐之則走。「招魂舞」是巫者點燃幾炷清香，在露天下拜幾下，口念「魂，來咳！」一會兒，魂來了，巫者先是呵氣連連，打過一陣呵氣後便口擬各種聲音，如搖擔聲、金戈聲、鐵馬聲，以示魂來了，於是舞者隨口中之聲起舞，常見的舞有跑馬舞、跑船舞、盾牌刀劍舞，動作大多模擬平時的舞臺表演，或是摸仿平時某物的動態如跑馬搖船等。巫者表演了一番後，方才開始作巫術，作完巫術則退魂。退魂所舞的形式與「招魂」相同。儀式中的舞蹈，大凡一般巫者都會，也較爲普遍，有的巫者在巫術過程中也起舞，這類舞大多沒有固定的程式、穩定的動

㉙　參惠西成、石子編《中國民俗大觀》上冊第三部〈喪葬習俗〉，頁 245-300，漢欣文化事業有限公司，1993 年 2 月初版。有關招魂幡，可參王景琳著《鬼神的魔力──漢民族鬼神信仰》頁 177，錦繡出版社，1992 年 3 月初版。

作，各自都不相同，完全是一種變異的狀態❸。

　　中國民間對死亡的看法以及對死亡的具體操作，形成了中國死亡文化中的許多安魂引魂的安形定形儀式❸。各地有不同的招魂儀式，招魂舞蹈亦因之而異，戲劇的招魂舞，取民間宗教上的招魂意義，而舞蹈上則有某些變化與安排。戲曲的吸收民間喪葬儀式，如《范張雞黍》第三折：「莫非是元伯的靈柩？呀！只見一首旛上面有字，寫著道：張元伯引魂之旛。」；《霍光鬼諫》第四折的「冷颼颼風擺動引魂旛」是戲曲反映人世葬禮的例證。

　　戲曲作品反映了民間的喪葬習俗，於是有引魂之旛的設置，與回煞之日的種種處置。《目連救母勸善戲文》中卷〈劉氏回煞〉一齣。據說一個人死後，要在一定的時候回家一次，借觀家屬的動靜，叫做回煞。同來的一位解差，叫做煞神，相貌異常可怕，手腳像雞爪一樣，必須設筵供奉，否則它要凌辱鬼魂的。劉氏在鬼使押解下回到家裡，而鬼使言語：「喜得你兒子睡著，你可看去。」而劉氏則交待兒子要好好齋僧佈施，看經念佛，保重身體以為母親超生。這段情境，於目連本身來講，卻是南柯夢一場。但招魂儀式並不限用於人死之後，苗族青壯年若出現軟弱無力，面黃肌瘦或時常生病，則認為是靈魂被鬼引誘招呼去了，於是舉行招魂儀式❸；

❸　姜彬主編《吳越民間信仰民俗》之「民間祭祀中的祭祀舞蹈」，頁 441-445，上海文藝出版社，1992 年 7 月。

❸　鄭曉江〈中國傳統生死觀探析〉，《孔孟月刊》35 卷 8 期，1997 年 4 月出版。

❸　張勁松《中國鬼信仰》之〈鬼信仰的起源〉，頁 3，谷風出版社，1993 年 6 月出版。

《重修浙江通志稿·民族十八》有銅鏡招魂事：

> 嬰兒病，多不延醫服藥，往往招女巫爲針灸。不服乳，則染
> 末藥於指按兒喉，雜以符咒，不愈，女巫曰：是野鬼爲祟
> 也。或曰：受驚而離魂也。乃設野祭，擊古銅鏡以招魂，以
> 草或以紙制船，實以冥鋌送鬼出戶，燒化船鋌，東西南北及
> 遠近各有定所。更不愈而死，曰：是命也，無可奈何。㉝

利用「銅鏡招魂」，戲曲也將之轉化爲舞臺道具和作爲相同用
途。《墨憨齋訂定人獸關》的睡魔神用鏡子引桂薪入夢的表演提
示；清雜劇《苧蘿夢》夢神手持銅鏡上場：「咱這兩面鏡子忒吒
異，踢得殺猢猻弄得殺鬼。」也是用銅鏡將魂魄引進夢境之中，而
後「神用鏡拍正末醒科」所驚醒是王軒的夢魂，此時對王軒來說是
在夢中的景象，而非現實世界中的醒來；《紅樓夢散套》第十六
〈覺夢〉奉警幻仙姑命，引賈寶玉夢魂的秦可卿，出場時是「一手
執花，一手執鏡」，引出夢魂時唱曲文：「憑著俺鏡底曇光，燭醒
他南柯郡內瑤臺虛境，怕他不火裡蓮生。」《綴白裘》書中《牡丹
亭·驚夢》有睡魔神持鏡引柳夢梅入杜麗娘夢中，並有花神保護二
人夢境。持用鏡子來引魂入夢，也應是民間用銅鏡招魂運用於舞臺
上的例子。楊柳青版畫有「遊園驚夢」，畫中手持雙鏡、穿袍戴甲
者即是夢神（圖十）。畫中作夢的人是柳夢梅，夢中的柳夢梅手持

㉝　據楊啓孝編《中國儺戲儺文化資料匯編》頁 156 所徵引，財團法人施合鄭
　　民俗文化基金會出版，1993 年 12 月出版。

柳枝,是對戲曲形象的反映,而此的背景爲庭園實景,並未將之舞臺化。

銅鏡與魂的關係,於戲曲舞臺多所創造與發明,京劇《黑驢告狀》出現了男魂附女身,女魂附男身的令人錯愕情狀,如何使魂身一致,包拯所用方式爲「照妖鏡」伺候:「我這裡用寶鏡來照定(上且魂紳魂同附各身介)一霎時,管叫爾,魂歸己身。」是用鏡引魂的明證之一。有意思的是,這種錯附身體的魂魄也是名爲妖,只需用照妖鏡即可回復原狀。那麼銅鏡也是驅邪的工具之一了,可以照見邪祟,使不敢近身。《綴白裘》尙收錄了《牡丹亭·圓駕》一齣,其中聖上懷疑還魂之後的杜麗娘爲鬼爲妖,爲驗明爲人身,「朕聞人行有影,鬼形怕鏡,定時臺上有秦朝照膽鏡,著黃門官引杜麗娘照鏡,看花陰之下有無蹤影,回奏。」銅鏡於民俗用具運用上,是吉祥之物,能引魂,也可趨吉避凶的法器。另京劇《牢獄鴛鴦》夢神手中的銅鏡又不具有引魂作用,而是成爲戲曲的道具之一。山西按察使周天爵審案之際夢見夢神手持銅鏡,將鏡擲兩半,雙手各持一半並唱一歌:「銅鏡如月,半明即滅,先缺後圓,先圓不缺。」此處的銅鏡並未引魂,只是作爲一個道具來使用,成爲戲情一部分,或許也是因爲夢神手持銅鏡已成爲戲曲舞臺的必需用品,因此而創造出這段情節故事。

由招魂而至有捉魂的傳聞,有民間傳聞仙姑走陰氾濫到由鬼師將人魂放去陰間,叫做「放魂子」❸。鬼師將人魂捉走於戲曲中則

---

❸　張勁松前揭書之〈處置鬼的祭儀與巫術〉,頁86。

有《焚香記》，故事經長期演進而與原先故事結局稍有不同❸，至明傳奇則先陽告，後陰告，繼而活捉王魁魂至海神廟折證山盟海誓言語，係由鬼兵偕同桂英陰魂前往勾取王魁，看一連串的動作指示：

> （旦扯生）快隨我去。（鬼捉介）……（旦）我要拿你去見海神爺……（鬼捉生介）快走快走。（旦扯生）王魁這廝好好隨我去，教你渾身是口也難言，遍體排牙説不得。（生倒地介）（鬼旦下）

　　鬼府陰司的捉魂使生人致死，道士築法臺可召回已死人物的魂魄，清代戲曲又有新的法展，即道士築臺作法亦能捉生魂使人致死。《狸貓換太子》有劉后，龐吉陰謀殺害包拯，特請邢吉道人築法臺將包拯靈魂捉使赴幽冥。做法期間長達數日，這時的包拯則在病中，病情嚴重，找不出原因，大有即將死去的樣子。最後解除困厄則是展昭，恰好投宿通眞觀中，得知此項陰謀，因此殺死道士救了包拯魂靈。上海演出此劇時將當時最爲新興的機關舞臺運用得頗令人覺得新奇與緊湊，看《戲考》所著錄下的精彩片段：

> （邢吉曰）代路法臺。（小元場拉開法臺介）（白）你且退下。（道童下）（展上）（邢吉白）天靈地靈，連將包正靈

---

❸　有關歷代王魁故事演變參筆者〈書生負心的易妻典型〉一文，1991 年 6 月 26 日中央日報長河版。

魂拿啊。（展昭白）看刀。（殺介）（拉幕下）（二十二書
房機關）（八勇士公孫策、包興、包正絲邊拉開）（孫策脈
介，白）哎呀，包興，包大人脈息漸微，眼看只甚一時，快
快準備後事才好。哎呀，脈息沒有了。（包興哭介）哎呀，
包大人若死，你快去打鋪蓋，你作你的生易，我只好回去，
我的包大人。（孫策白）哎呀。（拉開機關還魂介）（展昭
在機關內殺邢吉介）（閉幕）（孫策白）大人醒來。（包正
唱西皮倒板介）不由我三魂飛天外。（眾白）大人醒來。

於此知法術高強之人，亦得行捉魂之事，且生人之魂如被捉也是死
亡，是戲曲舞臺的另一創設點。

　　問亡人魂的叫問死魂，問活人魂的叫問生魂，招魂則有招生魂
與死魂的差別。民間有招魂儀式，不論是招生魂或死魂，這種儀式
可能爲戲曲所吸收運用，只是將儀式簡化如《一笠菴新編人獸關》
用「將拂子拂淨介」即是攝魂引入夢遊冥境以顯果報。另有前章節
所述諸多神鬼攝人魂魄入夢者，皆可視之爲簡單化的攝魂表演。若
將民間招魂儀式加以舞蹈化，美化之後呈現於觀眾眼前即如《筆耒
齋訂定二奇緣傳奇》中的跳攝魂舞，或如《望湖亭記》的舞蹈、
〈驚夢〉由睡魔神用銅鏡引導柳夢梅與杜麗娘入夢，皆可說是民間
攝魂儀式的轉化。清代地方戲演出較爲活潑，《九蓮燈‧火判》引
末腳所扮富奴入夢是「提末一轉丟介」，出夢依然是「提末困
介」。「困介」指富奴又兩眼迷濛，昏昏縹緲，接下來才有「末醒
介」的真正醒來。這也是另一種攝魂入夢的表演方式。

小　結

　　鬼魂托兆是中國戲曲常見的情節，因此鬼魂是中國夢戲中的掌夢人物之一。由這些鬼魂托兆故事，見得鬼魂的形象是取自於人的形象，他一方面是虛幻的一縷幽魂，但在舞臺上又塑造出觀眾皆可看見的鬼魂形象，只是對劇中人而言，鬼魂是幽幻的，他只在相關劇中人面前顯靈或托夢。托夢原因不外是身爲鬼魂的他們依然惦念記掛陽世親友君臣關係，依然有話要表達，以結束他們生命存活時的最終心願。於是我們可見看到有諸多冤死鬼魂的托兆，其目的是希望活著的親友替他雪冤復仇，於是元雜劇的英雄，或是冤死的平民百姓，皆散發著強烈復仇意味。

　　京劇的鬼魂復仇，則以冤死平民百姓爲主，以及綠林好漢爭強時不幸而亡，於是要結義兄弟替他報仇，充分顯現著民間俠義觀念的影響，是有仇報仇，有恩報恩，或恣意個人恩仇的表現。歷史英雄人物的冤死，直接造成他們的死亡可能是戰場上的敵人，間接原因是長官或同僚的陷害。身爲鬼魂的他們托夢時直接將他們的死亡歸罪於同僚長官，但是卻僅只於敘死因，交代親友代爲照顧家人，於復仇二字卻隻字未提。

　　至於明傳奇的冤死人物眾多，卻不像元雜劇有著濃厚復仇情緒，其原因可能是因托夢時所敘親情分量勝過於冤情所致；一方面也是因爲冤死英雄人物或者善人，被劇作家安排成死後成神，並非一般鬼類，使得悲情氣氛無形中減緩許多。

　　夢中人物形象，可別爲夢魂與死魂，兩者之間穿戴略有不同。死魂有象徵鬼的穿著，如鬼髮、魂帕、白鍊等物。夢魂和死魂相同

者是表演身段上的縹緲味道，輕盈是共同特色。另在引領入夢時有攝魂舞的表演，此演出實際上是根源於民間的招魂活動，不論是用銅鏡招魂，或有所謂的法事招魂，戲曲舞臺將之美化爲攝魂舞，或簡或繁，是爲了美化舞臺的演出活動。既而再演變成捉拿生魂置人死地的情節。

第六章　中國夢戲與宗教度脫、公案和趣味

中國夢戲隨時與宗教有所關聯，由掌夢人物類型可見得佛道二教人物眾多，其間也有些民間俗神或鬼魂的掌夢。戲曲的招魂攝魂，道士作法以溝通陰陽兩界，是取材民間宗教習俗的證明。而中國戲曲關目情節，有部分內容又與宗教息息相關，這類劇作被稱為度脫劇。而度脫劇也常常以夢作為故事情節的開展因素。

「度脫劇」依照趙幼民的解釋為：當然是以「度脫」為主題的劇本。度者超度，脫者解脫，謂超度解脫生與死的苦厄❶。有別於羅錦堂將元雜劇分為八類，其中佛道異能之事，成仙成佛成道，以及佛法無邊的概念，均歸於道釋劇中。而是專指仙佛度人成仙成佛，以解脫人世間苦痛的雜劇。所說的人，都是與佛道有緣的人，就是平常所說的「佛度有緣人」❷。

本章前三節是就度脫劇所有夢戲作論述，分別為：一、以夢作為度脫關鍵的度脫夢戲；二、以虛幻夢境寫社會現實的度脫夢戲；三是度脫夢戲對佛道兩教的揚抑。後面兩節則針對中國夢戲在公案

---

❶　趙幼民〈元雜劇中的度脫劇〉上，《文學評論》第五集，書評書目出版。

❷　羅錦堂〈元人雜劇之分類〉，《錦堂論曲》頁 94-96，聯經出版社，1979年 11 月第二次印行。

上的運用，以及作爲一小段趣味情節所在。前者包括命運發生前的惡夢，象徵不祥或作爲凶殺氣氛的鋪墊，清官決疑平反相關夢境，夢在劇中是一重要關鍵處。

第一節　以夢作爲度脫關鍵的度脫夢戲

　　分析元雜劇屬於度脫劇者共有十五：馬致遠《馬丹陽三度任風子》、岳伯川《呂洞賓度鐵拐李岳》、賈仲名《鐵拐李度金童玉女》、李壽卿《月明和尚度柳翠》、谷子敬《呂洞賓三度城南柳》、無名氏《馬丹陽度脫劉行首》、《漢鍾離度脫藍采和》。這七本，從正名上很容易讓人明瞭所述內容。另有八本閱讀全文後才知是度脫劇者：戴善甫《瘸李岳詩酒翫江亭》、馬致遠《呂洞賓三醉岳陽樓》、《邯鄲道省悟黃粱夢》、范康《陳季卿誤上竹葉舟》、李好古《沙門島張生煮海》、鄭廷玉《布袋和尚忍字記》、無名氏《老莊周一枕夢蝴蝶》、《呂洞賓桃柳昇仙夢》❸。

　　十五本度脫劇有夢情節者共有九本，是：《陳季卿誤上竹葉舟》《布袋和尚忍字記》《馬丹陽度脫劉行首》《月明和尚度柳翠》《瘸李岳詩酒翫江亭》《老莊周一枕夢蝴蝶》《邯鄲道省悟黃粱夢》《呂洞賓桃柳昇仙夢》《鐵拐李度金童玉女》。這些夢境於度脫故事中所佔的地位爲何呢？度脫劇有一不成文的規律，那就是凡度必爲三而始成。所謂「三度」往往是某仙或某佛發現某人有靈

---

❸　趙幼民〈元雜劇中的度脫劇〉上，《文學評論》第五集。

根宿緣，於是前往度化。先說以富貴不足恃，再喻以功名不足戀，可是被度脫者還是執迷不悟。此時此際，乃假藉其仙佛的超越力量，幻設出各種可驚可愕的事跡，於是乎被度化的人頓然開悟，隨其出家修道，位列仙班。度人者由第一、二、三折一而再，再而三的指點，脫離塵世，這就是三度劇的表現手法。而度脫的過程，也完全在「三次度脫」的情形下完成的❹。現將九本度脫劇的夢境出現位置列表如下：

劇目	度者—被度者	掌夢者—夢者	夢在度脫的位置	夢的內容大要	結果
忍字記	布袋和尚—劉均佐	定慧和尚—劉均佐	出家後的魔障境頭	夢見妻子	放棄修道
劉行首	馬丹陽—劉行首	東岳神—劉行首		敘述前生事	夢醒後出家
度柳翠		一柳翠	平常夢境，與度脫無關	夢自己成爲梨花貓	此夢被度者利用
度柳翠	月明和尚—柳翠	月明和尚—柳翠		夢被殺	夢醒後出家
翫江亭	鐵拐李—牛璘、趙江梅	牛璘—趙江梅	度脫前的境界		夢醒修道成仙

❹ 曾永義〈雜劇中鬼神世界的意識形態〉，《說戲曲》，聯經出版社，1983年第三次印行。與趙幼民前揭文之「度脫的歷程」，見度脫歷程的安排是十分呆板而統一，《文學評論》第六集。陳宗樞《佛教與戲劇藝術》上卷〈傳概篇・今來古往，其間故事幾多般——佛教戲劇的分類〉，天津人民出版社，1992年12月一版一刷。

莊周夢	蓬壺仙長、太白金星－莊周	一莊周	一度時的插曲	夢大蝴蝶舞	醒後依然未醒悟
黃粱夢	鍾離權－呂洞賓	鍾離權－呂洞賓	一度之後的夢	夢中過了富貴浮沈人生，至老將死。	夢醒出家成仙
昇仙夢	呂洞賓－柳春、陶氏	呂洞賓－柳春、陶氏	度脫前的惡境界		桃柳成仙
竹葉舟	呂洞賓－陳季卿	呂洞賓－陳季卿	度脫前的惡境界	夢回鄉探望家人，再進京趕考	夢醒修道成仙
鐵拐李	鐵拐李－金安壽、嬌蘭	鐵拐李－金安壽	度脫前的境界	夢被人追趕	夢醒修道成仙

　　度脫劇的夢境，大部分是度脫時的重要關目。尤其在曉以現實富貴不足恃，仙佛路上可嚮往的一二度皆不成功時，度者通常要給予被度者一番境頭（或稱為境界），使被度者看破人世塵念，從而出家修道成仙成佛。這些神仙度者往往利用幻術、隨意隱形、變形、現形，並且化妝成被度者夢中人物，使對方能夠了悟❺。如《翫江亭》先得道的牛璘在趙江梅的夢中扮梢公渡人；《竹葉舟》列御寇將竹葉化舟，並指引迷蹤的陳季卿道路；《黃粱夢》鍾離權在化成高太尉、院公、樵夫，指引著迷了道的呂岩。不論在現實或是夢境裡神仙所扮演的腳色總是一致的，不是指路者，就是渡津者

---

❺　陳秀芳〈元雜劇夢裡的非現實角色〉，見於《中國古典文學論文精選叢刊——戲劇類（二）》，幼獅文化事業公司，1981年7月再版。

流，這類人物的象徵意義是顯而易見。

　　然而神仙人物主導的夢不是帶給被度人歡愉與快樂的夢，而是相反的，以痛苦、不愉快居多，如《度柳翠》夢見被閻神牛頭鬼力斬首；《鐵拐李》金安壽夢見本身嬰兒姹女心猿意馬追趕，奔逃到連天峻嶺、萬丈懸崖的絕地；《翫江亭》船行至中途趙江梅被梢公威脅成親，否則會被淹死在大江中的夢；《昇仙夢》漢鍾離在夢中扮演強盜，在半途中等候桃柳人身經過後，強搶金銀並且殺害夢者，使夢者遭到生命死亡的痛苦。這三例皆是典型的苦厄夢境。若如《黃粱夢》的夢境由第一折的入夢，經過了楔子、第二、三、四折，於第四折出夢；《竹葉舟》於第一折入夢，經第二折，於第三折結束之際夢醒，以大部份篇幅鋪陳夢境。因此這二本雜劇的夢境就非單純的一小段情節，而是較詳盡描寫夢中人生。

　　《黃粱夢》主人翁呂岩在夢中是高官，而且入贅於高太尉家，其間迭經了出征與賣陣受私情，私自還家的起起浮浮，最後落得了成為牢囚發配沙門島。發解途中在深山曠野遇雪迷失路途，須有人指點正確路途。《竹葉舟》入夢時即是搭船回家卻迷失路徑，遇著三位道者的勸告，依然執迷不悟，為追求功名富貴人生而活。等回到家鄉，暫時見父母妻子一面，即離家應考，再次搭上竹葉舟應考，卻於此時風浪大作，使舟壞人墜水，因此驚醒。這兩劇的情節，夢境長，內容也較豐富，尤其是《黃粱夢》夢中所描繪情境與社會有一定關聯，直揭現實的官場醜態。但驚醒時分，卻與前述三劇相同，在面臨生死攸關的困厄場合情境下醒來，這也就是度脫劇中的惡境頭。使原本執迷不悟，即使在有道者，或神仙一而再，再而三得指點迷津，希望被度者能夠因之而頓悟，進而成為仙友。被

度者依然未醒情形下，使度者不得已施用幻術，在困厄情形下看破世間而出家，因此這些夢可說是扮飾著醒悟的關鍵。《竹葉舟》陳季卿夢有三位道者諄諄勸以功名不足恃，而修道路途可期，盼陳季卿能因此而省悟，看以下諸曲：

> （太平令）你則說做官的金章紫綬，我則說出家的三島十洲。你則說做官的功成名就，我則說出家的延年益壽。你呵！罷手閉口只看我這道友呀，那一個不棄官如垢？
>
> （甜水令）俺也曾鳳闕蹭蹬，龍門踴躍，馬蹄馳驟，高折桂枝秋，偶然間經過邯鄲逢師點化，黃粱醒後，因此上把塵心一筆都勾。……
>
> （鴛鴦煞尾）你則爲功名兩字相遒逗，生熬得風波千里親擔受。憑著短劍長琴，遊遍赤縣神州，唱道幾處笙歌，幾家儸儌。不勾多時蚤餓的你似夷齊瘦，爭如我與世無求，再不向紅塵道兒上走。

與《黃粱夢》對社會現實作某一程度的揭露，是有不同。

《劉行首》的夢也是度脫關鍵，但不是惡境界，而是由東岳神明白敘述劉行首前因：「劉行首，劉行首，吾乃管托生案神，奉祖師法旨，二十年前你是一陰鬼，來著我送你下方做女子身，遇馬祖師便回頭，今日你迷卻正道，是小神之罪。」引起劉行首昔日記憶因而出家。東岳神對劉行首言語，說得相當清楚，是要「夢化此人成道」，夢化二字是度脫夢境的主要目的。《忍字記》的夢境是劉均佐出家許久，由定慧和尚施一法術，使劉均佐見到了妻子兒女，

因而引發了回家之思。而這一夢境，卻也是刻意爲之，因爲「嗨！誰想劉均佐見了些小境頭，便要回他那汴梁去，這一去，見了那酒色財氣，人我是非，貪嗔癡惡後，遇我師父點化方能成道。」原來也是一樁試驗的手法。

《莊周夢》的夢大蝴蝶舞，表面上只是一段迷戀世間的歌舞表演，以見舞臺演出的熱絡，作爲調劑劇情之用。實際上這本對《莊子》書中關於莊周夢蝶的寓言故事的敷衍，夢成全劇的框架，同時也是全劇的主導意象。因而，作品唱詞、念白裡常常出現夢境的描繪，這在太白金星一上場所唱仙呂點絳唇裡已經開始：

> 飛下天宮，將帝宣欽奉，因他宿緣重，但得相逢，是一枕胡蝶夢。

在這裡，通過太白金星之口首先推出了「蝴蝶夢」的主導意象，從而使全劇具有整體象徵意蘊。接著劇情推展，莊周醉酒入夢，蝴蝶仙子上翩翩起舞，莊周醒來念道：「適夢中見胡蝶變化，好一箇大胡蝶也。」太白金星說道：「十分胡蝶大，我有箇大胡蝶詞。」在這些念白裡，夢境逐漸地具體化，蝴蝶的反復出現把人們帶進一個亦眞亦幻的神秘世界。當然《莊周夢》並不是單純地鋪敘夢的故事，而是運用夢的形式來表達一種歸依大道的情懷。所以，在夢這個總體象徵意象之下，作者納進了兩個對比頗爲強烈的意象群，一個是仙界的象徵，一個是人世的象徵：

> （金盞兒）恰春到百花紅，早夏至綠陰濃，秋來不落園林

空。呀！早霜寒十月過，春夏與秋冬。今日是一簡青春年少
子，明日做了白髮老仙翁，豈不聞，百年隨手過，萬事轉頭
空。

（後庭花）想人生百歲翁，似花飛一陣風。人無有千日好，
花無有百日紅。

以花開花謝的自然現象來象徵人世變化。「花」在唱詞中已不單純
是一種比喻，因爲它並非一閃即逝，相反，它被神仙人物反復地
唱，隨著春夏秋冬季節變換，花開花落已成一種符號，它所表現的
是人生易逝的感嘆，由神仙人物口中道出了「人世無常」的思緒。❻

　　由這九本有夢情節的度脫劇，我們可知夢在度脫劇中是扮演著
關鍵位置所在，或者是爲了堅定修道信念，因而所設的魔障。有此
夢則於瞬間頓悟，進而出家成仙成佛，這或許是受了禪宗頓悟學說
的影響，進而運用在戲曲劇作的度脫情節上。「頓悟成佛」是禪宗
的思維模式，也是禪宗的修行方式。宗密禪師曾說：

> 從迷而悟，即頓轉凡成聖，即頓悟也。頓悟者，謂無始迷
> 倒，認此四大爲身，妄想爲心，通認爲我。……如有大官，
> 夢在牢獄，身著枷鎖，種種憂苦，百計求出。遇人喚起，忽
> 然覺悟，方見自身，元在自家，安樂富貴，與諸朝寮，都無
> 別異。據此法喻，一一分明，是辨夢悟身心本源雖一，論其

---

❻　詹石窗〈元代道教戲劇的象徵性〉，1994 年 6 月戲劇·戲曲研究月刊。

相用，倒正懸殊，不可覺來還作夢事。以喻心源雖一，迷悟懸殊，夢時拜相，不及覺時作尉，夢得七寶，不及覺時百錢。（《中國佛教思想資料選編》第 2 卷第 2 冊第 407 頁，中華書局。）

這裡用惡夢比喻迷妄，用大夢初醒比喻頓悟。作惡夢與夢醒時，雖身心同一，卻是兩種完全不同的境界。夢醒時一刹那的體驗，就是頓悟的體驗❼。眾生的根器不同，於是體悟道理的速度就有疾速與遲緩兩種，也就是頓悟與漸悟兩類。禪門頓漸問題，有著漸修頓悟、頓修漸悟、漸修漸悟、頓悟漸修、頓悟頓修、法無頓漸六類不同說法❽。作為給世俗觀眾所欣賞的劇作，對於宗教，不論是佛道的哲理教義，能否作深入探討與描寫？事實上，要對佛教哲理作深

---

❼　張育英《禪與藝術》之〈禪的頓悟說與藝術思維〉，頁 43-44，揚智文化事業，1994 年 12 月初版。

❽　佛學浩翰深奧，非長久力積所得透據，現將數篇提及頓悟、漸悟論文臚列，以資參考。禪門頓漸問題可參何國銓《中國禪學思想研究》，文津出版社，1987 年 4 月出版；賴永海《佛學與儒學》〈頓悟見性與修心養性〉，揚智文化事業，1995 年 4 月初版；楊惠南《禪史與禪思》〈南禪頓悟說的理論基礎——以眾生本來是佛為中心〉，東大圖書公司，1995 年 4 月初版；劉果宗〈有關頓悟義的諸論說〉，《獅子吼》31 卷 10 期，1992 年 10 月；胡京國〈惠能頓悟佛性論的哲學要義〉，《香港佛教》376 期，1991 年 9 月；高柏園〈壇經頓漸品中的頓悟與漸修〉，《中國文化月刊》65 期，1985 年 3 月；郭翠蘭〈神會頓悟思想與頓悟法門之探究〉，《諦觀》81 期，1995 年 4 月；楊惠南《惠能》〈第四章惠能的主要思想〉，東大圖書公司，1993 年 4 月；傅偉勳《從創造的詮釋學到大乘佛學》〈壇經慧能頓悟禪教深層義蘊試探〉，東大圖書公司，1990 年出版。

入瞭解，並非短期內所能達成，至少要有十年的歲月投注其中，因
此對大多數的佛教徒來說，通常都是透過通俗講義或大眾讀物，來
掌握信仰內涵，其中已經歷了「通俗化」這一簡化和普及的過程，
所以大眾較能瞭解和接受❾。既然社會大眾所接受的佛道之理是通
俗化的，可能劇作家也無從細考頓悟漸悟與修行之間的關聯，而是
用較爲通化簡化的思考理念來描寫度脫內容，於是夢成了醒悟的關
鍵，只要看夢前夢後被度者的心思轉變，可說惡夢之後即見性成
佛，完成度脫過程，而《忍字記》長篇描繪的修行過程才見佛性，
可說是漸修頓悟的註解。

　　明傳奇的長篇鉅著，常包含著豐富內容，鮮有如元雜劇明顯以
度脫爲主題者。或有一劇中的數齣是求道學佛的主題，在政治家庭
社會的描寫包圍之下，度脫修道已非主要關鍵處。與元雜劇取材相
同於黃粱一夢，以全劇鋪陳夢境，出夢後歸於修道的明傳奇有數
本：《竹葉舟》《呂眞人黃粱夢境記》《南柯夢》《邯鄲夢記》❿
《櫻桃夢》；另有《蝴蝶夢》雖然夢境只是其中一齣，與全劇大多
數篇幅是夢的情境有別。仔細探討這數本劇作，似乎除了入夢出夢
那兩齣之外，夢中情境無疑即是現實社會的反映。

---

❾　江燦騰《文學與佛學關係》序文，學生書局，1994 年 7 月初版。

❿　墨憨齋有《重訂邯鄲夢傳奇》〈總評〉：「通記極苦、極樂、極癡、極
　　醒，描摩盡興，而點綴處亦復熱鬧，關目甚緊，吾無間然。惟填詞落調及
　　失韻處，不得不爲一竄耳。」提及要重訂湯顯祖《邯鄲夢》的緣由。吳梅
　　則有跋語：「玉茗此記，爲江陵發，篇中憤慨甚多，臧晉叔、龍子猶輩皆
　　未之知，各爲刪改，眞是夢夢。玉茗有知，當齒冷地下。」本文寫作不納
　　墨憨齋的本子，而以玉茗本爲主。

·254·

散齣作品與度脫有關者，在夢境的處理上頗有不同之處，清代花部雜劇〈點化〉和京劇《藍關雪》內容相同，是韓湘子在藍關點化叔父韓愈。夢境的寫作，似真似幻，分不清是現實或夢境，將韓愈淒涼心境描摹而出。整個舞臺又冷清卻又熱鬧無比。韓愈夜宿藍關，一夜難眠，回思以往情境不覺悲歎人生路途。耳聽得曠野中更鼓聲，更覺淒清，有歎五更的歌詞，全用吹調：

聽更聲鐘鼓沉沉，對影悲孤另，俺本待秉忠貞，誰想道成畫餅，只落得腮邊兩淚零。

昏昏睡起夢魂遙，聽誰譙樓二鼓敲，想起前情，不由人不淚珠拋。在朝綱，掛紫袍，今朝來到藍關道，望長安路遠無消耗，悔當初，把定盤星兒錯認了。

呀！鼓三更，半夜交，聽猛虎沿山嘯，三魂七魄蕩悠悠，生死真難保，無計出羊腸，只得把神仙告。

四更裡，心膽裂，聽門外狂風猛雪，又聽得有鬼說：馬兒命難逃，孤身何處歇？想必是韓愈前生多罪孽。

五更鼓絕，雞聲三唱，不覺的東方亮，猛聽得漁鼓兒響，好叫我驚覺慌忙。想是那韓神仙來度我。

是相當悲涼的調子。然而韓愈在藍關所宿的小屋，係韓湘子所幻化，因此韓愈歎五更前，是有小鬼的表演打諢，以及韓湘的歌唱，也同時配合五更歌曲，看小鬼表演，將舞臺的淒清轉換成熱鬧無聲的表演：「二小鬼上，打諢起更，小生上，立生背後椅上，唱道情，二小鬼猜拳跌背，諢介」此處的生為韓愈，小生是韓湘子。對

觀眾而言，舞臺上人數眾多，而於劇中人韓愈而言，卻是孤另一人，且因夜裡輾轉難眠，似夢非夢，但終知這是個夢境：「方纔夢寐之中，見我湘子孩兒，頭挽陰陽雙髻，身穿水褐道袍，打扮做山樵模樣，一把扯住他的衣裳。他是神仙，我怎麼扯得他住？化清風將身飛上。」❶這個夢境可說決定了韓愈最後走向了出家的路途，與元雜劇作為惡境界不同，不是凶惡無比的夢。雖則最後韓愈的成仙，是因肚子饑餓吃了桃子而脫卻凡胎，稍嫌簡單。但是這場似夢非夢的情節塑造是相當深刻成功的。

另一散齣之作《蝴蝶夢·嘆骷》莊周夢中的骷髏爭論言語，詮解了生不如死的論點，並有「骷髏，我當為汝告過陰司，令汝再生人世，意下如何？」的宗教輪迴觀念。莊周走向世外的路途，其間的夢境安排皆非如上述是在被度脫的前一刻，而是安排於尚在人世紛擾不定時。對於莊周的問題：「怎能個跳出輪迴，方免無常？」骷髏是以偈語作答：「滿眼貪生怕死期，死中樂處有誰知？先生要免無常路，除是長桑公子知。」雖然這一夢境不是直接牽涉到莊周的出家，但因此夢促使莊周決定離家，遊遍天涯，尋訪長桑公子這位道德真仙。那麼此夢對於莊周的訪道也算是起了決定性影響。

第二節　以虛幻夢境寫社會現實的度脫夢戲

如前所述，明傳奇《竹葉舟》《呂真人黃粱夢境記》《南柯夢》《邯鄲夢記》《櫻桃夢》《蝴蝶夢》這五個劇作的內容以元雜

---

❶　此處曲辭係用《綴白裘》六集〈點化〉曲子。

劇的角度來看，該是屬於度脫的領域。《櫻桃夢》也是勸度人出家的作品，第二齣〈聽講〉的外扮老僧上場即言：「貧道乃海外黃里先生便是。這廂盧秀才仙風道骨，因欲度他化作僧人，在此竹林寺講經說法，引得那秀才到此一聽，隨便邀入方丈中暫息。貧道卻將法力，喚底睡魔王魔障他一箇櫻桃大夢，使他知道人間世得失榮枯，都不過一夢，豁然大醒，纔好度他。」因何以夢作為度脫的主要內容，大概即如夢夢生為此劇所作的序文：

> 自古詞場狡獪，偏要在真人前弄假，卻能使人認假成真，在癡人前說夢，卻能使人因夢得覺。櫻桃記也，假也，真也？夢也，覺也？然無真不即假，無覺不由夢。夢因假而覺亦假，假因夢而真亦夢也。

真假難分，亦真亦幻，或許即是中國人生如夢觀的最佳詮釋。最後一齣〈出夢〉：「如今盧秀才這櫻桃大已完了，此夢與呂洞賓黃粱夢一般，要使他曉得夢中遭際，醒後虛無人間世，都是一場大夢。不免喚魔王揭去此子睡魔，纔好分明點化，引領它上山修道也。」果然盧生出夢後即步入了修道的路途。

　　不論元雜劇或明傳奇度脫劇情，是個脫卻過去，走向修道成仙的新路途，是過去的死亡，與未來的再生新生。前述所說，竹葉渡人，走向彼岸的途中，往往有著風險阻攔，這些風險，也就是死亡的象徵，是再生之前的死亡。《竹葉舟》陳季卿坐上了竹葉舟，度者要慢慢點化他歸於正道，有「與他閻王殿上除生死，仙吏班中列姓名」閻王殿是冥府，是死亡的象徵符號，名列仙班須先在閻王殿

上將生死除去，才能成仙。是死亡與再生的依存關係。

看度脫劇藉由入夢的情節，見識了惡境頭，而惡境頭往往又是面臨著攸關生命的關鍵，是「死亡」的符號。《黃粱夢》鍾離權對入睡的呂洞賓說「呂岩也，你既然要睡，我教你大睡一會，去六道輪迴中走一遭」六道輪迴，也就是冥府，象徵著再生之前的死亡。《度柳翠》柳翠被月明和尚引進地獄，正因爲她「不著他見個惡境頭，他可也不得省悟」進入地獄這一本身即是走向死亡，在地獄中柳翠又因觸污聖僧羅漢而被判處斬刑。度人者月明和尚在最危險時刻，以智慧老人的姿態出現，但仍不能令柳翠省悟，柳翠依然要處死。終於在最驚險時刻驚醒過來，回到現實世界。柳翠被處死，同樣是再生前的「死亡」，夢境過後，柳翠省悟到了：

> 恰纔分明的殺壞了我，卻又不曾死，我待道死來卻又生，待道生來卻又死，生死原來是幻情，幻情滅盡生死止。

度脫前的死亡情境，象徵著脫胎換骨，捨棄形骸⑫。《竹葉舟》夢醒前是眼見坐船壞損，求救無門，最後更墜水而高呼救人。船壞墜水，也是死亡的象徵。明傳奇在夢中迭經起伏的夢境與富貴，最後夢醒時也常是面臨著生死交關情境時醒來，夢中的死亡，導至了夢醒時候的再生，走向了出家訪道路途，與元雜劇有同樣的度脫象

---

⑫　此處度脫劇由死亡走向再生的啓悟理論，係採用容世誠《戲曲人類學初探——儀式、劇場與社群》之〈度脫劇的小型分析——啓悟理論的應用〉說法，麥田出版社，1997 年 6 月初版。

徵。《藍關雪》韓愈在脫卻凡胎之前的夢境是追溯昔日，懊悔不已，醒後的出家，為摘桃食用而跌一跤：

> （生上椅摘介，作跌介）為何跌我一交？（小生）地下一
> 人，你可認得？（生）先前沒有，霎時間一人倒在地下。
> （小生）這就是叔父的凡胎。（生）這是我的凡胎，難道我
> 也成了仙麼？

由死亡至再生，就是脫除了平凡人類的身分，而名列仙班，則再生之前的困厄與死亡，確實是走向再生的一條路徑，只是有時度脫情節是藉由夢境中的困厄來傳達此項訊息。

　　夢境與宗教的相互結合，是可以理解的：夢的虛幻性，導致宗教思維對現實虛幻產生認同，由此啓迪了超越現實的審美思維。無論夢中的景象境況多麼美妙迷人，多麼情意纏綿，但畢竟只是夢，而非現實，夢醒後只留下淡淡迷惘記憶。夢境與現實的強烈反差，經過宗教的曲解，成為客觀現實與宗教境界的鮮明對照：「凡所有相，皆是虛妄」。在宗教思維中，現實的虛幻、不可靠、不可戀，猶如夢境般，只有宗教境界才是切實可憑依的，才是幸福的樂土。夢的短暫性，導致宗教思維對人生短暫性的認同，從而啓發追求了永久之美的審美思維。且夢的寓意性，導致了宗教思維對神秘主義的認同，由此開啓了熔鑄深刻的寓意性的審美思維❸。夢境既與宗

---

❸　郭英德《世俗的祭禮──中國戲曲的宗教精神》中篇〈夢幻思維〉，頁
　　128-134，國際文化出版社，1988 年 5 月。

教結合，又引發了一個爭議，即：以度脫修道成仙爲主旨的劇作，是否即是宣揚了佛道思想，散布「人生如夢」的世界觀？有因此而認爲這類作品受宗教影響，精神漸趨頹唐，可說是失敗作品⓮。這類劇作，是否有其現實性？

　　傳奇的長篇鉅著，竭力刻劃夢中的一切，夢中景象似乎即是現實社會的翻版。此現象於元雜劇《黃粱夢》已有蹤跡可尋。如上所述，元度脫劇的夢境常扮飾著度脫前促使被度者醒悟的關鍵情節，而《黃粱夢》以較長篇幅，拋棄了唐傳奇《枕中記》那個奇異、可於頃刻間導人入夢經歷寵辱、窮達和死生的瓷枕，從而細膩而生動地刻劃了「昨日上官時似花正開，今日迭配呵風亂篩，都是犯著年月日時該。」（第二折「么篇」曲文）的宦海風波和人世升沈無常的不幸，有較多的對官場傾軋和知識分子出路問題的描寫，包含了更多的社會現實內容⓯。劇作包括了三個有機的組成部分：主人公入夢前的落魄感慨；主人公在夢中的風雲際會；主人公夢醒之後的覺悟出世。不容否認，既以度脫修道爲內容，受佛道思想的影響自不在話下。

　　從全劇來看，入夢前是開端，夢境是發展，夢醒是高潮和結

⓮　這類作品引發最多爭議大概即是湯顯祖的《邯鄲記》《南柯記》了，有完全或部分否定此二劇；或對二夢重新作評價，認爲二夢的出現，標志著作者對封建統治集團的局部否定走向了全局的否定。王永健《中國戲劇文學的瑰寶——明清傳奇》，頁98，江蘇教育出版社，1989年11月一刷。對湯顯祖二夢的肯定有論文〈湯顯祖創作思想的偉大飛躍〉，懷玉著，1982年爭鳴第3期。

⓯　么書儀〈元雜劇中的神仙道化戲〉，1980年文學遺產第3期。

局。就作爲主幹的夢境而言，又有各自的戲劇衝突的完整過程。或許可以如此說，主要夢境部分是現實主義的，開頭的入夢部分和夢醒後的結局部分，帶有浪漫主義的色彩。光是看夢境部分，現實性強烈，尤其是揭露官場的醜陋面。現將這幾齣全劇是夢的綱要臚列如下：

《竹葉舟》：述概、漁樵、畫牆、幻舟、厚報、步塵、引薦、收秀、宮衅、訪珠、驛娶、操演、黨聚、園宴、救琨、鬥寶、竹林、珠泣、遣索、拒索、篡位、謀洩、墮樓、乞代、戒酒、市曹、歸舟、証果。（此劇自〈幻舟〉開始入夢，由〈歸舟〉出夢）

《邯鄲記》：開場、行田、度世、入夢、招賢、贈試、奪元、驕宴、虜動、外補、鑿郊、邊急、望幸、東巡、西諜、大捷、勒功、閨喜、飛語、死竄、讒快、備苦、織恨、功白、召還、雜慶、極欲、友嘆、生寤、合僊。

《南柯夢》：提世、俠概、樹國、禪請、宮訓、謾遣、偶見、情著、決婿、就徵、引謁、貳館、尙主、伏戎、侍獵、得翁、議守、拜郡、薦佐、御餞、錄攝、之郡、念女、風謠、玩月、啓寇、閨警、雨陣、圍釋、帥北、繫師、朝議、召還、臥轍、芳隕、還朝、粲誘、生恣、象譴、疑懼、遣生、尋寤、轉情，情盡。（此劇自〈情著〉齣入夢，〈尋寤〉出夢）

《櫻桃夢》：適寺、聽講、入夢、謁姑、議親、結婚、獵飲、破嗔、幽期、遣試、覺貪、訪道、遊街、報喜、逆旅、迎吠、義激、魍魎、狹邪、清談、囈語、幻俠、虐戲、召起、概世、晤仙、惡誚、漁色、送妾、詐傳、互妄、還朝、逐諂、退思、出夢。

《呂眞人黃粱夢境記》：開場入道、結夢、受室、握乾、宮

怨、逢世、作偽、遮道、蝶夢、釁隙、廷諍、言祖、出塞、胡塵、
奉使、民艱、複諫、兵變、勤王、突騎、正覺、乘槎、請劍、傳
首、宸遊、斥遣、分邅、世態、出關、夢醒、大覺、飛昇。

　　由這份大綱，可發現夢中人生大要，全是官場富貴浮沈，有愛
情浪漫，有著官員生活，以及軍民生活或變故在其中，而出夢之前
的際遇大多數爲困窮或末路的悲慘。這與元雜劇度脫劇情相似，或
用一惡境頭來看破人世貪嗔癡愚，使夢中人恍然悟到富貴功名不足
恃，仙佛路上可期得永久長生。

　　明傳奇度脫劇的夢境，將社會面貌全在夢中揭露而出，像富貴
人家的歌舞宴會場合情景，《黃粱夢境記》的蝶舞，由梨園伶人演
出一段莊周夢蝶的戲劇，以娛樂大眾；《竹葉舟》〈園宴〉是石崇
在金谷園宴請賓客，〈鬥寶〉展現了富貴之家的奢華生活，奇珍異
寶盡成爲囊中物：除了木難珠、水蒼玉、扶餘玉，火齊珠、分水
犀、切玉如泥的切玉劍外，尚有許多珠寶的展示表演，是舞臺上炫
惑眼目的奇景，如一幅點睛龍畫，點睛而龍飛舞，是一寶物，因此
有點睛之後，由鑼聲引出「龍舞上，轉下」的表演。吹奏引鳳簫
時，由細樂引出鳳舞。降仙旛、降魔鏡使二仙與魔跳上再下場。能
飛子母錢，用鐵如玉擊碎聖上御賜的珊瑚。爭奇鬥豔，使舞臺因之
而繽紛多彩，也襯托了豪富人家的奢侈。《邯鄲記》〈驕宴〉新狀
元賜宴曲江池的意氣風發與教坊人員的承應宴席。《南柯夢》〈玩
月〉淳于棼「我爲公主造此一城，都是白玉砌裏，五門十二樓，眞
乃神仙境界也。」奢華之狀可想見。

　　相對於富貴生活，則是揭出了社會困苦。《黃粱夢境記》第八
齣商人的投訴：「近日皇帝爺爺差那杜佑，括百姓的商錢，原額該

括四分之一，他如今連鍋底都括去了。」呂洞賓還是位爲百姓解決困厄的好官。十六齣〈民艱〉著破衣的百姓，賣妻女爲生，淪爲偷盜都有深刻的描寫。靠裙帶當個老婆官，如《南柯夢》十六齣淳于的妻子告訴駙馬「俺入宮闈取禮，和你送家書，見父王求一新除」，並不諱言就算做老婆官，也「有甚麼辱沒你淳于家七代祖。」同是做老婆官還有《邯鄲記》主人翁盧生，他是一個私字浸透骨髓的極端自私自利的人，爲了滿足自己的富貴欲和權勢欲，削尖腦袋向上爬，他對呂仙所透露的志向是：「大丈夫當建功樹名，出將入相，列鼎而食，選聲而聽，使宗族茂盛，而家用肥饒，然後可以言得意也。」（第三折）在夢中靠著妻家的豪富，取得功名是易如反掌，這正如妻子所教：「奴家四門親戚，多在要津，你去長安，都須拜在門下……還一件來公門要路，能勾容易近他，奴家再著一家兄相幫引進，取狀元如反掌耳。」（第四折）靠著鑽營取得了文才第一的美名，所以主考官有著：「非萬歲爺一人主裁，他與滿朝勳貴相知，都保他文才第一，便是本監也看見他字字端楷哩。」（第六折）與諷刺科舉弊端的《黃粱夢境記》第六齣〈逢世〉：「近聞科場裡作弊，把剪刀剪人文字者即多，故時人有詩云：文章已付金刀剪，名姓何勞白簡封。」全是揭出了科舉考試的眞相。

盧生尙且藉著掌制誥的工作機會，替自己的夫人騙來了「誥命」的名號：「小生因掌制誥，偷寫下了夫人誥命一通，混在眾人誥命內，朦朧進呈，僥倖聖旨都准行了。小生星夜親手捧著五花封誥，送上賢妻，瞞過了聖上來也。」（第九折）被陷邊疆三年後，由皇帝召回封趙國公，食邑五千戶，封相掌兵權，依然是窮奢極欲

的生活，獲贈女樂二十四名時還，很正氣得說：「五色令人目盲，五音令人耳聾……相似這等女樂，咱人再也不可近他。」但等夫人讚賞盧生是道學之士，不如送還女樂時，卻又「這卻有所不可，禮云：不敢虛君之賜。所謂卻之不恭，受之惶愧了。」（第二十六折）毫不猶疑接受皇帝所饋贈的女樂。前後相對比，正可見到盧生的醜態與品德若何了。

為官的真相如何？也可由《南柯夢》見出：「吏爺既要銀子，怎不買本大明律？看書底有黃金。」（二十一齣）原來在作者心目中，堂而皇之的大明律，只不過是現實社會中大小官吏借以榨取黃金的幌子。《竹葉舟》石崇饋贈賈后走盤珠壹萬顆，五色寶三千粒，直接表明「願拜太僕，出監青徐軍事」意願（第九折），賈后公然賣官，透過劇作直接展現觀眾面前。雜劇《黃梁夢》呂岩奉命率軍討代叛軍吳元濟，回故鄉時竟然是堂堂大將軍，而無人通報，原來呂岩在前線賣陣受錢，私自還家，將軍旅事當成了兒戲，也因此遭到了發配沙門島的命運。原來為官者的富貴是如此得來，建築在百姓痛苦之上的富貴生活，《邯鄲》第十二折〈望幸〉為皇帝巡幸要一千個裙釵女子唱采菱，由陝州太爺親選了九百九十八個，獨少兩名，於是交待新河驛驛丞尋找，驛丞自忖無妻少女，尋死之際為囚婦所救，淨扮驛丞與貼、丑扮囚婦的對白：

> （貼丑）奴家兩人都是本驛囚婦。（淨）哎，有這等姿色的囚婦，一向躲在那裡，不來參見本官？且問你丈夫那裡去了？（貼）我丈夫叫短包兒，剪綹去了。（淨）怎麼說？
> （貼）是老爺放他去，好還月錢。（淨）多承了。（丑）我

丈夫是胡哈兒，吊雞去了。（淨）好生意哩。（丑）也是老
爺教他去。（淨）我要雞怎麼？（丑）下程中火呢。

最後以這兩名具有姿色、又能唱歌的囚婦來充數。如何維護目前的
政權？皆是這般情境。《竹葉舟》傳奇晉帝對孫秀的指示：「寡人
初登大位，恐民心未服，卿可暗遣心腹，私行密訪，倘有不軌之
臣，密奏朕躬，以便處究。」（二十一折）

世態炎涼的感慨隨處可見，諸劇中的主人翁皆有著當官厚祿，
被謫斥失意時候，周遭人物的不同態度，是主人翁感受最為強烈的
對比，《櫻桃夢》〈迎吠〉以卑隸言語可為世態之證：

你不曉得家主做官時，假家人也是真家人，說話當錢使，屁
也是香底。家主不做了官，真家人也是假家人，要打便打，
要罵便罵，辯什麼真假來。

不論被謫斥的原因何在，主人翁皆會為今日失意處境不滿。前述賣
陣受錢的呂岩被斥往沙門島時，並未檢討自己罪責，而是埋怨押解
士兵的凶狠，以及自己的時日不濟：「昨日上官時似花正開，今日
迭配呵風亂篩。都是犯著年月日時該。隋江山生扭做唐世界，也則
是興亡成敗，怎禁那公人狠劣似狼豺。」

有時劇作者會藉劇作表達自己的政治理想，如《南柯夢》〈風
謠〉，淳于棼治理南柯二十年，百姓贊頌「征徭薄、米穀多。官民
易親風景和。」南柯百姓聽得淳于被調回京師，士民男婦簽名上
本，希望讓淳于老爺再住十年。儘管做了這麼多好事，當國王將他

調回朝廷加封左丞相後，他也日益「權勢非常」起來，甚至發展到
淫亂程度，如〈粲誘〉〈生态〉。後來遭到國王驅逐。國王驅逐，
固出於「疑憚」之心，算不得英明，而他的被逐，也是「咎由自
取」，而非「蒙冤」。權力使人腐化，或許這也就是這類打著宣揚
佛道出家思想旗幟的劇作，主人翁夢中的情境遭遇起起落落，而這
浮沈與現實人生的官場並無差別，總結成為富貴功名的如夢似幻，
一切皆是虛假，以致使劇作最後走向了出家之途。

第三節　度脫夢戲對佛道思想的揚抑

　　夢戲加入了宗教的色彩，除了度脫之外，尚有一些儒道或民間
俗神的干預夢境，這些夢境充分顯示出了民間對於神鬼的崇敬心
理。而且這些神靈對於夢者而言，不論夢情是否必要，全是扮飾著
人生路途的解謎者或解惑者、救助者，庇佑善人的情緒濃烈，因此
凡是佛道神祇或民間所祀神靈入夢，皆是正面的吉夢。若遇困境而
有夢，也必然會解脫災難，給劇中人活下去的希望，可以冀望美好
的未來。劇作家此點的安排，與民間信仰帶有實用性是相符合的，
明雜劇《紅蓮債》佛印和尚的命名是「記我母親章氏分娩之時，夢
一羅漢，手持一印，來家抄化，及我長成，取名端卿。自幼喫齋，
一心定要出家。」夢見佛家羅漢在夢境的解析上向來是為吉夢，這
點顯示了肯定了佛家的思想，因此劇作家在安排夢境情節時，也是
以尊崇佛道信仰為主，鮮少有損及佛道與俗神的尊嚴夢境產生，如
有，也是九牛一毛。《三祝記》以范仲淹不懼夢中威靈大王威逼不
能拆廟的言語，並因此而禍及剛出生子女。劇本雖知這個威靈大王

為邪神，而非一般民間所崇祀的神明，但也因為范仲淹此處不敬神明因之受到懲處，即禍及子女。更能證明神靈的不可侮慢。雖然宗教的尊嚴神聖無法加以侵犯，於字裡行間，劇作家偶而對於宗教亦有所批判與貶抑。

壹、夢戲對佛道的贊揚肯定

中國夢戲劇作大抵是肯定佛道兩家思想，為宗教服務色彩較濃。如《黃粱夢境記》第十五齣，呂洞賓奉使，途遇高山橫阻，而有愚公出面替他移去高山；路途遙遠，則有擅長縮地的壺公為他縮去一二千里路。事情出于荒誕不經，但又處處扣住了佛道思想的明指暗示：「小老即是愚公，若問移山，不拘五嶽，皆能遷轉。但聞得人說，人心之險，險於太行，若是這樣山，就移動不得了。」以及「小老即壺公。若問縮地，百千萬里，都無難事。只有人身中一種極惡的心地，不過方寸耳，就伸縮不得了。」分封海上諸神，呂洞賓發出了：「只是一帆遠引，能無蹈海之嘆，不知可駕得一座長橋過去否。」在現實界是虛有的海神則說出了「此有何難，那佛國中看這塵世，都是虛幻的，塵世中自看，卻是實境；塵世中看這海市，都是虛幻的，海市中自看，卻是實境。如是就借海市中的實境，結一座長橋，直通外國，以度使臣。」第二十九齣被貶出關時，所過關卡稱為「利名關」，且被守關將士收革了衣帽行囊，雖則困窘，穿著舊衣物的呂洞賓卻有超脫言語：「呀！儀從都被這廝裁革了，只剩得一箇身子出關，不好觀瞻，只是減去了這些俗物，身上也就見寬展許多。這卻不是排遣，到是實話。」關口的名稱，以及自寬自慰言語，象徵意義十分濃厚，代表著主人翁即將脫卻利

名，而走入了修道成仙的路途。再加上成仙成道後的法力無邊，自在逍遙，爲求仙求道者刻鏤了美好的未來，也是對於宗教的肯定。

《櫻桃夢》〈破嗔〉夢中夢境是敷演讀歷史時，對諸多古人的際遇不平，而主人翁盧秀才因之在夢中命鬼卒將張湯抽筋，殷周磔剮的刑罰，無疑是佛教地獄觀念的化身情節；〈覺貪〉是對盧生貪心的點化；〈訪道〉〈清談〉〈晤仙〉由道者崔四對盧生勸諫出家時論及出世法與處世法，修道點化心意是一而再，再而三，可比擬於元雜劇的度脫過程。現以〈覺貪〉以西施、綠珠、王嬙隨方點化有仙緣人物，對進京應舉的盧秀才，吩付道童扮一漁者渡他到此點化一番。漁者渡人形象的象徵意義已如前述。而盧秀才確實也具有仙緣夙慧：

> （旦）你愛喫麼？喚道童取熊掌豹胎、龍肝鳳髓過來。（雜捧膳上，旦）儘著你喫。（生喫科。旦）再喫麼？（生）飽了。（旦）這龍肝鳳髓底飽與那麥飯菜羹底飽，有分別沒有分別？（生）飽則是一樣飽，有甚分別？（旦）可又來。
> （小旦）你愛穿麼？喚道童取蜀錦冰紈各一千匹，鮫綃五百段來。（雜捧幣上。小旦）儘著你穿。（生）穿不了。（小旦）既穿不了，要那篋笥中底敗縷殘絲做甚？（老旦）你悟了麼？（生）小生纔悟了天下奇珍異寶，與那玉食錦衣都是身外之物，要他何用？小生告退了也。

盧生訪道之中，各式各樣的幻術，富宗教意味。《竹葉舟》雖與元雜劇同名，且幻舟之狀相同，但改主人翁陳季卿爲石崇。夢中景象

對於佛道未加以描寫，只是寫盡了石崇得意奢華，與最後的淒慘結局，在生死攸關之際，夢醒了，因此夢中的景象，全是社會眞實。出夢後，體會利名原是一時癡想，直弄到死別生離，餐刀飲血的程度，於是出家，法名爲「無相」，是離諸煩惱，了悟無生的佛理。

《蝴蝶夢》是莊周故事，〈蝶夢〉本於莊子，用口敘方式來表達：「俺方纔合眼，夢此身化爲蝴蝶，上下翩翩，甚是快活，不知莊周夢爲蝴蝶，還是蝴蝶夢爲莊周。」十一齣〈夢疑〉是骷髏陰魂奉長桑公子命，在莊周夢中先預埋伏下生死疑根，以方便於日後的點化。由此情境看來，並不似元雜劇大多數度脫的夢境，一醒來即是頓悟而出家，反而只是一個預先的伏筆而已。

其它傳奇劇作如《韓湘子九度文公昇仙記》《曇花記》也是道教的度化修道故事，劇中也有夢境，前者在第九折，後者在五十二齣，卻與上述的夢大不相同。韓湘子出家求道，在韓愈生辰時要返家慶祝前，要求土地托夢給他的嬸嬸妻子，使知要回家一事。如此情節，與度化是沒有任何關係。《曇花記》李白妻子夢見家宅土地對他說明了「三年前到我菴中說法的，不是尼僧，乃襄陽龐公之女，靈照菩薩，化身雲水尼僧。那回來的，也不是我家老爺，乃就是宅中土地，奉靈照的命，扮作老爺模樣，來試你我的道心。他說靈照菩薩，今日午時要降臨我菴中，與我相見，教他夢中報我。」知已是修道成果之後的印證，有預示作用，而非用來堅定修道的作用。京劇《大香山》堅持出家的妙善；夜夢佛祖囑咐百花齊放。醒後果然。是堅定吃齋唸佛修成活佛的路途。此劇無疑是對佛法給予莫大尊重。

宗教儀式與法器對中國夢戲來說，最重要是招魂的儀式，可引

領劇中人入夢，或用銅鏡來引領入夢，是融合了民間宗教儀式而來。崑曲《九蓮燈》提及的九蓮燈，是出自於「蓮花山香果洞，道德眞人駕前。有此九盞蓮燈，內按九宮八卦，諸天星辰，上能照徹天門，下能照開地獄，中能解難度厄。」由這段文字，實在很難完全標指出來究竟是屬於何宗教，是道教？佛教？或者也雜有儒教的理念？此劇可說夢境是展開了富奴求取九蓮燈以搭救主人的契機，若無此夢則無此劇。宗教法器的效力無窮，可救護善者，無形中亦是對宗教的肯定與贊揚。《藍關雪》韓湘子度脫父韓愈時，給予食用桃子，食用之後立即脫卻凡胎成仙。道教所給予的人世因果報應，無疑是較爲偏向近報，亦即求仙學道的途徑可以由仙果或其它法器，很快達到目的。清雜劇《鑑湖隱》夙有仙骨的賀知章，由夢神帶領遊歷仙界，見廣城仙府、葛仙翁煉丹的石洞丹灶、和騎驢駕鹿跨羊乘鶴的仙人，也見到了蓬萊第一宮，確是爲人嚮往的神仙世界。透過劇作中的夢中仙界，對道教神仙給予至高贊揚。

貳、夢戲對佛道思想貶抑

　　劇作描述佞佛者行徑，知佛道興盛：《黃粱夢境記》第七齣：「我聞近來杜鴻漸臨死削髮，以致讀書人箇箇效尤佞佛，我如今只把這頭髮鬍鬚一頓剃吊了，做箇和尚去化他，豈不妙哉。」《南柯夢》〈玩月〉：「娘娘還有懿旨：請下血盆經千卷，送與公主供養流傳，消災長福。（生）齊家治國，只用孔夫子之道，這佛教全然不用。」對佛道兩教祖師爺譏諷嘲弄，表示了大不敬態度，《南柯夢》五戒所唱「普賢歌」：「終朝頂拜如來，人肉樣的蓮花業作臺。一家兒酒和色，三分氣命財。」（第七齣）批判鋒芒直指佛教

祖師爺如來；《邯鄲記》第二折呂洞賓：「先是貧道度了一位何仙
姑，來此逐日掃花，近奉東華帝旨，何姑證入仙班。因此張果老仙
尊，又著貧道駕雲騰霧，於赤縣神州，再覓取一人，來供掃花之
役。」此劇於二十七折〈友嘆〉對道教彭祖年高八百和采女之術；
二十八折〈生寤〉用崔氏之口說明某官員進獻的採戰之術，三個月
前的偶一閃失，成為病體。皆是對道教為達成仙目的，以「採戰」
修行方法進行無情批判。道佛兩教信徒常被劇作家寫成了可鄙可笑
的小丑，如好些尷尬的五戒和尚；《邯鄲夢》有半仙之分的盧生，
卻是利慾薰心的人物。結局雖是盧生看破紅塵，但通過盧生這個形
象，卻是封建社會黑暗、官場的種種黑幕與大小官僚的種種醜態**⓰**。

　　對佛道文化進行否定與批判以湯顯祖《南柯夢》《邯鄲記》的
表現最為強烈。但不容否認，否認批判的同時常伴隨著對佛的功德
的讚美，或是宣揚佛道的戒義，以《南柯記》〈情著〉的偈語有：

> 佛祖流傳一盞燈，至今無滅亦無增，燈燈朗耀傳今古，法法
> 皆如貫所能。……高臨法座唱宗風，翠竹黃花事不同，但是
> 眾星都拱北，果然無水不朝東。……賽卻須彌老古藤，寒空
> 一錫振飛騰。拄開妙挾通宗路，打斷交鋒迴避僧。……釣絲
> 常在手中拿，影得遊魚動晚霞，海月半天留不住，醒來依舊

⓰　萬斌生〈淺談臨川四夢的非佛道思想〉，1982 年江西大學學報第 2 期。
　　其分三點來說明，其一是對佛道兩家祖師爺進行嘲弄，二是對佛道兩教，
　　從理論到實踐都進行了批判，三是劇中所有的佛道信徒都寫成了可鄙、可
　　笑的小丑。

宿蘆花。……六萬餘言七軸裝，無邊妙義廣含藏，白玉齒邊
流舍利，紅蓮舌上放毫光。喉中玉露涓涓滴，口内醍醐滴滴
涼。假饒造罪過山嶽，不須妙法兩三行。

「偈」的隨口頌念，兼具意義與聲韻之美，讚揚諸佛的功德並暗點
佛法眞諦，在佛家傳法中，立功頗大。同齣也有說佛法的部分，藉
釋家角色，宣示教化的管道，著墨較多，鋪敘亦長，這類的講經說
法在内容上比較嚴肅，既不能插科打諢，想必演員也須正經地表
演，易陷於死板單調❼。

民間經常混淆了佛道兩家的思想，佛道不分，於是原本只有佛
教才有的偈語，也出現於道教的戲曲情節中。前述《蝴蝶夢‧嘆
骷》骷髏用偈語告知莊周如何免除輪迴無常，並訪求長桑公子。長
桑公子係道德眞仙，爲道教神仙，非關於佛教，卻依然有著輪迴與
偈語的運用。

《南柯》《邯鄲》二劇結局一以佛爲歸依，一以道來逃避社會
現實，確也有著消極情緒的反應。在當時的社會體制之下，如何爲
當時文人尋找適當的解脫之路，湯顯祖並未找到，因此只能以佛道
來脫逃現實，尋求安慰。用湯氏自言：「秀才念佛，如秦皇海上求
仙，是英雄末路偶興耳。」（〈答王相如〉）或可作爲入道學佛的
緣由註腳。這種歸入佛道的結局於二夢來說，並不是最主要的部
分，而是藉由夢境來指陳批評現實社會的種種，因此該說具有正面

---

❼　高顯瑩〈明代傳奇中的佛教資料〉，《獅子吼》30 卷 6 期，1991 年 6
月。

的意義⑱。

　　經過分析，可見得以度脫爲主題者，尤其是長篇描寫夢的劇作，夢的內容對現實社會有著深刻的反映。而對於佛道思想，則是集中在入夢前與出夢後的情節上，夢時對佛道或如湯顯祖二夢加以嘲弄，或如《竹葉舟》隻字未提，也有如《黃粱夢境記》《櫻桃夢》用了部分篇幅來給予正面的肯定，以與夢醒時相互配合。大凡作家寫夢有兩種意蘊可追尋，一是於夢中勾畫出一種超脫並優越于現實的景象，以此來滿足人們對現實生活的厭惡心理和對理想境界的追求。二是借夢境表現現實，用入夢夢醒的情節轉換，去引發現實社會中對自我存在價值的否定，從而激發起某種宗教的情感。用夢境來表現數十年官場的興衰榮辱的虛幻不實，顯然是受到大乘佛教宣空說無理論的啓示。大乘佛教不僅力主「色空」，將整個現實世界看得虛妄不實，甚至連其終身追求的法身眞性，也同樣一併歸於虛妄。如夢如幻的佛教理念，不僅遍及宗教徒對整個世俗社會的認識，而且這種觀念甚至也浸潤於佛教領域本身，因此，大乘佛教對世界包括佛教眞性法身在內的這種理解，成爲後世文人墨客詠嘆人生浮虛的宗教依據⑲。受大乘佛教影響，然而劇作者在創作之際，對於度脫的方式卻是採用了禪宗的頓悟方式，參考前引宗密言

⑱　劉云〈南柯記、邯鄲記思想傾向辨〉，1983 年江西社會科學第 6 期；金登才〈湯顯祖劇作的評價〉，1994 年 7 月戲劇·戲曲研究。

⑲　王連儒〈南柯太守傳之臆夢結構與宗教述意特徵〉，見 1993 年聊城師範學院學報·哲學社會科學版第 3 期。

語，可見明傳奇有關於度脫主題內容的描寫，幾乎吻合，都是使主
人翁在經歷現實一剎那，而夢中已過數十年的歲月後，夢醒時立即
領悟到整個現實社會的虛妄不實，因而出家成佛。闡揚道教理論的
度脫劇作，其度脫方式，也同樣是如此，足見得佛道兩教相互影響
的痕跡。

第四節　夢戲與公案的發生和審斷

公案，依照羅錦堂的解釋爲「決疑平反及壓抑豪強」，係指諸
吏斷案的劇作[20]，青木正兒則將之稱爲「斷獄」類[21]，以社會訟獄
事件爲題材的戲劇，一般由兩個部分組成，首先表現訟獄事件是怎
樣發生，其次寫官府如何判案；或有學者用「勘獄戲」來稱呼它[22]。
中國戲曲描寫案件與審斷的情節不少，也或多或少免不了與夢有關
係，明傳奇若是囚犯或官員在審案時有夢者，則列出。前述中國夢
戲與鬼魂部份，有冤死而要求報仇者，不少是公案，如《神奴兒》

---

[20]　羅錦堂〈元人雜劇之分類〉，《錦堂論曲》，頁 81-83，聯經出版社，
　　　1979 年 11 月第二次印行。

[21]　見《元人雜劇序說》之第二章〈雜劇之組織〉，隋樹森譯，頁 40，長安
　　　出版社，1981 年 11 月臺二版。

[22]　《元雜劇研究概述》〈元雜劇公案戲研究綜述〉引用李漢秋研究指公案戲
　　　是以訟獄事件爲題材，另北京大學所編《中國文學史》稱之爲「勘獄
　　　戲」，並統計元雜劇共有二十四種劇作是屬於公案劇，佔元雜劇作品近六
　　　分之一的分量。與羅錦堂歸納出的十四本有差相當大的差距。頁 298，天
　　　津教育出版社，1989 年 7 月第二次印刷。

《竇娥冤》，此處則不再贅言。現將有關案件發生或是決斷之際與夢境有關的戲曲情節列表如下。表格之後，分三部份論述：一是災禍發生前、與繫獄相關的夢；二是命案發生前受命運播弄的夢；三為審案期間，清官以夢作為斷案依據的夢。

夢者	夢的情節描述	夢的占斷	結果	審案者	劇名出處
李慶安	無，但有夢話	用夢語作為決獄關鍵	如夢語而查得真凶	錢大尹	緋衣夢第三折
楊國用	賞花喝酒後被殺		夢者被殺害	包拯	盆兒鬼第一折
郭成	不詳	惡夢百日內有血光之災	如占斷	包拯	生金閣楔子
馮玉蘭	夢自己被強盜所殺		父母兄弟為盜所殺	金圭御史	馮玉蘭第一折
王文用	賞花被殺		如夢被殺	東嶽太尉	硃砂擔第一折
包拯	三隻蝴蝶先後被蛛網網住，大蝴蝶救其二，而包拯解救小蝴蝶。		以此審王母三子的殺人案件	包拯	蝴蝶夢第二折
竇天章	亡妻敘女兒冤情		重新審案並平反	竇天章	金鎖記二十六齣
宇文彥	且與鬼面提人頭持刀殺害夢者	凶夢暗示自盡。自盡未果	案情接著平反	李文義	春燈謎二十六齣
姜荊寶	夢見薛濤	獄情可昭雪	出獄	韋皋	鸚鵡洲二十齣
王鼎臣	搭救入網鯉魚，脫困後化為龍	應於何文秀獄事	以己子代文秀而死	王鼎臣	玉釵記二十四出
魏從道	豺狼被打死，豺狼子脫逃。	豺狼死，則太平	被控結黨行刺繫獄		鮫綃記十三出

| 薛清 | 神人提兩個人頭,留詩四句。 | 有冤待雪 | 重新理案查得真凶 | 薛清 | 沒頭疑案第六折 |
| 況鍾 | 兩個野人啁鼠哀泣 | 昔日夢境印證今日冤情 | 重新理案查得真凶 | 況鍾 | 十五貫 |

壹、與繫獄有關的夢

　　有關於牢獄之災的夢境,幾乎全是不祥者,如尚未繫獄前親人或自身的夢境,於劇作中算是一種線索伏筆,告訴觀眾劇情的轉折處,如《東窗記》岳飛妻夢虎落澗裡並被削去爪牙與皮;岳飛夢見二犬爭言;《寶劍記》林沖夢鷹投羅網,虎陷深坑;《鮫綃記》魏從道夢風雨驟作的深山,有抱子豺狼被獵者打死,豺狼子幸而得脫。在魏從道好友的解釋是:「豺狼當道,安問狐狸?豺狼乃惡獸也,秦檜乃奸臣也。豺狼死,奸臣必退,不日同見太平之世。此亦可賀,何怪之有?」充滿了希望。然而在劇情安排卻非然,是魏從道被告以「結黨行刺」而繫獄,其子魏必簡幸而脫逃。京劇《堂樓詳夢》霍定金夢情人穿紅衣、繫麻繩,左手牽牛,右手打傘,預示著情郎重孝在身與有牢獄之災。

　　《八義記》對於趙盾全家三百餘口的繫獄與滅亡案件的提示,也是以夢作為線索,劇作家盡全力刻劃全家的不同夢境。人人有夢卻又夢得不同,而且俱可指向未來的災難與結果。趙盾夢虎狼爭食相吞,未見輸贏,東方走出紅色似兔似狗的妖魅,虎見妖魔即避入山谷,見到一個小鬼持刀殺了妖魅。圓夢人釋為:「虎狼爭食。虎者,尾火虎也;狼者,奎木狼也;如兔似犬者,婁金狗也。三物爭強,其虎必傷,此是不祥之兆。」趙朔的夢是:魚被一網打起,走

脫二尾魚。占夢是：一網的魚走脫其二，卻是一網打空的徵兆。趙朔妻德安公主夢見身處空房，有人相招呼出門，等跨出房門，卻見狂風驟雨把房屋全數吹毀。所得夢占是：「夢在空房中，主有幽禁之災；有人相招，主生貴子；出門屋倒，破家之兆。」程嬰夢見和妻子同食，有強人把兒子殺了。占夢是「夢妻子同食，主口舌；殺汝一子，半年有報應。」公主侍婢春來的夢是：在名園有烏雲把她罩住，一回頭卻見百花落地。占卦爲「百花落地，乃春來無主也。」爲趙朔賞識留在家中的周堅也有夢：合府人都走不動，被周堅一擔擔出門去，一跌卻醒來了。圓夢人釋爲：全府悔氣重走不動，被周堅一擔擔出府門，只是擔得有些吃力，一跌後卻消除了悔氣。全家的兆夢，將未來情節預伏在其中，不似某些預告情節寫得明白，而是盡力鋪陳未來可能遭到的慘烈災事，使劇作更有豐富的舞臺生命。

　　繫獄者的夢境，有如《鸚鵡洲》夢見婦人薛濤而釋爲案情可得昭雪，果如夢境所示。《春燈謎》宇文彥在元宵節因醉誤入官船，被樞密當成賊子綑綁後丟入江中，後又因被緝捕官軍撈救，當成是賊來報功，而且被判斬罪，也是件冤獄。就在宇文彥於獄神廟禱祀時，有場夢，夢境在作者有意安排下，顯得十分奇幻：「且女粧同一戴假面紅衣少年上」，夢中的紅衣少年就是宇文彥本人，這對男女持箋抱哭，有「一人戴鬼面金盔，一手持劍，一手提人頭，將假面生、且趕下，又將人頭向生打三下」。如此夢境並不是對未來情節的預示，卻也不是歡愉夢境，尤其是被提人頭，持劍的鬼所追趕，可說是惡夢了。然而此夢對未來情節雖無預示作用，卻開啓了另外的情節，可說是個關鍵所在。宇文彥在萬念俱灰時祈祀獄神而

得夢，卻非佳夢，因此「此斷斷是大凶的兆頭，今番審錄御史來，我性命多應難保，是獄神指我一條盡頭路，免在刀下亡了。」才有後來自殺爲獄吏所救，並因此捎來了一線生機的訊息。

即使沒有被害前的繫獄，劇作家刻劃災難來臨之前，也常用夢來作一鋪墊，而且這一鋪墊並不拘執於正面人物。在奸黨敗滅前夕，也有夢境來預示，如《酒家傭》梁冀夢見姓空名買的前朝大將軍，梁妻孫壽夢自稱雲佳夫人的貴婦人，約他同行。這場夢在梁冀勢力當敗之際，再經過郭亮刻意的解釋，以爲夢中人是「竇憲」「霍顯」，而且會如二人般敗滅。當然劇情轉入了梁冀夫妻的敗亡。京劇《興趙滅屠》屠岸賈的群羊被虎吃掉的夢，夢書指示是凶信。《高平關》高形周的夢，夢書指示午時三刻亡命。《刺王僚》吳王僚的夢、《捉放曹》呂伯奢的夢、《雙龍會》楊繼業的夢，全是災難之前的不祥夢，只是京劇於敘述夢境時，除查閱夢書，其它皆未占斷，可視爲單純用夢逐步鋪陳災難。但依夢的占斷傳統，這些夢全是凶兆，而且爲大家所熟知，因此夢帶有「預示」作用。這與明傳奇劇作家習慣安排劇中人占斷釋夢，直言主人翁的不幸預兆有所不同。京劇此方面是「冥冥中」自有安排的預示夢。

貳、受命運播弄的夢

《神奴兒》《竇娥冤》鬼魂的出場，在公案審理的劇作中充滿著強烈的復仇精神，至死也要復仇。改編自《竇娥冤》的明傳奇《金鎖記》，將悲劇的竇娥結局改成慶團圓的收場，不但冤情得昭雪，而且蔡婆婆的兒子也未死，高中狀元，最後衣錦還鄉與竇娥夫妻團圓，竇天章也與女兒相見，是齣闔家團圓的劇作。因結局的改

變，使竇娥不再如元雜劇一樣被殺後以鬼魂模樣托夢予父親，訴說冤獄種種，並要求代為復仇。雖然繫獄，卻由竇娥母親鬼魂托夢給竇天章要求重勘女兒冤情，終而使竇天章重新審案而平反此案件。

《盆兒鬼》《硃砂擔》《生金閣》三本元雜劇的公案劇，它們的內容與結構都很類似，前半部寫驚心動魄的謀殺案，其主題核心是「命運的播弄」。三本戲曲的基型結構是：某個市井小民因惡夢而算卦或是某天在街上算了一卦，結果有血光之災，千里外才能躲得過。於是他決定辭別家人到外市做生意，一方面營利，一方面躲過災厄。行至半途或是將滿百日時，他在外頭已獲利百倍，思鄉之情日切，於是急急忙忙趕回故鄉，誰知道竟在距離故鄉千里內的地方被害。

當故事開始時，我們看到主人翁為了躲避命運而順利遠離將有血光之災的故鄉，也得到了豐厚市利，就以為他已經躲過災厄了，命運對他也是莫可奈何。可是不久就看到他悲慘的死亡，正應著長街上的算命師卜卦結果，使觀眾讀者不得不感到懼怖與惶悚。人是如此可憐渺小地被命運玩弄於股掌，一切的掙扎和努力都變得徒然和可笑。命運對人類的播弄，主人翁來不及對命運進行抵抗與反擊，就被命運給擊垮了㉓。

命案發生之前的夢境，我們也可發現有著相似的雷同性，即全是惡夢，而且劇作家竭力刻劃此夢的可怖性，令人驚悚夢分的凶殺場面，如《盆兒鬼》《硃砂擔》《馮玉蘭》三劇。前二劇原本以為

㉓　陳秀芳前揭文之「神祇」部分。

已然逃脫了命運的血光之災，沒想到返鄉前的夢境，前半段是遊花團錦簇的庭園，一切是那麼美好的景觀，繼而是喝酒的快樂，最後被強盜殺害，在驚嚇中醒來。醒來後的劇情並無遊園的美好快樂，而是如夢境般的被殺下場。《馮玉蘭》的夢境雖是自己被殺時醒來，醒來後提醒家人注意惡夢的預示，但現實上則是家人安慰莫信夢境與被殺。馮玉蘭本人藉著機智，躲在船舵上，之前則將書匣先拋入水中，讓強賊誤認為投江而死，再加上船艙內找不到馮玉蘭，而逃過一劫。這些公案的夢境，不能單純地認為是劇作家用來預示情節的發展，因為看到主人翁們是如何想要逃脫命運的掌握，卻無法避免災厄來臨，悲苦情境散布於劇作之上。

參、以夢斷案

公案的審理，如何將案情逐一爬梳而理出頭緒，進而找出犯案的真凶，是公案劇的重要環節，而這也離不開清官。清官戲中清官的戲劇行動，常常重在斷案，也是一場展現智力思辨的戲。元代諸多歌頌清官的戲曲，正是當代冤獄眾多的寫照，也因此塑造了許多具有聰明才智，剛直不阿，而手中又握有權威的清官，如張鼎、包拯等人❷。僅管這些清官斷案時具有不少聰明才智，但可惜的是，也出現了一些以夢作為斷案依據的作品，證據的說服力相當低，而且訴之於冥漠無可證驗的夢境，削弱了推理的辦案，雖則也有解夢所需的推理。以夢為斷案依據者有元雜劇《緋衣夢》《蝴蝶夢》與

---

❷　參《元雜劇研究概述》頁 302-311，天津教育出版社，1989 年 7 月。及顏長珂〈元雜劇中的吏員形象〉。

明傳奇《玉釵記》。

　　《緋衣夢》是李慶安被控殺了王員外家的奴婢梅香，而且招狀屬實，在錢大尹即將要判斬字時，曾被李慶安救助的蒼蠅抱住筆頭，使無法下筆，才使錢大尹有「這小的必然冤枉」的懷疑，因而重新審理。審理的方法，不是由物證人證等作為推勘，而是直接命衙役將李慶安的枷鎖打開，教他到獄神廟歇息，並且燒一陌紙錢祈禱。認為獄神對於這樁案件定然會有所指示，也就是記錄李慶安夢中言語作為斷案的依據。果然有夢語：「非衣兩把火，殺人賊是我。趕的無處藏，走在井底躲。」因而依前一句，認為凶手不是叫「裴炎」，就是叫「炎裴」；由後二句揣測：「莫不是這殺人賊趕的慌了，投井而死？莫非不是這等，說這城中街巷橋梁，果必有案著個井字？」後問了城隍使，知有個「棋盤井底巷」，也因此設計捉到了凶手。為了較好刻劃了府尹審案時的揣摩分析，不輕易判人死罪的品德，利用字謎佈個疑陣，暗中作為戲劇繼續發展的線索，有助於把劇情寫得更含蓄生姿，創造出一懸念，緊緊繫著觀眾的心，將民間猜謎活動融入戲曲之中。

　　謎語本身即深受人民的歡迎，它是一種增進智力和知識的語言遊戲，也是一種非常含蓄的語言藝術。謎語比起一般詠物詩難作，不只是要描寫事物特點，而且要「詞欲顯而隱」，有意製造矛盾，掩蓋事物本身，繞著彎子使人難以猜到，但又不能太難，使人無法猜出[25]。在本劇中經過了錢大尹的解說，很快地知悉謎底之意，但

[25]　謎語深受民間喜愛以及它的特色，參《中國俗文學概論》第十章第三節「謎語、諺語、歇後語」部分，北京大學出版社，1997 年 1 月。

若不是錢大尹的推測，一般觀眾能否猜出？可知的是，觀眾在欣賞此劇時，看到了謎語，與民間文化，那種雅俗共樂的趣味因之浮現。因此可說無此謎語，此劇必然流於平直無味。

《蝴蝶夢》包拯審斷王大兄弟三人打死權豪勢要葛彪案件，對王大三兄弟爭相承認爲凶手，頓感糊塗與困擾，於是詢問他們的母親。王母則竭力爲大兒子二兒子辯護，而要三兒償命。於是認定王母袒護親生，而對乞養來的螟蛉子不著疼熱要他償命。豈知追問結果才知王母所袒護是前妻所生子，而將親生子來償命。行爲令包拯十分感動，認爲王母可堪與陶孟母親同列，三子則與曾閔無二，恍然悟到審案前的夢境，豈非是這件命案的暗示：

> 適間老夫晝寐夢見一個蝴蝶墜在蛛網中，一個大蝴蝶來救出，次者亦然，後來一小蝴蝶亦墜網中，大蝴蝶雖見不救，飛騰而去。老夫心存惻隱，救這小蝴蝶出離羅網。天使老夫預知先兆之事，救這小的之命。

爲了替王母小兒開脫，包拯用了替代方法，即將偷馬的趙頑驢盆吊而死，以償葛彪之命。如此斷案，如何令人心服？葛彪是打死王父的凶手，而王母與三子找到葛彪，目的不是要殺他，而是要送他上官府，結果在拉扯之中，三兄弟失手打死了葛彪，就法律觀點來看，他們從負屈銜冤的一方成爲加害於人的凶手。甚者，他們以三對一，聚眾施暴說不定還要罪加一等。再者偷馬的刑罰是否當死？以及爲救人而未詳加審案，即冒然以他人替死，是否清官所當爲？劇末不脫闔家團圓的熟套，爲王母的賢德，願以己子替前妻之子，

因此不但毋需償命，而且王母受封爲賢德夫人，大兒隨朝當官，二兒則冠帶榮身，三兒則成爲中牟縣令。如此結局實難令人信服是清官所斷案，而且是以一夢境和現實作比合之後結案。

《玉釵記》敘何文秀坎坷命運，在流離中與王瓊珍相訂情，互贈訂情信物後，爲瓊珍父王太師發現，因此命令僕人將文秀、瓊珍沈溺江中置死滅跡。幸而王母憐憫贈送盤費，使僕人釋放遠走。二人到海寧縣時，租賃監生張堂屋子暫時居住，張堂貪圖瓊珍美貌，因此設計邀文秀飲酒而醉，殺醜婢誣告文秀犯下殺人事，案件交由王鼎來審。夢，於此時又是情節的轉折處。王鼎夢一隻鯉魚陷入網中，並親自救助，而魚則在突如其來的雷電中化龍飛上天空。這段夢境，尤其是化龍飛昇的一段，是崇龍文化的表徵。文秀日後可能發跡有成，使王鼎深思文秀的案件可能是冤情，並且想要如夢中救助鯉魚般救助文秀。救助方式不是追查眞正凶手是何人，而是以自己的親生子代替何文秀處死來償命。雖說王鼎子權患風顛痼疾，但何忍於親情？也才有王鼎與妻論辯，王妻認爲「我兒雖係風顛，是我和你所生；他人縱好，于我何與？豈可以一念之錯而忘父子之情？」王鼎以爲：「若此子不足以繼吾嗣，雖親生何益？苟可以繼吾嗣，又何必于親生？」在功利的考量之下，將親兒代替文秀的死刑，改文秀名爲王察，攜歸平陽讓他攻書走科考路線。

改編自《竇娥冤》雜劇的《金鎖記》將竇娥鬼魂的出場示冤改爲早已過世的竇母鬼魂出場，代女訴說冤情並提示「要知金鎖事，須問賽盧醫」，於案情關鍵處直接披露。竇天章是毫不遲疑認爲「賽盧醫」一定是個人的名字，不如《緋衣夢》以字謎來鋪陳來得有韻味。

這四劇以夢來作爲審案依據並不是很好的編劇手法，觀眾已事先得悉案情發生的原因與過程，那麼劇作家更應展現抽絲剝繭的推理與智慧，找出破綻使凶手能伏法，而非用簡易的替死來了結案件。更何況清官戲中的清官所以受到百姓的喜愛，是因爲他們不畏權勢，替百姓洗刷所受的冤屈，還個清白。以夢來斷案，則顯得清官的智慧不足，因而訴之於幽冥鬼神的非自然力量，無形中傳遞了頹廢迷信的氣氛。代死情節，無論代死者是否罪當該死，皆非清官所該有的舉措，更何況如《玉釵記》代死者只因爲身患沈疾，並未犯下任何觸及律法的罪責。

公案劇中的法官，審判的程序，與所用的法律規章，與實際的法庭可能少有相似之處，但劇作家的編導，觀眾的喜好，可能確切表示了「善惡」「公道」在一般民眾的想像之中發揮作用，將罪犯「繩之於筆」。《緋衣夢》《玉釵記》《金鎖記》的殺人凶手原本即不是被告，這在觀眾的眼中是了然於前的。這些受冤屈的普通人如何脫困，對觀眾來說更甚於追察出眞正的凶手。官員如何使置於死地的犯人重見天日，不管方法是如何拙劣，似乎觀眾皆能諒解。《蝴蝶夢》殺死葛彪的王氏三兄弟，是眞正的殺人犯，然而因何會以替死的方式來處置結案？包拯查案時只關心三兄弟怎麼會轉眼間置權豪勢要於死地？他叱責王母治家無法，教子無方，三個孩子俱成爲罪犯，母不母竟使得家不家。受調查的不是他們殺人的動機，而是他們的人格：如果證實三兄弟的品德良善，那麼表揚他們的人品將比懲罰他們的行爲來得重要。由蝴蝶的羅網羅，包拯認爲這個夢是神力干預，了解自己的職分是保護弱者，而非不食煙火去保護法律條文。最後皇帝的聖旨嘉許包拯，也賞賜官爵給三兄弟，王母

也受到表揚。報私仇的舉動由於當事人的道德風範而變得理直氣壯。王家母賢子孝足資欽式，罪名一筆勾消，刑責也免了，維護倫常現狀比貫徹法律程序更重要❷。劇場內的審案與現實法庭的不同對觀眾而言，並不是非常重要，最重要是遵守倫理者會受到庇佑，遭冤屈者能夠脫去罪名，而且獲得更多的報酬，如科考與婚姻的願望得遂。

《沒頭疑案》官員薛清夢神人提兩個人頭；《十五貫》況鍾監斬犯人，想及昔日野人唧鼠哀泣，似乎是對今日冤獄的反映。夢境無關於破案，卻可使審案的清官重新搜索證據，再行斷案。將「野人」二字釋爲熊，事後況鍾找到了凶手婁阿鼠，再印證之前的夢境，也可附會爲「唧鼠哀泣」的預示。但比起前四劇以夢作爲斷案依據，劇作處理手法無疑是高明多了。

京劇《牢獄鴛鴦》周天爵按察使懷疑衛玉非殺人凶手，且與同案相關女犯酈珊柯爲郎才女貌一對時，夢神人手執銅鏡念詩，詩意指衛酈二人有姻緣之分。也因此周天爵想到破解案情方法。此夢與破案無關，只是預示姻緣。且無此夢，劇情依然能夠順利進展，無礙於周天爵審案的智慧。

第五節　重趣味的夢戲

俳優是古代以樂舞戲謔爲職業的藝人，唐代參軍戲大部分重在

---

❷　參戴雅雯〈公堂與私仇：中、西劇場裡的正義觀〉，呂健忠譯，《中外文學》24 卷 4 期，1995 年 9 月。

諷諫、嘲弄，有管絃樂伴奏，與對立雙方的爭鬥爲主的角觝合流，爲宋元時代的雜劇和南戲形成，奠定了基礎㉗。戲曲諸多戲謔嘲弄的打諢，以製造笑料，其來有自。劇作家安排情節，專注於冷熱場的調濟。插科打諢的重要性，王驥德《曲律·論插科》：

> 插科打諢，須作得極巧，又下得恰好……大略曲冷不鬧場處，得淨、丑間插一科，可博人哄堂，亦是劇戲眼目。㉘

夢情節也常被用來插科之用，使莊嚴與諧趣並陳。至於這種諧趣，並不單純視爲調笑而已，更多時候是劇作家表現特出想像力與趣味的作品，可用以豐富劇作內容，或是突破現實格局造成趣味。

壹、用夢插科打諢以增趣味

作爲雅俗共賞的戲曲，娛樂性是必須具備的，因此趣味的穿插，造成詼諧效果，是爲戲劇家所重視的塡詞末技㉙。以夢作爲科諢的題材，有以下兩種方式：

其一是游離於劇情之外的夢：此處大抵是上場人物的隨口科諢，未必是眞正的夢境，只是藉口述來達到逗笑取樂的目的，如

㉗　黃卉《元代戲曲史稿》第一章〈緒論〉，頁 22-27，天津古籍出版社，1995 年 11 月一版一刷。

㉘　《歷代詩史長編二輯》第四冊，頁 141，鼎文書局。

㉙　李漁《閒情偶寄》〈科諢第五〉：「插科打諢，塡詞之末技也。然欲雅俗同觀，智愚共賞，則當全在此處留神。文字佳，情節佳，而科諢不佳，非特俗人怕看，即雅人文士，亦有瞌睡之時。」

《雙雄記》在衙門寫時文狀子的留幫興，「夢見觀音菩薩對說道，虧你見得能眞，天下寫狀子的也不少，難得你始終如一，這個好人，你明朝早些起去，有件事來作成。」《雙金榜》庫吏官「適纔在炕沿上打個盹，夢見一個人把咱老子腿上畫個海巴狗兒，又飛了一個指點大黃蜂，把狗尾巴釘了一下，釘得痛醒了。」《四喜記》丫頭紅香夢見「小相公頭被大相公割了」，正如主人所述「痴人說夢，何足信哉」；《五福記》淨付二腳色相互詳夢，而夢的內容，該當是屬於借夢名來打諢以製造趣味，淨夢見在野壙之中踢球，不想一腳把球踢在水裡去了。詳夢內容是「這是才源滾滾來春意」。付的夢境是一池溪水，洪水泛漲。詳解爲「生意滔滔似水流」。以吉祥語來作爲插科打諢的趣味，而非如上述具有些微的諷刺或是荒誕劇情來逗樂觀眾。《綴白裘》收錄《幽閨記·請醫》一齣，寫醫生至病家時竟自睡，被喚醒時說道：「夢見老壽星九牢子要討藥吃，我說：唔，老壽星沒吃啥藥？俚說道：我活得弗耐煩哉了，藥殺了我罷。」京劇《戲迷傳》夢見壽星騎蒼蠅的怪夢；《兩鬚眉》明顯的扭造夢境之跡非常明確，巡道官見守城的官府執勤時睡著了，於是要謔他一謔大喊「流賊殺來了」，守城官驚醒後並且四處躲藏時，才知是虛言，這時巡道官則假說夢境：「夢見流賊殺來，不覺失聲一喊，驚了老先生。」《胭脂記》離家一年的郭華，夜夢不祥：「夢見老娘被本處官司拿鎖枷係獄中，又夢我父身臥寒冰。」在講求孝道的中國，尤其是傳奇中的生腳，幾乎不見以父母爲玩笑對象的情境。此處明確說出了夢中景象，具調笑意味。

其二是由錯誤的占夢所造成的趣味，如《智勇定齊》面對齊公子的明月被雲霧遮蔽的夢，淨所扮合眼虎釋爲「月者是亮也，亮者

是明也，雲者霧也。月裡頭雲，雲裡頭霧，月雲霧，好事吉祥之
兆，今日若不得財，公子，必然有人請你嚼酒。」反反覆覆言詞，
實際上並未加以詮釋；同樣情形於《灑雪堂》傳奇亦有，卜卦人員
對「灑雪堂中人再世，月中方得見嫦娥。」的解釋是：「灑者，揮
灑也；雪者，天上之白雪也；堂者，屋也……再世者，三十年爲一
世，六十年後，這段姻緣一定是到手的。……六十歲做親，八十歲
死，還有二十年夫婦好風光。」如此的解釋，使得求釋夢的魏鵬有
「如此圓法，小生也會圓得，不消賜教了。」另一類錯誤的占夢所
造成的趣味，是原本明確的夢，卻因占夢者的無知所造成，使觀眾
一目了然於它的錯誤而有的趣味，如《繡襦記》神道賜詩句「萬丈
龍門只一跳，月中丹桂連根拗。去時荷葉小如錢，歸來必定蓮花
落。」鄭元和父親釋爲「好吉夢，乃應孩兒得中之兆。」蓮花落，
是民間歌曲一種，以槌鼓或以竹四片，搖之以爲節，自宋金以來已
爲人們所熟知係乞丐所歌，元雜劇也常用及蓮花落一詞，如《合汗
衫》《東堂老》《貧富興衰》皆與乞食相關❸，此爲民間百姓所熟
知的乞丐歌曲。《繡襦記》鄭母的夢境，明明暗指鄭元和日後必然

---

❸　胡忌《宋金雜劇考》論及「桃李子」曲時採用《盛世新聲》的醉太平小
令：「蓮花落易學，桃李子難教。」有結論：「可見桃李子是子弟窮作乞
丐時的混飯行當之一，象蓮花落唱街求乞一般的東西，且比蓮花落來得難
學。」《貧富興衰》第四折：「婆婆，咱拿著鼓板，唱著蓮花落，著金琜
孩兒提著罐子，長街上討去來。」《合汗衫》第一折：「兀的那一座高
樓，必是一家好人家，沒奈何，我唱個蓮花落討些兒飯吃咱。」《東堂
老》第一折：「揚州奴，你久以後有的叫化也……你少不的撒搖撧學打幾
句蓮花落。」皆與乞兒行乞有關。

成爲乞兒，鄭父卻視之爲吉兆，必定能得中科考。舞臺人物的無知，於臺下之人看來，不由發出了會心一笑，這即是優越感所產生的笑果，旁人的弱點或是自己昔日的弱點，突然念到自己某個優點，會引起「突然榮耀」的感覺，而這是笑的情感之所產生，趣味自然橫生，是理智的教育❸。

京劇也有數劇以夢境的吉凶對比說解產生趣味的安排，如《惡虎庄》惡霸黃飛剛連得三夢，覺得不祥，但其妻子的吉祥說解與身旁伙計楞兒的不祥說解卻截然有別。第一夢是三個大漢來到家中，被解爲「三財進門，主發財。」和「三煞臨頭」；第二夢是水罐子裡頭有許多蒼蠅，被解爲「金銀滿貫，要主發財。」和「惡貫滿盈」；第三夢是大火把樓全燒了，說解成「更要發財，因爲火燒旺地。」和「一敗土地」。吉凶的截然對比，也是笑料來源。劇本安排以楞兒的說解才是眞實的。《白良關》尉遲恭三個夢境在徐勣說解下爲吉兆，而在程咬金解爲不祥之兆：第一夢是帶著家人射獵，打中白兔，兔帶箭而走，尉遲恭追趕至太行山，山就崩頹下來；第二夢是追趕戰敗的蓋蘇文到海邊，海水一嘯而乾；第三夢是家中百花盛開，前往觀賞，左手執鏡，右手摘花，只見花開花謝，墜落塵埃。程咬金認爲不祥是因前往掃北，須靠山近水紮營，若山崩頹，則被砸死；海水一嘯而乾，則會因之渴死；花開花謝，則指你我弟兄要失散了。至於徐勣只說大吉之兆，對前二夢卻未詳解，只圓第三夢是花開重結子，破鏡又重圓，因此論定此番掃北，尉遲恭定然

---

❸　閻廣林〈喜劇的審美效果〉，1986 年《文藝研究》第 3 期。

會與夫人公子相會。事後則證實了徐勘的論斷正確。

其三是取笑他人夢境而引發笑果趣味。此類與第一種捏造的科諢相似，只是由夢來引發，如《二胥記》老尼夢有神女托夢，而小尼聽此言即說：「師兄慣會調謊，我夜間夢見神女娘娘，說不曾與你做甚夢來。」《義俠記》會圓夢的道姑，聽取武松妻母二人的夢之後接問觀主：「觀主，你有什麼夢，一發說了罷。」在回答沒有時，道姑：「你有許多心上人，難道不夢見一箇兒？」來娛樂大眾。

插科打諢的情節，通常是較為輕鬆愉悅的，或可使觀眾發笑，為何丑角的言行動作常會產生滑稽性的笑的結果，其因就在於我們覺得這些言行的虛張聲勢而且不合分寸❷。如問道觀觀主「你有許多心上人，難道不夢見一箇兒？」以及「六十歲做親，八十歲死，還有二十年夫婦好風光」，全是這類虛張聲勢，誇大之後所引發令人發笑的結果。插科打諢運用得好，可以活潑舞臺氣氛，引發觀眾會心的笑意。但用的不好，就不免流於惡趣❸。上述夢境內容的插科，就不免於有些無聊惡趣之處。

貳、具民間文學韻味的夢

有的夢情節為了豐富情節和刻劃人物的需要，也仿作幾個生活

❷ 陳瘦竹〈談談弗洛伊德心理分析學派喜劇理論〉，1983 年 8 月《文藝研究》。

❸ 王季思〈悲喜相乘：中國古典悲、喜劇的藝術特徵和審美意蘊〉，《玉輪軒戲曲新論》頁 95，花城出版社，1993 年 3 月一版一刷。

小故事，並把它們串聯起來，如《來生債》一折末尾。敘富翁龐居士贈送窮苦的磨博士一個銀子，要他辭了他家的磨房活兒，拿回去作本錢，白日做些買賣，晚上好好睡覺。磨博士家很窮，只有一間小房，離家時用草繩拴著，回家時還是如此。屋子裡什麼也沒有，只有個供生火與睡覺用的土炕。這銀子放在那裡？著實是個大難題。

接著，就依次仿作了四則生活小故事：第一次，磨博士將銀子緊緊揣在懷裡，聽上衙一更鼓響，便去試睡，夢見有人來搶銀子。嚇醒後，不知將銀子放那裡好？第二次把銀子放進灶窩裡，聽上衙二更鼓響，又去睡，夢見火裡來燒銀子。嚇醒後，不知放在那裡好？第三次，把銀子放進水缸裡，聽到上衙三更鼓響，又再去睡，夢見水來淹銀子。嚇醒後，仍不知放在那裡好？第四次放在門限底下，聽到上衙四更鼓響，又再去睡，夢見有人拿鍬鋤撅頭來鈀他的銀子，還用刀砍他、用槍扎殺他。嚇醒後，已打五更雞鳴了。

《綴白裘》五集收《一文錢·羅夢》一齣，情境和此折相似，是磨博士羅和因龐員外送他一錠大銀子做些生意，而有夢想。豈料從未擁有如此龐大金錢的磨博士，竟是整夜惡夢連連：一更時賽劉伶來搶銀子買酒而驚嚇過來，只好將原放於懷中的銀子改放入水缸藏好；二更時夢西施邀羅和這位夢中的「范大夫」共同泛舟隱居，目的只為了搶奪銀子，在沉船威脅中再度驚醒，為保有銀子而改放入門檻底下再次入睡；三更時夢見梁上君子來搶銀而被嚇醒，再將銀子改放至灶堂灰中；四更夢小霸王放火搶銀子，在滿堂火光中驚嚇而醒。捱至五更得到了不如依舊打羅磨麥，心上較無牽掛，也別「痴心妄想討家婆，養兒子了」。這種情節也是趣味橫生的夢境，

表達意思相同，而編排起來別有一番風味。現舉其中西施的片段如下，以見夢中景象：

> （旦上）二八佳人體似甦，腰間仗劍斬愚夫。雖然不見人頭落，暗裡叫君骨髓枯。我乃夢裡西施是也。羅和得了一個元寶，不免去耍他的。羅和，羅和。（付）那個喚我得？阿唷！好個標緻女娘！你是那個？（旦）我是西施。（付）你是西施？（旦）你是范大夫。（付）我是范大夫，你來做儕得？（旦）和你泛湖去。（付）泛湖啊？阿呀！泛弗得，湖大船小，翻子個牢棺材啊。（旦）銀子在此了。（下）
>
> （付）阿呀！西施淹殺了，我個水缸汆子去了。阿呀！匹頭一個大浪打得來了！救人啊！救人啊！（跌地醒介）唉！我困拉床上個，爲儕奔子地下來得！亦是個夢啊。虧得是個夢，若弗是個夢，眞正要沉殺了。弗好，看看我水缸裡銀子看跡！銀子元在水缸裡。（內二更介）

劇爲昆劇，但是源自於弋陽腔系雜劇，因此保留了弋陽腔部分曲調和演出風格，它的戲劇樣式爲昆劇中僅有的特例：白面扮羅和，戴無頂紅纓帽，垂長辮，口掛黑八字，穿棗紅對襟外褂，黑彩褲，足登蒲鞋。其它夢中代表酒色財氣的四個角色，各套面具，也就是戴上了酒色財氣臉面具㉞。

㉞　《中國戲曲志——江蘇卷》，頁536、596。

一個窮漢家徒四壁，幸而得到一個銀子，害他一夜不曾得睡。劇詞全是磨博士長段獨白，如是平鋪直敘，自言自語，觀眾必然要昏昏欲睡。可是此段獨白，除頭尾各有一小節不算外，中間儼然仿作了四個生活小故事，一個扣一個，緊緊串聯起來，而且一波剛平，一波又起，曲折多姿，趣味橫生，富有波瀾地表現了他的心態和行動，同時大大渲染了劇情❸。此夢確實將磨博士的心理作了相當細膩的反應，而且生活化的情境，令人感受到平民百姓的生活氣息，著實是別具一格，富於戲劇性的夢境場面。在承認它富於戲劇性的同時，也有就所含的思想論此夢散播著低迷的調子：磨博士命裡注定要簸麥、搗麥淘麥，打羅磨麵的，即使有了銀子也無福受命。因此這折戲安分守命的宿命論觀點，是必須予以摒棄的❸。此夢使磨博士將銀子還給龐居士，依然過著安分的磨麥生涯，於情節上推展了新的劇情，磨博士本人的心態也得到了豐富的表達。

參、因假定性所造成的喜劇夢境

明代劇論家王驥德對於元雜劇「唐人用宋事」的情況，認爲只要藝術高出于歷史，因而乖違歷史的問題上，是可被允許的。《曲律・雜論第三十九上》：

元人作劇，曲中用事，每不拘時代先後，馬東籬三醉岳陽

---

❸　譚達先《民間文學與元雜劇》第二章〈民間故事和元雜劇〉，頁 134-135，學生書局，1994 年 6 月初版。

❸　黃士吉前揭書〈瑰異絢爛的夢境措置〉，頁 158。

樓，賦呂純陽事也。寄生草曲：這的是燒豬佛印待東坡，抵
多少騎驢魏野逢潘閬。俗子見之，有不訾以爲傳唐人用宋事
耶？畫家謂王摩詰以牡丹、芙蓉、蓮花同畫一景，畫袁安高
臥圖有雪裡芭蕉。此不可易與人道也。

呂純陽即呂洞賓，相傳爲唐代京兆人，佛印、東坡、潘閬、魏野皆
爲宋人，馬東籬劇作出現了唐人用宋事的情況，這在人類認識活動
中是不被容許的，認識活動必須嚴格按照歷史固有的時空秩序進
行，一旦違背此點即無眞實可言。但王驥德則認爲於戲劇藝術活動
中是可被允許，唯結構不能陷於「不經」的地步❸，就是劃定了戲
劇創作對於實際生活正常規則的變更所不應逾越的雷池，即不能變
更到荒誕不經，不合情理的地步。中國戲曲處理歷史題材時，除了
王驥德所稱常有「唐人用宋事」情況外，也常有顚倒時代，錯亂稱
謂等缺失，尤其是一些地方小戲更是如此，本無劇本可言，只憑演
員上臺按照粗線條的「條綱」胡謅，想怎麼唱就怎麼唱❸。至於將
各個不同朝代的人綰合在一起則又顯得更爲可笑。
　　然而中國戲曲，有些雖將各朝代人綰合在一起，卻爲觀眾所認
同。雖有視之爲荒誕劇者，卻可接受的原因是有著夢作爲帳幕，如

---

❸　王驥德《曲律·論劇戲第三十》：「勿落套，勿不經，勿太蔓，蔓則局
　　懈。」
❸　陳抱成《中國的戲曲文化》第六章第二節「安於淺近的中國戲曲」舉劉伯
　　駒曾見過的「南陽曲子」清官劉墉的唱詞作說明：「你老爺坐不更名，行
　　不改姓，你老爺是清官我叫劉墉，我保過康熙和雍正，又保過二主爺名叫
　　趙乾隆。」頁219，中國戲劇出版社，1995年10月北京。

《十樣錦》《園林午夢》《醉鄉記》等劇。用悠謬難以名狀的「夢」將各種不同時代人物串合，達逐劇作者的特殊目的，取材的本身已屬特殊，使得劇作呈現出不同於其它夢境的面目，帶有趣味性。

　　《十樣錦》劇演宋李昉、張齊賢奉命建立武成廟，選太公望等十三位古時的忠臣良將，論功入廟，受國家春秋二祭，一來可章顯武臣之能，二來顯國家敬賢之意。第三折是張齊賢入夢，在夢中見十三個臣宰到廟中，姜太公先述出身入仕事由，於是眾人齊讓，再則是其它功臣論定功勞，於是第二個座次為范蠡，第三之後依序為田穰苴、樂毅、孫武子，第六個為諸葛亮。方纔說完，則有韓信不服，於是和諸葛亮爭論十大功勞，自己該當坐這位置。諸葛亮論駁得韓信閉口無言：

> 你說你有十件功勞，我一件功勞對你一件：你明修棧道，我立取金牛；你暗度陳倉，我六出祁山；你席捲三秦，我龐掠四郡；你擒夏悅斬張仝，我斬張郃收王雙；你弔燈毬斬龍苴，我舉夜火燒韓全；你涉西河虜魏豹遺金收趙，我石伏陸遜逼司馬走三千三百里；你廣武山小會垓，九里山大會垓；我趕曹操於渭水，收西川智取漢中此乃我之功也。

韓信尚兀自提及「隔江鬥智」不是諸葛之功，而是周瑜功勞。諸葛亮的「隔江鬥智，三氣周瑜」卻引來周瑜的不滿：「頗奈諸葛無禮，你和韓信爭座次，須不干我事，你怎生對軍師面前，言說隔江鬥智，三氣周瑜？」論功無法及於諸葛亮，周瑜一怒拔劍在手：

「這一場不干別人事,都是學士張齊賢之過,我拔劍在手,教他喫我一劍。」夢即在張齊賢驚醒時結束。

　　替前人功勞定下位次,頗有意味,而各誇自己功勞,豈無現實上的意義?以功臣名將相互爭論己功,也可說是借古諷今,將古人著實好好嘲笑一番。相似的作品,以小說戲曲人物為對象,加以嘲諷,尚有李開先《園林午夢》。《園林午夢》為極短一折北曲,敘一漁翁於園林中午睡,夢崔鶯鶯、李亞仙出現,互相譏笑對方行為,如:

> 　　(鶯)你在曲江池上,過客留情。(仙)你在普救寺中,遊僧掛目。(鶯)你在洞房前,眼挫裡把情郎抹。(仙)你在迴廊下,腳蹤兒將心事傳。(鶯)你哄鄭元和馬上投策。(仙)你引張君瑞月下彈琴。(鶯)你為衣食,迎新送舊。(仙)你害相思廢寢忘餐。(鶯)你請那幫閑的,燎花頭,吃了些許多酒肉。(仙)你央那撮合的,倩紅娘,許了些無數釵環。(鶯)鄭元和長街上打落花落(當作蓮花落),死聲活氣。(仙)張君瑞書房內害淹纏病,尋死覓活。……

祁彪佳《遠山堂劇品》將此劇列入「具品」,評語是「崔之長恨傳,曷若李娃?何必呶呶!詞甚寂寥,無足取也」,蓋情節如同兒戲的緣故。彼此相互譏刺揶揄,可造成笑的效果。取材以古人或小說人物為主,全是大家所熟悉,這些人物原本彼此毫不相關,但卻藉由夢境加以串合,正因如此才能加以相互辯難責問,造成戲劇效果,從而搏得觀眾的新鮮感與一笑。正如諸多學者論述因何會產生

笑，是因爲客體自身的不協調，以致引起主體的審美認識與客體的實際完全相反的矛盾碰撞。笑的產生在於發現某種既定的規範和某種人、行爲、情境和概念之間的不協調關係。觀眾的理智看出這種安排與實際狀況並不相符，發現它們並不協調，也就容易產生笑㊴。

《醉鄉記》爲孫鐘齡所作，他考試落第，心中極其痛苦之際，於是寫了荒誕之劇《醉鄉記》。借遊醉鄉與夢鄉，一洗心中感憤：「大爲慧業文人解嘲而說法」（王克家刻《醉鄉記序》）。正如前二劇，遊於醉鄉與夢鄉，實際上也就是夢境的描寫。借酒澆愁遊醉夢鄉，卻又處處碰壁，二鄉中的情境，用以嘲弄明末文風不正，考試弄虛作假，致使白丁銅臭得勢，而有才學者卻人財兩空，名譽掃地。歐陽脩、韓愈、包拯、李白、杜甫與卓文君等人在這種哀怨的夢境中活動。既爲夢境，因此劇中人物不論歷史人物，抑或是神話傳說人物，盡皆囊括其中，如嫦娥、織女、吳剛、情魔窮鬼，難怪光看劇作會視之爲荒誕。吳梅於此劇跋語卻給予不錯的評價，視之爲出色文章：

> 此劇將醉鄉、睡鄉二記作主，而緯以送窮、乞巧及唐人小說，遂成出色文章。作者於此，牢騷不少。夫夢中富貴，何必非眞？銅白登科與烏有得第，亦復何別？吾卻笑仁孺之拘拙也。

㊴　周國雄〈喜劇本體特徵論〉，見 1990 年《文藝研究》第 5 期。

《遠山堂曲品》於此劇名稱作《睡鄉》，將之列入「逸品」，以爲
此劇的最大功用在於使觀眾讀者能夠解頤，十分具有趣味性：「孫
君聊出戲筆，以廣齊諧。設爲烏有生、無是公一輩人，啼笑紙上，
字字解頤。詞極爽，而守韻亦嚴。」

於三劇來說，已然走入歷史，又身處不同時代的文武功臣名
將，絕對不可能齊聚一堂，倘若劇本強行縮合，那麼即是荒謬故
事。然而透過夢，他們的齊聚一堂這一假設性也就有了合理性。與
專寫個別人物與事件的歷史劇不同，它們所反映是類型，是社會生
活中一般事件的概括。或是彼此譏刺、或是自誇己功，或是對文風
不正的嘲諷，是社會具體的描繪，是合理的。然而要表現這種合理
性，卻用了假定性的手法，即將各種不可能湊合的人物讓他們在夢
中聚合。這種假定性的手法，也就造成了喜劇的趣味❹。各朝代人
物在夢中可能會聚合，觀眾理智認知上則發現實際狀況並不然。崔
鶯鶯與李亞仙雖爲小說中人物，與歷史人物相同，也是不能強行牽
合在一起，但是用夢將她們聚合卻無不可，如同其它兩劇一樣。在
以「夢」爲帳幕下，將原本相互矛盾加以巧妙組織，使觀眾觀賞矛
盾所產生的針鋒對立，引發愉悅的感受。

小　結

元代的度脫戲曲，有一定的度脫程序可以追尋，夢境的處理手

---

❹　于成鯤《中西喜劇研究——喜劇性與笑》〈喜劇性因素〉，頁 133，學林
　　出版社，1992 年 10 月上海。

法，常是在一度二度皆無法成功時，爲度者所施，使被度者在夢中經歷了惡境頭，而此惡境頭常是生死攸關，使被度者驚嚇之餘因此夢醒而醒悟，進而出家修道成仙成佛。明代戲曲雖也有度脫內容，不外乎是做夢前的功名失意，夢境內容，以及夢醒後的醒悟出家，但夢境的內容佔據大部篇幅，入夢前與出夢後的描寫，經常只有一二齣的長度而已，可說全篇幾乎全是夢境。仔細考究夢的內容，可以發現，夢中的人生即現實人生的反映，如《邯鄲》《南柯》《竹葉舟》《呂眞人黃粱夢境記》《櫻桃夢》，於官場浮沈醜態，以及民生困苦之狀多所描寫，最後歸入於佛道兩家的出路，表示劇作該爲佛道哲理作闡揚，實則在宣揚之際對佛道思想又有所批判，此種現象尤以《邯鄲》《南柯》最爲明顯。也可說，明代的度脫劇，以度脫爲表，而用夢境來批判現實人生則爲裡，這就使明代度脫夢戲除了贊揚宗教教義外，也對宗教有所批判貶抑，使元代濃厚的度脫影子減到了最淡的程度。清代度脫夢除《鑑湖隱》外已成絕響。

　　鬼魂入夢，有部分原因是爲了申訴冤死情狀，而求清官理冤復仇。因此公案審理中，夢，有時也就扮飾著決定性的情節：有由夢語作爲斷案的線索；有由夢中亡魂的訴說爲主，進而搜集證據成爲斷案平反的關鍵；甚至有因夢境顯示繫獄者可能前途大貴，未經明確審斷即以他人代囚徒而死，從而開脫受屈的繫獄者。以公案來論，尚有殺人案件發生之前，或即將遭陷而繫獄，皆有惡夢。如夢自己或親人被殺，果然劇情應之而來；或是爲了惡夢而避災，卻無法消除災難，使夢成爲無可避免與挽回的惡夢。明傳奇寫了許多繫獄之前的夜夢不祥，果然日後災星蒞臨。夢境在此，則是事先爲未來災難作鋪陳，將無可抗拒的災難推向劇作高潮。清代災禍前的夢

境也是不祥，卻不似明人般得先透過劇中人占斷說出，再安排災難情節。因此顯得不那麼宿命論，而增添了災難發生時的悲哀蕭瑟景象。

　　夢境在劇作中似乎常是嚴肅，預先爲未來事作鋪墊。然而夢境在劇作家處理之下，也常是輕鬆活潑，具有調濟舞臺冷熱的功用，如占夢人員皆是市井小民，出場之際的自報家門與姓名，常具有諧謔功效。或是藉著占夢的荒謬與無端進行插科打諢，以增趣味。組織了數段夢境而成的《來生債》《一文錢・羅夢》，夢，是心理的刻劃，除了加強人物形象外，四個夢具有民間文學風味，使此劇因之更形生色。另有假定性的夢境來建構劇情，這類作品串合了不同朝代，或是不同小說傳說的人物在一劇中，除非依靠夢境作爲帷幕，否則即是荒唐劇作，雖然也有人將之納入荒唐劇，但夢中情境原本即是幽謬難以名狀，故而如此取材亦可。這類創作方式，也是饒富趣味性的。

餘　論

　　劇作家所刻劃的夢境，難以用上述數類完全加以概括，且劇作家所鋪陳的夢境，於戲曲劇作本身，也是別有用心，如用夢境點染男女分離相思之情，是最佳抒情場面。某些愛情劇以夢爲開端，作爲未來男女相知相悅的起點，如《牡丹亭》《異夢記》《意中人》《一種情》，夢在此處具有開展劇情的作用，全劇因之而展開。因此這個夢即事關全劇，並非只是點染一齣情境而已。

　　有時夢境內容能引領另一場景的發生，如《春燈謎》繫獄的宇文彥夢自己與一女子爲手提人頭的鬼卒打走，這個夢使宇文彥自知不吉，而萌生死意，情節因之而擴展爲自殺情節。《凌雲記》司馬相如夢黃衣老人催促離家作大人賦，因此有離家之後的情節。《永團圓》正陷於不滿於父親悔婚的江蘭芳，夢見亡母以及被逼改嫁出嫁情境，醒來而有自殺以解決困厄的念頭，劇情因此開展爲自殺被救。

　　有時用夢境結束某一情境，如《鴛鴦絛》的楊直方與進京赴考的朋友，寄宿寺院爲僧人謀財害命時僥倖逃難，所投宿的民家又是爲惡寺院的產業，在張淑兒相約爲婚姻下，設計放脫，只好又狼狽逃難。兩度生命攸關的逃命，心有餘悸，待得天已微明，半途稍睡片刻，又夢見強盜們追來，於是楊直方又起而奔命，驚嚇之餘醒來，有遲疑言語：「適才火光燭天，喊聲震地，怎生一箇也不見了。敢是夢麼？咳！廣智！廣謀！你也忒毒些，怎生夢中還放我不

過？」這個夢境，收束了被追趕的奔波，危險情境至此作個總結。醉竹居士評此齣夢境：「夢似俗套，然從投羅折，一氣趕下，非此莫能截斷急流。且得此一轉，便覺上段生姿。」誠為至論。

研究戲曲「夢」的情節，發現尚有些問題須要加以釐清，如劇作家有意識用夢鋪陳劇情，除了美化舞臺，刻鏤出劇作家想要表達的蘊涵外，夢也有預示未來情節發展的作用，也用以反射佛道信仰，印證善惡因果，並用以彌補人界法庭的不足，闡揚對神靈祗敬的必要，以教化百姓和安慰觀眾心靈。夢戲與戲劇虛實理論相配合，夢戲側重於虛的理論處理，以見作者無盡的想像力。另外在前文所無法確切歸類的明代時事劇，劇中有荒唐的神鬼審判奸賊，卻也有數場經營頗佳的夢境，將劇中人物的心理與形象，那種痛恨奸臣誤國亂政與殘害忠良的心緒，作了相當真實的刻劃，使人物形象益形飽滿。現將這七項主題研究分述於後，作為本論文的結束。

壹、用夢預示情節

劇作家有意識地運用夢鋪陳戲劇情節，造就紛陳夢戲內容。戲劇屬於文學創作的一種，與情節無關的枝節須要刪除以見精華，因此劇作家寫的夢情節，無不吻合於占夢家的占夢。於是《韓湘子九度文公昇仙記》依占夢者所述有母子、夫妻團圓的佳兆；《義俠記》如道姑占釋夫妻再合，一切否極泰來；《劉秀雲臺記》依劉秀岳丈陰太公的釋夢，以見劉秀終將成為皇帝，劇情發展果然是若合夢境暗示符節；《古城記》張遼由皇夫人夢，預估劉備必居樂土而且身安無事；《紫釵記》霍小玉夢著黃衣的俠士遞與一輛小鞋，由鞋者，諧也，知道近日夫妻再諧，而後果然如此；《八義記》舉家

兆夢，圓夢結果見到了不祥，卻因周堅的夢而知這個災難由周堅卸除，日後果真也是趙盾破家的不幸命運，以及周堅替主而死的情節發展；《精忠記》與《岳飛破虜東窗記》岳飛妻子的夢在卜卦釋吉凶後，知道夫妻離散與岳飛將被害的訊息，果然有了岳飛冤死案件；《酒家傭》的奇夢印證了郭亮解成梁冀即將伏誅敗死的徵兆。

這些釋夢透過表演與戲曲刻本的流傳，無形中教育觀眾與讀者，再次強調了夢有預示作用。原本劇作家只是傳遞自己的想法以及反映了民間普遍對夢的見解，但是又透過表演以闡述夢的唯心色彩，兩者互為表裡，於是整個社會無不瀰漫在對夢的消極社會意義上。

須占解的夢具有預示情節作用，它與直接夢境的表達方式稍有不同。直接夢境是知有那個節婦烈女須要救護，才子與佳人的姻緣是為天定，日後必諧連理，在此前提下，有才子佳人相思或情意無邊的夢境。而要占解的夢象本身迂曲不明，較易造成劇情的懸念，而且透過占解過程，充分展現中國文字的遊戲三昧，觀賞之際，不由不佩服劇作家對文字思考能辨力。

透過占解，亦能強化戲劇張力，如《八義記》對趙盾全家的不祥之夢，將山雨欲來風滿樓的氣氛描摹而出。果然伴隨全家惡夢是場滅門慘禍。《浣紗記》的公孫解夢，前前後後延續數齣之長，為強化公孫聖形象，安排其它大臣的奉承釋夢，將凶夢吉釋。再安排吳王使者找到公孫聖時，他的號啕大哭，皆將公孫聖推向忠貞飽滿形象。有了這些情節作為鋪墊，在觀眾期待中演出此齣對吳王的釋夢，自與一般單純的預示，或作隱語、謎語的情節不同。

　　這些夢忠實反映了劇作家的創作理念，也可說是創作無法跳脫出夢爲預示情節的功用，或許這樣子的夢境鋪排，可視爲民間對夢的看法，依然是「寧可信其有，不可信其無」的心理反映，但更大可能是夢境的鋪陳已經成爲戲曲創作的一種程式。

　　中國傳統戲曲程式性相當高，一整套成熟、完備、優美的程式化表現手法，構成了戲曲表演藝術的主要特色❶。無論化妝、服裝、音樂、表演身段各方面，皆有基本功，是基本程式的幼工鍛鍊，在嚴格規範中掌握戲曲舞臺表現方法和求得嚴謹的藝術技巧。在嚴格統一的原則制約下，深刻的體會和體現藝術，不斷的爭取創作上的自由，這是一種嚴謹規範中的自由，一種從嚴謹來，又向嚴謹去的自由，不停止於固有的嚴謹規範，但又不打破嚴謹統一這一永恆的藝術原則：「規範－自由－新的規範」❷。如爲《千金記》一折「起霸」所設計的一套動作，大家覺得特別美，於是形成了公認的程式，是爲新的規範❸，以後凡是武將的出場都用起霸這一披甲上馬的動作。可以說沒有程式，就沒有戲曲藝術。

　　明傳奇在發展過程中，形成了一些「有一定而不可移」的「傳

❶　蘇石風〈中國戲曲舞臺美術淺論〉，錄於《中國古代美學藝術論》一書，頁 75，木鐸出版社，1985 年 9 月初版。

❷　韓幼德《戲曲表演美學探索》第四節〈嚴謹規範與自由創造的藝術原則〉，頁 279-303，丹青圖書公司，1987 年 2 月初版。

❸　張庚〈漫談戲曲的表演體系問題〉文之「程式」，錄於《戲曲美學論文集》一書，頁 136，丹青圖書公司，1987 年 4 月再版。

奇格局」❹，這不僅表現在某些外在體制上，如副末開場，生旦衝場，上半部有小收煞，下半部有大收煞，腳色設定有一定規矩，曲牌聯套，曲白相間。甚至在情節安排上也有許多約定俗成的常套，如有文戲就有武戲。爲了介紹生之一家與旦的家庭狀況，往往安排家宴、拜壽、遊賞、訓女的關目。要冷熱調劑，則安排媒婆爭風、相士鬥口、庸醫獻技、巫道弄鬼等滑稽謔鬧場面，形成了雷同蹈襲的惡套❺。不只是明傳奇，在傳統戲曲中這種程式與雷同的套式爲數不少，忠實於服從格律規範的束縛創作，可用「戴著鐐銬跳舞」一詞來形容。

　　以夢鋪敘情節，再安排卜卦相士占夢，可說是一約定俗成的常套。而用夢來預示未來的情節似又可看出劇作家的思考模式。因何中國戲曲常要事先預告未來情節大要？元劇大家關漢卿於編排戲曲之際，便常預先將故事的結局透露給觀眾，與王實甫往往把情節發展和故事的結局，死死瞞住觀眾，直等到事件發生，才使觀眾恍然大悟，產生令人拍案驚奇的藝術效果不同。亦即關漢卿沒有用隱瞞觀眾的方法去換取藝術效果，如《蝴蝶夢》的包拯夢境，《救風塵》趙盼兒前去搭救宋引章之前，就已經把搭救的方法，向觀眾先行透露：

---

❹　李漁《笠翁劇論》卷上格局第六，見任中敏編《新曲苑》冊一，頁 240，
　　臺灣中華書局，1970 年 8 月臺一版。
❺　郭英德《明清文人傳奇研究》第六章〈明清文人傳奇的藝術結構〉，頁
　　191，文津出版社，1991 年 1 月初版。

> 我到那裡，三言兩語，肯寫休書，萬事俱休，若是不肯寫休
> 書，我將他掐一掐、拈一拈、摟一摟、抱一抱，著那廝通身
> 酥，遍體麻。將他鼻凹兒抹上一塊砂糖，著那廝舔又舔不
> 著，吃又吃不著。賺得那廝寫了休書，引章將的休書來，淹
> 的撇了。我這裡出了門兒，可不是一場風月，我著那漢一時
> 休。

王實甫創作的特質可使觀眾為情節的出乎意表而叫絕，關漢卿可以
使觀眾對人物的思想性格有更深的了解，使觀眾的全部注意力趣繫
於人物❻。

　　事先鋪墊的情節作為預示，是創作方式之一。明傳奇第一齣開
宗或副末開場時先行敘述了全本的情節大要，即如現今觀賞傳統戲
曲表演，節目單上也常有劇情介紹，豈是只為了要給觀眾一方便法
門能夠早些進入劇中世界？再由中國戲曲強烈眾多的程式性來看，
這種程式的表演是否也含有預示的作用？只要看到表演的套式、衣
著、臉譜化妝即可概念性知悉上場人物的個性、身份與動作意涵何
在。這些可推測民眾觀賞之際也要求事先預知未來情節的內心願
望。至於因何會有如此現象？或許這和農業自然經濟有關聯，因農
業社會易於管理，是自給自足的封閉系統，不面對市場，也不太依
賴技術革新。它面對的是寒來暑往、周而復始的春耕夏耘秋收冬藏
的天地四時。經驗是判斷是非的標準，也是行動的準繩和規範，於

---

❻　張燕瑾〈元劇三家風格論〉一文，見《中國戲曲史論集》北京燕山出版
　　社，1995 年 3 月一版一刷。

是耽溺在舊有完善的格局，拙於突破傳統範圍的限制，對新事物的接納遲滯而且有限，一旦超出狹隘經驗範圍以外的東西就目爲怪異，甚至大加撻伐，而此思想正可促成程式化的發展。再加上全社會格外重視血緣宗法和耽古、信古、泥古的文化心態也助長了因循守成，對革新變異的承受力相當小，無形中助長了戲曲的程式之美，使戲曲也表現出從心所欲不踰矩的人生境界❼。

可想而知是習於守舊，農業社會習於已知的作物生長，一切皆在可預知情形下發展，那麼反映於看戲也是習於要預知情節，要在已知的情形下進行娛樂的戲劇欣賞，因此劇作家不能免於隨時藉機預示未來情節發展。至於預示的方法，常是用夢、用鬼神的出場直接說明因果輪迴與報應之說，使觀眾知悉依現有舞臺人物善惡好壞行爲的發展，劇情即將進入善惡有應的結局，這種方式，說穿了還是具有預示的作用。

貳、對佛道信仰的反射

佛教是「哲學的宗教」，可惜佛經的哲理部分過於深奧繁複，在中國鑽研此道的人很有限，廣布深入人心的還只是因果輪迴思想以及打坐念佛之類的修行法門。大部分戲曲取材於前人的傳奇小說，間有佛經上的故事，無論小說或是戲曲作者，對佛教教義的認識大多很膚淺，而且爲了吸引觀眾，只能在作品裡表現爲民間所接

---

❼　鄭傳寅《傳統文化與古典戲曲》第二部分〈儒家文化與古典戲曲〉之「從心所欲不逾矩的人生境界與戲曲的程式化」，頁 155-190，揚智文化事業股份公司，1995 年 1 月初版一刷。

受，又適合群眾口味的那些思想觀念。中國佛道相互影響，與儒釋道三教合流現象，於戲曲內迭有反應。

其一是說明佛道仙緣。度脫劇中的夢常是度脫成仙成佛的關鍵所在，如《竹葉舟》《黃粱夢》《度柳翠》《蝴蝶夢》《昇仙夢》，由劇作數量與內容進行考察，度脫劇的組織結構相當類似，尤於夢作爲關鍵，也是度脫劇常用的俗套；或是修道者即將成正果而有告知菩薩降臨事，如《曇花記》預示靈照菩薩的降臨，《西遊記》預報西天毘盧伽尊者降臨；與之相類似是夢中揭示下凡塵的人物的前身，亦即本來面目，總不外乎是有道高僧或是觀音的轉降，如《眉山秀》夢境說明東坡前世爲五戒，而佛印就是前世的明悟禪師；《觀世音修行香山記》的妙善乃「西天正法明王，因犯佛法」貶在人間。

其二爲地獄變相的描寫。《獅吼記》〈攝對〉〈冥遊〉兩齣寫陳季常悍妻柳氏昏憒兩日，被閻羅帝君攝魂至地府，冥遊地府，後還魂歷敘地府。這段情節，於柳氏而言，雖未言明是夢，也應是以夢境來鋪陳，因此視之爲夢是可以的。牛頭馬面，罪犯囚首短衣，杻手枷項，一如人間。「業鏡」照見人世作爲。冥遊地府見爲善婦女，相夫教子，敬重家人者受到禮遇。走了阿鼻地獄、虎狼地獄、鑊湯地獄、刀兵地獄、餓鬼地獄、拔舌犁耕地獄、黑黯地獄、舂解地獄，配合說明墜入地獄的前人女子罪行與所受苦難，以啓示柳氏馴順於丈夫，不再悍妒。其它表現地獄的場面，尚有《目連救母》《精忠記》《曇花記》。但這些劇作並未以夢的外衣加以包裝，而是直演其事。

參、對善惡因果的印證

《喜逢春》是明代時事劇，以楊漣死後成爲城隍，攝毛禹門魂在夢中勘問魏忠賢不法情事，以顯忠貞報應。《冤家債主》張善友爲妻子與兩箇孩子的死亡怨恨不已，若能和土地閻神相互折證明白，是否該受業報，則死而無怨。爲此崔子玉在張善友似夢非夢情境下引他到森羅殿見證一番，原來兒子乞僧是當初的趙廷玉，偷竊了五箇銀子，如今要加利幾百倍來償還，償還完畢，一切父子恩情即告勾消；另一兒子福僧前身是五臺山和尚，被張善友妻子混賴十箇銀子，因此成爲張家子來討還債務；張妻也因爲此事死歸冥路，要遊遍十八層地獄。如此說明父子親情關係，令人沮喪。《劉弘嫁婢》劉弘恤孤念寡，救困扶危，受恩者的父親雖已亡歿，卻分別成爲增福神與州城隍，因此入劉弘夢中告知報恩答意，使原來夭壽乏嗣的劉弘不再有此兩椿欠缺事。這些全是在夢中作說明。可說劇作家若要傳達業報觀念，常是安排夢中神明的指點，使之能明瞭今生今世的作爲無非是業報緣由。

《人獸關》睡魔神引桂薪入夢緣由是「桂薪負恩忘義，違背誓言，當受惡報，今因欲殺尤舅，心神昏亂，不免乘此，引入冥途，顯其因果，使彼省悟者。」劇中偏向於閻王審判桂薪，表現出善惡因果自有報應：

> 寡人閻羅天子是，敕受天曹，掌陰陽之果報，威行地府，司
> 人獸之輪迴。怎的是人獸輪迴？大凡獸具人性，人包獸心。
> 人見那披著毛，戴著角，這便是獸，不曉得他一心向善，立

> 地便是仙佛聖賢。人見那頂著冠，束著帶，這便是人，不曉
> 得他一心造惡，頃刻是牛羊犬馬。

表現了人民心中因果輪迴的想法。因果輪迴立說的基礎是靈魂不
滅。中國佛教對因果輪迴的教義非常重視，所謂前生後身，不修今
世修來世的說法在民間廣泛流傳，深入人心。戲曲中的度脫劇情，
被度脫的對象都是前生有來頭的，不是羅漢，就是菩薩，或是觀音
淨瓶內的楊柳枝之類，這也是來源於因果輪迴的說法。因何因果輪
迴的觀念會如此普及與受到注目？原來「報」的觀念是中國社會關
係中重要的基礎，相信動的交互性，如愛與憎，賞與罰，在人與人
之間，以至於人與超自然之間，應當有一種確定的因果關係存在。
因此，當一個中國人有所舉動時，一般來說，都會預期對方有所反
應或還報。形成了重人情的施、受、報的交換行為。即使是復仇，
也是交換行為的一種。❽除了人與人重視還報，更推及到了動植物
與人之間，亦適用這項法則。

　　傳統中國人有相當強的泛靈觀傾向，認為萬物不僅有靈，且皆
能修煉成精或成仙。人若有恩仇於成精或成仙的某物（常為動物或
植物），則某物即可能幻變成人，與此人建立某種長期的角色關

---

❽　金耀基〈人際關係中人情之分析〉與文崇一〈報恩與復仇：交換行為的分
　　析〉，俱見於《中國人的心理》，桂冠圖書公司，1988 年 3 月；劉兆明
　　〈報的概念及其在組織研究上的意義〉，見於《中國人的心理與行為——
　　理念及方法篇》，桂冠圖書公司，1993 年 11 月。

係，以達到報恩或報怨的目的❾。戲曲故事有些也是妖異幻變的動植物，特別是動物，劇作家賦予較多的靈力，使出現於夢中，甚至主導了一段情節。

蛇，在夢中出現者有《橘浦記》《劉漢卿白蛇記》，後者的白蛇是龍宮三太子。將蛇視之爲龍，是原始部落氏族的圖騰崇拜的神化現象。戲曲敘龍於夢中出現者代表帝王出身，將中國龍崇拜與政治結合的現象作忠實反映。自漢高祖劉邦有意識用龍樹立權威開始，龍爲皇帝的標記和象徵，以及皇帝爲龍種，龍子的觀念，日漸加強。帝王將自己與龍相聯繫，無不有明顯的功利主義目的：或是因爲出身低微借此提高威信，或是社會動盪以此麻醉人民。以「龍」作爲年號也見於諸多帝王與地方割據的臨時政權，而啓用龍爲年號的朝代無一是太平盛世，愈是國家動亂，國勢衰微，越容易出現政治上的「龍現象」❿。戲曲內的帝王代表龍的出現或如《風雲會》、京劇《斬黃袍》《劉秀走國》，或如《劉智遠白兔記》有龍覆身於出身低微的劉智遠身上，使李太公知此人日後必得大貴。龍與帝王的結合，正如前述研究，是在社會動盪，群雄爭鋒的時代。戲曲描寫百姓與龍的關係有《衣珠記》的金波龍神和《彩舟

---

❾　楊國樞〈中國人之緣的觀念與功能〉，《中國人的心理》。

❿　參何星《中國圖騰文化》之「龍與政治權威」，頁 388，中國社會科學出版社，1992 年 11 月河北；劉志雄、楊靜榮著《龍與中國文化》〈龍與政治〉，有表統計以「龍」爲年號的政權有那些，並據此說明以「龍」爲年號者必定是社會較不安定的時代。以及漢代以來帝王對於龍紋圖案的喜愛，如何禁絕百姓使用龍紋，使龍與帝王成爲不可分割的整體。這些俱是將龍政治化的現象。頁 270-295，人民出版社，1992 年 11 月北京。

記》的龍王、《一文錢·捨財》的龍神。

　　《劉漢卿白蛇記》劉漢卿自敘「晚間忽得一夢，夢見一個白衣童子跪在我面前，說他有難，央我救他，日後報我恩。」後見到數名農夫打一蟒蛇，而有「果然應了昨宵之夢」言語，於是買下蛇放生。情節發展日後而有劉漢卿遭到投水自殺命運，爲龍宮三太子所搭救：「我昔日干冒天條，變作白蛇，是你救我，我今日特報前恩。」並且賜予三件寶物，教往京師獻寶，必然封官受爵。《一文錢·捨財》龍神化身金鯉魚，爲龐居士所救助，而托夢道謝。《彩舟記》龍王入江情夢中敘說因由：「感汝父爲我修廟，當時許保其後嗣功名。」江情的墮水被救，以及說明婚姻受阻原由，是夢中主要情節。除了報恩之外，也說明了神明不可輕侮的事蹟，只因爲江情曾譏詆掌管婚姻的氤氳之神，才有墮水與父子分離，與夫妻被拆散的遭遇。《衣珠記》金波龍神是化身爲金魚游玩，被釣叟釣住，是趙旭買來放生，才有救助尚未見聘的妻子劉氏一事。《橘浦記》猿猴、靈蛇的報恩是：「前日錢塘君與涇陽君相持廝殺，洗蕩得荊州一路禽鳥無存，我們兩個也在漂流數內，若非柳相公救援，也幾乎不免了。我們雖是眾生，豈可不知以恩報恩，以德報德？」（第十一齣）

　　行爲的報償是所受的恩越大，報賞越厚。中國人的「報」在加入人情、關係因素後，使得原本單純的交換行爲發生微妙改變。禮愈送愈重，愈加愈多。四劇中具靈性的動物所受恩有三件是攸關生命的大恩，因此所報償也幾乎是挽救困厄於絕地，恩惠甚至及於親人。而且不但挽救恩人的性命，連恩人的未來富貴與婚姻亦且加以安排，如《彩舟記》第二十八齣龍神直接介入了科舉考試，將不中

選的江情卷子重新獲得評選。之後考官身旁的門子僕役有「世俗常
說不要文章中天下,只要文章中試官。老爺既然主試,怎麼全不得
自由?」的嘲諷文句,但由此段情節,即可知悉受恩者的回報是愈
加愈重,而且這段施恩,尚且是主人翁的父親所施,與江生毫無關
聯,卻蒙受報償,可知中國的報償是具有家族性的。《橘浦記》的
夢境不是靈蛇的報恩場面,而是初次報恩盜虞丞相玉帶給恩人,造
成恩人柳毅反而陷入監中。於是再次設計使虞丞相女兒摘花時感受
毒氣,而生滿身無法醫療的瘡癩,再托夢給柳母,並賜一丸靈藥讓
他去醫治虞小姐,那時柳毅當可刷雪冤屈。這是靈蛇的報恩方式,
總是要使有恩者一定得報,不至於陷於更危險境域。

　　相信自然或神的報應深植人心,雖然實際經驗並不能每次都證
實這種果報的必然性,但社會人情皆重視這種果報。佛教傳入中國
後,「業」報以及輪迴的觀念,說明果報不但及於今生,並且穿過
生命鏈,直到未來。

肆、對人界法庭的彌補

　　神鬼掌夢情節中有關地獄變相的描寫與善惡因果報應,除了為
宗教服務外,尚有彌補人間道德法律的缺陷,也具有警世,勸世的
效用。又因為有時對陽世案件的重新審理,而有「公案」的性質,
也就是以公案的方式,轉移審判場所,免除人情因素的夾雜。這是
一種含有宗教信仰與社會理想的特殊表現。雖然這種處理方式,於
人文精神不合,於現實生活又未必然有的事,但卻有著心理上的補
償與渲洩作用。

　　《雙螭璧》奚屺家花園的土地攝魂有「只因本家奚屺作惡太

重，上干天怒，敕下本府城定案。他陽壽未終，今晚先攝他魂靈，與梅氏對理，要小神質証。鬼卒，速拿奚屺魂靈伺候者。」為惡者的陽壽未終，因而不得其報，然若是枉死者陽壽未終，是否可得到還魂機會？《碧桃花》徐碧桃「不幸辭世，為陽壽未盡，一靈眞性不散。」正是此例。然而並不是每個陽壽未盡的死者皆能還魂重生，《碌砂擔》的處理方式是：「自家非別，乃是王文用，被鐵旛竿白正圖了財，致了命，爭奈我陽壽未盡，今夜晚間問他索命去呵。」《東窗事犯》岳飛被屈殺之後，有「某三人自秦檜屈壞了俺，陽壽未終。奉天佛牒玉帝敕東岳聖帝，教來高宗太上皇托夢去。」由這些例子，冤死者的陽壽未終的說明，正是壽命天定的觀念，冤死者與《雙螭璧》奚屺一般，同是陽壽未終情形，卻有著各種不同的處理情節方式。藉由土地攝魂的陰間折證方式，正是用來彌補人間法律不足，不讓為非作歹者逍遙法外的民間心願。

另外《焚香記》也有攝魂折證的情節，未明言是入夢，但海神廟的訴冤，桂英、王魁在海神面前辯識是非因果，在旁人眼中則是昏迷不醒，與《獅吼記》柳氏情形相同。桂英誤信傳言，以為王魁負心另娶，至昔日訂下誓言的海神廟哭訴：「恨漫漫天無際，王魁這賊閃賺人無靠無依，我向那海神靈訴出從前誓，勾取那辜恩賊。」（二十六齣）即使為鬼亦要復仇的心願表露無遺，散布的強烈的復仇意識。

《明月環》掌人世婚姻的氤氳使者，對於人世婚姻的阻隔與奸謀，給了義正詞嚴的審問：「雲頭炤見狀元石鯨，與喬氏羅浮，原有月環之聘。而荊氏青娥，亦合正配。方今三仙魔幻，荊棘奸謀，若不勾那荊棘之魂，與三仙面質，喬荊之姻，既無以諧，詩扇之

疑，終不能白。」竹梅二仙幻化成荊青娥與喬羅浮的模樣到書齋與石鯨會面的情節，紊亂了人世婚姻，因而需要掌婚姻的神明加以干涉、折證清楚。

《喜逢春》是明代反映政治爭鬥，揭露社會黑暗的時事劇之一**⓫**。從魏忠賢少年無賴，寫到他勾結客氏，殘害東林黨，直到被人彈劾，畏罪自殺，對他的罪惡進行了全面的揭露。魏忠賢死後，有毛禹門夢中與早已死亡，並成爲城隍的楊漣，共同勘問魏忠賢不法情事。相似情景也見於同題材的《磨忠記》最後楊漣、魏大中、周順昌等人成仙，勘問魏忠賢鬼魂，皆表現了人民對魏黨的憎恨。處理手法相似，只是未如《喜逢春》有毛禹門的夢境作爲見証。《磨忠記》的夢境是關帝聖君期許書生錢嘉徵以掃除奸佞爲志：「堪恨本朝廠臣魏忠賢，毒害忠臣輩……權奸數已落災屯，汝應速把封章上，掃盡君旁妖孽氛。」（第二十九齣）忠臣輩楊漣被害，使得縉紳士子，棄傭乞兒設醮保生，眞可謂怨氣沖天。這裡的夢境正是有識之士的心聲。

這類以明代政治社會現實爲主題的劇作，神鬼掌夢是爲了加強

⓫ 明代時事劇重要作品有反權奸閹宦，如反嚴嵩的《鳴鳳記》《飛丸記》；反魏忠賢的作品有《磨忠記》《喜逢春》；有描寫平亂抗交的作品如《平逆記》《平播記》等。見許金榜《中國戲曲文學史》第五章〈中國戲曲的雅化——明代〉，頁241-244，中國文學出版社，1994年5月北京。黃炫國《明代嘉靖隆慶時期三大傳奇研究》於明代歷史劇和時事劇都呈現出忠奸鬥爭的主題模式，特別是自《鳴鳳記》之後，時事劇的創作蔚然成風，凡是政治上的重大事件，幾乎無所不寫，但是反權臣反閹宦的戲曲仍是創作中的一股強大主流。1996年6月政治大學中國文學研究所博士論文。

刻劃誅除奸臣的心願，是一般百姓的心願。至於該如何看待神鬼勘問奸佞的寫夢情節？神鬼的勘問為惡者，是揭露社會黑暗，尤其是歷史人物忠臣名將的冤情的劇作所常用的手法，能否等閒視之為迷信無稽？似乎也不能單純如此認為。以岳飛故事為例，敘寫岳飛事最為精采者是墨憨齋的《精忠旗》，刪掉了以前舊作虛構的岳母卜卦、岳飛看相等迷信而又游離於主線之外的情節，改寫朱仙鎮班師的不得已，並非一味聖命是從，還剔除了岳飛怕岳雲、張憲造反，騙他們來共死的情節，洗滌了岳飛形象上的愚忠和奴性的污點。又根據史實增加了〈若水效節〉〈書生叩馬〉〈世忠詰奸〉〈北庭相慶〉等豐富岳飛戲的歷史內容。可說是一部力求依據史料構思結想，以增強劇中最典型環境的典型人物——岳飛的感人力量。至於作者在最後寫的〈湖中遇鬼〉〈奸臣病篤〉〈陰府訊奸〉等折中秦檜遇鬼受冥誅，岳飛升天成神等情節，並非劇作者對創作主旨的違忤，而是表達了中國觀眾喜歡善惡終有報的審美心理，使人心得滿足與補償，從而增加了劇作的人民性⑫。因此如何看待這類題材？就描寫了神鬼的報應，是迷信，有「以冥鬼結局，前既枝蔓，後遂寂寥」⑬的批語；宣揚了善惡有報的因果觀念；也可說它是為了滿足人心而有的創作方式，彌補了人間道德法律不足之處。

---

⑫ 參貫璐〈英名赫赫彪青史，梨園世世演精忠——岳飛戲曲淺探〉，《岳飛研究論文集》第二集，1989 年 7 月；拙文〈岳飛戲曲研究〉，臺中商專學報第 28 期，1996 年 6 月。

⑬ 祁彪佳《遠山堂曲品》〈能品〉評《精忠》，歷代詩史長編二輯，鼎文書局。

伍、對神靈祗敬的必要

　　神鬼的入夢或是干預人事，就現實世界而言，實屬於荒唐無法證實的想像。但在戲曲內卻可看到諸多神鬼情節，形成俗套，我們可說這類的劇作實在表現出作家因循的習性，抹殺了戲曲生命。劇作家應竭盡想像鋪陳合理情節，而非一味採用神鬼力量解除劇作關目無法進展的困厄。然而由神鬼的掌夢，也可知道戲曲對宗教教義的宣導，以及教育百姓上面的功用，民間無法深入探析宗教教義，只能接受通俗淺顯的名目，透過戲曲演出教化百姓。也反映了民俗對於善惡是非的看法，總不外乎是希望好人受到護持，為非作歹者得到應有的懲罰。這種願望，即使受殃的好人活著時無法見到，也希望有個冥界法庭，有超乎平常的神鬼能替他們主持公道，所以才有諸多的冥判情節。勸使人民為善，是劇作家常存的信念，用來導正社會風俗，正如李漁《閒情偶寄》〈戒諷刺〉所述：

> 竊怪傳奇一書，昔人以代木鐸。因愚夫愚婦識字知書者少，勸使為善，誡使勿惡，其道無由，故設此種文詞，借優人說法，與大眾齊聽，謂善者如此收場，不善者如此結果，使人知所趨避，是藥人壽世之方，救苦弭災之具也。

以神鬼設教，作為導正之方，是劇作家用心。也因此劇作家所刻畫的掌夢神靈，大多以善神的面目出現，只有《彩舟記》阻攔婚姻，逼使江情墮水的氳氤神，因為江情的不敬神明與傲慢，使得原本撮合姻緣的神明，轉而阻擋了婚姻。同時闡述了神明不可侮慢的宗旨。

侮慢神明必然受罰尚有《萬事足》第二折，書生陳循乘醉於城隍廟提筆數落土地判官，將他們一貶到雲南，一遷移到冀北。書生狂態可見。更奇是土地判官因之托夢給陳師周約文，哭訴被文曲星貶謫一事，請求代為美言，免遭流放的苦難。欺負神明，雖然土地判官的神格位置不高，但正如周約文告誡：「褻瀆神明，豈是儒者所為？既已誤題，即當拂去。」以陳循為文曲星轉世，連城隍老爺也得讓他。褻瀆神明所受懲罰是原本科考該中第一名，而被降為第二名，前後因果陳循後來在夢中得到說明。事涉無稽，卻也傳達了連神明也欺善怕高官的訊息。

夢中出現的神明以惡神面貌出現者大概只有《三祝記》的威靈大王。名為大王，卻由「淨扮鬼」，再由所念詞「生有壯志，死作厲神」，受享祀五十餘年，卻因范仲淹建書院，使威靈大王的享祀受到危害，於是在夢中威脅范仲淹存留廟宇，「你如不存留，我必禍及汝子，那時悔之晚矣。」（第九齣）然范仲淹不受威脅拆廟。繼有威靈大王現身脅迫：「昨已將汝新生之子魘死，汝尚不知畏耶？」威脅不成再用哀求，孰料只得一箭之地可容身，再建一座小廟容身。大約所有劇作中的神靈，只有此處最為淒涼，用以反襯出范仲淹「知命輕生死」「無私伏鬼神」的氣概。（第十齣）然而若非如范仲淹的氣概，一般觀眾觀賞此劇時所得的啟示，大概則是鬼神之事，不可輕忽，否則殃及子孫，而轉向於奉祀神鬼一途。

陸、以「虛」為主的創作手法

明清的戲曲理論非常重視虛實理論，戲曲演出相對於現實人生，原本即是屬於虛的部分，只要看載籍中諸多欠缺美感距離的觀

眾毆打正在演出的演員，就可體會那些觀眾未能領會戲曲虛的特質。清人焦循《劇說》記載四則舊說傳聞演出岳飛戲曲，有扮飾秦檜的演員遭觀眾毆打甚至刺傷者：

> 相傳：周忠介蓼洲先生初釋褐，選杭州司理，杭人在都者置酒相賀，演岳武穆事。至奸相東窗設計，先生不勝憤怒，將優人捶打而退。舉座驚駭，疑有開罪。明日托友人問故，先生曰：「昨偶不平打秦檜耳。」極齋雜錄云：「吳中一富翁宴客，演精忠記。客某見秦檜出，不勝憤恨，起而捶打，中其要害而斃。眾鳴之官，官憐其義，得從末減」。

其它兩則故事與此相類，只是當旁人提醒是一舞臺演出時，毆打演員者的反應一是：「民與梨園從無半面，一時憤激，願與檜俱死，實不暇計真與假也。」另一則是：「吾亦知戲故毆；若真檜，膏吾斧矣。」這些俱是欠缺美感距離的實例。戲曲小說的創作，相當講究虛和實的運用。王驥德《曲律》卷三〈雜論〉：

> 劇戲之道，出之貴實，而用之貴虛。明珠、浣紗、紅拂、玉合，以實而用實者也；還魂、二夢，以虛而用實者，以實而用實也易，以虛而用實也難。

「出之貴實」是指藝術創作要以現實生活為基礎，「用之貴虛」指藝術創作要有想像和虛構。清代戲劇理論家李漁於劇本創作專門提出要「審虛實」：

> 傳奇所用之事，或古或今，有虛有實，隨人拈取……實者就
> 事敷陳，不假造作，有根有據之謂也。虛者空中樓閣，隨意
> 構成，無影無形之謂也。⑭

一般就藝術與生活而言，藝術就是虛構，而通過虛構，可以對生活
進行廣泛的概括⑮。

　　既是植基於對生活的廣泛概括，以之省視劇作家對於戲曲中夢
的創作，無疑也是站在人皆有夢的基礎上從事創作，以此點而論，
是實。然而在現實生活中，夢又是悠謬難解的現象，當時人們未對
夢做科學的分析，依然停留於以之占斷吉凶或是醫學上的論夢層
次，又是屬於虛的部分。既以現實中虛無難以捉摸的夢為題材，依
然是虛的層面。透過夢境或許即能造成了用虛的創作境界，因此劇
作家才會樂於創作夢境，因為虛無難測的夢，本身即蘊含了許多浪
漫色彩，表現舞臺亦各有千秋萬狀。

　　神鬼與有道僧佛人物的掌夢情節，毋須質疑即是充滿了迷信，
這是無法經過科學考驗的情節，是虛擬的部分。然而這種神鬼掌夢
與可以賜夢的故事，又流傳於民間，百姓平日生活於神鬼的庇佑之
下，無時無處不有所創造神明的存在。雖是虛擬手法的神鬼掌夢，
卻又忠實地反映了民眾對於夢境的認識，冥冥中自有主宰以掌控萬
事萬物，且能透過夢境來傳達神諭的普遍想法，那麼針對此點而

---

⑭　《歷代詩史長編二輯》第七冊《閒情偶寄》，頁 20-21，鼎文書局。
⑮　曾祖蔭《中國古代文藝美學範疇》第三章〈虛實論〉頁 160，文津出版
　　社，1987 年 8 月出版。

言，又是屬於實的部分。根據所流傳的夢中情節，雖有諸多是屬於夢與日常生活或際遇相吻合者，但未曾吻合者更多。然而我們只要看有神鬼主宰的夢境便會發現，除去少數度脫情節藉夢來顯現一番「惡境界」，從而使有仙根者進入仙班或是修道之途外，皆是若合於生活情節，於戲曲中則是吻合了未來的劇情發展。因此可以說，戲曲的夢情境，虛的部分較高。度脫劇中夢所顯現的「惡境界」其實於現實劇情中是不存在者，還是虛構的成分較高。

因此可以得到結論：倘若以戲曲講究的虛實論來看，神鬼掌夢可說是劇作家無形中體驗了劇論中的虛實理論，而且虛構的成分是較高者。再以「用之貴虛」的理論看，神鬼掌夢是採虛實相間手法，但是否所有的夢境皆視之爲「貴虛」的層次？或許正如王驥德所說：「以虛而用實也難。」畢竟並不是所有的劇作家皆能恰如其分的掌握虛實的道理，更多是無力於劇情進展時，只能由神力來迴狂瀾於既倒，使劇作能進展順利。這時鬼神的掌夢或是以鬼神來脫困的情節，劇作家用來無疑是站在實用與功利的立場，因爲要幫劇作家解決才力不足以演進情節的困惑。

這時的神鬼掌夢是否如美學家李澤厚所說的「美感的矛盾二重性」？這二重性是指「美的個人心理的主觀直覺性質和社會生活的客觀功利性質，即主觀直覺性和客觀功利性。」⓰看來是功利與實用立場，能否達到文藝的眞善美的要求？似乎連眞的要求也未盡到，倘若以宗白華對眞的說法爲準則：「人類在生活中所體驗的境

⓰　轉引自王生平《李澤厚美學思想研究》頁 119，駱駝出版社，1987 年 8 月出版。

界與意義，有用邏輯的體系範圍之一條理之，以表出來的，這是科學與哲學。」那麼神鬼之說，很明顯不合於眞的特質，而於道德宗教的善的範疇，似乎又無法有人生的實踐行爲或人格心靈的態度表現出來⑰。民間的鬼神信仰帶有功利色彩，且大都爲盲目的崇拜，很難說有善的特質。

　　神鬼掌夢情節，除去了虛實的創作方式似乎若合於戲劇的審美要求外，更大的可能性是於劇論家評定爲荒唐無理的情節與題材，此大約是佛道兩家都將鬼神做爲信仰中心，也因此相沿既久，產生眾多枝蔓，逐漸失去了佛道兩家信仰眞義，有了迷信思想，戲曲中反映迷信的作品不少，⑱正如李漁論「戒荒唐」時說：

> 昔人云：畫鬼魅易，畫狗馬難，以鬼魅無形，畫之不似，難於稽考，狗馬爲人所習見，一筆稍乖，是人得以指謫，可見事涉荒唐，即文人藏拙之具也，而連日傳奇獨工於爲此。噫，活人見鬼，其兆不祥，矧有吉事之家，動出魑魅魍魎爲壽乎？⑲

是不值得鼓勵與推展的創作方式。

　　中國戲曲有關夢境的情節，大部分是與神鬼仙佛有關係，即使

---

⑰　林同華《宗白華美學思想研究》頁 181，駱駝出版社，1987 年 8 月出版。

⑱　曾永義《說戲曲》之〈雜劇中鬼神世界的意識形態〉，頁 68，聯經出版社，1983 年 5 月第三次印行。

⑲　《歷代詩史長編二輯》第七冊，頁 18、19，鼎文書局。

無關，體貼人情而塑造的夢境，有不少為人稱揚，而且於塑造人物
形象上居功厥偉。除去少數典籍所載的夢，似有些取材痕跡可尋之
外，其餘幾乎是劇作家的創作，也是虛擬的成份居多。至於典籍所
載的夢境是否真有其事，亦或是記錄者別有用心的捏造，也是難以
評斷。只知夢原本是幽謬難以捉摸情境，劇作家依照人物性格，加
以創作摹寫「可能」產生的夢境，從而豐富人物形象與劇情，依然
是重「虛」的創作手法。

柒、側重人事描寫的明代時事劇夢境

　　明代劇壇自《鳴鳳記》之後，時事劇蔚為風尚，凡是政治上的
重大事件，幾乎無所不寫，其中反權臣反閹宦的戲曲又為強大主
流。這些劇作如《喜逢春》毛禹門夢中會同楊漣勘問魏忠賢的劇
情，《磨忠記》關羽托夢給錢嘉徵，勉勵上奏章彈劾魏忠賢，《鳴
鳳記》鄒應龍、林潤的仙遊祈夢，並有金甲神賜詩句，以顯終身事
業的情節，雖不脫前人取材範圍，然而前二劇的忠心之情是於夢中
可見，不是一般鬼神論證的劇作可比擬。

　　由劇作的編排內容來決定神鬼場面的價值，劇作家處理忠奸題
材時，夢減少了預示與冥判成分，增加了現實人物心理的表現，可
說夢的安排成了塑造人物的利器。同為時事劇的《清忠譜》周順昌
曾有「忠夢」，夢境全然無涉於神鬼事，卻充滿了正氣凜然氣勢，
也含有審判意味。故事大要是周順昌入宮面聖彈劾魏忠賢：

　　（會河陽）他殺害忠良，乾兒遍招，內庭屠戮血痕漂。弄
　　兵，祖制偏違，擅開內摻，搖國本，圖傾撓炎威，勝恭顯九

殘暴，凶謀，比劉韓危宗廟。

之後明帝迅速下令將魏忠賢明正典刑。周順昌回家途中遭魏忠賢的阻擋責備，周魏兩人衝突互毆之際，衛士與劊子手綑綁魏忠賢赴法場，周順昌則在心願得遂情形下歡愉狂笑而醒。（第八折）這場夢與周順昌入夢前殺賊除賊的迫切心意相符合：

> 我周順昌若身在都門，定當連上幾疏，劾奏逆賊，就是粉骨碎身也說不得，必須感悟君心，把魏賊碎屍萬段，一則保全善類，二則肅整朝綱，三則掃清宮禁，四則奠安社稷。豈不快心？只為被劾家居，不能一展壯志，思之甚覺悶人。

雖則夢境的當時，魏忠賢依然如日中天，但卻已將忠臣之士想要誅戮魏賊的心願表露無遺。

《鳴鳳記》除了仙遊祈夢之外，描繪了另外一場具有憂國憂民的夢，是林潤夢見一夥強盜拿著刀劍兵器，而且是「裸形披髮」的外國衣冠模樣。攻擊來時，如狼似虎。也見到許多婦女盡被擄去，啼哭悲號聲音令人痛斷肝腸。這場夢是林潤聽聞得海島倭夷造反，又身居海域地區，擔心變故致家人受流離之苦。接此夢之後立即是海寇倭夷作亂，官軍難阻擋，人民逃竄的淪亡場面。（第十八折）對當時的社會政治作了反映，尤其是百姓的困苦，海夷的滋擾海域，作了忠實描繪。

附錄一

宋元夢戲表

劇名	夢出處	夢的內容大要	夢的占斷	夢的表現方式	備註
張協狀元	二	張協夢身處兩山之間，遇一似虎又似人者，傷了他的左肱與外股。	兩山為出字，虎表西方旺，西方為川地。出門向北行出，卻有些跌撲膿血疾，但能逢凶化吉，且有賀喜事。	口敘	宋代
來生債	一	磨博士有橫財，夜夢連連，擔心錢消失。		夢者單獨演出	自此起為元代夢境
梧桐雨	四	唐明皇夢楊貴妃排宴赴席。		夢者參與演出	
硃砂擔	一	王文用夢入花園賞花，為盜所殺。		夢者參與演出	
神奴兒	二	老院公夢小主人訴說被叔嬸勒殺事。		夢者參與演出	
三勘蝴蝶夢	二	包拯夢救護入蛛網的蝴蝶。	應乎王婆兒子殺人事件	夢者參與演出	
揚州夢	二	杜牧夢張好好率四妓舞唱歡宴。		夢者參與演出	
昊天塔	一	楊景夢父兄訴說冤死與死後悽涼狀況，並囑搭救父兄屍體。		夢者參與演出	

劇名	夢出處	夢的內容大要	夢的占斷	夢的表現方式	備註
黃粱夢	全劇	呂洞賓夢中經歷科舉爲官，娶妻生子，政治傾軋與放逐困厄。		夢者參與演出	
范張雞黍	二	范式夢張劭自敘病歿事。		夢者參與演出	
竹葉舟	一二三	陳季卿夢搭舟回家省親與赴京趕考。		夢者參與演出	
忍字記	三	劉均佐出家後夢妻兒訴說別離情。		夢者參與演出	
金安壽	三	金安壽夢見嬰兒姹女，心猿意馬追趕至萬丈懸崖，無路可走。		夢者參與演出	
冤家債主	四	張善友至森羅殿折證妻兒前世今生事，因果善惡報應在其中。		夢者參與演出	
東坡夢	二三	東坡夢與桃柳竹梅四仙飲宴歌舞。		夢者參與演出	
劉行首	三	劉行首夢東岳神訴說自己二十年前是一陰鬼的本相。		夢者未參與演出	
度柳翠	二	柳翠夢自己變成梨花貓。		口敘	
	二	柳翠夢不肯修行而遭閻神下令殺害。		夢者參與演出	
盆兒鬼	一	楊國用夢入花園，飲宴時爲盜所殺。		夢者參與演出	
看錢奴	一	賈仁夢靈派侯說明貧困之因與答允借與二十年福力。		夢者參與演出	
馮玉蘭	一	馮玉蘭夢強盜持刀殺害自己。		夢者參與演出	

劇名	夢出處	夢的內容大要	夢的占斷	夢的表現方式	備註
小張屠	三	夢神速報司送還被焚張屠子，並預示日後必當爲官富貴。		夢者參與演出	
雲窗夢	三	鄭月蓮與張均卿相戀分離，月蓮夢均卿。		夢者參與演出	
劉弘嫁婢	三	劉弘行善，受恩者的親人死後爲神，增福神與五十四州城隍入夢中說明行善得子與延壽因由。		夢者參與演出	
飛刀對箭	一	征高麗，唐帝夢與摩利支交戰，有白袍小將解圍，自稱住在虹霓三刀。	應夢將軍出於絳州龍門鎭	口敘	
翫江亭	四	趙江梅夢母親呼喚，搭舟至江心，被舟子威逼成親，否則溺死江中。		夢者參與演出	
莊周夢	一	莊周夢蝴蝶變化。		夢者未參與演出	
東窗事犯	三	高宗夢岳飛訴說被害與替己復仇事。		夢者參與演出	
降桑椹	二	增福神指引蔡順，桑樹結子可奉母。		夢者參與演出	
智勇定齊	一	齊公子夢皓月離海角，被雲遮蔽。	賢人淑女隱於林麓之間。	口敘	
伊尹耕莘	一	伊尹母親夢吞紅光而有孕。		口敘	
牆頭馬上	二	李千金私奔前夢見情人裴少俊		口敘	
存孝打虎	一	李克用夢紅日在帳房裡滾。	朝中有宣敕來	口敘	
存孝打虎	二	李克用夢有翅大蟲咬住自己。	得應夢將軍	口敘	

劇名	夢出處	夢的內容大要	夢的占斷	夢的表現方式	備註
霍光鬼諫	四	漢帝夢霍光訴說霍山霍禹造反事。		夢者參與演出	
風雲會	一	董遵誨夢黑蛇變龍飛去，群虎乘風隨之。		口敘	
西遊記	三	丹霞禪師夢伽藍預報西天毘盧伽尊者降臨。		口敘	
昇仙夢	二三	柳春陶氏夫妻夢赴任就職途中，被強盜劫財害命。		夢者參與演出	
漢宮秋	四	漢帝夢昭君私回漢宮，又被番兵捉回。		夢者未參與演出	
雙赴夢	三四	關羽張飛入劉備夢中敘說被害與要求代爲報仇。		夢者參與演出	
緋衣夢	三	獄神藉李慶安夢語指點凶手行蹤。	凶手名裴炎，躲於井中。	夢者說夢話	
五侯宴	二	李嗣源夢虎生雙翅。	得一大將	口敘	
西廂記	四本四折	張生夢鶯鶯私奔前來，卻被士卒追趕而散。		夢者參與演出	
卓文君	楔子	卓王孫夢屏間雙鳳沖霄飛去。		口敘	
卓文君	四	茂陵富婦，夢二鳳並宿庭前樹上。		口敘	

附錄二

明代夢戲表

劇名	夢出處	夢的內容大要	夢的活動與占斷	夢的表現方式	備註
一文錢	捨財	龐居士救助金鯉魚，夜夢龍神稱謝。		口敘	
	羅夢	羅和得龐居士送一錠銀，夜賽劉伶、西施、梁上君子、小霸王前來搶奪。		夢者參與演出	
一種情	五、六	盧二舅施法，使叫問前程婚姻事的故人子崔嗣宗見何興娘魂帶箜篌演奏，讓兩人留心。		口敘。此於崔嗣宗為實境，而何興娘則為夢境。	
	二十三	何家奴僕轉敘慶娘夢與亡姐興娘相見，並言有日再生；奴僕於廟中得神道囑付四句言語，回復家主夢中得語。		口敘	
九蓮燈	火判	富奴夢火判告以主人閔遠及俠女戚輕霞將因宮闈火災被焚，唯有九蓮燈可救護，指示尋燈的方法。		夢者參與演出	
二奇緣	六	楊慧卿夢與費懋中赴考，被大海阻絕去路，又逢虎挑撲，將兩人衝散；費為金龍抓下；楊見一女子持蘆草救援渡過弱水，見報錄人送考中匾額至家，又為虎所驚。	楊費等人至猛將堂祈夢，卜問前程事。	夢者參與演出	

劇名	夢出處	夢的內容大要	夢的活動與占斷	夢的表現方式	備註
二胥記	二十	尼姑夢神女娘娘說有兩位貴人落難到此，須好生供養，日後定有好處。		口敘	
人獸關	二十九	桂薪忘恩負義，違誓，睡夢中被引入冥途顯善惡因果，爲惡的妻女受變爲犬狗的處罰。		夢者參與演出	有墨憨齋、一笠菴刻本。
十五貫	判斬	況鍾監斬時見犯人名字，想起昔日之夢，有兩個野人唧鼠哀泣。	野人者，熊也，應此公案。	口敘	
十樣錦	三	起造武廟，張齊賢夢古代十三名武將誇己功，爭武廟位次。		夢者參與演出	
三化邯鄲	二三四	盧志夢中高官五十餘年，後坐罪枷鎖，搭船，聽呂洞賓說度脫之理。		夢者參與演出	
三社記	四	孫子眞夢鄭虔道人指示遊仙修道，訪海內名家，以省悟苦海紅塵。		夢者未參與演出	
	六	孫子眞父夢卿雲一朵，飛駐門庭，忽報產得二孫，因此名爲雲、章。		口敘	
三祝記	九	范仲淹夢威靈大王威逼不能拆廟改建書院，不然禍及子女。		夢者未參與演出	
三報恩	十八	老書生鮮于同夢看榜高中詩經科第十名，從人邀請參加瓊林宴。		夢者參與演出	

劇名	夢出處	夢的內容大要	夢的活動與占斷	夢的表現方式	備註
下西洋	二	鄭和出使西洋，祭天妃娘娘，賜夢此行必定不動干戈，自然得寶而歸。		夢者未參與演出	
大破蚩尤	四	玉泉關土地，生前爲漢壽亭侯，入范仲淹夢中，敘如何戰退蚩尤神，免除百姓痛苦事。		夢者參與演出。	
女丈夫	六	李靖夢西岳大王示一詩指示婚姻前途：遇紅拂、李世民、張仲堅。	李靖卜問是否有天子之命，三十六折有西岳大王敘明詩意	夢者未參與演出	墨憨齋本，同紅拂記。
五福記	七	馬扁夢在野壙踢球，將球踢入池塘；貝戎夢一池溪水，洪水泛漲。	占：才源滾滾來春意；生意滔滔似水流。	口敘，打謎語。	
	十四	西夏王李元昊夢異人送明珠二顆。		口敘	
	十八	韓琦夢五星聚於奎壁之間，瑞彩散於門闌之內，醒來妻妾五人各生一子。		口敘	
天書記	二十一	孫臏母夢梁上墮下燕催，折翅。臏妻夢魚入網中，被砍去尾鬣而鮮血淋漓。		口敘	
天馬媒	十三	薛瓊瓊七夕拜禱織女牛郎，織女入夢寬慰與黃損情事，繼夢黃損入夢而不理睬薛，使瓊瓊有負心感歎。		夢者參與演出	

劇名	夢出處	夢的內容大要	夢的活動與占斷	夢的表現方式	備註
太平錢	六	韋固夢月下老人告以與曲江公小姐無緣,己妻目前是周之歲嬰兒。		夢者參與演出	
夭桃紈扇	六	石郎夢所愛女子夭桃的相思夢境。		夢者參與演出	
文公昇仙記	九	韓愈妻夢老婦領個小兒,在打毬場蹴跼;韓手湘妻夢二人並走,女人身掛笤帚,二木橫小舟,新月下掛勾。	老婦小兒爲母子,毬爲團圓之象;湘妻夢指夫婦再見四字。	口敘	
冬青記	三十一	林景曦夢內使持詔慰勞:本該殀死,向蒙掩骸,宜享上壽,眼下貴星攙拽,位極人臣,籌得國破家亡。		口敘	
古玉環記	十	玉簫夢與情人韋皋相會。		口敘	
古城記	十五	關羽敘二位皇嫂夢劉備身落土坑。	占夢:人入爲安,土主必旺之兆,劉備必居樂土而身安。	口敘	
四美記	十二	洛陽海口渡夫夢水底說道:來日有船過渡,俱該溺死,只有蔡狀元在船可救那些生命。		口敘,眾舟子同夢聽此言。	
四馬投唐	楔子	李密拆周公廟,王世充夢神人助神兵十萬,與李密交戰。		口敘	
四喜記	二十七	奴婢紅香夢小相公頭被大相公割了。		口敘,打諢語	

劇名	夢出處	夢的內容大要	夢的活動與占斷	夢的表現方式	備註
永團圓	十一	江蘭芳母亡魂入女兒夢中，敘江父悔婚，將女兒改嫁逼嫁。		夢者參與夢境	有墨憨齋本、一笠菴本
	二十七	高中丞敘女兒夢神人指為蔡郎之妻。		口敘，係捏造語	
玉玦記	三十一	李娟奴夢鬼卒索命。		夢者未參與演出	
	三十四	王商夢中與癸靈神折證李娟奴欺人欺天，罰三世為牝豬。		夢者參與演出	
玉釵記	十三	何文秀夢神道說明父母雙亡，全家星散，第二日有難星過度口；何家奴僕夢指示與主人相會，且救助小主人脫因。		口敘	
	十四	王瓊珍夢土地指示與何文秀有夫妻姻緣，次日當西園邂逅。		夢者未參與夢境	
	二十四	王州獄官夢救助入網鯉魚，魚化龍升天。	占：釋文秀罪，日後必然報恩。	口敘	
	三十三	王瓊珍夢新月，傾刻弦滿復圓。	主夫妻相會。	口敘	
白蛇記	九	劉漢卿夢白衣童子敘遭難求救，日後定然報恩。		口敘	
白袍記	六	唐帝夢白袍小將來救助，連箭退遼兵，自言住在牟字遶三遶，三鎗點三點。	應夢將軍住於絳州	口敘	

劇名	夢出處	夢的內容大要	夢的活動與占斷	夢的表現方式	備註
目連救母勸善戲文	劉氏回煞	目連夢見母親魂入夢，訴說生前毀佛恨，並囑齋僧佈施以超度母親。		夢者未參與演出	
全德記	二十八	竇禹鈞夢神人說明：庭前五桂芳，憐善良，積德受天賞，有子賜承名家後代。		口敘	
竹葉舟	四一二十七	石崇夢登竹葉舟，後得富貴、建金谷園，得綠珠，後因罪被判刑，脫逃後被追捕時夢醒。		夢者參與演出	
衣珠記	六、九	龍神托夢王氏寡婦有貴人之妻遇難，可搭救爲女兒。		口敘	
	十四	皇帝夢金甲神坐太平車上，手捧九輪紅日，炫耀身心。	皇帝將得人，或名旭，或指地名有旭字	口敘	
西廂記	二十九	張生宿草橋，夢鶯鶯追隨而來訴情衷。		夢者參與演出	南調
	三十	張生宿草橋，夢鶯鶯追隨而來訴情衷，鶯鶯爲官兵捉拿而離開。		夢者參與演出	陸天池本
西園記	三十三	趙玉英魂入張繼華、王玉眞夢中，感謝建水陸道場，得以升天。		未參與演出	
西樓楚江情	四	于魯妻夢鵑生子，命子爲鵑。		口敘	
	二十	于鵑夢至青樓訪穆素徽，被拒，且素徽變一奇醜女子。		夢者參與演出	
沒頭疑案	六	官員薛清夢神人提兩個人頭，留詩四句。	有冤待雪	夢者未參與演出	

劇名	夢出處	夢的內容大要	夢的活動與占斷	夢的表現方式	備註
牡丹亭	二	柳夢梅夢梅花樹下，立個美人，有姻緣之分，醒後改名夢梅。		口敘	另有墨憨齋改本：三會親風流夢。
	十	杜麗娘夢書生持柳枝，兩人於花園中幽會。		夢者參與演出	
那吒三變	一	釋伽母夢吞日月懷孕。		口敘	
兩鬚眉	二十八	分巡道官捏造夢流賊殺來，失聲驚喊。		口敘	
和戎記	三十四	漢帝夢昭君敘夫妻之情，命喪長江始末，並期許帝與妹妹接續情緣。		夢者未參與演出	
周羽教子尋親記	十五	解子張文押周羽，途中欲害周羽，爲金山大王解開繩索，反縛張文，並夢中傳語：勿害周羽，日後羽子當富貴而團圓。		夢者未參與演出	
拔宅飛昇	一	許遜母夢金鳳銜珠。墜。吞珠有孕。		口敘	
明月環	二十二	氤氳使者攝荊棘入夢，審斷荊棘奸計：覷朋友妻、逼妹自殺，與化身青娥、石鯨、羅浮的三仙之間的愛情糾葛。		夢者參與演出	
東郭記	三十九	姜氏夢丈夫來迎接他至官所團圓。		口敘	
東窗記	十四	岳飛妻夢虎覓食落在澗裡，被擒而削去爪牙與身上皮。	因夢而占卦，凶，指主人有牢獄之災。	口敘	精忠記夢同此

劇名	夢出處	夢的內容大要	夢的活動與占斷	夢的表現方式	備註
東窗記	三十	秦檜害死岳飛，常夢岳飛前來索命。		口敘	
花筵賺	十六	劉碧玉夢溫太眞、謝鯤爭執婚姻事。		夢者參與演出	
虎符記	二十二	花雲妻夢庭樹被雲遮蔽，忽有一火從天照見樹上花朵，雲火相遠，有彌猴在火光中盤旋，後來火拋入懷中撲面而來。	花姓雲名，公子名煒，是火旁，猴孫是孫子，指孫氏將送公子到夫人之懷，與夫人相見。	口敘	
金印記	二十九	蘇秦妻夢丈夫衣錦榮歸，敘夫妻離情。		口敘	
金花記	二十	周雲夢九天玄女授兵書劍術。		口敘	
金貂記	三十七	薛丁山夢孝眞仙子使者贈寶劍一口。		夢者未參與演出	
金蓮記	三十	蘇轍、黃庭堅、秦觀同夢五戒禪師到訪並講道。	五戒爲東坡前身	夢者參與演出	
金鎖記	二十二	東海龍女夢天書下來。		口敘	
	二十六	竇娥母親鬼魂托夢竇天章敘說女兒冤情：欲知金鎖事，須問賽盧醫。		夢者未參與演出	
長命縷	十七	邢春娘夢向觀音祈福問法，此夢爲觀音主導。		夢者參與演出	
邯鄲記	三一二十八	盧生夢中娶親，爲官，帶兵，受謗，極盡富貴，老病將死時夢醒。		夢者參與演出	另有墨憨齋定本

劇名	夢出處	夢的內容大要	夢的活動與占斷	夢的表現方式	備註
南柯夢	八－二十二	淳于棼夢入南柯國為駙馬，歷盡高官厚祿，及妻死被譴遭疑而夢醒。		夢者參與演出	
幽閨記	請醫	醫生夢老壽星討藥以結束生命。		口敘	
春波影		小青幼時夢手折一花，隨風片片著水。	命運如花	口敘	
		小青夢好友小六娘哭訴別後不得再見。		口敘	
春燈謎	十八	豆盧吏夢囚宇文彥枷床上長出一枝梅花，枝上掛一對綵箋。		口敘	
	二十六	宇文彥夢韋影娘著女裝與假面少年，跌倒啼哭，為鬼卒打走，又用人頭打宇文彥。		夢者參與演出	
春蕪記	十四	楚襄王夢二位神女敘詩。		夢者未參與演出	
珍珠記	十七	高文舉夢與妻交談如舊，同侍雙親。		口敘	
相思譜	九	周郎夢見所思念的王嬌如，卻被金甲神鬼兵衝散。		夢者參與演出	
眉山秀	二十六	佛印施法，使東坡夢中知悉前生為五戒和尚，犯色戒而坐化，佛印為五戒師弟明悟禪師，隨即辭世。		夢者參與演出	
紅情言	京第	皇甫曾夢訪盧金焦坐船，敘分離狀況，為盧父回船，匿船艙而驚醒。		夢者參與演出	

劇名	夢出處	夢的內容大要	夢的活動與占斷	夢的表現方式	備註
紅蓮債	四	佛印出生前夕其母夢一羅漢，手持一印，來家抄化。		口敘	
紅葉記	十	崔希周撈紅葉，夜夢有人說：你明歲的姻緣，就在這紅葉上。		口敘	
	十二	古遺民夢有人說：你表弟鄭文甫若得紅牋，次日不可開船，且須趕快救他。		口敘	
苦海回頭	四	謫居的胡仲淵夢返回家園，闔家老少團圓。		口敘	
香山記	六	妙善夢世尊說明自己前身是天正法明王，因犯佛法，被罰投胎始本，並賜佛珠，使修佛法。		夢者未參與演出	
修文記	三	蒙玉樞夢荀奉倩投刺來拜訪。	荀奉倩壽命不長，恐自己亦壽命不長	口敘	
	三十六	蒙曜夢亡兒玉樞具疏求大師收為妙界弟子，以入大道，不墮輪迴。		口敘	
凌雲記	十二	司馬相如夢黃衣老人催離家，教作大人賦。		口敘	
桃符記	七	劉天儀夢城隍囑付些言語示功名婚姻事，然詩意不清。		夢者未參與演出	
	二十七	城隍托夢傅樞密，教養育青鸞為女，招劉天儀為婿。		口敘	
桃源三訪	四	葉蓁兒夢崔護，相思相愛狀況。		夢者參與演出	

劇名	夢出處	夢的內容大要	夢的活動與占斷	夢的表現方式	備註
破天陣	楔子	宋帝夢與北番交戰，有江船神女示保駕將軍是：一羊自船倉躍出，跳上岸，將番兵趕退。	應夢將軍楊景在汝州。	口敘	
破窯記	十五	呂蒙正夢窯外起個大旗竿，掛大紅旗，寫個窮字，因而吟詩一首，未完而醒。		口敘	
秣陵春	三	黃濟夢李後主欲為女兒擇婿，但姻緣未合，須待一年後，囑勿妄許他人婚姻。		口敘	
	十七－三十二	黃展娘睡夢中離魂，與徐適相見、合婚，分離後魂飄再還魂醒來。		夢者參與夢境	
荊釵記	二十八	錢安撫夢神道囑救助投江節婦，並收為義女。		口敘	
	三十五	王十朋夢錢玉蓮說：與你同憂而不同樂。	占斷：亡魂討祭祀。	口敘	
袁文正還魂記	十九	袁文正魂托夢妻子，訴說國母遣張清刺殺妻子，囑向張清求情，並至官府訴冤。		夢者未參與演出	
酒家傭	三十三	梁冀夢一將軍蟒服玉帶，姓空名賈，為前朝大將軍，約梁其商大事；孫壽夢與雲佳夫人同行。	郭亮占得竇憲、霍顯，並預言孫梁二人將敗事	口敘	墨憨齋本
高唐夢		楚襄王因宋玉談巫山神女事，而夢神女入夢。		夢者參與演出	

劇名	夢出處	夢的內容大要	夢的活動與占斷	夢的表現方式	備註
浣紗記	二十八	夫差夢入章明宮，米釜兩隻炊而不熟，黑犬兩頭嗥南嗥北，鋼鍬插入宮牆，流水入殿堂，後房聲若鍛工，前園橫生梧桐。	占：應吳國將為越所滅。	口敘	
彩舟記	二十六	江情夢吳小姐寄詩一首，醒來成誦；同齣夢龍王敘江、吳二人會合分離之因，皆不敬於氤氳大使所致。		口敘	
	二十八	試官敘夢一輪紅日照向江心；同齣夢龍神將被棄江情卷子放至面前，手書江情二字於考官案桌上。	江心，指姓江；紅日照耀，非晴而何？	夢者參與演出	
情郵記	三十	夢神施法，使王慧娘夢見代嫁婢女紫簫成為妻，而己為妾，為驛店劉乾初題詩續筆先後而起爭執。		夢者參與演出	
望湖亭	十一	高贊妻夢園中梅樹開花結子。	梅，媒也，有良媒來。	口敘	
	三十四	文昌星命魁星引錢萬選夢魂，授予制策，使及第狀元。		夢者參與演出	
清忠譜	八	周順昌夢入宮彈劾魏忠賢，皇帝判魏死刑，魏忠賢與周順昌爭執扭打時，被兵衛捉到市曹典刑。		夢者參與演出	

劇名	夢出處	夢的內容大要	夢的活動與占斷	夢的表現方式	備註
異夢記	八	王奇俊在主婚使者主導下，夢到顧雲容房中幽會，互贈紫金碧甸環、水晶雙魚佩，醒後果見信物交換。		夢者參與演出，且二人互夢。	
喜逢春	三十二	楊漣死後成神，攝毛禹門入夢同勘魏忠賢、客氏罪責，以爲不臣者戒。		夢者參與演出	
渭塘奇遇	三	盧玉香與王文秀一見鍾情，玉香夢文秀來訪，賞花互贈定情物。		夢者參與演出。二人互夢。	
焚香記	五	謝惠德夢有人言：明日有貴客登門。		口敘	
	二十六	桂英向海神哭訴王魁負心事，海神於夢中指示待陽壽終時才能折証明白。		夢者未參與演出	
	二十八	王魁夢梨花一枝在手，被狂風吹墮，又取在手，不復鮮豔。		口敘	
	三十	謝惠德夢海神已放桂英還魂。		口敘	
琵琶記	描容	趙五娘夢土地領陰兵助修墳，並囑改換衣衫進京尋夫，有仙長指引去路。		口敘	
登瀛洲	四	唐帝夢祥雲繚繞，天花墜地。	新宮殿內，有仙聖降臨。	口敘	
紫釵記	二十三	霍小玉夢李益高中科舉，小玉梳粧赴任。		口敘	
	四十九	霍小玉夢黃衣男子，遞來一輛小鞋兒。	鞋，諧也，重諧連理之兆。	口敘	

劇名	夢出處	夢的內容大要	夢的活動與占斷	夢的表現方式	備註
開詔救忠	楔子	楊景夢兄弟楊七郎訴說被潘仁美射死。		夢者參與演出	
雲臺記	十八	陰大功夢南莊上有金龍一條盤在柱上。		口敘	
	三十	劉秀夢白羊追逐，指頭去頭，指尾尾斷。	占得皇字	口敘	
黃孝子尋親記	十六	樂善夢神人指示有節婦投江，命撈救。		口敘	
	十九	黃覺經夢中聖妃娘娘賜予八句口占，示尋親結果，也賜二句于賈利人。	於仙遊祈夢而賜夢，二十二折有詳夢。	夢者未參與演出	
黃粱夢境記	二－三十	呂洞賓夢中歷經一生富貴功名，直至老來被斥逐，俱在夢中。		夢者參與演出	
	十三	夢中夢，養馬童紫騮夢婢女珍珠送一玉合，打開卻是空的。	占與珍珠婚姻：既合而開，又是空，指婚事不協，應於今日。	口敘	
粧樓記	三	周意娘夢圓清寺金佛相語，醒來至寺進香。		口敘	
	三十五	周意娘夢金佛相語。		口敘	
意中人	三	劉章夢神仙贈海棠，命女名為夢花。		口敘	
	五	花神使有姻緣之分的史玉郎、劉夢花先於夢中相逢。		夢者參與演出	
	十八	青條夢花神指示救助投水自殺的劉夢花而劉夢花的自殺亦是花神指示。		夢者未參與演出	

劇名	夢出處	夢的內容大要	夢的活動與占斷	夢的表現方式	備註
萬事足	三	城隍廟土地判官入周約文夢中泣訴被其學生文曲星貶雲南、冀北，先代求情。		夢者未參與夢境	
	七	陳循家僕夢主人頭上生兩隻羊角，口中作羊叫聲。	羊角是解字，頭字是元首，此行必中解元。	口敘	
	八	陳循進京趕考途中夢仙人贈予丹桂第一枝，杏花第二枝。		夢者參與演出	
	二十五	柳新鸞臨產夢神人贈鳳毛，以此名命子。		口敘	
義俠記	三十一	武松岳母夢田間種玉，光潤非常，照耀寒門，松妻夢天邊鳳飛來，己身化為青鸞，同飛雲霄。	玉潤為女婿；鳳凰預傳芳信，必能成姻。	口敘	
群仙朝聖	一	郗廣寧常夢神人示周易祕義。		口敘	
雷澤遇仙	一	雷澤夢一女子立山前，談笑之際，化綵雲飛去。	占得仙字	口敘	
夢花酣	一	蕭斗南夢花間女子微笑不答語。夢中有花神裝點演出。		夢者參與演出	
夢磊記	二	文景昭夢道者白玉蟾授一磊字，未來婚姻功名俱在其上。		夢者參與演出	
	二十六	宋徽宗夢黨人碑上一百二十餘人，教立碎黨碑，不然宗社休矣。		夢者未參與演出	

劇名	夢出處	夢的內容大要	夢的活動與占斷	夢的表現方式	備註
種玉記	二	霍仲孺夢福祿壽三星贈予玉縧環、玉拂塵、紫玉杖，醒後果有三物。		夢者未參與演出	
	四	俞氏母夢年少郎君手執玉拂，自稱爲女婿。		口敘	
綵毫記	三十八	李白生時，其母夢太白入懷，又夢金粟如來手執青蓮，摩頂授記。		口敘	
綵樓記	四	劉千金拋毬擇婿前，夢烏龍倚欄畔。		口敘	
翠屏山	二十五	楊雄夢神道見責，有舊願未還。		口敘，是捏造語詞	
翡翠園	拜年	舒德溥、趙翠兒兩家半夜俱聽神諭知舒子來年必中狀元。		口敘	
認金梳	一	安國傑屈死，成爲城隍，入親兒霍安禮夢中，敘冤死情狀，囑替父報仇。		夢者參與演出	
趙氏孤兒記	十七	趙盾全家有夢。	占斷皆不祥	口敘	又有八義記
鳴鳳記	八	金甲神夢中各賜孫、林、鄒四句口占，預示終身事業。	鄒應龍、孫丕揚、林潤至仙遊祈夢，四十一齣印證祈夢語。	夢者未參與演出	
	十八	林潤夢外夷入寇，擄掠婦女。		口敘	

劇名	夢出處	夢的內容大要	夢的活動與占斷	夢的表現方式	備註
筌筿記	二十五	壽陽公主久慕韋宓詩章，在夢中見韋宓，而有見或不見俱兩難的心理。		夢者參與演出	
嬌紅記	五十	飛紅夢小姐與申生明說墳邊相見。		口敘	
廣成子	一	軒轅帝夢飛砂走石，有人隨風而走。	拜風后爲軍師	口敘	
蝴蝶夢	二	莊周夢化身爲蝴蝶十分快活。		口敘	
	十一	莊周夢中與骷髏陰魂辯論生死之事。		夢者參與演出	
	嘆骷	莊周見骷髏而譏誚，夢骷髏魂辯證富不如貧，貴不如賤，生不如死之意。		夢者參與演出	
鬧鍾馗	三	殿頭官夢鬼怪要求立廟，爲鍾馗降服。		夢者參與演出	
曇花記	五十二	木清泰夫人衛氏夢土地說明三年前說法是靈照菩薩；土地扮木清泰模樣回家試衛氏道心，且說明靈照菩薩今午降臨。		口敘	
橘浦記	十九	靈蛇托夢與柳毅母，賜金丹使醫虞丞相女兒，使柳毅脫去牢獄之災，並得良緣。		口敘	
燕子箋	十一	酈飛雲夢在花樹下打粉蝶，被荼蘼刺掛住繡裙，因而驚醒。		口敘	
磨忠記	二十九	關羽托夢錢嘉徵勉勵掃盡魏忠賢妖孽，完結一樁公案。		夢者未參與演出	

劇名	夢出處	夢的內容大要	夢的活動與占斷	夢的表現方式	備註
鴛鴦縧	十四	楊直方遇盜走脫,夢強盜前來追捉。		夢者參與演出	
龍門隱秀	二	征高麗,唐帝夢與敵交戰,有白袍小將以五枝連珠箭對上五口飛刀,殺敗敵將。自言住在絳州。		口敘	
舉鼎記	三	伍員夢李聃率大力神傳奪命神槍,並賜金丹,與石匣中神飛槍、錕甲。		夢者參與夢境	
	七	楚平王夢黑虎生雙翅,仰天吞日,直撲己身。	臣屬侵奪乾坤天下之意	口敘	
鮫綃記	十三	魏從道夢深山風雨驟作,一豺狼抱子而臥,被獵者打死,豺狼子脫身而去。	豺狼以示秦檜,豺狼死,奸臣必退。	口敘	
繡襦記	五	鄭母夢神人贈詩一首與其子,預示元和後為乞丐事:歸來必定蓮花落。		口敘	
翻西廂	二十三	鄭恆宿草橋夢鶯鶯前來訴衷情,張生率眾搶奪定情物,鶯鶯自殺,鄭恆悲痛抱屍痛哭而醒。		夢者參與演出	
鎖白猿	三	沈璧夢向時真人求請搭救妻子,並答允重修廟宇。		夢者參與演出	
雜劇	點化	韓愈被貶,行至藍關,似夢非夢後悔昔日的情景。		夢者參與演出	
雙金榜	九	衙門庫官夢被黃蜂釘而痛醒。		口敘。打諢語詞	
	十二	盧弱玉夢天女拋贈牡丹花。		夢者參與演出	

劇名	夢出處	夢的內容大要	夢的活動與占斷	夢的表現方式	備註
雙珠記	三十四	王慧姬夢化身一鳳，又有鳳飛來和鳴交舞。	占：夫妻諧遇。	口敘	
雙雄記	十	留幫興夢觀音菩薩讚美自己寫狀子，始終如一，翌日必有事業上門。		口敘，插科打諢語。	
雙鳳齊鳴記	六	關羽命周倉夢中教李全鎗法。		夢者參與演出	
	十六	觀音閣中神明夢中指點李全與楊姑有姻緣，可請庵中尼姑代爲圖謀。		夢者未參與演出	
雙螭璧	十七	花園土地攝奚妃魂，與冤死梅氏魂對理被奚妃所殺事。		夢者參與演出	
題紅記	十六	于鳳妻夢一箇龍頭落在家庭裡。		口敘	
麒麟閣	十八	羅藝夢夫人先兄秦武衛將軍。		口敘	
	二本三出	劉武周夢黑虎生雙翼，飛奔而來。	必得名將	口敘	
寶劍記	十	林沖夢鷹投羅網，虎陷深坑，折了雀畫良弓，跌破菱花寶鏡。	占斷：受奸纔害，有牢獄災，功勳虛廢，夫妻分離。	口敘	
	三十七	林沖奔梁山，睡夢中伽藍警示有追兵。		夢者未參與演出	
臙脂記	二十四	郭華夢母親被官府所捉繫獄，父親臥寒冰。		口敘	
櫻桃記	二	奴夢主人高憑與友丘奉先俱科考高中。		口敘，是奉承語	

劇名	夢出處	夢的內容大要	夢的活動與占斷	夢的表現方式	備註
櫻桃園	三	歐陽彬夢張玉華鬼魂謝道謝埋葬事，並預示科場易義一篇須用三古字，必能金榜題名。		夢者未參與演出	
櫻桃夢	三－三十五	盧生在夢中經歷一生大事，包括富貴功名與婚姻事。		夢者參與演出	
爛柯山	癡夢	崔氏夢前夫朱買臣得官回來接他赴任。		夢者參與演出	
續西廂昇仙記	十四－十八	閻王拘提鶯鶯魂和鄭恆對質，鶯鶯昏憒時與紅娘遍遊地獄，並證古來女子罪責。		夢者參與演出	
灑雪堂	九	伍員神對魏鵬婚姻預示：灑雪堂中人再世，月中方得見嫦娥。	魏鵬因婚姻事祈夢，專業圓夢人圓夢而誤	夢者未參與演出	墨憨齋本
	三十四	賈娉婷入魏鵬夢言將借屍還魂。		夢者參與演出	
靈犀佩	二十三	尤尚書夢天上預傳金榜，己子中來科狀元。		口敘	
	二十七	尤效夢送天榜，問狀元是否為尤效？說本為狀元，因謀害二女，狀元改換簫鳳侶。		口敘	
靈犀錦	十八	張善相夢有半霄之愛的瘦紅來敘舊情，因主人段琳瑛呼喚而慌跑下，張善相遂與琳瑛談情言笑。		夢者參與演出	
	二十七	琳瑛夢張善相來會訴情。		夢者參與演出	

劇名	夢出處	夢的內容大要	夢的活動與占斷	夢的表現方式	備註
靈寶刀	二十七	林沖夜奔梁山,暫宿廟宇,伽藍示警,使林沖急急醒來趕路。		夢者未參與演出	
	二十九	林沖妻夢已死錦兒拉住衣袂痛哭。		口敘	
鸚鵡洲	十九	韋皋夢見夫人玉簫。		口敘	
	二十	姜荊寶獄中夢見薛濤,以詩相贈。	薛,雪也;濤,風波;此指繫獄風波可昭雪。	口敘	
鸚鵡墓貞文記	三	沈佺母夢菩薩親送善才來,而生子。		口敘	
	四	張玉娘父夢菩薩賜瓊珠三顆,母吞其一,有孕生女。		口敘	
	二十三	沈佺夢一對男女,男即是自己,女爲若瓊,夢中有不知孰眞孰假的疑問。		夢者參與演出	
	二十四	張玉娘夢回到龍宮,而不識原本的父母姊妹;沈佺夢中救爲姻眷。		夢者參與演出	
	三十	張玉娘夢沈佺亡魂訴離情,微示決絕之意,使張玉娘有歸來想法。		夢者未參與演出	
	三十三	玉娘婢紫娥霜娥夢小姐,三人笑語,訴說同生於龍宮,不內當相會於龍宮。		口敘	

附錄三

清代夢戲表

劇名	夢出處	夢的內容大要	夢的活動及占斷	夢的表現方式	備註
七擒孟獲		孔明夢伏波將軍，有藥泉可治誤飲啞泉之心的士兵。		夢者參與演出	自此起爲京劇
九更天		馬義夢主人七孔流血，口說報仇。		口敘	
九龍山		楊景托兆岳飛，教以楊家撒手澗，使降服玄孫楊再興。		夢者參與演出	
大香山		妙善夢佛祖囑付百花齊放。		夢者未參與演出	
山海關		袁崇煥母親夜夢不祥。夢境不明。		口敘	
天寶圖		丫頭紅花爲搭救人，告訴士卒夢中有月下老人，日後必當富貴。		口敘	
北霸天		施公夢冤死鬼魂前來敘述冤死情狀。		夢者參與演出	
失金釵		陳杏元夢王昭君指示落崖自盡，再命揭地神主救助以脫離災難。		夢者未參與演出	
甘鳳池		姚鳳仙夢月下老人指示婚姻事。		夢者參與演出	
白良關		尉遲恭三個夢境：夢山崩、海枯乾、在花園遊賞百花。	爲與夫人公子相會之兆	口敘	
行路哭靈		張義母親夢兒子七孔流血，敘己爲人所害。		口敘與夢者參與演出	

劇名	夢出處	夢的內容大要	夢的活動及占斷	夢的表現方式	備註
西皮汾河灣		薛丁山夢一青臉大漢，將他撲倒。			
佛門點元		連殿元夢土地告以供桌之下有銀可取，且必中狀元。		夢者未參與演出	
困曹府		趙匡胤夢華佗前來割去肉瘤，張氏前來討封。		夢者參與演出	
孝感天		公叔段死後托兆母親以勸解思子之情。		夢者參與演出	
宏碧緣		梅修氏夢亡夫入夢歡會。		口敘	
宏碧緣		王倫夢妻賀氏拿剪刀將王倫手指俱剪下，賀氏夢同一穿紅衣者拜堂。	夫妻親近或分手。	口敘	
李陵碑		楊令公、六郎夢七郎渾身是血，頭帶雕翎。	七郎生命必有凶險	夢者參與演出	
牢獄鴛鴦		按察史周天爵夢一老人手持銅鏡，將鏡擲破，兩手各執一半，說了四句歌詞。	獄中生與珊柯有姻緣之分	夢者參與演出	
刺王僚		僚夢漁舟，魚兒口吐寒光，照住僚的雙眸，冷氣搜身，高喊收船，無人來救。			
忠孝全		中軍夢見有人來投軍。		口敘	
洪羊洞		楊令公撞碑而死，托夢兒子六郎取回洪羊洞中的遺骸。		夢者參與演出	
洗浮山		黃天霸夢義兄盧志義、賀天保鬼魂敘說被殺死，祈求報仇。		夢者參與演出	

劇名	夢出處	夢的內容大要	夢的活動及占斷	夢的表現方式	備註
風波亭		岳飛夢二人赤膊而立，二犬相對而言；洋子江中風波大作，有一似龍無角，似魚無腮怪物撲倒岳飛。	有牢獄之災	夢者未參與演出	
飛虎山		晉王夜夢猛虎臥寶帳。	必得棟樑人才	口敘	
捉放曹		呂伯奢夜夢猛虎趕群羊，綿羊遇虎無逃處，大小俱被虎來傷。		口敘	
狸貓換太子		包拯父親夢一怪物奔入上房，而後包拯出生。	所生子必然不祥	夢者參與演出	
狸貓換太子		宋仁宗夢黑漢包拯將樑托起。	必得應夢賢臣	夢者未參與演出	
胭脂褶		明成祖有夢而未明說。	五星聚魁，當出賢臣。	口敘	
高平關		高行周夢與劉懷王攜手遊地府，君臣敘家常。	夢書言午時三刻亡命		
堂樓詳夢		霍定金夢情郎頭戴烏紗，穿紅衣，并無員領，腰麻繩，左手牽牛，右手打傘。	重孝在身，必打官司，有牢獄之災。	夢者參與演出	
彩樓配		王寶川夢見一斗大星，墜落臥房。		口敘	
探陰山		包拯於夢中帶王朝馬漢入陰府查明顏查散謀死表妹柳金蟬事。		夢者參與演出	
斬黃袍		韓龍夢妹子床上一條龍；韓妹夢身在皇宮；鄭英母子夢父親髮白轉黑；鄭恩托兆妻子陶三春告以兒子下落。		口敘或夢者參與演出	

劇名	夢出處	夢的內容大要	夢的活動及占斷	夢的表現方式	備註
殺子報		老師夢學生王世保鬼魂敘說被母親殺死情狀，要求報仇。		夢者參與演出	
麥城昇天		關羽夢用劍砍一黑豬，豬咬左足。	吉凶占斷不一：是升騰之；或失足之意。	夢者參與演出	
惡虎庄		惡霸黃飛剛連得三夢。	各有吉凶占斷	口敘	
詐歷城		馬超夢父親馬騰言及此地非安樂之所，急速出城，否則身家性命難保。		夢者未參與演出	
進蠻詩		唐明皇夢自稱李白人可以解蠻邦所進表。		口敘	
酣戰太史慈		孫策夢漢光武帝前來相招。	創業之際的吉兆	口敘	
遊園驚夢		杜麗娘夢柳夢梅的纏綿夢境。		夢者參與演出	
銅網陣		白玉堂托兆三位結義兄長，敘己死事。		夢者未參與演出	
劉秀走國		姚期母親夢一青龍落在草堂之上，有一猛虎，被青龍引去。		口敘	
罵閻羅		岳飛冤死，胡迪罵閻，魂為鬼卒勾入陰司，見証岳飛、秦檜的報應事。		夢者參與演出	

劇名	夢出處	夢的內容大要	夢的活動及占斷	夢的表現方式	備註
蝴蝶盃		漁夫全家俱夜夢不祥，夢境內容不詳。魯林將軍夢江夏縣送來一西瓜，剖開無子；其妻夢一個門牙，唧在口邊，一個門牙，掉在地下。			
請宋靈		徽欽二帝夢太祖說道岳元帥帶兵前來迎接徽欽父子回朝。		夢者未參與演出	
興趙滅屠		屠岸賈夢飲水群羊，被闖下山林的虎吃掉。	查夢書，主多凶信。	口敘	
戲迷傳		夢見壽星騎蒼蠅的怪夢。		口敘	
藍關雪		韓愈被貶，夜宿藍關，夢中追敘平生事而懊悔不已。似夢非夢之間。			
雙龍會		楊繼業夢猛虎與群羊。	楊家將多人隕落	口敘	
羅成託夢		李世民君臣祭奠羅成，羅成入夢顯靈，備訴身死慘狀。		夢者未參與演出	
關公顯聖		張飛夢一紅星由東南昇起，落入西北海底。劉備夢關羽兩眼落淚。		口敘及夢者參與演出。	
一片石	第一齣	書生薛天目憑弔殉國明婁妃，夢婁妃賞鑑所作詩，言敘私葬之由，及廢邱尚在。		夢者未參與演出	自此起為雜劇或傳奇
十二釵傳奇	入夢	賈寶玉夢遊太虛，見十二金釵正副冊與聽紅樓新曲。		夢者參與演出	
十二釵傳奇	出夢	薛寶釵於寶玉出家後，夢至太虛見證一段情緣，大徹大悟後出夢。		夢者參與演出	

劇名	夢出處	夢的內容大要	夢的活動及占斷	夢的表現方式	備註
三釵夢	醒夢	薛寶釵嫁與寶玉後，寶玉離家，夢遊太虛，見寶玉、黛玉，大悟後醒來。		夢者參與演出	
大轉輪	第二三折	司馬貌罵閻羅，夢遊天界地府斷明漢朝以來四百年疑案。		夢者參與演出	
天緣債	第十七齣	沈賽花夢夫婿落第，自己被庸俗上榜人認爲妻室。		夢者參與演出	
弔琵琶	第三折	漢元帝夢昭君回漢闕訴說離情，爲單于士卒衝散。		夢者參與演出	
四絃秋	第三齣	琵琶妓夢見已死姨母和昔日歌舞歡會情景，及從軍的弟弟。		夢者參與演出	
巧換緣	第十齣	被換妻的馬沖霄月下老人指引被換妻緣由係依命定的富貴、兩人才性決定。		夢者參與演出	
孤鴻影	二	仰慕蘇軾才情的溫小姐夢朝雲與她同敘相識相惜的情緣。		夢者參與演出	
空谷香	第二十四齣	姚夢蘭夢見父母親的糾葛，鬼卒善惡有報的審案，及昔日仙班好友菊仙、桂仙前來送子。		夢者參與演出	
長生殿	四十五	唐明皇夢貴妃設宴驛站，赴約未見貴妃，見曲江有豬首龍身怪物撲身。		夢者參與演出	
邯鄲郡錯嫁才人		邯鄲女子被兄嫂許嫁給廝養卒，不滿之餘夢趙王迎接她入宮成爲后妃，而非才人。		夢者參與演出	

劇名	夢出處	夢的內容大要	夢的活動及占斷	夢的表現方式	備註
信陵君義葬金釵		魏王如姬曾助信陵君奪取兵符,為王所殺。入信陵君夢中訴以死後悲悽之情,告以天堂地獄與枉死城俱無法收納的痛苦。		夢者未參與演出	
昭君夢	二三四	睡魔王因昭君於匈奴悲歎紅顏薄命而遠離家鄉,於是引領昭君夢中歸漢宮與元帝敘離情。		夢者參與演出	
柳州煙	春閨折	王五英夢一人手執柳枝,一前一卻,自己不覺走入桃園,又見折柳人招引而出。		口敘	
紅樓夢	夢遊	賈寶玉遊太虛。		夢者參與演出	
紅樓夢	幻圓	林黛玉夢至太虛,識得自己真正面目。		夢者參與演出	
紅樓夢散套	覺夢	黛玉死後,賈寶玉被引入太虛,見黛玉而不識自己,後為鬼怪所追逐。		夢者參與演出	
紅樓夢傳奇	二	賈寶玉夢遊太虛,看十二釵正冊與副冊,聽紅樓新曲。		夢者參與演出	仲振奎著
紅樓夢傳奇	二十八	寶玉夢已死晴雯,見絳珠草,迷失方向。		夢者參與演出	
紅樓夢傳奇	遊仙	賈寶玉夢遊太虛,聽新曲看金釵正冊。		夢者參與演出	陳鍾麟作
紅樓夢傳奇	夢警	王熙鳳夢秦可卿訴以應立長久之計。		夢者參與演出	
紅樓夢傳奇	塵影	林黛玉夢自己的前身為絳珠小草。		夢者參與演出	

劇名	夢出處	夢的內容大要	夢的活動 及占斷	夢的表現 方式	備註
紅樓夢傳奇	夢甄	賈寶玉夢至甄府，成爲寶玉，卻俗不可耐。		夢者參與演出	
紅樓夢傳奇	心夢	林黛玉夢繼母將她許配婆家，寶玉則刺心自白心跡。		夢者參與演出	
紅樓夢傳奇	夢別	林黛玉死後，賈寶玉夢追趕成仙的黛玉而不及。		夢者參與演出	
紅樓夢傳奇	鴛殉	賈母死後，鴛鴦夢被許配爲妾。		夢者參與演出	
苧蘿夢	第三折	夫差後身王軒夢西施以圓前夢。		夢者參與演出	
苧蘿夢	第四折	郭凝素效顰王軒宿於苧蘿村，冀望夢西施，結果夢見東施。		夢者參與演出	
桂林霜	第六齣	董氏夢見祖姑趙太夫人，端坐中堂，郎吟一詩。		口敘	
通天臺		落拓書生沈炯遊漢武帝通天臺，夢武帝設宴招待勸慰。		夢者參與演出	
雪中人	第五齣	鐵丐吳六奇向于謙廟求夢，夢守門的石獅子將他壓死。	乞丐求夢。和尚圓夢而未得。	夢者參與演出	
絳蘅秋	幻現	賈寶玉夢遊太虛，聽曲歌舞。		夢者參與演出	
虞兮夢	第四齣	居士陶成夢楚霸王、虞夫人共同欣賞虞美人花，論談英雄、名花。			
夢幻緣	五	花神引領史玉郎與劉玉洞在夢中相會成親。		夢者參與演出	

劇名	夢出處	夢的內容大要	夢的活動及占斷	夢的表現方式	備註
維揚夢	第三齣	杜牧夢朱衣使者演習邯鄲夢境，及家中貧困景象，並遭鬼卒索命。		夢者參與演出	
窮阮籍醉罵財神		阮籍乘醉意責罵財神，爲財神勾至地府加以辯說折證。		夢者參與演出	
龍舟會	第一折	謝小娥夢父親丈夫訴說冤死，並以隱語告知凶手，使報仇事。	隱語經解夢爲指凶手爲申蘭、申春。	夢者參與演出	
臨川夢	第四齣	婁江俞二姑夢見杜麗娘、柳夢梅的夢與成親赴杭州，再而與父團圓。		夢者未參與演出	
臨川夢	第二十齣	湯顯祖夢婁江俞氏與所做臨川四夢的主人翁盧生、淳于棼、霍小玉共同印證玉茗堂夢境。		夢者參與演出	
臨春閣	第四齣	譙國夫人洗氏夢張貴妃入夢，訴說被歸罪爲紅顏誤國的不幸。		夢者參與演出	
轉天心	第三十一齣	吳定夢上界劍仙教熊虎二將壯其筋骨，傳授膂力。		夢者參與夢境	
雙釘案	第二十齣	康氏夢子江芊訴說被嫂所殺，並要求至包公處伸冤報仇。		夢者未參與演出	
瀟湘怨	神遊	賈寶玉夢遊太虛，聽紅樓夢曲。		夢者參與演出	萬玉卿填詞
瀟湘怨	夢姻	賈寶玉夢中與秦可卿試雲雨。		夢者參與演出	

劇名	夢出處	夢的內容大要	夢的活動及占斷	夢的表現方式	備註
瀟湘怨	琴夢	黛玉夢父親新娶繼母將她許配給他人爲繼室，而寶玉剖心表白。		夢者參與演出	
瀟湘怨	餘情	賈寶玉夢欲入陰司而未得。		夢者參與演出	
瀟湘怨	幻悟	賈寶玉夢遊太虛見已死十二釵俱已成仙		夢者參與演出	
麵缸笑	第三齣	縣官夢本縣土地哀求有一棲身之所，因前任縣官已將土地都捲淨了。		口敘	
續離騷—罵閻羅		司馬貌罵閻羅，夢被召至地府以斷獄。		夢者參與演出	
讀離騷	第四折	宋玉夢高唐神女。		夢者參與演出	
鑑湖隱	第二折	賀知章夢遊仙界，並與明皇、楊貴妃談論天寶後事。		夢者參與演出	

參考書目

一、戲曲劇本

一笠菴彙編眉山秀傳奇　李玉　清順治刊本　天一出版社全明傳奇

一笠菴彙編清忠譜傳奇　李玉　清順治刊本　天一出版社全明傳奇

一笠菴新編人獸關傳奇　李玉　明崇禎刊本　天一出版社全明傳奇

一笠菴新編永團圓傳奇　李玉　明崇禎刊本　天一出版社全明傳奇

一笠菴新編兩鬚眉傳奇　李玉　清順治刊本　天一出版社全明傳奇

一種情傳奇　沈璟　清王獻若鈔本　天一出版社全明傳奇

八義記　徐元　汲古閣刊本　天一出版社全明傳奇

三社記　其滄　明必自堂刊本　天一出版社全明傳奇

三祝記　汪廷訥　明環翠堂原刊本　天一出版社全明傳奇

五福記　闕名　舊鈔本　天一出版社全明傳奇

元曲選　臧晉叔　臺灣中華書局

元曲選外編　臺灣中華書局　一九六七年五月

六十種曲　毛晉　中華書局　一九八二年八月二刷北京

天馬媒　劉方　明崇禎四年序暖紅室刊本　天一出版社全明傳奇

太平錢　李玉　舊鈔本　天一出版社全明傳奇

多青記　卜世臣　明萬曆間刊本　天一出版社全明傳奇

古柏堂戲曲集　清·唐英撰，周育德校點　上海古籍出版社　一九
　　八七年十月

四喜記　謝讜　汲古閣刊本　天一出版社全明傳奇

永樂大典戲文三種校注　錢南揚　華正書局　一九八五年三月

玉茗堂批評異夢記　王元壽　明萬曆刊本　天一出版社全明傳奇

玉茗堂批評新著續西廂昇仙記　黃粹吾　明來儀山房刻本　天一出
　　版社全明傳奇

玉茗堂批評種玉記　許自昌改訂　明刊本　天一出版社全明傳奇

竹葉舟傳奇　畢魏　夢香堂鈔本　天一出版社全明傳奇

衣珠記　闕名　舊鈔本　天一出版社全明傳奇

西園記　吳炳　明兩衡堂原刊本　天一出版社全明傳奇

牡丹亭　湯顯祖　明朱墨刊本　天一出版社全明傳奇

吟風閣雜劇　清·楊潮觀　華正書局　一九八六年五月

刻李九我批評破窯記　闕名　明書林陳含初詹林我刻本　天一出版
　　社全明傳奇

孤本元明雜劇　臺灣商務書局　一九七七年十二月臺一版

岳飛故事戲曲說唱集　明文書局

怡雲閣浣紗記　梁辰魚　明陽春堂刊本　天一出版社全明傳奇

明月環傳奇　西湖居次　白雪樓五種曲本　天一出版社全明傳奇

東郭記　孫鍾齡　明萬曆原刻本　天一出版社全明傳奇

花筵賺　范文若　明博山堂刊本　天一出版社全明傳奇

金花記傳奇　闕名　鈔本　天一出版社全明傳奇

金蓮記　陳汝元　汲古閣刊本　天一出版社全明傳奇

金鎖記　葉憲祖　清內府精鈔本　天一出版社全明傳奇

長命縷　梅鼎祚　玉夏齋傳奇十種本　天一出版社全明傳奇

邯鄲　湯顯祖　明天啓間刊本　天一出版社全明傳奇

南柯夢　湯顯祖　明萬曆間刻本　天一出版社全明傳奇

春蕪記　王錂　汲古閣刊本　天一出版社全明傳奇

柳浪館批評玉茗堂紫釵記　湯顯祖　明柳浪館刊本　天一出版社全明傳奇

紅情言　王翃　清初刊本　天一出版社全明傳奇

紅雪樓九種曲　清·蔣士銓　藝文印書館

紅樓夢戲曲集　九思出版社　一九七九年二月出版

重訂天書記　汪廷訥　明環翠堂原刊本　天一出版社全明傳奇

重校十無端巧合紅蕖記　沈璟　明繼志齋刊本　天一出版社全明傳奇

重校四美記　闕名　明文林堂刊本　天一出版社全明傳奇

重校呂真人黃粱夢境記　蘇元　明繼志齋刊本　天一出版社全明傳奇

重校金印記　蘇復之撰，羅懋登註釋　明萬曆間刊本　天一出版社全明傳奇

重校義俠記　沈璟　明繼志齋刊本　天一出版社全明傳奇

重校韓夫人題紅記　王驥德　明繼志齋刊本　天一出版社全明傳奇

修文記　屠隆　明萬曆刊本　天一出版社全明傳奇

凌雲記　韓上桂　民國鈔本　天一出版社全明傳奇

桃符記　沈璟　清精鈔本　天一出版社全明傳奇

秣陵春傳奇　吳偉業　清順治刊本　天一出版社全明傳奇

屠赤水先生批評荊釵記　柯丹邱　明繼志齋刊本　天一出版社全明傳奇

張玉娘閨房三清鸚鵡墓貞文記　孟稱舜　明崇禎刊本　天一出版社

全明傳奇

彩舟記　汪廷訥　明環翠堂原刊本　天一出版社全明傳奇

情郵記　吳炳　明崇禎間刊本　天一出版社全明傳奇

望湖亭記　沈自晉　玉夏齋十種曲本　天一出版社全明傳奇

清人雜劇初二集合訂本　鄭振鐸　龍門書店　一九六九年三月

盛明雜劇三十種　明·汪道昆　安鄉股份有限公司圖書出版部　一
　　九八四年八月初版

喜逢春　清嘯生　玉夏齋十種曲本　天一出版社全明傳奇

筆耒齋訂定二奇緣傳奇　許恒　明崇禎刊本　天一出版社全明傳奇

詠懷堂新編十錯認春燈謎記　阮大鋮　明刊本　天一出版社全明傳
　　奇

詠懷堂新編勘蝴蝶雙金榜記　阮大鋮　明刊本　天一出版社全明傳
　　奇

黃孝子尋親記　闕名　鈔本　天一出版社全明傳奇

粧樓記　玩花主人　明刊本　天一出版社全明傳奇

意中人　李玉　舊鈔本　天一出版社全明傳奇

新刊出像音註岳飛破虜東窗記　闕名　明富春堂刊本　天一出版社
　　全明傳奇

新刊合併陸天池西廂記　陸采　明周居易刊本　天一出版社全明傳
　　奇

新刊重訂出像附釋標註音釋趙氏孤兒記　闕名　明世德堂刊本　天
　　一出版社全明傳奇

新刻出相音註商輅三元記　闕名　明富春堂刊本　天一出版社全明
　　傳奇

新刻出相點板櫻桃記　史磐　明書林揚居刊本　天一出版社全明傳奇

新刻出相雙鳳齊鳴記　陸華甫　明世德堂刊本　天一出版社全明傳奇

新刻出像音註王昭君出塞和戎記　闕名　明富春堂刊本　天一出版社全明傳奇

新刻出像音註何文秀玉釵記　心一山人　明富春堂刊本　天一出版社全明傳奇

新刻出像音註花將軍虎符記　張鳳翼　明富春堂刊本　天一出版社全明傳奇

新刻出像音註花欄南調西廂記　李日華　明富春堂刊本　天一出版社全明傳奇

新刻出像音註韋鳳翔古玉環記　闕名　明萬曆愼餘館刊本　天一出版社全明傳奇

新刻出像音註劉漢卿白蛇記　鄭國軒　明富春堂刊本　天一出版社全明傳奇

新刻出像音註薛仁貴跨海征東白袍記　闕名　明富春堂刊本　天一出版社全明傳奇

新刻出像音註韓湘子九度文公昇仙記　錦窩老人　明富春堂刊本　天一出版社全明傳奇

新刻出像音註釋義王商忠節癸靈廟玉玦記　鄭若庸　明富春堂刊本　天一出版社全明傳奇

新刻出像音註觀世音修行香山記　闕名　明富春堂刊本　天一出版社全明傳奇

新刻玉茗堂批評焚香記　王玉峰　明刊本　天一出版社全明傳奇

新刻全相臙脂記　童養中　明文林閣刊本　天一出版社全明傳奇

新刻全像包龍圖公案袁文正還魂記　欣欣客　明文林閣刊本　天一
　　出版社全明傳奇

新刻全像古城記　闕名　明刊本　天一出版社全明傳奇

新刻全像高文舉珍珠記　闕名　明文林閣刊本　天一出版社全明傳
　　奇

新刻全像漢劉秀雲臺記　蒲俊卿　明文林閣刊本　天一出版社全明
　　傳奇

新刻原本王狀元荊釵記　柯丹邱　舊藏明姑蘇葉氏刻本　天一出版
　　社全明傳奇

新刻薛平遼金貂傳奇　闕名　明富春堂刊本　天一出版社全明傳奇

新編目連救母勸善戲文　鄭之珍　明高石山房原刊本　天一出版社
　　全明傳奇

新編全像點板竇禹鈞全德記　王穉登　天一出版社全明傳奇

新編林沖寶劍記　李開先　明嘉靖原刻本　天一出版社全明傳奇

新鐫二胥記　孟稱舜　影鈔崇禎刊本　天一出版社全明傳奇

新鐫圖像音註周羽教子尋親記　王錂重訂　明富春堂刊本　天一出
　　版社全明傳奇

新鐫魏監磨忠記　范士彥　明崇禎間刻本　天一出版社全明傳奇

滑稽館新編三報恩傳奇　畢魏　明崇禎刊本　天一出版社全明傳奇

當前臺灣所見各省戲曲選集　臺灣文獻委員會出版　一九八二年十
　　二月

節義鴛鴦塚嬌紅記　孟稱舜　明崇禎刊本　天一出版社全明傳奇

夢花酬　范文若　明博山堂刊本　天一出版社全明傳奇

精忠記定本　闕名　汲古閣刊本　天一出版社全明傳奇

綵毫記　屠隆　汲古閣刊本　天一出版社全明傳奇

綵樓記　王錂　清內府鈔本　天一出版社全明傳奇

翠屏山總綱　沈自晉　清雍正鈔本　天一出版社全明傳奇

鳴鳳記　王世貞　汲古閣刊本　天一出版社全明傳奇

劍嘯閣自訂西樓夢傳奇　袁于令　劍嘯閣刊本　天一出版社全明傳
　奇

蝴蝶夢　謝國　明梓笏齋刊本　天一出版社全明傳奇

醉鄉記　孫鍾齡　明崇禎原刻本　天一出版社全明傳奇

墨憨齋訂定人獸關傳奇　馮夢龍改訂　明墨憨齋刊本　天一出版社
　全明傳奇

墨憨齋訂定萬事足傳奇　馮夢龍改訂　明墨憨齋刊本　天一出版社
　全明傳奇

墨憨齋重定西樓楚江情傳奇　馮夢龍改訂　明墨憨齋刊本　天一出
　版社全明傳奇

墨憨齋重定邯鄲夢傳奇　馮夢龍改訂　明墨憨齋刊本　天一出版社
　全明傳奇

墨憨齋重定夢磊傳奇　馮夢龍改訂　明墨憨齋刊本　天一出版社全
　明傳奇

墨憨齋重定雙雄傳奇　馮夢龍改訂　明墨憨齋刊本　天一出版社全
　明傳奇

墨憨齋重訂三會親風流夢　馮夢龍改訂　明墨憨齋刊本　天一出版
　社全明傳奇

墨憨齋重訂女丈夫傳奇　馮夢龍改訂　明墨憨齋刊本　天一出版社
　　全明傳奇

墨憨齋重訂永團圓傳奇　馮夢龍改訂　明墨憨齋刊本　天一出版社
　　全明傳奇

墨憨齋新定灑雪堂傳奇　馮夢龍改訂　明墨憨齋刊本　天一出版社
　　全明傳奇

墨憨齋詳定酒家傭傳奇　馮夢龍改訂　明墨憨齋刊本　天一出版社
　　全明傳奇

曇花記　屠隆　明天繪樓刊本　天一出版社全明傳奇

橘浦記　許自昌　明萬曆刊本　天一出版社全明傳奇

鴛鴦縧　路迪（海來道人）　明崇禎刊本　天一出版社全明傳奇

舉鼎記傳奇　闕名　傳鈔本　天一出版社全明傳奇

鮫綃記　沈鯨　清沈仁甫鈔本　天一出版社全明傳奇

繡襦記　薛近兗　明吳興凌氏刻本　天一出版社全明傳奇

雜劇三集　清・鄒式金　盛明雜劇三集本　廣文書局　一九七九年
　　六月

雙珠記定本　沈鯨　汲古閣刊本　天一出版社全明傳奇

雙螭璧　鄒玉卿　清再思堂鈔本　天一出版社全明傳奇

懷遠堂批點燕子箋　阮大鋮　明刊本　天一出版社全明傳奇

識閒堂第一種翻西廂　研雪子　明崇禎刊本　天一出版社全明傳奇

麒麟閣　李玉　舊鈔本　天一出版社全明傳奇

櫻桃夢　陳與郊　明海昌陳氏原刻本　天一出版社全明傳奇

鐫唐韋狀元自製箜篌記　闕名　明半埜堂刊本　天一出版社全明傳
　　奇

靈犀佩傳奇　許自昌　過錄明天啓查味芹鈔本　天一出版社全明傳
　　奇

靈犀錦傳奇　西湖居次　白雪樓五種曲本　天一出版社全明傳奇

靈寶刀　陳與郊　明海昌陳氏原刊本　天一出版社全明傳奇

鸚鵡洲　陳與郊　明萬曆原刊本　天一出版社全明傳奇

二、戲曲研究專著

中西喜劇研究——喜劇性與笑　于成鯤　學林出版社　一九九二年
　　十月一版一刷

中國十大古典喜劇論　周國雄　暨南大學出版社　一九九一年六月
　　一版一刷

中國分類戲曲學史綱　謝柏梁　臺灣商務印書館　一九九四年六月
　　初版一刷

中國古典戲曲序跋彙編　張毅編著　齊魯書社　一九八九年十月

中國古典戲劇的認識與欣賞　曾永義　正中書局　一九九一年十一
　　月臺初版

中國古典戲劇選注　曾永義　國家出版社　一九八五年九月再版

中國的戲曲文化　陳抱成　中國戲劇出版社　一九九五年十月北京

中國鬼戲　許祥麟　天津教育出版社　一九九七年十二月

中國劇詩美學風格　蘇國榮　丹青圖書公司　一九八七年六月初版

中國戲曲文學史　許金榜　中國文學出版社　一九九四年五月北京

中國戲曲史論集　張燕瑾　北京燕山出版社　一九九五年三月一版
　　一刷

中國戲曲曲藝辭典　上海辭書出版社　一九八五年二月一版三刷

中國戲曲志——江蘇卷　中國 ISBN 中心出版　一九九二年十二月
　　一版一刷

中國戲曲志——河北卷　中國 ISBN 中心出版　一九九二年十二月
　　一版一刷

中國戲曲通史　張庚、郭漢城　丹青出版社　一九八五年十二月初
　　版

中國戲曲劇種大辭典　上海辭書出版社　一九九五年六月

中國戲劇文學的瑰寶——明清傳奇　王永健　江蘇教育出版社　一
　　九八九年十一月

中國戲劇史　徐慕雲　世界書局　一九七七年五月臺初版

中國戲劇美學的文化闡釋　姚文放　中國人民大學出版社　一九九
　　七年一月

元人雜劇序說　青木正兒著，隋樹森譯　長安出版社　一九八一年
　　十一月臺二版

元代報冤類雜劇研究　范長華　復文出版社　一九九五年十二月初
　　版一刷

元代雜劇藝術　徐扶明　上海文藝出版社　一九八一年一月一版一
　　刷

元代戲曲史稿　黃卉　天津古籍出版社　一九九五年十一月一版一
　　刷

元雜劇八論　顏天佑　文史哲出版社　一九九六年八月初版

元雜劇作法論　黃士吉　青海人民出版社　一九八五年一月二刷

元雜劇研究概述　天津教育出版社　一九八九年七月

世俗的祭禮——中國戲曲的宗教精神　郭英德　國際文化出版社

一九八八年五月

古典戲曲存目彙考　莊一拂　木鐸出版社　一九八六年九月初版

民間文學與元雜劇　譚達先　學生書局　一九九四年六月初版

生旦淨末丑的表演藝術　白雲生　中國戲劇出版社　一九五九年出
　　版

曲律　王驥德　歷代詩史長編二輯　鼎文書局　一九七四年二月

曲話　梁廷枏　歷代詩史長編二輯　鼎文書局　一九七四年二月

曲論　徐復祚　歷代詩史長編二輯　鼎文書局　一九七四年二月

閒情偶寄　李漁　歷代詩史長編二輯　鼎文書局　一九七四年二月

玉輪軒戲曲新論　王季思　花城出版社　一九九三年三月一版一刷

西廂記考證　蔣星煜　上海古籍出版社　一九八八年八月一版一刷

西廂記論証　張人和　東北師範大學出版社　一九九五年八月長春

宋元戲曲考　王國維　藝文印書館　一九七四年四月

宋金雜劇考　胡忌　一九五六年出版

沈璟集　沈璟　上海古籍出版社　一九九一年十二月

牡丹亭研究　楊振良　學生書局　一九九二年三月初版

牡丹亭研究資料考釋　徐扶明　上海古籍出版社　一九八七年六月

京劇臉譜圖說　劉曾復　北京燕山出版社　一九九〇年八月第一版

明清文人傳奇研究　郭英德　文津出版社　一九九一年一月初版

明清傳奇考論　俞爲民　華正書局　一九九三年七月初版

明雜劇研究　徐子方　文津出版社　一九九八年一月

明雜劇概論　曾永義　學海出版社　一九七九年四月

張眞戲曲評論集　張眞　中國戲劇出版社　一九九二年二月一刷

清人雜劇論略　曾影靖著，黃兆漢校訂　學生書局　一九九五年九

月

湯顯祖及明清傳奇研究　王永健　志一出版社　一九九五年十二月
　　一版

湯顯祖集　湯顯祖　洪氏出版社　一九七五年三月一日初版

湯顯祖與晚明文化　鄭培凱　允晨文化實股份有限公司　一九九五
　　年十一月初版

閒情偶寄　李漁　歷代詩史長編二輯　鼎文書局　一九七四年二月

傳統文化與古典戲曲　鄭傳寅　揚智文化事業股份公司　一九九五
　　年元月初版一刷

新曲苑　任中敏　臺灣中華書局　一九七〇年八月臺一版

群音類選　明・胡文煥編　善本戲曲叢刊　學生書局　一九八七年
　　十一月景印初版

綴白裘　清・玩花主人編選　善本戲曲叢刊　學生書局　一九八七
　　年十一月景印初版

說戲曲　曾永義　聯經出版社　一九八三年五月

遠山堂曲品　祁彪佳　歷代詩史長編二輯　鼎文書局　一九七四年
　　二月

遠山堂劇品　祁彪佳　歷代詩史長編二輯　鼎文書局　一九七四年
　　二月

劇說　焦循　歷代詩史長編二輯　鼎文書局　一九七四年二月

審音鑑古錄　琴隱翁　善本戲曲叢刊　學生書局　一九八七年十一
　　月景印初版

醉怡情　古吳致和堂梓印　善本戲曲叢刊　學生書局　一九八七年
　　十一月景印初版

錦堂論曲　羅錦堂　聯經出版社　一九七九年十一月

戲曲表演美學探索　韓幼德　丹青圖書公司　一九八七年二月初版

戲曲美學　傅謹　文津出版社　一九九五年七月

戲曲美學論文集　張庚、蓋叫天　丹青圖書公司　一九八七年四月
　　再版

戲齣年畫　英文漢聲雜誌社　一九九二年四月二版

譚曲雜箚　凌濛初　歷代詩史長編二輯　鼎文書局　一九七四年二
　　月

關漢卿研究　徐子方　文津出版社　一九九四年七月

三、專書、文學史與其它研究專著

山帶閣註楚辭　蔣驥　長安出版社　一九八四年九月出版

中國人之思維方法　中村元著，徐復觀譯　學生書局　一九九一年
　　四月

中國文學史　西諦　宏業書局　一九八七年七月再版

中國文學發展史　劉大杰　華正書局　一九八四年

中國古代文藝美學範疇　曾祖蔭　文津出版社　一九八七年八月

中國古代占卜術　衛紹生　谷風出版社　一九九三年六月出版

中國古代宗教初探　朱天順　谷風出版社　一九八六年十月

中國古代美學藝術論　朱孟實等著　木鐸出版社　一九八五年九月
　　初版

中國古代話夢錄　陳大康　業強出版社　一九九四年三月初版

中國古典文學研究在蘇聯　李福清著、田大畏譯　學生書局　一九
　　九一年三月初版

中國古星圖　陳美東主編　遼寧教育出版社　一九九六年十二月一版一刷

中國民俗大觀　惠西成、石子編　漢欣文化公司　一九九三年二月初版

中國民間宗教史　馮佐哲、李富華　文津出版社　一九九四年四月初版一刷

中國民間俗神　馬書田（筆名燕仁）　漢欣文化事業有限公司　一九九三年二月初版

中國民間神像　宋兆麟　漢揚出版社　一九九五年十一月

中國宗教禮俗　高壽仙　百觀出版社　一九九四年二月初版一刷

中國武俠史　陳山　上海三聯書店　一九九二年十二月

中國俗文學概論　吳同瑞、王文寶、段寶林編　北京大學出版社　一九九七年一月

中國思想傳統的現代詮釋　余英時　聯經出版社　一九八九年二月

中國美學史大綱　葉朗　滄浪出版社　一九八六年九月初版

中國美學史論集　林同華　丹青圖書有限公司　一九八七年五月

中國神仙大全　冷立、范力　遼寧人民出版社　一九九〇年二月一版一刷

中國鬼信仰　張勁松　谷風出版社　一九九三年六月

中國婦女生活史　陳東原　商務印書館　一九八六年十月

中國善惡報應習俗　劉道超　文津出版社　一九九二年一月初版

中國道教史　任繼愈主編　桂冠圖書公司　一九九一年十月

中國夢文化　卓松盛　三環出版社　一九九一年十一月

中國夢文學史——先秦兩漢部分　傅正谷　光明日報出版社　一九

九三年五月一版一刷

中國舞蹈史　王克芬・蘇祖謙　文津出版社　一九九六年二月

中國學術思想史論叢（六）　錢穆　東大圖書公司　一九七八年十一月

中國儺戲儺文化資料匯編　楊啓孝　施合鄭民俗文化基金會　一九九三年十二月

中華占夢術　陳美英，方愛平，鄧一鳴　文津出版社　一九九五年三月一刷

中華民俗源流集成——游藝卷　甘肅人民出版社　一九九四年八月

元代文人心態　么書儀　文化藝術出版社　一九九三年十月

文學與佛學關係　中國古典文學研究會編　臺灣學生書局　一九九四年七月初版

文學與社會　中國古典文學研究會編　學生書局　一九九〇年八月出版

世說新語校箋　楊勇　正文書局　一九七六年八月出版

占夢術注評　王世杰、孫志剛、盧元勛、丁文俊編著　雲龍出版社　一九九四年初版

古詩源箋注　華正書局　一九八四年九月初版

史記　司馬遷　漢京文化事業有限公司　一九八一年四月初版

左傳　左丘明著　藝文印書館十三經注疏本

先秦兩漢冥界及神仙思想探原　蕭登福　文津出版社　一九九〇年八月出版

全像中國三百神　馬書田　江西美術出版社　一九九二年六月

百神論　高雄市文化院出版　一九九〇年八月

佛教與戲劇藝術　陳宗樞　天津人民出版社　一九九二年十二月

吳越民間信仰民俗　姜彬主編　上海文藝出版社　一九九二年七月

呂氏春秋校釋　陳奇猷　華正書局　一九八五年八月初版

宋史　脫脫　鼎文書局　一九八〇年元月初版

李澤厚美學思想研究　王生平　駱駝出版社　一九八七年八月

周禮　藝文印書館十三經注疏本

宗白華美學思想研究　林同華　駱駝出版社　一九八七年八月

宗教社會學　瑪克斯·韋伯著，康樂，簡惠美譯　遠流出版社　一
　　九九三年七月初版一刷

花與花神　王孝廉　洪範出版社　一九八四年八月六版

金元全眞道內丹心性論研究　張廣保　文津出版社　一九九三年七
　　月初版

俞大綱全集——論述卷　俞大綱　幼獅文化事業公司　一九八七年
　　六月初版

南宋四大家詠花詩研究　蕭翠霞　文津出版社　一九九四年五月

後漢書　范曄　藝文印書館

唐詩集解　許文雨　正中書局　一九七七年臺四版

唐詩鑒賞辭典　上海辭書出版社　一九八八年八月一版七刷

神秘的占夢　姚偉鈞　書泉出版社　一九九四年一月初版一刷

荀子集解　王先謙　世界書局　一九八一年十月十版

追尋一己之福：中國古代的信仰世界　蒲慕州　允晨文化實業有限
　　公司　一九九五年十月

鬼神的魔力——漢民族鬼神信仰　王景琳　錦繡出版社　一九九二
　　年三月初版

國語　臺灣商務印書館　一九五六年四月臺初版

清徽學術論文集　張敬　華正書局　一九九三年八月初版

淮南子注　高誘　世界書局印行　一九八五年十月八版

莊子集解　王先謙　三民書局　一九八一年十月再版

敦煌本夢書　鄭炳林、羊萍編著　甘肅文化出版社　一九九七年八
　　月

焚書　李贄　河洛圖書出版社　一九七四年五月

華夏諸神・佛教卷　馬書田　雲龍出版社　一九九三年十月初版

華夏諸神・俗神卷　馬書田　雲龍出版社　一九九三年十月初版

華夏諸神・鬼神卷　馬書田　雲龍出版社　一九九三年十月初版

華夏諸神・道教卷　馬書田　雲龍出版社　一九九五年八月初版一
　　刷

新唐書　歐陽脩　鼎文書局　一九七九年十二月初版

新編中國文學史　中國文學史研究委員會　文復書店

詩經通釋　王靜芝　輔仁大學文學院叢書　一九八一年十月八版

道家與道教　窪德忠　幼獅文化事業出版　一九八七年十二月

道教與文學　黃兆漢　臺灣學生書局　一九九四年二月初版

道教與佛教　蕭登福　東大圖書公司　一九九五年十月初版

道教諸神說　窪德忠著，巫凡哲編譯　益群書店　一九九一年一月

夢的迷信與夢的探索　劉文英　中國社會科學出版社　一九八九年
　　八月一版一刷

夢與生活　洪丕謨　中國文聯出版公司　一九九三年六月一版一刷

管錐編　錢鍾書　香港太平書屋　一九八〇年二月初版

儀禮　十三經注疏本　臺灣藝文印書館

潛夫論箋　王符著　汪繼培箋　大立出版社　一九八四年元月初版

論語　藝文印書館十三經注疏本

澤畔的悲歌——楚辭　　呂正惠編撰　時報文化出版　一九八七年
　　二月初版

蕭瑟金元調　李夢生　漢欣文化公司　一九九〇年十一月臺灣初版

禪與藝術　張育英　揚智文化事業　一九九四年十二月

韓非子集解　王先愼　世界書局　一九八〇年二月八版

禮記集解　孫希旦　文史哲出版社　一九八四年十月三版

魏晉神仙道教——抱朴子內篇研究　胡孚琛　臺灣商務印書館　一
　　九九二年十月

靈魂與心　錢穆　聯經出版社　一九八七年五月第六次印行

四、期刊論文

人際關係中人情之分析　金耀基　中國人的心理　桂冠出版社　一
　　九八八年三月

凡文以意趣神色爲主——湯顯祖的戲曲創作理論　藍凡　新劇作一
　　九八二年第四期

中國人之緣的觀念與功能　楊國樞　中國人的心理　桂冠出版社
　　一九八八年三月

中國傳統生死觀探析　鄭曉江　孔孟月刊三十五卷八期　一九九七
　　年四月

中國戲劇之淨腳研究　鄭黛瓊　一九八八年文化大學藝術研究所碩
　　士論文

元代道教戲劇的象徵性　詹石窗　一九九四年六月戲劇·戲曲研究

月刊

元雜劇中的度脫劇　趙幼民　文學評論第五集第六集

元雜劇中的神仙道化戲　么書儀　文學遺產一九八〇年三期

元雜劇中的悲劇觀　洪素貞　一九八八年國立臺灣師範大學國文研
　　究所碩士論文

元雜劇中的夢　　王開桃　一九九五年戲曲藝術三期

元雜劇夢裡的非現實角色　陳秀芳　中國古典文學論文精選叢刊—
　　—戲劇類（二）　幼獅文化事業公司　一九八一年七月再版

公堂與私仇：中、西劇場裡的正義觀　戴雅雯作，呂健忠譯　中外
　　文學二十四卷四期　一九九五年九月

占卜的類別　阮昌銳　歷史月刊一二六期　一九九八年七月

左傳中與晉景公有關的三個夢解析　熊道麟　興大中文學報第八期
　　一九九五年元月

左傳城濮之戰前兩個夢的解析　熊道麟　興大中文學報第七期　一
　　九九四年元月

由傳奇開場看明代劇作家的戲劇觀　廖藤葉　一九九三年六月國立
　　臺中商專學報第二十五期

先秦文學中的夢境描寫及其歷史地位初探　王立　內蒙古師大學報
　　一九八七年第二期

再論傳統文學中的鬼靈復仇傳聞　王立　通俗文學評論一九九四年
　　第四期

西廂記戲曲藝術對後世的影響　陳慶煌　文學與美學第二集　文史
　　哲出版社　一九九一年

杜麗娘形象的心理學分析　華耀祥　揚州教育學院學報一九八六年

第二期

沈璟與湯顯祖之曲論比較　孫小英　中國古典文學論文精選叢刊——戲劇類二

孤本元明雜劇中的民俗史料　康義勇　高雄師大學報第三期　一九九二年

岳飛戲曲研究　廖藤葉　臺中商專學報第二十八期　一九九六年六月

明代傳奇中的佛教資料　高顯瑩　獅子吼三十卷六期　一九九一年六月

明代嘉靖隆慶時期三大傳奇研究　黃炫國　一九九三年六月政治大學中國文學研究所博士論文

明清崑曲的舞臺美術　龔和德　文史集林第七輯　木鐸出版社　一九八三年二月初版

明清戲曲與女性角色　葉長海　九州學刊六卷二期　一九九四年七月

南柯太守傳之臆夢結構與宗教述意特徵　王連儒　一九九三年聊城師範學院學報·哲學社會科學版第三期

南柯記·邯鄲記思想傾向辨　劉云　一九八三年江西社會科學第六期

度脫劇的原型分析——啓悟理論的應用　容世誠　戲曲人類初探——儀式、劇場與社群　麥田出版社　一九九七年六月

英名赫赫彪青史，梨園世世演精忠——岳飛戲曲淺探　賈璐　岳飛研究論文集第二集　一九八九年七月

鬼魂戲的表演技巧　筱翠花　國劇月刊六十三期　一九八二年三月

一日出版

鬼靈文化與中國古代復仇文學主題　王立　齊魯學刊一九九二年第
六期

從杜麗娘的形象看對人性復歸的追求　張文霞　武漢師範學院學報
一九八二年第五期

從俗套蹈襲看元雜劇的結構　顏天佑　中華學苑四十期　一九九○
年八月

晚明戲曲理論之發展與轉型——以牡丹亭的流傳討論為線索　鄺采
芸　一九九六年六月政治大學中文研究所碩士論文

淺談臨川四夢的非佛道思想　萬斌生　一九八二年江西大學學報第
二期

略論湯顯祖的審美觀　黃天鍵　南昌師專學報·社科版一九八四年
第三期

喜劇本體特徵論　周國雄　一九九○年文藝研究第五期

喜劇的審美效果　閻廣林　一九八六年文藝研究第三期

報——中國社會關係的一個基礎　楊聯陞　中國思想與制度論集
一九七六年九月

報恩與復仇：交換行為的分析　文崇一　中國人的心理　桂冠出版
社　一九八八年三月

湯顯祖創作思想的偉大飛躍　懷玉　一九八二年爭鳴第三期

湯顯祖劇作的評價　金登才　一九九四年七月戲劇·戲曲研究

夢在中國文化之中　俞兆平　聯合文學第八卷第三期　一九九二年
元月

夢賦：中國最早專門寫的名作——略論夢賦的寫作特色及其理論價

值　傅正谷　齊魯學刊一九九二年第五期

精怪世界與夢文化　王鍾陵　一九九二年齊魯學刊第六期

談談弗洛伊德心理分析學派喜劇理論　陳瘦竹　一九八三年八月文藝研究

論元代雜劇兩魂旦兼及其它　翁敏華　上海師範大學學報一九八八年一期

論明傳奇中夢的運用　陳貞吟　文學評論第六集　書評書目出版

歷代節烈婦女的統計　董家遵　中國婦女史論集　稻鄉出版社　一九八八年四月

戲曲寫夢與野性思維　李遠強　戲劇戲曲研究一九九四年五月

戲劇史上現實主義與反現實主義鬥爭的一個側面——評續西廂昇仙記和翻西廂　鍾林斌　社會科學輯刊一九八二年第三期

國家圖書館出版品預行編目資料

中國夢戲研究

廖藤葉著.— 初版.— 臺北市：學思，
2000[民 89]

ISBN 957-15-1013-0(精裝)
ISBN 957-15-1014-9(平裝)

1.中國戲曲 – 批評，解釋等

824

中國夢戲研究（全一冊）

著　作　者：廖　　　　藤　　　　葉
出　版　者：學　　思　　出　　版　　社
發　行　人：鮑　　　　邦　　　　瑞
發　行　所：學　　思　　出　　版　　社
　　　　　　臺北市復興南路一段三一八之一號十樓
　　　　　　電　話　：(02)23630451
　　　　　　傳　真　：(02)23636334
總　經　銷：臺　灣　學　生　書　局
　　　　　　臺 北 市 和 平 東 路 一 段 一 九 八 號
　　　　　　郵 政 劃 撥 帳 號 ００ ０ ２ ４ ６ ６ ８ 號
　　　　　　電　話　：(02)23634156
　　　　　　傳　真　：(02)23636334

印　刷　所：宏　輝　彩　色　印　刷　公　司
　　　　　　中 和 市 永 和 路 三 六 三 巷 四 二 號
　　　　　　電　話　：（ ０ ２ ） ２ ２ ２ ６ ８ ８ ５ ３

定價：精裝新臺幣四二○元
　　　平裝新臺幣三五○元

西 元 二 ０ ０ ０ 年 三 月 初 版